육아휴직 쓰고 제주로 왔습니다

이희성
육아 에세이

육아휴직 쓰고 제주로 왔습니다

이희성
육아 에세이

생각나눔

모든 사람은 첫 인생을 산다.

오늘의 나도 처음이고, 내일의 나도 처음일 것이다.

누군가의 자녀가 되는 것도 처음이지만

누군가의 남편 혹은 아내가 되는 것도 처음이고,

누군가의 부모가 되는 것도 처음이다.

모든 처음이 그렇듯 부족하고 실수투성이지만

그 모든 처음에 관대해 주길 바랄 뿐이다.

용기와 개성을 가진 사람은 평범한 사람들에게 두려운 존재다.

-데미안-

부모가 되기로 결심한 분들이 이 책을 통해 용기를 얻기 바랍니다.

목차

인물 소개

아빠: 육군 소령. 직업군인. 2006년 병사로 입대하여 다양한 군 문화를 겪으며 군을 더 나은 방향으로 변화시켜 보겠다는 원대한 꿈을 갖고 육군3사관학교에 입교. 전·후방 각지에서 군 생활을 하며 선한 영향력을 실천하고 있다. 특히 레바논 파병 경험과 육군사관학교에서 생도를 훈육한 경험으로 선한 영향력을 나누는 행복 전도사가 되기로 결심했다.

엄마(아내): 일명 써니. 찐 ESTJ. 신중하고 사려 깊다. 가끔은 철없는 아이들과 티격태격할 만큼 순수함 그 자체지만, 정말 어려운 결정 앞에서는 그 누구보다 어른스러운 면모를 지녔다. 나에게 있어서 분에 넘치는 좋은 아내. 제주 살이에 결정적인 영향력을 끼친 실질적인 이 책의 주인공.

#제주댁 #제주맑어댁 #표선댁

맑은물: 하나님의 말씀을 담고 사는 아이라는 의미를 가진 하담이. 한자로 풀어쓰면 물 하(河)에 맑을 담(淡)을 써서 '맑은물'이라는 애칭을 갖고 있다. 4학년 때까지 홈스쿨링을 하였으며, 파쿠르 선수, 수영 선수, 파티셰, 바리스타 등 다양한 꿈을 꾸며 살아가는 늘상 행복한 아이.

어진별: 우리 집 귀여운 막둥이. 별 규(奎)에 어질 온(溫)을 써서 '어진별'이라는 애칭을 갖고 있다. 학교생활을 누구보다 좋아한다. 축구에 남다른 애정을 갖고 하루하루를 최선을 다해 즐기며 살아가는 신나는 꼬맹이.

착한 할머니: 맑은물, 어진별의 할머니. 아빠의 엄마. 왜 아이들이 할머니를 착한 할머니라고 하는지 그 기원은 모두가 가물가물하다. 다만 유추해 보건대 교원에서 일하시던 시절 책을 많이 주셔서 책 할머니가 착한 할머니로 바뀐 것이 아닐까.

안산 할머니: 맑은물, 어진별의 할머니. 써니의 엄마. 안산에 사셔서 안산 할머니라고 불렸다. 산을 정말 좋아하셔서 대한민국의 거의 모든 산을 다 섭렵하셨다. 어서 통일이 되어 백두산을 점령하시고 싶으신 산 대장. 성격도 대장부.

특별 출연: 승리, 우리, 하리, 정민 형님, 종운 형님, 섭 사장님

등장인물 이외의 사람들은 모두 가명을 사용하였습니다.
책을 내기까지 모든 과정을 함께해 준 아내에게 감사한 마음을 전합니다.

프롤로그

모든 부모가 그렇듯 나 역시 육아에 관한 환상 같은 것이 있었다. 하지만 우리가 가진 환상은 보통 사람들이 가진 환상과는 조금 차이가 있었다. 돌잔치 대신 아이의 이름으로 기부를 시작했고, 아이를 위해 최고급 육아용품을 구매하기보다는 경험을 선사해 주기 위해 노력했다. 그것은 아이가 무엇이 되길 바라는 게 아니라 어떤 아이가 되길 바랐기 때문이다. 명사가 아닌 형용사를 선택한 것이다. 행복한 아이. 그것이 내가 바란 아이의 모습이었다. 아이는 나의 소유물이 아니기에 내가 아이의 미래를 결정짓는 것은 내 욕심이지 아이의 꿈은 아니겠지만 '행복'이라는 보편적 가치는 모든 인간에게 주어진 공동의 삶의 목적 같은 것이라고 생각했기에 그것만은 부모가 책임져야 한다고 생각했다.

행복한 아이로 키우기 위해서는 자기 자신에 대한 올바른 이해가 무엇보다 중요하다고 생각했다. 아내 역시 나와 교육관이 상당히 닮아있었다. 그런 우리라 아이를 키우면서 크게 마찰 없이 키울 수 있었다. 하지만 그런 아내라도 처음에 내가 육아휴직을 하겠다고 했을 땐 반대했다. 당시 아내는 두 가지 이유를 들어 반대했다. 당장 아빠의 육아가 필요 없다는 것이다. 갓난아이를 키울 때 나는 중대장이었다. 내 아이도 키워야 했고 중대원들도 돌봐야 했는데, 아내는 나에게 우리 아이보다는 중대원들에게 더 관심을 가지라고 하였다. 밤새 우는 아이를 달래고 잠도 잘 못 자며 불침번을 서야 하는 경우가 많았는데 아내는 나는 내일 출근해야 하니 쉬라고 했다. 자영업을 하던 아내는 나의 근무지인 홍천과 자신의 직장인 안산을 오가며 지냈는데, 내가 긴 기간 훈련으로 집에 못 올 때면 아예 친정에 있으면서 장모님과 함께 아이를 키웠다. 충분히 자신의 힘으로 할 수 있으니 지금은 때가 아니란 것이었다. 두 번째 이유는 불안정한 직장 때문이었다. 장교는 직업적 안정성이 매우 떨어지는 명예직에 가깝다. 소명을 갖고 사명을 감당해야 한다. 결국 대위라는 계급에서 소령도 달지 못하면 연금도 못 받고 애매한 나이에 전역해야 하는 불상사가 일어난다. 아내도 내심 불안했던 모양이다.

지나고 생각하니 경제적으로도 쉬운 결정은 아니었으리라 생각된다. 휴직할 경우 급여가 절반보다 훨씬 이하로 줄어든다. 물론 육아휴직이란 제도의 혜택을 받지 못하는 사람들도 세상엔 많다는 것을 생각하면 공무원인 나는 배부른 소리일 수도 있겠다. 실제 우리나라 육아휴직 비율을 보면 2019년 기준 공무원 여성은 24.8%인데 비해 중소기업 남성은 1.1%에 불과했다. 불행 중 다행으로 출산율이 저하되자 여러 제도적 혜택이 많아져서 2023년 기준 지금은 육아휴직 하는 남성의 비율이 더욱 늘어났다. 당시 육아휴직을 쓰는 부모에게 더 무서운 것은 복직 후 일이었다. 2018년~2020년 통계에 따르면 육아휴직자 31만 6,404명 중

34.1%인 10만 7,894명이 육아휴직 사후지급금을 받지 못했다. 이것은 6개월 이내 퇴사를 했기 때문이다. 복직하니 권고사직 당했다는 말만큼 육아휴직자에게 무서운 말이 없는 게 현실이다. 공무원은 적어도 그런 일은 없으니 더 나은 환경이라고 하겠다.

다만 나의 경우는 직업군인으로서 일반 공무원과 다르게 여전히 미래가 불투명했다. 경쟁이 치열한 군이라고 하는 사회에서 육아휴직을 한다는 이유로 주변 사람들로부터 심지어 "군 생활 그만두려고?"라는 말을 듣기도 했다. 이런 상황에서 대위 때 육아휴직을 한다는 것은 어찌 보면 도전과 모험이 아닌 도박에 가까운 상황이라고 할 수 있었겠다. 아내의 만류로 당시 육아휴직을 하지 않았고 이후 운이 좋게도 그리고 감사하게도 많은 분의 도움으로 소령으로 진급하게 되었다. 대위 때보다도 제도가 더 나아져 여러 혜택도 덩달아 받을 수 있었다. 그렇기에 용기를 내어 진급하자마자 다시 아내에게 육아휴직에 대한 말을 꺼냈다. 한술 더 떠서 육아휴직 후 제주도 가서 살자고 했다. 이건 나의 오랜 로망이고 꿈이었다. 꿈이 현실이 되어 내 눈앞에 어른거리는 때가 온 것이다.

지금 나는 복직 후 다시 열심히 복무하고 있다. 앞으로 내가 군 생활을 계속할 수 있을지 없을지는 아직 알 수 없다. 설령 못하게 되더라도 육아휴직 때문에 군 생활을 더 못했다고 핑계 대고 싶진 않다. 나는 육아휴직 기간에 그 누구도 누릴 수 없을 행복한 시간을 만끽했다. 덕분에 아내, 우리 아이들, 더해서 우리 어머니까지 모두가 행복한 삶을 살고 있다. 용기 내어 시작한 육아휴직이 우리의 삶을 완전히 바꿔놓았다. 육아휴직은 자녀에게도 소중한 성장의 시간이었지만, 아빠인 나에게도 성장의 시간이었다. "교학상장(教學相長)"이라는 말이 있다. 함께 배우고 함께 성장한다는 뜻이다. 육아휴직이 부모가 자녀를 돌보기 위한 시간만이 아닌 가족 구성원 모두의 성장하는 시간이 될 수 있도록 육아휴직 선배로서 조언하기 위해 이 책을 집필하게 되었다. 더불어 육아휴직 제도에 대한 정책 차원의 제고와 아직 걱정되어서 못 쓰고 있는 예비 육아휴직 엄빠들에게 용기를 주고자 한다. 육아휴직! 이제 온 국민 필수템이 될 것이다.

1.
대한민국에서
엄빠로 살아가기

소멸 위기 국가라고?

요즘 뉴스 기사를 보면 대한민국의 미래가 영 암울하다. 저출산, 고령화로 인해 인구 소멸 국가 1호가 대한민국이라고 한다. 2022년 합계 출산율은 0.78명으로 2015년 반짝 올랐던 이후로 지금까지 7년 내리 하락세다. OECD 국가 중 압도적으로 꼴찌다. 바로 다음이 스페인인데 1.19다. 정말 압도적이다. 저출산 극복 관련 예산이 7조 원에 달하는데도 도대체 왜 이렇게 아이를 낳지 않을까? 물론 요즘은 아이를 낳는 것마저 국가가 통제하느냐고 불쾌해하는 분들도 많다. 그 마음을 이해 못 하는 바는 아니다. 다만 이 책은 아이를 낳기로 한 부부에게 하는 이야기다 보니 기본적으로 아이를 낳고 양육을 하는 이 모든 과정을 축복으로 받아들였다는 가정하에 쓰였음을 양해 바란다. 이런 상황에서 아이를 둘이나 낳고 키운다고 하니 애국한다고 칭찬하시는 분들도 많았다. 게다가 군인이니

두 배로 애국한다는 것이다. 이런 칭찬을 받으면 몸 둘 바를 모르겠다. 국가에 기여하고자 아이를 낳았다기보다는 출산과 양육의 기쁨에 대해 아내와 나 모두가 일찍이 공감했기 때문이다.

군인의 출산율에 대한 정확한 통계는 없지만 적어도 내 주변을 보면 직업군인의 출산율이 민간 출산율보다 높은 것 같다(다만 여군의 출산율 통계는 있는데 2007년 기준 민간 여성에 비해 훨씬 적었다. 이유는 주말부부로 지낼 수밖에 없는 열악한 환경 때문이라고 한다. 부부군인 제도 개선 등으로 지금은 상황이 더 나아졌으리라 생각된다). 군인이라고 하는 직업 특성상 가정을 이루고 사는 게 더 안정적이기 때문이기도 하지만, 군인들은 계급과 무관하게 결혼하면 숙소를 제공해 주는 데 그 영향이 있다고 생각된다. 물론 최근 열악한 군 숙소가 문제가 되고 있지만 적어도 살 공간이 있다는 것과 아예 없다는 것은 차이가 크다. 이런 연유로 군인들은 가정을 빨리 이루고 아이를 많이 낳는 편이다. 최근에 34년 만에 우리나라에서 다섯 쌍둥이를 낳아 화제가 된 부부 군인도 있다. 군 생활 중 아이를 다섯 낳은 군인을 세 번이나 봤고, 넷도 꽤 많이 봤다. 셋은 흔하다. 그렇기 때문에 아이 둘은 군 사회에서는 그다지 특별할 것은 없다. 하지만 사회로 눈을 돌리면 나는 다자녀 가구에 해당한다. 기존에는 셋 이상이 다자녀였는데, 2022년부터는 두 자녀에게도 다자녀 혜택이 주어지기 시작했다. 사실 더 낳고 싶은 마음도 있지만 우리 부부의 능력상 둘이 최선이라고 판단했기 때문에 자녀 계획을 여기서 멈췄다.

자녀를 낳는다는 것은 참 축복이다. 생물학적으로는 나의 유전자를 받은 존재가 내가 사라진 뒤에도 이 세상에 남아있다는 것이 참 신기하다. 또한 남녀가 사랑으로 만나 자녀가 생긴다는 이 과정도 참으로 축복된 과정인 것이다. 출산은 사실 쉽지 않고 고통스럽기까지 하지만, 양육은 차원이 다른 행복감을 준다. 아이를 키우면서 힘든 적도 많았지만 보람찬 적이 더 많고, 가정을 이루고 살아간다는 것이 매일매일 나를 살아가게 하는 이유가 되곤 한다. 자녀를 낳아 키우는 데 드는 비용을 생각한다면 손해가 이만저만 아닐 수 있으나, 이를 통해 얻는 만족감은 비용 따위 생각하지 못할 정도로 높다. 하지만 안타깝게도 그렇게 생각하지 못하는 사람들이 더 많다 보니 국가 소멸 위험 같은 말이 나오는 것이다. 가정에서 행복감을 충분히 느껴보지 못한 세대들이 어려움을 견디면서 가정을 이루겠다는 의지를 갖지 못하는 것은 아닐까 싶어서 안타깝기도 하다. 우리나라의 40~80대 사망자의 사망 원인 1위가 암이고, 10~30대 사망자의 사망 원인 1위는 자살이라고 한다. 비약적인 생각일 수도 있지만 부모는 자녀를 양육하다 스트레스받아서 암 걸려 죽고 자녀는 성장 과정에서 고통으로 자살해 버리는 사회인 것이다. 이렇게 슬픈 현상이 도대체 왜 생긴 걸까?

내 아이는 내 것?

우리나라는 유독 자녀를 자신의 소유물로 여기는 경우가 많다. "신체발부 수지부모"라는 말이 21세기 대한민국에도 여전히 유효하다. 상황이 이렇다 보니 자녀를 부모의 기준으로 키워야 하고, 부모의 바람대로 커야 한다고 생각하는 부모가 부지기수다. 자녀를 통해 자신이 못 이룬 꿈을 이루려는 경우도 많다. 그 과정에서 상호 간의 불신과 미움이 커가곤 한다. '신체발부 수지부모'라는 공자의 가르침을 잘못 해석한 것인지 아니면 진짜 공자의 의도는 그것이었는지 모르겠다. 이런 사고방식은 가족의 동반 자살로 이어지곤 한다. 이 단어가 주는 사회적 문제 때문에 요즘엔 '자녀 살해 후 극단적 선택'이라는 용어로 바꿔서 사용되고 있다. 명백한 타살이라는 것이다. 부모가 없으면 아이도 살지 못할 것이라는 생각은 끔찍하게 편협한 생각이다. 다행히 우리 부부는 이런 사고방식과는 멀리 떨어져 있다. 자녀를 양육하면서 한 번도 이 아이들이 나의 소유물이라고 여긴 적 없다. 기독교적 가치관이 영향을 주었다. 그런 연유로 자녀를 내 입맛대로 키우기보다는 아이가 어떤 생각을 하고 있고, 무엇을 하고 싶은지 귀 기울이려 노력했다. 그저 부모의 역할은 행복한 아이로 성장할 수 있도록 도와주는 것뿐이라고 생각했다. 물론 아이를 키우는 방식에는 정답이 없다. 하지만 아이가 내 소유물이 아닌 나와 또 다른 인격체라는 것은 분명한 사실이다.

우리 부부는 결혼하고 1년 조금 더 지나서 첫째를 낳았다. 작은 체구의 아내에 비해 아이가 무럭무럭 자라주어 예정일에 낳으면 너무 커서 낳기 어려울 것 같다고 유도분만을 하자고 했다. 옥시토신 주사를 맞고 유도분만을 시도했으나 첫날 실패했다. 다음 날 다시 시도하였으나 결국 아이가 배 속에서 태변을 누게 되었고, 산모와 아이가 모두 위험하다며 전신 마취 제왕절개를 해야 한다고 했다. 이어서 간호사는 내게 산모가 사망에

이를 수 있다는 내용이 잔뜩 써진 동의서를 내밀었다. 무미건조하게 내밀어진 그 종이 한 장이 내 삶을 완전히 바꾸어 놓았다. '내가 보호자가 되었구나.' 그 서류에 서명할 수 있는 것은 내 아내의 부모님이 아니라 남편인 나였다. 나만이 가능하다고 했다. 부부가 결혼하는 순간 더 이상 부모는 보호자일 수 없다. 이제는 우리 둘의 삶인 것이다. 그 어떤 결정도 우리 부모님의 결정이 아내의 결정보다 우선일 수 없고, 아내 부모님의 결정이 나의 결정보다 우선일 수 없는 것이다. 하물며 내 자녀도 마찬가지일 것이다. 내 자녀들도 어느 순간 장성해서 결혼하고 부모를 떠나면 더 이상 우리는 보호자가 아닐 것이다. 자녀들은 소유물이 아니라 보호자가 생기기 전까지 한시적으로 보호해야 할 대상인 것이다. 육아의 기쁨은 여기에서 온다. 이별을 준비하는 과정. 자녀와 분리되는 과정. 보호자 역할을 그만두기 위한 과정. 가수 아이유의 노래 「라일락」에 나오는 가사가 생각난다. "어느 작별이 이보다 완벽할까." 모든 부모는 완벽한 작별을 향한다.

부부가 가장 중요해

그렇기 때문에 부부가 가장 중요하다. 부모를 떠나 한몸을 이루어 부부가 되었고, 축복 가운데 아이가 태어나 부모가 되었다. 하지만 완벽한 작별 이후에 다시 남는 것은 부부뿐이다. 부부가 된다는 것은 부부로 시작하여 부부로 끝나는 것이다. 그 가운데 부모의 역할은 일시적이다. 부부로 사는 시간이 부모로 사는 시간보다 더 길다. 이것을 우리는 세 단계로 구분했다. 연애~결혼, 출산 전까지는 '뜨거운 부부'다. 둘의 사랑이 가장 중요하고 콩깍지 잔뜩 쓰인 상태로 세상에 둘만 존재하는 것처럼 사랑하며 산다.

출산~자녀 결혼 전(혹은 독립 전)까지는 '부모 부부'다. 이때는 부부가 부모의 역할을 해야 한다. 하지만 이 시기가 부부 사이에 가장 위태로운 시기이기도 하다. 환상을 가지고 결혼한 부부가 서로에게 콩깍지 씌어서 살았는데 이때부터는 현실과 마주해야 한다. 역사가 이루어지던 부부의 침대 위에서 밤이고 낮이고 똥을 누는 생명체가 함께 존재하게 된다. 부부관계와 똥은 부부의 의식 세계 속에 양립하기 어렵다. 똥을 화장실에서 눌 수 있는 나이가 된다고 하더라도 변화는 없다. 딸아이는 아빠랑 자겠다, 아들내미는 엄마랑 자겠다 떼를 쓰면 부부는 애들을 재우고 육퇴를 하고 나서야 둘의 삶을 즐길 수 있다. 예민한 아이들은 TV만 켜도 깨서 오붓한 시간이 조기에 종결되기도 한다. 본격적으로 학업이 시작되는 나이가 되면 아이들의 온갖 학업 스트레스를 다 받아줘야 한다. 이쯤 되면 자녀가 아니라 웬수다. 부부간의 교육관에 차이가 있으면 이 시기 아이의 성적표로 부부싸움이 일어나기도 한다.

무사히 아이들을 잘 키워서 나와 다른 인격체로 분리되는 순간, 보호자 졸업식이 오면 부부만 다시 덩그러니 남는다. '(부모) 졸업(한) 부부'다. 부모는 은퇴하고 다시 부부로 돌아오고 다시 연애 시절로 돌아가서 남은 인생을 둘이 사랑하며 행복하게 사는 것이다. 하지만 대다수는 이 순간에 부모의 역할이 끝났으니 부부의 역할도 끝났다는 생각에 황혼 이혼, 졸혼과 같은 선택을 하기도 하는데, 우리는 이제야 비로소 부부가 진짜 마음껏 즐길 수 있는 시간이 될 것이라고 기대하고 있다. 그렇기에 우리는 이때가 되면 무얼 하며 살지 매일매일 꿈꾸고 그리며 계획하고 있다.

우리는 결혼 전부터 이런 얘기를 나눠왔지만, 자녀가 조금은 일찍 태어나 한동안은 부부의 사랑을 더 중요하게 여기며, 아이들을 수시로 부모님께 맡기고 우리 둘이 재밌고 오붓한 시간을 많이 보냈다. 갓난아이 때부터 두 발로 걷기 시작할 때까지 부모님도 아이를 돌보는 것을 즐거워하셨으니 모두에게 좋은 선택이었다고 믿는다. 뒤돌아 생각해 보면 그 과정이 있었기에 우리 부부가 지금의 육아를 견뎌낼 수 있는 게 아닐까 싶다. '뜨거운 부부'의 단계에서 서로의 애정이 깊고 튼튼할수록 '부모 부부'의 시기를 잘 견딜 수 있는 것이다. '뜨거운 부부'의 시기는 마치 집을 짓는 데 주춧돌을 놓는 것과도 같다. 얼마큼 더 튼튼하게 잘 쌓았느냐에 따라 그 이후에 짓는 집이 사상누각이 되지 않고 멋지고 튼튼하게 잘 지어질 것이다. 아니 멋지지 못할 수도 있다. 하지만 적어도 튼튼하게 지어질 것이다. 또한 '부모 부부'의 시간을 잘 보내야지만 자녀가 잘 성장해 '졸업 부부'가 될 수 있다. 자칫 캥거루가 될 수도 있기 때문에 정말 잘 키우도록 노력해야 한다. 캥거루 부모가 되면 졸업을 할 수 없다.

부모가 된다는 것

결혼해서 신나게 사랑하며 지내다 보니 어느 순간 부모가 되어있었다. 그것도 두 아이의 부모가. 첫째도 힘들게 낳았지만 둘째도 힘들었다. 둘째는 유전자 이상이란다. 양수 검사를 하라고 한다. 그래놓고 양수 검사는 위험하다고 겁을 준다. 해야 하는데 위험하다니. 우리는 부부 생활 이래 가장 심각한 고민과 어려운 선택을 해야 했다. 우리는 반문했다. 만약에 해서 이상 있으면 안 낳을 건가? 낙태라도 할 건가? 아니라는 결론이 나와서 양수 검사를 안 하겠다고 했더니 산부인과 의사가 화를 낸다. 그때 알았다. 여기 산부인과는 임신하면 임신의 모든 과정을 축복이라는 미명하에 할 수 있는 최대한 많은 검사를 유도하여 돈을 벌려고 했다는 것을. 그런데 우리가 그 검사를 거부했으니 기분이 나빴나 보다. 결국 출산 전 병원을 옮겼고 무사히 낳았다. 반신 마취한 아내는 아이가 나오자마자 아이 건강하냐고 물었고, 건강하단 말에 울음을 터뜨렸다. 철없는 남편은 그런 모든 과정을 신나서 사진 찍고 있었다. 두 아이의 부모가 되고 나서도 나는 철이 안 들었었다.

아이들은 감사하게도 건강히 무럭무럭 잘 컸다. 갓난아이를 돌보는 모든 과정에서 아내의 헌신과 수고가 얼마나 컸는지 기억한다. 그 가운데 우리는 아이들 때문에 부부의 사랑이 침해받는 것은 없어야 한다는 생각이 분명했다. 퇴근하면 아이를 돌보느라 힘들고 피곤했을 아내와 꼭 대화를 나눴다. 하루 종일 있던 일들을 나누고, 아이들이 어떤 행동을 했는지 들려줬다. 쉬는 날에는 모처럼 아내를 쉬게 하고 육아를 도맡기도 했다. 나 역시 그 과정에서 피곤했지만, 아내의 호출에 항상 우선 응답했다. 아이가 두 발로 걷기 시작한 이후에는 행동이 더욱 자유로워졌다. 양가 어머니께서 아이를 대신 돌봐주시며 우리가 둘만의 시간을 보낼 수 있도록 자주 배려해 주셨고, 덕분에 우리는 '부모 부부' 단계에서 상당히 긴 기간 '뜨거운 부부'의 텐션을 유지할 수 있었다.

우리는 결혼 후 오래 떨어져 지냈다. 아내는 안산에서 카페를 했고, 나는 홍천, 장성, 양평을 오갔다. 게다가 레바논 파병도 다녀왔다. 파병을 다녀오니 아내가 카페를 그만두기로 했다. 아이들은 훌쩍 자라 있었다. 감사하게도 이때부터 서울에서 근무를 할 수 있었다. 좋은 아파트와 좋은 여건을 보장받았다. 아내는 카페를 그만두고 서울에서 육아에 매진했다. 오히려 손이 많이 가는 갓난아이 때보다 이때 아이들을 키우는 게 더 어렵다고 느꼈다. 힘든 게 아니라 어려웠다. 아이들은 질문이 참 많았다. 자기만의 생각이 있다는 것을 느꼈다. 그러다 보니 제멋대로이기도 했다. 세심한 훈육이 필요했다. 모두가 함께 사는 이때 나는 또 다른 사람들을 키우고 있었다. 육군사관학교에서 훈육장교를 하고 있었는데, 이때도 마찬가지로 아내는 우리 아이 양육보다 생도 양성을 우선 생각해 줬다. 그런데 어느 순간 그러기 쉽지 않다는 것을 알았다. 아이의 생각이 커갈수록 부모의 역할은 더 커졌다. 바쁜 가운데에서도 저녁 식사는 가급적 집에서 했다. 아이들과 식사를 하고 잠시라도 놀아주고 재울 준비를 하면서 아이와 대화를 나누곤 했다. 아이들이 더 이상 아이들이 아니었다. 나와 다른 인격체라는 것을 분명히 느꼈다. 우리는 진정 '부모 부부'가 될 수밖에 없었다.

육아휴직은 언제 쓰는 게 좋을까?

서울에서 근무를 성공적으로 마치고 감사하게도 소령으로 진급했다. 1년 동안 대전에서 지낼 수 있게 되었다. 서울에서보다 더 여유 있는 대전 생활을 하였지만, 첫째 아이에게는 조금 힘든 시간이었다. 서울에서 지내는 동안 아랫집 친구와 절친이 되었다. 7살짜리가 절친이 어디 있겠으며, 떠나면 잊겠지 했는데 아이는 6년이 지난 지금도 그 아이를 떠올린다. 아이에게 자아가 생기고 있다는 것. 그저 생명체로써 부모 없이는 생존이 위태로운 존재가 아니라 자기 생각, 자기 행동, 자기 언어를 가진 존재가 된 것이다. 쪼끄마한 게 반항도 하고, 원망도 하고, 고집도 부린다. 이 시기 우리는 육아휴직 얘기를 다시 꺼냈다. 아내는 이번에는 그때와 다르게 흔쾌히 허락했다. 아내는 다 계획이 있었다.

이때 반드시 육아휴직을 써야겠다는 내 의지는 나의 짧은 심리학적 지식에 근거한 바가 있었다. 초등학교 입학하는 나이 또래의 아이들에게는 자아가 형성되고, 형성된 자아를 또래들과 어울리며 관계성에 대해서 배운다. 이 시기 부모의 역할은 단순히 생명체를 어르고 달래는 수준을 넘어 한 인간의 우주를 창조해 주는 수준으로 급격히 올라간다. 올바르게 아이가 자아를 형성할 수 있도록 도와줘야 하고, 관계 속에서 자아가 상처받지 않고 자신을 지키면서도 타인에 대한 이해도 배울 수 있도록 해줘야 한다. 이것은 결코 자연스럽게 익히는 게 아니다. 부모의 세심하고 헌신적인 훈육이 병행되어야 한다. 답을 정해주라는 것은 아니지만, 부모의 사회 경험을 토대로 여러 길을 제시해 줄 수는 있어야 한다. 그렇기에 처음 육아휴직 얘기를 꺼냈을 때는 힘든 군 생활에 대한 약간의 도피적 성격도 있었지만, 이때의 육아휴직에 대한 언급은 진짜 부모의 역할을 하겠다는 나의 의지였다.

육아라는 것은 주로 여자들에게 부담 지워지는 것이 당연한 듯 여겨지는 시대에 살고 있다. 그러다 보니 남성의 육아휴직 비율보다 여성의 육아휴직 비율이 높다. 하나 더하자면 경제적인 문제도 무시 못 한다. 주 부양자가 아빠인 경우가 대다수인 가정에서 아빠가 육아휴직 한다는 것은 엄마가 하는 것에 비해 경제적인 결핍이 더 클 수 있다는 것을 의미하기도 했다. 2020년 기준 한 해 육아휴직자가 169,345명이었는데 이중 아빠 육아휴직자는 22.7%(38,511명 이중 내가 있다는 것이 자랑스럽다.)이다. 10년 전에 비하면 아빠 육아휴직자는 19.6배가 늘었다고 하니 반길 만한 수치지만 아직 더 많은 아빠가 육아휴직을 쓰길 바란다. 재밌는 것은 자녀 나이 통계다. 엄마 육아휴직자는 자녀가 0세일 때 81.3%가 쓴다. 그에 반해 아빠 육아휴직자는 고르게 분포되어 있는데, 그중에서도 7세, 8세일 때 가장 높다. 각각 17.6%, 15.8%에 달한다. 많은 부모가 취학 전 혹은 취학 직후 아이들에게 아빠의 훈육이 필요하다는 데 공감했기에 이런 통계가 나왔다고 생각한다. 가정마다 사정이 모두 다르겠지만 통계적으로 가장 많은 주 부양자가 아빠인 집이라면 자녀가 7세~8세일 때 육아휴직 쓰기를 권장한다. 이때 아빠의 육아는 최고의 효율을 보인다.

신체적으로 급성장을 겪는 아이들이랑 체력적으로 놀아주기 가장 좋은 시기도 하다. 우리 아이들도 이맘때 몸놀이라는 것을 즐겼는데, 아내는 그것을 감당할 힘이 없었다. 몸놀이를 위해 나는 두 아이를 어깨에 올려놓고 뛰어다니거나, 다리를 잡고 빙글빙글 돌리거나, 하늘로 아이를 번

쩍 던져 올려서 받아주는 등의 위험천만해 보이지만 아이들의 성장을 위해서 다양한 신체적 자극이 되는 많은 놀이를 해줄 수 있었다. 에릭슨의 심리·사회적 발달 단계에서 이 시기 주도성 대 죄의식, 근면성 대 열등감을 배우는데, 바깥일을 하는 아빠의 역할이 정말 중요하다고 할 수 있겠다. 더불어 육아휴직을 하며 아빠와 만든 추억을 평생 간직하며 삶의 자양분으로 삼을 수 있는 시기도 이 시기다. 그렇기에 초등학교 입학 직후 육아휴직을 추천한다.

아빠의 육아휴직

안타깝게도 우리나라 아빠 중 4만 명 정도(2022년 기준)만 육아휴직을 쓴다. 2021년 기준으로 8세 이하의 아이는 총 280만 명 정도다. 280만 아이의 아빠 중에서 고작 4만 명의 아빠만이 육아휴직을 쓰고 있는 것이다. 육아휴직을 8세까지 8년 동안 1년씩 같은 비율로 쓴다고 가정하면 32만 명이 쓰는 것인데 10% 조금 넘는 수준의 자녀만이 아빠 육아휴직자와 함께 성장할 기회를 얻게 된다. 대다수 아빠는 육아휴직을 왜 못 쓸까? 육아휴직을 실제 썼던 아빠로서 육아휴직 기간 중 나름대로 많이 고민을 해봤다. 육아휴직을 쓴 아빠는 4만인데 이 중에서도 30~39세의 아빠가 전체의 60%가 넘는다. 나 역시 만으로 34세에 육아휴직을 썼다. 이 통계는 결혼적령기, 자녀 출산 시기 등을 고려하면 육아휴직이 필요한 아빠의 나이대와도 크게 다르지 않다는 것을 알 수 있다. 8세 이하의 자녀를 둔 대다수 아빠는 20~30대다. 문제는 바로 이 20~30대 나이대 아빠의 사회에서의 역할이다.

육아휴직을 처음 한다고 했을 때 주변에서 만류했다. 나는 그전까지 그래도 커리어가 괜찮은 장교였다. 하지만 주변 사람들은 나에게 조언하길 육아휴직으로 인해 내 커리어가 완전히 망쳐질 것이라고 했다. 이건 비단 군의 문제가 아니다. 어찌 보면 모든 조직이 갖고 있는 당연한 문제다. 왜냐하면, 이 나이 또래는 사회에서 가장 일을 많이 해야 하는 일꾼 나이기 때문이다. 안타깝게도 사회의 구조는 아빠 혹은 일꾼 둘 중에 하나의 타이틀을 선택하게 한다. 사회초년생에서 어느 정도 성장하여 조직의 관리자, 리더 자리에 오르는 나이가 30~39세 정도다. 군을 예로 들자면 중대장부터 대대급 과장, 대대장까지 다양하게 분포되어 있다. 일반 회사에서도 대리, 과장 등을 역임하고 있을 것이다. 이 시기 조직에서는 이 사람들에게 거는 기대가 가장 크고 가장 많은 일을 해야 한다. 결국 그 시기 아빠의 진로를 선택한다는 것은 다른 한 축을 포기해야 할 수도 있다는 중압감을 가질 수밖에 없다. 게다가 앞서 말한 대로 이 시기 육아휴직을 섰던 사람 중 34%가 퇴사를 선택했다고 하니 사실 말이 좋아 육아휴직이지 특히나 아빠 육아휴직자 대다수에게는 퇴직 준비 휴직인 것이다.

이런 상황을 타개하기 위해 많이 고민해 봤다. 사회에서 가장 필요로하는 시기에 집에서도 자녀가 아빠를 가장 필요로 한다. 국가가 백 년, 천 년, 만 년 생존하기 위해서는 인구는 필수다. 그렇다면 이 나이 아빠들을 가정으로 돌려보내 줄 수 있는 과감한 선택이 필요하다. 은퇴한 시니어들을 활용하는 것은 어떨까? 은퇴한 시니어들이 동일 직종의 육아휴직자를 대신하여 한시적으로 일을 하는 것이다. 육아휴직 수당을 받는 휴직자의 나머지 급여를 대신하여 지불한다고 하면 꽤나 괜찮은 선택일 수 있다. 기존에 업무를 했던 사람이기 때문에 별도의 직무교육 필요 없이 간단한 보수 교육 이후 바로 투입될 수 있을 것이다. 그 외에도 육아휴직을 모든 아빠에게 생애 반드시 써야 하는 필수 휴직으로 바꾸는 것도 방법이겠다. 다소 급진적인 방식이라고 생각할 수 있지만, 라테파파로 유명한 스웨덴의 경우에 지상군사령관이 육아휴직을 쓰고도 후에 육군참모총장으로 영전한 사례가 있다는 것을 보면 이 정도는 충분히 가능한 일이라고 생각된다. 나 역시 육아휴직을 앞두고 그런 고민을 안 할 수 없었다. 복직 후 내 책상이 치워져 있진 않겠지만 당장 평소에 하고 싶던 좋은 직책을 제안받았음에도 포기해야 했으니 혼란스럽기도 했다. 상급자가 수차례 해준 조언에 내 미래가 전혀 두렵지 않았다면 거짓말이겠다. 하지만 결국 나는 육아휴직을 선택했다.

홈스쿨링

직업군인의 가족이 그렇듯 우리는 자주 이사를 했다. 나 역시 직업군인의 자녀였기에 정말 이사를 많이 다녔다. 입학한 초등학교와 졸업한 초등학교가 같지만, 그 사이에 다닌 초등학교가 네 군데다. 잦은 전학이 나

쁜 건 아니지만 내 자녀는 그런 일을 겪지 않기 바랐다. 초등학교 시절(당
시엔 국민학교) 아버지의 전근으로 인해 전학 갔다가 한 달 만에 다시 전
학한 적이 있었는데, 어린 마음에 상처를 받기도 했다. 그런 삶을 우리 아
이들도 겪게 해야 했다. 맑은물은 유치원을 졸업하자마자 가장 친한 친구
와 분리되는 아픔을 겪었다. 아이는 아랫집 살던 유치원 친구와 당연히
같이 초등학교를 진학해서 다닐 줄 알았나 보다. 아빠가 서울에서 대전
으로 이사 가야 한다는 말에 충격을 받았고, 친구와 떨어진다는 것도 견
디기 힘들어했다. 참으로 미안한 마음이었다.

그즈음 해서 항상 생각만 하고 있던 것을 아내와 상의하기 시작했다.
자녀에게도 그런 제도에 대해서 가르쳐주기 시작했다. 홈스쿨링의 시작
이었다. 우리나라의 교육제도에 대해서 정면으로 반박하고 비판할 마음
은 없다. 다만 관료화, 산업화된 사회에서의 교육제도는 필연적으로 그
사회에 필요한 인재를 양성하는 데 초점이 맞춰졌다는 사실은 누구도 반
대할 수 없을 것이라 생각한다. 상대적으로 관료가 약한 미국의 경우와
다른 점이 바로 그것이라고 생각한다. 오바마 대통령이 우리나라 교육제
도에 대해서 칭찬했다고 하지만 그것은 수사(修辭)에 불과하다고 생각한
다. 미국은 당시 강력한 관료가 필요했고, 국가정책을 뒷받침할 인재를
양성하기 위해서는 공교육이 필연적이었다. 호모 사피엔스가 체력적으로
더 뛰어났던 네안데르탈인을 이기고 유일한 지구의 지배종으로 생존하
게 된 가장 큰 이유가 바로 교육에 있다는 분석이 있다. 즉, 자녀를 양육
하고 사회성을 길러주고 도제식 교육을 통해 지식이 전수되고(심지어 글
이 없는 시대에도) 그 지식을 통해 사회를 구성하여 척박하고 잔인한 환

경에서도 협동을 통해 살아남은 것이다. 그렇기에 인류 최초의 교육은 가정교육이었음이 자명하다. 하지만 사회가 복잡해지고 발전함에 따라 가정에서 해결할 수 있는 교육에 한계가 생긴다. 그 과정에서 가장 폭발적으로 교육이 발전하게 된 계기는 산업화가 아닐까?

부모가 모두 직업 전선에 뛰어들어야 했고 나날이 발전하는 산업화 시대에 적응하기 위한 국가 인재 양성을 위해서 필연적으로 공교육이라는 것이 생겨났다. 공교육을 통해 생산된 인간 도구들은 다시 국가의 산업화를 위해 쓰임 받는 현상이 반복됐다. 이런 현상은 지금 내가 살고 있는 시대에도 여전히 남아있다. 대학교 학과만 봐도 결국 국가를 구성하는 중요한 요소들을 축소하여 배치한 것과 다름없다. 인문, 사회 등은 관료를 구성하는 것이고, 과학기술을 배운 사람들은 모두 산업화의 일꾼이 될 것이다. 문화, 예술도 더러 필요하지만 대학 평가의 중요한 요소로 취업률을 갖고 판단하다 보니 인류 문명을 위한 큰 그림보다는 지금 당장 먹고 살 문제에 천착한다. 그 안에서 제일 중요한 것은 국가의 성장 지표다. 하지만 인정한다. 그런 부모 세대를 거쳐 우리는 사상 유례없는 풍요의 시대를 살고 있다고. 나 역시 그렇게 성장했다. 하지만 자녀들의 시대는 어떨까? 그 아이들도 벌써부터 미래의 일꾼으로 성장시켜야 할 것인가? 이제는 더 이상 그런 시대가 아니라는 것을 어른들도 어렴풋이 느끼고 있다. 자녀에게 내가 살아온 방식과 똑같은 방식을 설명하고 내가 들었던 성공의 방정식을 가르쳐주지 않기로 했다. 대신에 어렴풋한 미래가 조금 더 선명하게 그려질 때까지 '나 자신'을 느껴보길 추천해 주었다. 그렇게 첫째 아이 맑은물은 홈스쿨링을 선택하게 되었다.

2.
제주에서 살아볼까?

제주에 대한 로망

　제주에 살고 싶다는 막연한 생각을 오래도록 간직해 왔다. 제주에 대
한 나의 첫 기억은 고등학생 때로 올라간다. 비행기를 타고 간다는 것에
서 이국적인 느낌이 들었고, 목가적인 성읍민속마을이 신기했고, 말을 타
는 게 재밌었다. 눈부신 여름날이었지만 오래된 기억이 늘 그렇듯 빛바래
고 왜곡되어 기억에 남은 잔상들은 오래된 필름 카메라 특유의 낮은 컨
트라스트로 보정된 수채화 같은 느낌으로 남아있다. 짧은 기간 여행이었
지만 분명 강렬한 인상을 내게 남겼고, 그 경험 덕분에 난 그 후에도 주기
적으로 제주도를 방문했다. 첫 한라산 등반은 대학생 때 오래된 친구와
함께 오른 것이었는데 겨울 산행이 쉽지 않았다. 하지만 힘들게 오른 정
상에서 짧은 순간에 내 눈에 비친 설경은 이루 말할 수 없을 정도로 아름
다웠다. 시리도록 푸른 백록담의 물결과 그 주변을 둘러싼 하얀 병풍 같
은 봉우리와 파란 물감을 통째로 짜낸 것같이 푸른 하늘이 만들어낸 선

명한 경계선이 마치 색 판화로 찍어냈다는 느낌이 들었다. 눈을 잔뜩 머금은 바람이 세차게 몰아치는 한라산 정상에서 바라본 그 장면은 구름이 걷힌 찰나의 절경이었지만 20여 년이 지난 지금도 내 머릿속에 그날의 백록담 색깔처럼 선명하게 남아있다.

결혼하고 아내와 제주도를 처음 간 것은 아내가 임신 중이었을 때다. 병원에서 초음파 검사를 마치고 결과를 기다리는데 아내가 갑자기 제주에 가고 싶다고 한다. 손가락이 바빠졌다. 휴대폰으로 제주도에 갈 수 있는지 알아봤다. 마침 성수기여서 표 구하기가 쉽지 않았다. 남아있는 표는 비싸도 너무 비싼 비즈니스석이었다. 숙소 역시 열 군데 이상 전화한 끝에 비어있는 한 곳을 겨우 찾아냈다. 제주에 도착한 우리는 행복한 시간을 보냈다. 우리는 모두 제주를 좋아했다. 이런 곳에서 살 수 있다면 얼마나 행복할지 상상했다. 그런 대화를 구체적으로 나누진 않았지만 분명 서로가 그렇게 느끼고 있다는 강한 확신이 있었다. 곧 태어날 아이가 그리고 또 우리의 가족계획으로 인해 이후에도 태어날 아이가 제주를 경험하길 바랐다. 태교 여행이 되었던 제주에서 우리는 해마다 제주에 오길 약속했다. 약속대로 우리는 해마다 제주를 방문했다. 아이가 커감에 따라 제주에서의 추억도 쌓여갔다. 배 속에 있던 아이가 이제는 제주땅을 밟으며 걸어다녔고, 셋이 아니라 넷이 되어 제주를 방문했다. 기어 다니던 둘째가 우도를 마음껏 뛰어다니며 땅콩 아이스크림을 사달라고 졸랐다.

우리에게 있어 제주는 에덴동산처럼 느껴졌다. 태초에 하나님이 천지를 창조하시고 아담과 하와를 에덴에 머무르게 하셨다. 제주는 하나님이 우리에게 주실 에덴일 것이라는 생각이 들었다. 제주가 간직한 자연 그대로의 모습은 우리가 늘 꿈꾸는 행복한 삶에 가까웠다. 바쁘고 복잡한 도시에서 벗어나 조금은 느리게 천천히 걷는 삶. 진짜 중요한 것에 집중할 수 있는 삶. 제주는 우리에게 운명과도 같았다.

제주를 꿈꾸다

아내가 육아휴직을 허락한 뒤 나의 계획은 일사천리로 진행되었다. 휴직을 위해서는 여전히 넘어야 할 산이 많았지만 그 모든 과정을 차분하게 시나브로 진행했다. 나는 아내에게 기왕에 휴직하는 거 새로운 삶을 살아보자고 제안했다. 오랫동안 마음속에 담아두었던 그 얘기를 꺼낼 때가 된 것이다. 한국인이라면 누구라도 집 서재 한구석에 보관된 오래된 책이 몇 권 있을 것이다. 윤동주 시인의 『하늘과 바람과 별과 시』라던가 『국어대사전』같이 소복이 먼지가 쌓여있지만 언제든 꺼내 보고 싶은 마음에 간직한 책. 제주에서의 삶은 나에게 그런 책과 같았다. '제주에서 1년을 살아보는 것은 어떨까?' MBTI가 ESTJ인 아내는 나의 허무맹랑해 보이는 소망을 들었을 땐 언제나 잘 고민해 보자고 답변하곤 했다. 항상 바로 결정을 내리기보다는 심사숙고해 보는 편이다. 하지만 이때만큼은 아내가 적극적으로 동의했다. 제주살이의 꿈이 현실로 바뀌는 순간이었다.

이제 우리는 제주에서 어떻게 살지 궁리를 해야 했다. 목표는 정해두었지만 과정은 전혀 생각해 본 적이 없었다. 처음에는 그저 지금까지 군 생활

하며 이사 다니던 것만 생각하며 '그냥 가면 되지!'라고 생각했다. 하지만 막상 책을 펼쳐보니 이거 꽤 쉽지 않은 여정이겠구나 싶었다. 제주 이사는 처음부터 나를 곤란하게 만들었다. 제주는 섬인 덕분에 육지와는 다른 토속신앙과 문화가 있었다. 이사를 계획하는데 '신구간'이라고 하는 생전 처음 들어보는 단어가 제일 먼저 튀어나왔다. 1년간 제주도에서 열심히 임무를 마친 신들이 하늘에 보고하러 올라가는 기간이라고 한다. 제주도 신은 관료제인가 보다. 쉽지 않은 신의 삶…. 여하튼 신구간은 통상 12월~2월 사이라고 하는데 정확히 며칠부터 며칠까지 인지는 그 어디에서도 찾을 수 없었다. 신구간에 이사하는 것이 제주에서는 일반적이라고 한다. 덕분에 이삿짐센터는 수요가 몰려 프리미엄이 붙고, 전자제품을 판매하는 곳에서는 오히려 신구간 기념 세일을 진행하는 아이러니함을 보인다.

우리가 이사할 수 있는 날짜를 따져 보니 11월 24일 정도가 적당했다. 날짜를 먼저 정해두어야 그다음이 편하기 때문에 날짜를 정했는데 정하고 보니 신구간이랑 약간 어긋나 있었다. 이사는 기본적으로 육지에서 섬으로 넘어가다 보니 가격이 만만치 않았다. 게다가 이사 시즌이 아닌 관계로 집을 구하는 게 쉽지 않았다. 제주에서는 연세살이라고 하는 1년 치 임대료를 한 번에 내고 1년을 사는 독특한 부동산 거래 방식이 있었다. 육지에서는 주로 월세, 전세, 매매가 활성화되어 있지만 관광지인 제주도는 월세(한 달 살이), 연세(1년 살이), 전세, 반전세, 매매 등 다양한 거래 방식으로 적은 수요층을 더 세분화하여 많은 사람에게 매력적인 부동산 시장이 형성되어 있다. 이중 연세살이가 우리가 계획한 방식인데 이 연세살이는 특히나 신구간과 연해서 이사를 많이 하다 보니 신구간이 아닌 11월에는 매물이 정말 없었다. 아내와 나는 아직 남은 시간 동안 제주를 열심히 공부하기로 결심하고 다양한 정보들을 획득했다. 우리가 양보할 수 없는 몇 가지를 먼저 정했는데 그 내용은 다음과 같다.

1) 교회 공동체가 잘 형성된 곳일 것. 마침 아내가 결혼하기 전 다니던 교회 공동체에서 후원하는 교회가 제주에 있다고 하여 처음부터 그 교회가 있는 마을을 알아보았다. 그 교회는 제주도 동남부 작은 마을인 표선이라는 곳에 있었다. 제주에 많이 와봤는데도 표선이라는 마을을 처음 들어서 생소했다. 하지만 믿을 수 있는 교회도 있고 마침 오랜 친구가 표선에서 6개월간 살아본 적이 있다고 하며 정보를 주어 안심이 됐다.

2) 전원주택에서 살 것. 아이들이 마음껏 뛰어놀 수 있는 마당이 있어야 했다. 이 모든 계획은 아이들을 위함이기에 한참 뛰어놀기 좋아하는 아이들에게 좋은 환경을 주기 위해서는 아파트나 빌라 같은 것은 절대 안 될 것이라고 우리 부부는 생각했다. 애초에 전원주택에서의 삶을 누리기 위해 제주를 선택한 것이기도 했다.

3) 1년 후 돌아올 것을 고민해서 풀옵션(혹은 빌트인이라고도 한다.) 집을 구할 것. 앞서 설명한 것처럼 제주에는 일 년 살이를 하는 사람들이 많아 전체 이사를 하지 않는다. 대신 1년 동안 살기에 부족함 없도록 각종 가구와 전자제품을 통째로 대여해 주는 제도가 있다. 풀옵션이라고 하는 이 방식에는 TV, 세탁기, 건조기, 냉장고, 제습기, 에어컨 등이

다 설치되어 있고 일부는 그릇, 이불까지도 제공하는 경우가 있다.

그렇게 마을이 정해지고 주거 방식을 먼저 정함으로써 선택의 폭을 대폭 줄였다. 하지만 선택의 폭을 강제로 줄이게 만든 이유가 하나 더 있었다.

육아휴직 수당

육아휴직은 사실 무급휴직이다. 급여가 나오지 않는다. 대신 육아 휴직 수당이라는 것을 준다. 육아 휴직수당은 공무원이 모두 동일하게 받는다. 내가 육아휴직을 썼을 때 총지급액 지급 방식은 다음과 같았다. 육아휴직 시작일부터 3개월까지는 봉급액의 80%를 준다. 다만 150만 원을 초과하거나 70만 원보다 적을 수 없다. 4개월째부터 1년이 되는 시점까지는 봉급액의 50%를 준다. 이 역시 120만 원을 초과할 수 없고, 70만 원보다 적을 수 없다. 나는 다행히 봉급액이 어느 정도 있을 때였기 때문에 첫 석 달은 150만 원, 이후 9개월은 120만 원을 받을 수 있는 상황이었다. 하지만 2년 차가 되는 시점부터는 육아 휴직수당도 주지 않는다(육아휴직 수당과 관련하여는 제도적 보완이 더욱 이루어지고 있다). 수당을 준다고는 하지만 이 금액에서 기여금(연금)을 또 떼야 했다. 다행히도 기여금을 추후 납부하는 제도가 있어서 추후 내기로 신청했다. 그런데 정말이지 안타깝게도 이 수당을 100% 주지 않는다. 85%만 지급하고 나머지 15%는 복직 후 6개월 이상 근무하면 7개월째 될 때 돌려준다. 악용하는 사람들 때문에 만든 것이 겠지만 당시엔 벼룩의 간을 빼먹는다는 생각이 들었다. 마침 제주도는 감귤 시즌이었기 때문에 귤 따기를 하면 용돈이라도 벌 수 있긴 했지만, 아이들이랑 놀아주러 갔지 귤 따러 간 것은 아니기에 일을 하겠다는 마음은 일찌감치 접었다. 게다가 공무원의 영리 행위 금지 규정이 있어서 다른 일을 할 수 없기도 했다. 아내 역시 마찬가지였다. 아내를 일 시켜서 내가 아이들을 본다는 것 역시 의미 없는 행동이라고 생각했다.

이 시점에서 다른 사례에 비해 사정이 나은 게 하나 있었다. 우리는 집이 없었다. 대다수 내 또래 사람들이 집을 보유하고 주택담보대출 원리금을 한 달에 몇십~몇백씩 내는 게 일반적이었는데 집 없는 떠돌이 신세였던 나는 내야 할 원리금이 없어서 홀가분했다. 그렇게 1년 치 예산 사용계획을 꼼꼼하게 작성해 봤다. 그 결과 연세 비용, 공과금, 월 고정 지출액(휴대폰 요금, 식료품비 등)을 모두 더하고 내가 받게 될 육아 휴직수당을 빼면 추가로 3천만 원이라는 적지 않은 돈이 들어간다는 것을 알게 되었다. 그럼에도 이 정도는 다행히 우리가 감내할 수 있는 수준이었다. 부모가 모두 육아휴직을 한다는 것은 비용적인 면에서 큰 손해를 감수할 수밖에 없다. 공무원이 이런데 일반 회사는 더 열악할 수도 있을 것 같다. 물론 대기업은 요즘 복리후생이 매우 좋아졌기 때문에 더 좋은 환경에서 휴직할 수 있을 것이다. 이렇게 되면 결국 대기업 사원과 같이 부유한 환경에서는 아이가 더 많이 나오고 그렇지 못하면 아이를 덜 낳는 현상이 생기지 않을까 걱정도 된다. 부유한 사람은 소수기 때문에 결국 이는 인구 절벽을 가속화할 뿐이다.

경제적 문제는 여전히 육아휴직 제도에 있어서 딜레마다. 휴직이라는 단어가 갖는 어감 자체가 '논다.'에 가깝다 보니 '노는데 돈을 줘야 해?'라는 거부감이 생길 수도 있겠다. 하지만 잘 생각해 보면 부모는 일하면서 하는 육아보다는 조금 더 여유 있게 육아에 집중할 수 있어서 좋고, 국가에서는 자녀를 잘 키우고 많이 낳으니 국가가 유지되는 데 좋아 상부상조 아닐까? 다만 공무원의 경우엔 육아휴직 수당 역시 세금으로 지급하게 된다. 사정이 이렇다 보니 일반 시민 입장에서는 가뜩이나 그들에게는 불리한 조건인데 공무원에게만 너무 좋은 조건인 것에 대해 불만이 있을 수 있다고 생각된다. 여기까지 생각이 이르자 나는 이거라도 주는 게 어딘가 싶어서 감사한 마음으로 경제적인 어려움을 감내하기로 했다. 후에 제주에서 이 문제가 기적처럼 해결되었다.

집 알아보기

처음엔 무엇부터 해야 할지 아예 감을 잡지 못했다. 부끄러운 얘기지만 부동산에 대해 그 나이까지 공부해 보질 못했다. 집을 구하기 위해서 무엇을 해야 하는지 완전한 무지에서 시작하려니 답답했다. 다행히 오랜 행정업무를 통해 쌓인 경험치는 일단 관련 법부터 공부하게끔 이끌었고, 「건축법」을 비롯한 여러 가지 법들을 확인하다 보니 부동산 매매에 필요한 용어들을 하나씩 알게 되었다. 그렇게 알게 된 용어들을 기초로 인터넷을 검색하다 보니 어렴풋이 공통으로 들어가는 단어들을 알게 되었다. 나와 같이 맨땅에 헤딩하는 독자가 없으시길 바라는 마음에 이런 책을 쓰니 독자분들은 나와 같은 불필요한 고민을 하지 않기를 바란다. 제주살이를 위해서는 중요한 키워드 몇 가지만 알고 있으면 쉽게 입문할 수 있다.

어느 순간부터 공통으로 보이는 단어들이 있었으니 '한 달 살이', '일 년 살이(연세살이)', '탁송', '운송(칸)', '풀옵션(빌트인)' 등 같은 단어들이었다. 또한 매물이 주로 어디에 발생하는지 언제 발생하는지와 같은 것들도 알게 되었다. 11월에 이사하기로 결심한 우리였으나 신구간은 12~2월에 형성되기 때문에 매물이 많이 없어 구하기 힘들 것이라는 것도 알게 되었다. 이사 날짜를 조정해 볼까 하다가 복직 날짜가 정해진 상태에서 이사 날짜만 늦어지면 제주에 머무를 수 있는 시간이 짧아진다는 것과 1년을 살 경우 내가 먼저 올라와야 해서 가족들이 후에 다시 올라오는데 어려움을 겪을 수 있다는 생각에 이사 날짜를 더 늦추지는 않기로 했다. 게다가 매물을 표선에서만 구하려니 어려워서 점차 타협하기 시작해서 성산읍, 남원읍까지 그 범위를 넓혔다. 제주도 부동산 정보는 제주 지역의 특성상 네이버 같은 부동산 정보를 한눈에 볼 수 있는 플랫폼에서는 얻기가 어렵다는 것도 알게 되었다. 이 말을 하니 설움이 또 폭발한다. 인구 5천만에 세계 최고의 행정력을 가진 대한민국은 이상하게도 부동산 정책과 같은 것은 단조롭기 그지없다. 치솟는 집값을 잡으려고 정말 많은 행정 규칙을 발의하여 특별법, 조례 등의 형태로 제정하였으나 자세히 들여다보면 딱 두 단어로 요약할 수 있다.

'서울', '아파트'

5천만 인구 중 서울 인구는 천만도 되지 않는다. 물론 직장이 서울이라 유동인구까지 포함한다면 더 많을 것이다. 하지만 전체 인구의 1/5밖에 되지 않는 서울 사람들이 마치 대한민국 사람의 전체인 것처럼 서울과 서울이 아닌 것을 이분법하고 거의 모든 정책은 서울을 기준으로 나온다. 이렇게 관료로 성공한 민주공화국에서 최대 다수의 최대 행복을 서울 사람의 행복으로 규정했는지 모르겠지만, 서울 사람 아닌 대한민국 사람은 억울해서 살겠나 싶다. 서울 중심의 모든 정책과 플랫폼 사업 덕분에 제주와 같이 인구 67만의 작은 도서는 관심에서 멀어져 있기에 정보를 구하기도 쉽지 않았다. 게다가 사정 때문에 제주에 직접 가서 발품 팔 수도 없는지라 답답하다 못해 어둠 속을 헤매는 느낌이었다.

게다가 이놈의 아파트는 어느 순간 대한민국의 표준 주거 양식이 되어 있었다. 우리가 천 년 전 집터 유적을 발굴하여 당시 일반적인 거주 형태를 유추했다면 천 년 후 우리 미래의 후손들은 유적 발굴하면 아파트가 당시 표준 거주 형태라고 유추할 것이라고 생각하니 멋이 없어도 이렇게 멋없을 수가 없다. 사정이 이런지라 KB 부동산 평균 시세니 한국 부동산 감정평가원 가격이니 하는 것들이 아파트나 빌라와 같은 다세대 주택에만 초점이 맞춰져 있었고, 구옥이나 타운하우스의 정보는 전무했다. 그나마 제주도는 제주 오일장, 교차로와 같은 지역 정보지가 여전히 활성화되어 있어서 해당 사이트에서 몇 가지 정보를 얻을 수 있었다. 정부에서 공시한 공시지가나 저명한 기관을 통해 얻어진 시세가 아닌 시장에 의해 조작된 가격으로 구하려고 하니 이 기준이 맞는지조차 가늠이 되지 않아 여기서 첫 번째 좌절을 겪게 된다. "너무 비싸다." 아파트가 우리나라에 처음 세워진 것은 1956년이라고 한다. 한옥과 같은 구옥들 사이에 아파트가 우뚝 솟으니 다들 신기해했다. 게다가 가정마다 연탄보일러가 최초로 도입되었다고 하니 유용하기까지 했을 것이다. 아파트와 같은 공동주택의 형태가 처음 생겨난 것은 로마 시대다(인술라). 시간이 흘러 제2차 세계 대전 이후 폐허가 된 유럽에서 서민들에게 제대로 된 주거 시설을 제공하고자 프랑스 정부의 요청으로 르 코르뷔지에에 의해 유니테 다비타시옹이라는 건축물이 지어졌다. 이는 인류 최초의 주상복합 아파트로 알려져 있다. 당시 세련된 건축미와 부지를 잘 활용하여 많은 사람을 동시에 수용할 수 있는 유용성 때문에 크나큰 반향을 일으켰다. 이러한 영향에 우리나라 역시 아파트가 들어서기 시작하고, 좁은 땅덩어리에 유용하기만 할 뿐 예술적으로는 단조롭고 볼품없는 건축물이 우후죽순 들어서기 시작했다. 아파트 공화국 대한민국의 역사가 시작된 것이다.

아이들에게 에덴동산 선물하기

부모가 되고 아이를 키우면서도 우리는 각자의 삶이 매우 중요하다는 생각을 갖고 살았다. 이 부분에 대해서는 나만의 독특한 가치관이 있었는데, 아내도 이 부분을 동의해 주었다. 우리 모두는 자신만의 도화지에 그림을 그린다. 이것이 삶이다. 이 도화지에는 오직 자기 자신만 그림을 그릴 수 있다. 다만 배우자가 되면 상대방의 도화지에 그림을 그릴 수 있는 자격이 생긴다. 하지만 절대 그림을 망쳐서는 안 된다. 그 사람이 그려온 그림 그대로 혹은 더 아름답게 그려줘야 한다. 이게 부부고 결혼이다. 내 삶이 소중한 만큼 가장 사랑하는 상대방의 삶도 존중하고 소중하게 여겨주는 것이다. 사랑은 결단이고, 결혼은 용기다. 사랑하기로 결단했고, 결혼 생활을 함께하기로 용기 내었다면 상대방의 삶을 존중해 주는 것이 당연했다. 이처럼 부부가 서로 사랑하고 존중하고 배려하는 것이 그 무엇보다 중요하다고 생각했다. 결국 우리의 삶의 태도가 첫 번째 좋은 환경이 되는 것이다. 아이들에게 주어지는 도화지는 운명 같은 것이다. 하지만 그들에게 쥐어지는 붓, 연필 등의 도구와 물감 등이 바로 부모가 해주어야 할 역할이다. 성장하면서 아이들은 다른 도구를 스스로 손에 쥘 수도, 다른 색을 사용할 수도 있지만 처음 하는 붓 터치는 아무래도 부모의 영향을 받을 수밖에 없다.

그렇기에 부부가 서로에 대한 존경과 사랑으로 대하는 것이 기본 토양이 되어 그 위에 삶을 쌓아간다면 아이들은 그 자체가 이미 에덴동산에서의 삶과 같을 것이다. 더해서 우리는 실체적인 에덴동산을 아이들에게 선물해 보기로 한다. 아이들에게 있어 기억에 남을 아름다운 장소이면서 행복한 추억을 쌓을 수 있는 곳을 찾기 시작했다. 제주 부동산 정보가 많이 있는 교차로와 오일장 사이트를 들여다보는 것이 일과에 추가되었다. 매일 사이트를 뒤져가며 추가되는 매물과 사라지는 매물을 체크했다. 마음에 드는 집을 구하기 위해 일련의 결심 과정을 도표로 만들어 아내에게 검토받았다, ENTJ인 내가 ESTJ인 아내에게 제주살이 계획을 설명하기 위해 준비하는 과정은 가히 부대 업무와도 같은 수준이었다. 여러 정보를 토대로 이해하고 결심하기 쉽게 아래와 같은 표를 만들었다. 후에는 더해서 장·단점까지 한눈에 알아보도록 정리했다.

매물명	주소	면적	집 구조 / 층수	보증금 / 연세
○○하우스	표선리 ○○○	100평	방 3, 화장실 2 / 2층	300 / 1,800
○○하우스	신풍리 ○○○	95평	방 2, 화장실 2, / 1층	400 / 1,500

〈 주택 비교표 〉

비록 적지 않은 돈이지만 제주도 포장이사 비용이 5톤 기준 250만 원에서 300만 원 선인 것을 고려하면 반값도 안 되는 비용으로 이사할 수 있는 방법을 알아냈다. 이 방법으로 이사하니 제주도까지 이동하는 유류비와 호텔에서 하루 숙박한 비용을 모두 합쳐 백만 원 조금 넘는 비용이 들었다. 이 역시 네 가족이 비행기를 타고 제주로 이동하고 차는 탁송하는 비용까지 고려하면 훨씬 저렴하다. 탁송은 보통 30~40만 원 선에서 거래가 이루어진다. 결국 배편으로 가는 것이 가장 저렴한 방법이었다. 배편을 구할 땐 처음부터 2명은 특실로 구하고 두 명은 3등 칸으로 구해서 네 가족이 함께 편하게 특실에서 지낼 수 있게 계획했다. 특실은 한 사람당 6만 원이 채 안 되었고, 3등 칸은 2만 원대였다. 아이들이 있고 제주 가는 배를 처음 타봤기 때문에 위험할지도 모른다는 생각에 특실을 구했는데 잘 선택했다. 자동차를 싣는 비용은 15만 원 정도였다. 전체적으로 비용을 꼼꼼하게 비교하여 가장 저렴한 게 할 수 있었던지라 매우 만족스러웠다. 오랜 기간 군 생활하면서 수많은 보고서를 쓰고 훈련 계획을 했었는데 그런 것을 준비했던 노하우를 잘 활용했다.

한 달 살이나 연세살이를 많이 하다 보니 제주는 그 어느 지역보다 당근 마켓이 활성화되어 있어서 필요한 것들은 당근 마켓에서 쉽게 구할 수 있다는 것도 알았다. 필요한 게 있으면 사고 올 때 다시 팔고 올 수 있었다. 이런 장점을 고려해서 내려가서 사야 하는 것들은 사기로 했다. 한정된 예산을 고려하여 가져갈 수 있는 것들은 차 타고 가는 길이 힘들더라도 챙겨가자고 했고, 장갑차에 온갖 짐을 실어봤던 경험을 살려 세단에 정말 차곡차곡 많은 짐을 넣었다. 모든 준비가 완벽했다. 훈련 계획 같은 이사를 위한 타임테이블이 완성되었다. 한 가지 걸리는 것은 일정이 복잡하여 트럭을 구하기 쉽지 않았다. 겨우 구한 트럭은 짐이 내려갈 때 짐을 받아줄 내가 제주에 없었다. 이 부분은 트럭 기사분께 5만 원을 더 지불하는 조건으로 짐을 모두 집 안에 넣어달라고 부탁드렸다. 날씨까지도 모든 것이 완벽했던 그날 우리는 제주로 향했다.

11월 22일 새벽. 대전에서 완도로 향했다. 우리는 그렇게 모두가 잠이 든 새벽 멍석말이하듯 아이들을 짐과 함께 차에 욱여넣고 제주를 향해 떠났다. 승차감을 위해 만들어진 세단에 우리는 편안함 대신 기대감을 잔뜩 실었다. 덕분에 완도까지 내려가는 길에 우리 모두 구겨져 있어야 했지만 제주도 우리 집 마당에서 뛰어놀 생각을 하니 그 정도 불편함은 오히려 준비운동 정도로 느껴졌을 뿐이다. 11월 대전의 밤은 한기가 살짝 느껴졌고, 하늘의 별은 우리를 광명으로 축복하며 흐뭇하게 내려보고 있었다. 비행기 대신 배를 선택한 것 역시 최고의 선택이었다. 우리가 살러 제주에 가지 않는 한 언제 배를 타고 제주에 가볼까? 아이들은 금세 차에서 잠이 들었지만 피곤한 밤샘 운전을 아내가 옆에서 지켜주었다.

기대감 가득한 우리는 완도의 한 작은 호텔에 도착해 잠깐의 휴식을 취하고 다시 새벽에 배를 타러 갔다. 완도항은 비가 조금씩 내리고 있었다. 겨울을 눈앞에 둔 11월 말의 쌀쌀함보다 제주를 향한 우리의 마음이 더 뜨거웠기에 불편함을 느끼지 못했다. 배를 기다리는 동안 대합실에서 우리는 모두 거지꼴이었지만 얼굴엔 미소가 가득히 번졌다. 시간이 되자 마침내 레드펄이라는 커다란 여객선에 차를 싣고 제주로 향했다. 제주도를 가는데 배를 타고 간다는 설렘은 이루 말할 수가 없었다. 새벽에 잠시 비가 내리던 날씨는 이내 배가 완도를 떠나 바다 한가운데 이르자 맑게 개었다. 뱃멀미와 피곤함으로 잠시 특실 침대에서 눈을 붙였다. 잠에서 깬 아이들은 신이 나서 갑판을 오르내렸다. 망망대해 한가운데 배는 부지런히 바다를 가르며 제주를 향해 갔다. 제주살이는 그렇게 시작되었다.

3.
제주에 살멍

육지를 등지고…

　육지에서 제주로 가는 바다는 생각보다 거칠다. 우리 조상들이 어떻게 제주를 한반도에 복속시켰는지 여러 설이 많지만 12세기까지 독립 상태를 유지하다가 조선 시대에 완전히 편입되었다고 보편적으로 알려져 있다. 게다가 삼국시대부터 말이 통했다고 하니 어찌 보면 그전부터 제주를 계속 왕래하고 있었을지 모르겠다. 물론 당시 이름은 제주가 아니라 탐라였다. 이 거친 바다를 헤치고 제주에 자주 다녔던 조상들의 항해술을 생각하면 우리 조상들은 일찍이 해양국가를 세워 바다를 지배하고 종횡무진 누볐으리라 생각된다. 아무튼 조상들 덕분에 우리 대한민국은 제주를 가진 참 운 좋은 나라가 되었다. 레드펄이라는 큰 배를 타고 제주로 가는 길은 다행히 바다가 잠잠하게 있어주었다. 추자도에 잠시 들러 사람들을 내려주고 또 태워서 다시 제주로 이동했다. 추자도에도 중학교가 있다는 사실을 처음 알고 놀랐다. 어딜 가든 아이들이 있다면 축복받은 곳이다. 추자중학교 학생들은 고등학교가 되면 결국 육지로 가든 제주로 가든 이 섬을 떠나겠지만 적은 수의 학생이라도 유지되고 있다는 게 얼마나 기적 같고 감사한 일인가? 잠시 동안 섬사람들을 구경하고 계속해서 서둘러 제주로 향했다.

조선 시대에 제주에 엄청난 태풍으로 제주 도내 농사가 큰 타격을 입어 아사자가 속출한 적이 있다. 이때 본토에서 2만 섬의 구휼미를 보냈지만 이 바다를 건너다 침몰했다고 한다. 이후에 김만덕이라는 거상이 자신의 재산을 털어 제주도민에게 쌀을 제공하여 제주도를 살렸다는 이야기가 있다. 제주도민이 그렇게 바라던 구휼미가 넘어오지 못한 이 바닷길을 우리 가족은 모두 안전하게 건넜다. 아무도 우리를 반기는 사람이 없는, 연고지 하나 없는 이곳 제주지만 우리가 먼저 좋은 이웃이 되어 그들과 함께 어울려보자고 다짐한다. 이날 제주는 약간 흐렸다. 멀리 제주항이 보이고 그 너머로 사라봉이 보였다. 갑자기 심장이 빠르게 뛰기 시작했다. 제주도다.

배편으로 제주로 온다는 것은 사실 불편하기 짝이 없다. 한때 우리들의 마음을 촉촉하고 따스하게 적셔준 『우리들의 블루스』라는 드라마에서 제주 사람들이 배를 타고 뻔질나게 육지를 드나들기에 이게 별거 아닌 것 같지만 사실 뱃길이 녹록지도 않을 뿐 아니라 시간이 오래 걸린다. 지금은 진도·제주 구간을 오가는 쾌속선이 생겨서 1시간 30분 만에 간다고 하지만 내가 이사할 때만 해도 4~5시간은 기본이었다. 게다가 대전에서 출발했기 때문에 완도를 거쳐 하루를 꼬박 보냈다. 2박 3일, 3박 4일 이렇게 짧은 여행을 오는 사람들이라면 결코 경험할 수 없는 시간을 사치스럽게 쓰는 여정이다. 그렇기에 이 길이 불편하기 짝이 없다고 해도 우리 모두 즐거웠다. 아니 심지어 자부심이 들기까지 했다. 우리는 제주에 오래 있을 거니까 배도 탈 수 있지. 배를 탈 수 있을 정도의 시간 부자들이라고.

1박 2일이나 걸리는 긴 여정 끝에 당도한 제주를 보니 설렘과 기쁨으로 가득 찼다. 그동안 제주에 참 많이 왔는데 항상 비행기로만 왔지 배로 올 생각은 사실 해보지 못했다. 이 섬을 항상 비행기로 위에서 내려다만 봤는데 섬의 바깥에서 섬과 같은 높이의 시선으로 바라본 적이 없었다. 제주에 자주 왔고 제주를 좋아했기에 제주를 잘 안다고 자부했지만, 이번 이사 준비를 통해 우린 제주에 대해 모르는 것이 너무 많다는 것을 알았다. 배를 이용해서 오는 길 또한 마찬가지였다. 제주는 1년에 1,500만 명이 찾는 관광지다. 국민 3명 중 1명이 제주도를 한 해 한 번씩 온다는 것이다. 하지만 대다수의 관광객은 짧게 이곳을 머무르다 떠난다. 이국적인 느낌 덕에 육지 사람들이 가장 많이 찾는 관광지라는 자랑도 있지만, 그 누구 하나 제주를 섬세하게 오래 봐주진 않았다는 의미이기도 하다. 1,500만이라는 숫자 역시 80~90%가 배가 아닌 비행기를 타고 온다는 것만 봐도 그렇다. 제주는 180만 년 동안이나 이곳에 있었지만 수많은 사람이 스쳐 지나가는 곳이었다. 화려한 무대와 조명 위에서 환호하는 관객들을 바라보는 연예인들의 삶이 그럴까? 우리는 이 사람들에게 환호하고 응원하지만 정작 삶을 나누고 사랑하며 뿌리내리고 사는 것은 그들이 아닌 내 가족, 내 이웃들이다. 그래서 연예인들이 때때로 외로움을 느끼는 것이 이런 마음일까? 나태주의 시 풀꽃이 가진 의미를 배를 타고 제주를 오면서 비로소 깨닫는다.

"자세히 보아야 예쁘다. 오래 보아야 사랑스럽다. 너도 그렇다."

우리는 제주를 그렇게 자세히, 오래 들여다볼 수 있게 된 것이다. 배를 타고 제주를 오는 순간부터 제주와 우리의 운명이 무언가 상당히 엮어있음을 본능적으로 느꼈다. 과연 우리는 배를 타고 이곳에 왔는데 다시 배를 타고 이곳을 떠나게 될까? 멀어지는 제주의 모습은 어떨까? 우리는 그 순간을 기분 좋게 받아들이고 제주와 작별하게 될까? 많은 생각이 머릿속을 스쳐 지나갔다. 아직 꺼낼 수 없는 그 이야기들이 얽히고설켰으나 시원한 바닷바람이 생각의 실타래를 뭉치째 저 멀리 날려버렸다. 육지를 등지고 나오는 이 시간에 그동안 나의 고민과 10년의 복무 간 겪었던 수많은 애증의 경험을 모두 구휼미처럼 바다에 수장시켰다. 완전히 가벼운 마음으로 제주 땅을 밟아야지. 그 어떤 불순물도 찌꺼기도 제주에 들이지 않아야겠다. 육지를 완전히 등지고 살아가리라.

배가 정박하고 차에 다시 타서 제주 땅에 차가 내리는 순간 왠지 우리 차 역시 기분이 좋아 보였다. 하, 허, 호의 렌터카가 아닌 제주에 살게 될 주인 있는 차라는데 자부심을 느끼는 것처럼 보였다. '나는 제주를 달려본 차야.'라고 우리 그랭이가 속삭였다. (2016년식 그랜저 HG 240을 우리는 그랭이라고 부른다.) 야호! 제주에 도착한 우리는 너무나도 신났고, 자유로움을 듬뿍 느꼈고, 배가 고팠다! 제주에서의 이 영광스러운 첫 끼니를 어디서 먹을까 고민하던 중 이제 제주도민이 될 것이니 관광객처럼 먹지 말고 도민 맛집을 가보자고 했다. 마침 집으로 가는 길에 괜찮은 식당이 있어서 들렀다. 와…! 정말 이렇게 맛있고 푸짐할 수가 있을까? 오랜 굶주림으로 시장이 반찬이기도 했지만 제주스러운 식탁 한가득 푸짐한 다양한 반찬과 해물 된장찌개를 정말 맛있게 뚝딱 해결하고 기분 좋게 집으로 향했다.

여기가 우리 집이라고?

　차를 열심히 달려 우리가 살 집으로 향했다. 가족들은 모두 이 집에 한 번씩 와봤지만 나는 이때 처음으로 와봤다. 사진으로만 보던 이 집을 실제로 마주하자 환상과 현실이 겹쳐지며 데자뷔 현상과 같은 느낌을 받았다. 무언가 어질어질한 느낌도 잠시 이런 삶을 살기로 결정한 내가 자랑스러웠다. 이 기분을 오래도록 느끼기 위해서 일단 내가 해야 할 것들을 해야 했다. 아직 교육을 수료한 게 아니어서 이사만 돕고 나는 다시 육지로 올라가야 했다. 우선 짐을 빠르게 정리했다. 이 역시 오랜 군 생활 덕분에 생긴 노하우다. 부지런히 짐을 정리하고 잠시 여유를 갖고 마당 의자에 앉아 뜨거운 아메리카노를 들었다. 얼죽아(얼어 죽어도 아이스 아메리카노)지만 이 순간만은 커피를 좀 오래 음미하며 천천히 즐기고 싶어 뜨거운 아메리카노로 정했다. 아이들은 이미 한 번 와본 집이라고 금세 익숙해져 강아지와 마음껏 뛰놀고 마당을 누볐다. 전원주택의 마당에 뛰어노는 아이와 강아지를 보고 있자니 눈이 편했다. 마치 있어야 할 것들이 딱 그 위치에 잘 놓인 느낌이었다. 마당. 아이들. 강아지. 11월 어느 날, 겨울의 문턱에 있는, 햇살은 따스하지만 바람은 선선했던 오후였다.

　집을 둘러보았다. 전원주택을 선택한 건 정말 잘한 일이었다. 넓은 정원이 있는 2층 집. 어진별의 넘치는 에너지를 품을 수 있는 너른 마당. 마당 주변으로는 현무암 돌담이 너무 높지도 않게 낮지도 않게 적당한 높이로 둘려 있었다. 반대편은 후박나무가 아름드리 솟구쳐 우리 집을 보호해 주고 있었다. 한여름엔 시원한 그늘을 제공해 줄 것이다. 마당 옆에는 작은 텃밭이 자리하고 있어 봄이 되면 꽃이나 딸기를 심어야겠다는 생각을 들게 했다. 정면으로 적당한 크기의 동백나무가 예쁘게 자라 있었다. 겨울에 동백꽃을 피우는 동백나무라 한창 동백꽃이 활짝 펴있어 더욱 기분 좋게 만들었다. 아내가 좋아하게 될 아일랜드 테이블의 넓은 주방도 마음에 쏙 들었다. 거실과 안방의 창문은 모두 널찍하여 마당 풍경이 하나의 액자처럼 벽에 걸려있었다. 2층엔 육지에서 오실 손님을 위한 사랑방이 있다는 것도 좋았다. 손님이 없을 땐 아이들의 아지트가 될 이곳은 방 하나에 화장실이 있었고, 문을 통해 나가면 바로 베란다로 연결되어 있었다. 이런 곳에 머무를 수 있다는 것에 감사한 마음이 절로 솟았다. 2층이 있는 이 집은 우리의 감사함을 누군가에게 보답할 수 있는 좋은 환경이었다. 이 방을 언제든 손님에게 쉼이 될 수 있도록 베풀자고 다짐했다.

남향인 덕에 햇살이 비출 땐 겨울에도 난방 없이 25도까지 올라갈 정도로 푸근했다. 1km 정도 떨어진 바다가 보이진 않았지만 해풍이 불 때는 어렴풋이 파도 소리가 들렸다. 짐 정리가 완료된 후에 여기저기 꽂혀있는 책들을 보며 더욱 가정집 같다는 느낌이 들어 좋았다. 전자피아노도 들고 왔다. 나도 연주하고 아이들에게도 가르쳐볼 요량으로 가져왔는데 2층 창문 아래 두니 딱이었다. 멋진 풍경을 보며 이루마의 「River flows in you」를 연주하니 이 풍경과 어우러진 화음이 더욱 기분 좋게 만들었다. 우리가 꿈꾸던 동화 속 그 집이었다. 우리 부부는 왕과 왕비가 되었고, 아이들은 공주와 왕자가 되었다. 마당에서 우리를 반기며 마음껏 뛰노는 나그네(주인집 강아지 이름)는 우리의 늠름한 수호신이었으리라. 아직은 겨울이라 잔디가 푸르름을 사리며 황금빛으로 물들어 휴식 중이다. 곧 봄이 온다면 이 잔디가 수줍

게 초록을 드러낼 것이다. 제주 바다를 닮은 파란 하늘과 몽실몽실 피어난 솜사탕 구름, 푸른 잔디와 예쁜 꽃들이 곧 펼쳐질 것이다. 여름이 온다면 저 뜨거운 태양빛이 더욱 뜨겁게 마당을 내리쬐서 눈이 부시겠지. 가을이 된다면 청명하고 높은 하늘이 우리를 내려볼 것이다. 오롯이 1년 동안 제주 이 집에서 가족 모두가 함께 경험하게 될 모든 것을 기대한다.

전원주택은 아이들을 위해 최적의 환경을 제공해 주었다. 아이들은 본능적으로 마음껏 뛰어놀고 싶어 한다. 겪어보는 모든 것이 처음인 아이들의 호기심은 당연한 것이다. 그렇기에 잠시 앉아서 오래 무언가를 하기 어렵다. 새로운 호기심을 찾아 끊임없이 움직인다. 아파트에서 살 때는 그런 아이들에게 뛰지 말아 달란 말을 할 수밖에 없었다. 아이들에게 그런 말을 하는 것이 내키지 않지만 이웃을 배려하며 함께 사는 공동체원의 역할도 가르쳐야 했기에. 하지만 그것을 가르치기 전에 아이들에겐 마음껏 뛰놀며 호기심을 해결하고 스스로의 자아를 먼저 키울 기회를 줬어야 했는데 그렇지 못했다. 그런 이유에서 그 누구에게도 피해를 주지 않고 마음껏 뛰어놀 수 있는 이 넓은 마당의 전원주택은 아이들에게 최고의 장소가 되었다. 무엇보다 이 모든 장면 안에 내가 같이 있다는 것. 앞으로 1년을 오롯이 나 역시 이 풍경의 일원이 된다는 것. 매일 하루 24시간, 일주일, 한 달, 1년 365일을 사랑하는 아내, 고삐 풀린 망아지 같은 아이들과 함께 이 마당을 뛰어놀 수 있는 특권. 아빠 육아휴직자가 바라본 어느 오후 겨울날 풍경이었다.

아무나 여기서 살 수 없어요

전원주택에서의 삶은 특권이다. 돈이 많은 사람이 살 수 있는 특권이 아니다. 마음의 여유를 가진 자만의 특권이다. 나는 1년간 한시적으로 마음의 여유가 넘쳐나는 물리적인 시간 부자가 되었다. 아빠 육아휴직자다. 그렇기에 아무에게나 허락되지 않는 전원주택에 살 수 있게 되었다. 왜 우리는 전원주택에서 살지 못할까? 아파트가 우리나라의 일반적인 주거 형태가 된 것이 두 가지 이유에 있다고 생각한다. 먼저, 우리나라 사람들은 일을 너무 많이 한다. 전원주택에 산다는 것은 절대 쉽지 않다. 전원주택이 돈 있는 사람들의 전유물이라고 평가받는 이유 중 하나가 여기에 있다. 주택도 결국 오래되면 낡고 망가지기 때문에 끊임없이 관리를 해줘야 한다. 마당이 있다면 관리해야 할 소요가 늘어난다. 잔디는 그냥 혼자서 알아서 자라는 게 절대 아니다. 잡초도 뽑아줘야 하고 계절 따라 그에 맞는 관리를 해줘야 한다. 마당에 있는 나무도 그냥 두면 다 죽는다. 자연 상태 그대로를 두고자 한다면 집 앞을 숲으로 만들면 된다. 그러면 스스로 생존한다. 하지만 마당을 숲으로 만들 수 없는 노릇이다.

잘 가꿔진 잔디, 탐스러운 열매를 맺는 과실수와 관상용 나무까지 이 모든 것을 관리할 수 있는 여유를 가진 자만이 혹은 그런 것을 관리할 수 있는 사람을 고용할 수 있는 수준의 여유를 가진 자만이 멋진 정원을 가진 전원주택에서 살 수 있다. 그렇기에 일을 많이 하는 한국인들은 그럴 여유가 없다. 누군가를 고용할 수 있을 정도의 경제적 여유가 있는 사람이 아닌 일반 중산층의 사람들이라면 공동주택 관리사무소에서 관리가 알아서 되는 아파트를 선호할 수밖에 없다. 그들의 잘못도 아니고 안목이 부족해서도 아니다. 철저하게 여유가 없는 삶을 사는 고도의 산업화, 도시화된 한국인의 삶의 양식에 아파트는 최적의 환경을 제공할 뿐인 것이다. 흔히 농가주택이라고 불리는 구옥 중에선 더 이상 마당을 관리할 여력이 없는 노쇠하신 어르신들도 마당을 없애고 콘크리트로 포장해 버리는 경우가 많은데 이것과 같은 맥락이다. 그러나 아빠 육아휴직자는? 일을 안 하니 여유도 있고 힘도 있다. 아빠 육아휴직자에게 최적의 환경은 마당 있는 전원주택이라고 두 번 아니 열 번 추천한다.

두 번째는 자연에 대한 애정 부족이다. 우리나라 사람들은 자연을 별로 좋아하지 않는다고 많이 느낀다. 자연이라는 것은 본디 날것 그대로이기 때문에 당연히 불편하다. 하지만 불편감을 감수하면서까지 자연을 만끽하려는 사람은 많지 않다. 쾌적함을 매우 중시하다 보니 날것 그대로의 자연에서 오는 불편함에 질색팔색을 한다. 대표적인 예가 해충이다. 나 역시 벌레를 좋아하지 않고, 아내도 벌레라면 치를 떤다. 특히 아이를 키우다 보면 벌레가 아이들을 물고 병이라도 옮길까 봐 늘 두려움이 있는 것도 사실이다. 하지만 아이러니하게도 우리는 매일같이 화학제품을 피부에 바르고, 자동차 매연 가득한 공기를 들이마시고 살고 있으며, 오염된 미세먼지가 온몸에 붙어있는 것에 대한 것은 별로 신경 쓰지 않는다. 서울 공기가 아무리 좋아졌다고 해도 여전히 도롯가에 있으면 매캐한 연기를 느낄 수 있는 것은 사실이다. 큰 아파트 단지일수록 더 많은 차가, 더 많은 사람이 오가고, 더 많은 유해물질과 함께 하지만 이런 부분엔 덜 예민하다.

전원주택을 선호하지 않는다는 사람들은 늘 벌레가 어쩌고저쩌고 애기한다. 내가 보고 싶은 자연, 내가 좋아하는 자연만 느낄 수는 없는 법이다. 이미 그렇다면 그것은 자연이라고 할 수 없다. 물론 잘 관리한다면 쾌적한 자연을 누릴 수 있지만 첫 번째 이유대로 그럴 여유가 없으니 쾌적한 자연을 구성할 겨를도 없이 전원주택이 싫어지는 것이다. 실제로 전원주택에서 오래 지내며 놀러 오는 사람들에게 가장 많이 듣는 얘기가 '벌레 없어?' 혹은 '벌레 많은 데서 어떻게 살아?'였다. 우리도 처음 이사하고 얼마간은 엄청난 크기의 바퀴벌레, 농발거미와 마주쳤지만 어느 순간 사라졌다. 우리 눈에 보이지 않는 곳으로 숨은 것이다(그럼에도 지네는 종종 보였다). 벌레가 살 수 없는 환경이라면 사람도 살 수 없다. 도시에 벌레가 눈에 보이지 않는 것은 되레 너무 오염돼서는 아닐까? 깨끗하게 잘 가꾼 마당과 집에는 벌레의 영역과 인간의 영역이 구분되어 있을 뿐이다.

나에겐 언제나 아내 옆에서 벌레를 잡아줄 수 있고, 오히려 그 벌레를 잡아 채집통에 넣어 아이들에게 자연 그대로의 교훈을 줄 수 있는 여유가 생겼다. 적당히 마당을 가꿀 여유도 있고, 건물을 관리할 여유도 있으며, 벌레와 마주해도 기겁할 정도는 아니었다. 그렇다 보니 전원주택에서 살기에 더 좋은 것들에 집중할 수 있어 이 삶이 우리랑 참 잘 맞는다고 느꼈다. 참고로 전 세계에서 주거 형태의 비율 중 아파트가 가장 높은 나라는 우리나라다. 다음은 스페인. 두 국가가 OECD 평균 출산율이 가장 저조한 나라라는 것은 아무 의미가 없을까? 코로나 이후 영국에서는 전원주택이 코로나와 같은 펜데믹에서 우울증을 극복하고 공동체가 함께 협력하는 데 최적의 주거환경이라는 연구 결과를 발표하기도 했다.

한 아이를 키우려면 온 우주가 나서야 한다

언어는 생각을 투영한다. 그렇기에 어떠한 단어를 선택하느냐 그리고 그 단어가 그 사회에서 어떤 의미로 쓰이느냐는 것은 일종의 약속이고 집단 사고의 결과물이다. 영어 단어 'Pleasure'을 누군가 '쾌락'이라고 번역한 것이 잘못이었다고 말하고 싶다. 에피쿠로스의 철학, 에피쿠로스 학파(Epicurianism)를 '쾌락주의'라고 번역한 것이 문제다. 그가 주장한 선(善)의 즐거움(pleasure)을 번역하면서 오류가 있었다고 생각한다. 상대적으로 플라톤, 소크라테스와 같은 철학자들이 서양 철학의 정통성을 가진 존재들이라고 여겨진 듯하다. 선비 정신과 유교 사상을 이어받은 우리나라의 정신은 서양 철학을 공부하기 시작한 초기의 철학자들에게 에피쿠로스는 플라톤, 소크라테스답지 않은 철학자라는 선입견을 줬을 것이고, 마치 노자의 무위자연처럼 공자와 다른, 정통적이지 않은 존재로 느껴졌을지 모르겠다. 그 결과 그가 말한 선(善)의 즐거움(BONUM VOLUPTAS을 영어로 번역하면 good pleasure이 된다.)이 어처구니없게도 '쾌락'으로 번역되었다. 당대 서양 철학을 배웠던 전통 지식인들의 생각은 유교적이지 않은 (고매하고, 정통적이지 않은) 다른 철학자의 사상을 이런 식의 단어 선택으로 그들의 생각을 투영했지 싶다. 결국 쾌락주의라는 단어의 저급함에서 오는 느낌 때문에 에피쿠로스도 궤변론자로 치부되었을 것이다.

윤리, 도덕 시간에 이러한 쾌락을 추구하는 삶은 온당치 못하다는 식의 교육을 받아왔고, 마치 요즘 날의 허무주의, 한탕주의에 빠진 도박, 마약쟁이들의 연속선상에서 에피쿠로스를 해석하려고 했던 게 아닐까 싶다. 우리는 금욕을 강조하고(꼭 기독교인이 아니더라도 이러한 교육을 받아온 제6차 교육과정의 피해자들... 핑크색의 순결사탕....) 개인의 행복과 감각을 추구하기보다는 사회적으로 기능하고 인격을 갖춘 사람이 돼야 하는 '된 사람' 신드롬에 휩싸여있었다. 알고 보면 이런 사람으로 성장시켜야 하는 국가도 구구절절 사연은 있다. 산업화의 빠른 발전에 맞춰서 찰리 채플린의 「모던 타임스」처럼 기계부품 같은 인간이 필요했을 것이다. 그게 국가가 생존하는 방법이라고 여겼을 것이다. 결과적으로 사회는 강퍅해졌다. 좌우가 분열되고 자신만이 옳다고 생각한다. 코로나19가 불씨를 던졌다. 활활 타오른다. 사람들은 더 이상 기능하는 사회 부품으로써의 개인이 되기를 거부한다. 사실 이러한 움직임은 코로나 이전부터 있었다. 하지만 여전히 사회는 부품으로써의 인간을 원했다. 마치 거푸집으로 찍어내듯 인간을 프로크루스테스의 침대에 올려놓고 재단했다. 그 과정에서 불신이 생기고 본디 자유로운 인간의 존재를 억압하고 억압당한 것에 대한 분노가 치밀어 올랐다.

문제는 그렇게 삐져나온 악감정들이 안나 프로이트가 원한대로 '승화'되어 좋은 방어기제로 활용되었어야 하는데 그렇지 못했기에 타인이 지옥이 돼버리지 않았을까? 그렇게 인간이 성장하도록 방치한 것은 누구일까. 왜 우리 사회의 공동체는 그런 역할을 해주지 못했을까? 그럼에도 불구하고 자유를 찾아 떠난 인간들은 이곳저곳에 군집하여 그들만의 공동체를 이루고 삶의 터전을 다져나갔다. 아무리 사회가 그들을 재단하려 해도 그들은 재단되지 않고 살아가는 법을 배운 것이다. 타인을 지옥이라고 여기기보다는 인간은 본질적으로 공동체적인 존재라는 것을 수용한 사람들이 있다. 인간(人間)이라는 한자에 간(間)은 '사이 간'이다. 애초부터 인간은 상호 간의 관계에 기반한 존재들이기에 한자로 이렇게 지어지지 않았을까? 사람이 너무 싫어 세상에 등지고 자신만의 삶을 영위하려는 사람들조차 채워지지 않은 외로움이 끝까지 따라다니는 것을 보면 결국 인간은 인간으로서만 회복될 수 있고 공동체를 찾아야만 비로소 고향으로 돌아온, 엄마의 품 안과 같은 아늑함을 느낄 수 있을 것이다.

> 인간은 인간 속에서 단련되고, 인간 속에서 치유되는 것이 현실적이다.
> 『우린 다르게 살기로 했다』, 조현, 248p

진중문고로 발간된 지 꽤 지난 책이었는데 우연히 도서관에서 발견했다. 공동체에 대한 관심이 많고, 오랫동안 공동체에 대한 나름의 생각을 설계해 왔기 때문에 적잖이 두꺼운 책이었음에도 한나절만에 다 읽어버렸다. 그리고 다시 한번 나의 생각을 정리하고 굳건하게 다질 기회가 됐다. 사람이다. 사람과 함께 살아야 한다. 제주도에서 살기로 결심하게 된 모든 과정에 공동체가 있었다. 이웃이 얼마나 삶에 있어서 중요한가? 제주도에서 그런 이웃을 만났기 때문에 우리의 제주살이가 행복할 수 있었다 생각한다. 코로나 때문에 사람이 두려워 칩거하기보다는 사람이 좋아서 서로를 보호하며 함께하는 법을 배웠다. 그렇게 공동체의 삶을 살면서 성장도 함께한다. 갈등이 없는 게 공동체가 아니다. 공동체는 오히려 갈등이 풍부하다. 다양한 갈등 속에서 그것을 해결할 방법을 배우는 곳이 공동체다. 요즘은 그런 것을 배울 기회가 도저히 없다.

지식이나 경험이 있어도 그것을 그렇다 하고 단정하거나 전제하지 않고 실제는 어떨까 하고 제로, 영(零)에서부터 탐구한다.

『우린 다르게 살기로 했다』, 조현, 370p

오늘날 세상은 모든 개인이 프로크루스테스인 것 같다. 자기만의 침대를 두고 모든 사람을 재단하려고 한다. 사회가 했던 역할이 개인에게 옮겨갔고 전체주의적 속성마저 띄고 있다. 이렇게 그들을 분노케 한 것이 무엇인가? 사람과의 관계 속에서 해답을 찾지 못했기 때문이다. 사회는 그 관계의 해답을 줄 수 있어야 했는데 오히려 그 분열과 갈등을 조장하고 이용했다. 그렇게 해야지만 이 사회가 존재할 수 있다고 믿은 것 같다. 리바이어던의 무섭고 커다란 이빨이 세상을 지배하고 있던 것이다. 공동의 적을 가진 존재들이 동맹이 된다고 하는 국제정치의 원론과 같이 사회도 공동의 적을 양산해냄으로써 버티고 버틴다. 하지만 이것이 궁극적인 해결책은 아니다. 오히려 또 다른 해결되지 않을 갈등만 야기할 뿐이다. 남는 것은 둘 중 하나일 것이다. 모두가 똑같은 사고와 생김새를 가진 로봇의 세상이 오거나 더 이상 아무도 믿을 수 없는 고독의 세상이 오거나.

아이에게조차 어떤 관념을 강요하지 않는다.

『우린 다르게 살기로 했다』, 조현, 371p

공동체가 해답이다. 아이들을 공동체 안에서 키우기로 한다. 지향하는 바는 공동 육아다. 한 공동체 안에서 아빠들이 돌아가며 육아휴직을 하고 공동육아를 하는 것은 어떨까? 한 아이를 키우기 위해서는 온 마을이 나서야 한다는 말이 있다. 난 더 나아가 온 우주가 협력해야 한다고 생각한다. 그렇게 아이들을 마음 넉넉하게 함께 키워보고자 한다. 형용사를 가진 아이로 키워야 한다. 보통명사로 존재하기보단 고유명사로서 존재해야 한다. 우리 아이가 그저 21세기를 살아가는 수많은 아이 중 하나가 아니라 맑은물로, 어진별로 자기 자신으로 존재하길 바라본다. 에피쿠로스는 진즉에 이 진리에 가까운 인간의 본질을 알아차렸다. 고매하고 정통성 있는 철학도 좋지만 결국 그마저도 배타적이다. 소크라테스의 가르침은 위대하지만 알고 보면 그를 찾아온 모든 사람을 우매한 사람으로 만들어 냈다. 포용이 없다. 소크라테스가 존재할 수 있었던 것은 수많은 우매한 사람들이 존재했기 때문이다.

애초에 우매한 사람도 없고 소크라테스도 없을 순 없는가? 그냥 각자의 개성을 간직한 채로 마음껏 나누고 마시며 들어주기만 할 수는 없는가? 꼭 상대방이 내 생각대로 움직여야 하는가? 꼭 내 생각대로 세상이 돌아가야 하는가? 공동체는 이 모든 질문에 선의 즐거움을 경험해 보라고 그저 조용히 미소 짓는다. 네가 존재하기에 나도 존재한다. 아프리카에서 유래한 우분투는 공동체 정신의 진수라고 하겠다. 가정은 가장 작은 공동체다. 이 기초가 되는 공동체부터가 무너지고 있는데 하물며 친족, 마을, 도시는 어떻겠는가? 귀를 기울여보자. 변화시키려 하지 말고 있는 그대로 상대방을 바라보자. 그런 사람들끼리 모여 살자. 황희 정승이 그랬던 것처럼 개똥이의 말도 옳고, 소똥이의 말도 옳은 사회를 만들어보자. 자기들의 세계에선 다 옳다. 그 옳은 사람끼리 모여 살아보자. 공동체 정신은 지금의 사회를 단합

시킬 해법은 아니다. 이것은 상처를 주지 않고 행복하게 자기 스스로 살아갈 해법이다. 통합, 연합과 같은 단어는 결국 또 전체주의를 낳는다. 공동체 역시 자칫 전체주의가 될 수 있다. 하지만 적어도 추구하는 목표가 그저 삶이라면, 시간이라는 오선지 위에 그려진 생이라는 음표로 만든 삶이라는 악보라면 그 누구도 타인의 음악을 침해할 필요도, 편곡하려 할 필요도 없을 것이다. 마침 가수 아이유의 노래 「celebrity」가 내 생각을 오롯이 반영해 준다. 주류라고 생각하는 분노자들이 모르는 진실은 사실 공동체로 살아가는 비주류의 그들에게 있다. 우린 오늘도 그렇게 왼손으로 별을 그려낸다. 그리고 이 모든 것을 나는 제주에서 찾았다.

혼저옵서예

　제주도 사는 사람들이 자부심을 느낄만한 이야기가 있다. 지인 중에 제주 사는 사람이 있으면 인생 성공한 거란다. 지금 제주도에 사는 나도 스스로 성공한 인생을 산다고 자부하지만 내 덕에 내 지인들이 성공한 인생을 살게 되었다니 뿌듯하기 그지없다. 원체 관광지로 유명하다지만 숙박비며, 렌트비며, 식비 하면 웬만한 해외여행만큼 돈이 드는 제주도인지라 오기 쉽지 않은 것도 사실인데 지인이 거주한다면 적어도 숙박비는 굳지 않겠는가? 사람 생각하는 거 다 비슷하다. 우리가 제주도에 오니 이래저래 제주를 놀러 오는 사람이 많아졌다. 고맙게도 소중한 친구들이 나의 첫 손님이 되어주었다. 2년을 함께 근무하고 또 1년을 같이 대전에 함께 공부했던 나의 찐친이자 전우들이 교육을 수료하고 야전으로 가기 전 잠깐 있는 짧은 휴가 때 가족 동반으로 제주에 모이기로 한 것이다.

교육을 수료하고 대전에서 청주로, 청주에서 제주로 쏜살같이 달려온 나는 친구들 맞을 준비로 분주했다. 마침 크리스마스도 앞둔 터라 친구들의 아이들에게 줄 선물도 잔뜩 준비해 두었다. 1년간의 공부를 끝낸 책거리 파티이기도 했다. 먼 곳까지 첫 손님으로 와준 친구들이 고마웠고, 3년을 함께하고 떠나야 하는 이 친구들의 앞날을 응원할 수 있어서 행복했다. 나는 휴직으로 잠시 쉬지만 야전에 나가 고생할 친구들을 위해 성대하게 파티를 준비했다. 무엇보다 그런 아빠를 둔 아이들에게 즐거움을 주고 싶었다. 이 친구들이 전방으로 가더라도 당장 숙소가 나오지 않는다면 결국 아빠와 떨어져 지내야 하는 시간이 올 것이다. 그런 아이들을 보며 아빠 육아휴직자로서 마음이 쓰였다. 겨울철 제주는 삼한사온이 극적이다. 추울 땐 너무 혹독한데 따뜻할 땐 더울 정도다. 12월 한겨울에도 반바지 입고 바다에서 아이들이 놀기도 한다. 하지만 파티하던 이 날은 꽤 추웠다. 그럼에도 이 너른 마당을 포기할 수 없어 아이들과 가족들은 집에서 놀고 친구들은 따뜻하게 입고 밖에서 바비큐를 했다. 종종 가족들과 함께 캠핑을 가서 바비큐를 해봤던 터라 나름대로 자신 있었는데 이날은 사실 아주 만족스럽게 고기를 구워내진 못했다. 그래도 친구들이 정말 즐거워해 줬다. 아이들도 날름날름 고기를 잘도 받아먹었고, 숯과 함께 쿠킹포일로 감싸서 구워낸 고구마도 정말 맛있었다. 모두가 이 제주집을 좋아해 주고 육아휴직 해서 1년을 지내야 할 나를 응원하고 축복해 줬다.

제주에서 손님을 맞이하는 것은 짜릿한 경험이다. 관광지에서는 늘 떠나는 아쉬움이 있다. 하지만 우리가 손님을 맞이한다는 것은 나는 '남는 자'라는 것이다. 언제나 손님이 떠나면 정리해야 하는 약간의 피곤함이 있지만, 그들이 다시 일터로 돌아가야 하는 부담이 우리에겐 없기에 오히려 홀가분한 마음이 들기까지 했다. '남는 자'라는 것은 정말 특권이다. 놀라운 것은 잘 연락하지 않던 사람들까지도 연락이 닿고 호기심을 보인다는 것이다. 오래간만에 연락이 닿는 것은 반가운 일이다. 그렇게 용기 내어 연락 주는 게 쉽지 않다는 것을 알기 때문에 누구든지 오겠다면 막지 않고 반갑게 맞이하기로 했다. 그중에는 제주살이가 궁금해서 호기심에 들러보시는 분들도 있었다. 오셔서 구석구석 구경하시고 육아휴직은 어떤지, 제주살이는 어떤지 꼼꼼하게 물어보신다. 이미 육아휴직 아빠, 제주살이 아빠가 된 나로서는 입에 침이 튀기다 못해 마르도록 이 아빠 육아휴직을 권장하고 제주를 칭찬한다. 이런 언변으로 약을 팔았으면 꽤 팔았을 것 같다. 그래서인지 내 말에 혹해 육아휴직을 쓴 사람도, 제주살이를 한 사람도 더러 있다. 선한 영향력이라고 자부한다.

나 개인의 성공을 위해서라면 열심히 일하는 게 제일일지 모르겠지만, 나의 성공이 가족들 모두에게 좋으리라는 것은 내 욕심에 불과하다. 가족들은 꿈꾸는 공동체다. 각자의 꿈을 갖고 있는 인격체가 가족이라는 이름으로 한데 모여서 서로 용기들 더 북돋워 주고 지혜를 나눠주고 꿈을 공유해 주는 거지 아빠의 꿈을 위해 가족 모두가 희생해야 하는 것은 절대 아니다. 그렇기에 나는 성공의 공식에서는 잠시 벗어난 이 길을 택한 것이 무척 만족스러웠다. 이후에도 겨우내 온 손님에게 산타할아버지가 되어준다. 아빠 육아휴직자는 내 아이의 아빠이기만 한 게 아니라 수많은 아이의 아빠 역할을 할 수 있었다. 이것이 공동체고, 공동육아의 시작일 수 있겠다고 느꼈다. 이즈음부터 마당 불꽃놀이 쇼를 터득하기 시작한다. 소중한 친구였기에 아이들도 마음껏 즐길 수 있는 아이템을 생각하던 중 마당에 신나는 디즈니 음악 유튜브를 빔프로젝터로 연결하여 틀어두고 마당에서는 불꽃 분수쇼를 보여줬다. 마당 가득 아이들의 웃음소리가 불꽃과 함께 피어올랐다. 뛸 듯이 기뻐하는 아이들을 보며 모든 부모가 함박웃음을 짓고 늦은 밤까지 모두 행복한 시간을 보냈다. 이후 아빠 불꽃놀이쇼는 스케일이 커지고 더욱 화려해져서 온 동네 꼬마들에게 명물이 되었다는 후문이다.

육아휴직을 한 우리 가정이 모든 손님을 다 대접할 수는 없었다. 우리 가족 4명에 친구네 가정까지 하면 보통 10명 가까이 모이게 된다. 첫 모임에서는 무려 20명 가까이 모였었다. 매번 이렇게 바비큐를 하다간 살림이 다 거덜 날 수밖에 없다. 그렇기에 서로를 배려하고 이 모임이 오래갈 수 있도록 몇 가지 규칙을 정했다. 짧게 묵고 가는 친구들에게 숙박비 같은 것은 받지 않는 대신 먹을 것을 사 오라고 일러줬다. 고기를 사 오면 바비큐를 하는 데 가장 많이 나가는 비용을 줄일 수 있었다. 밥이나 김치, 쌈장 같은 것은 충분히 제공할 수 있었다. 이렇게 함으로써 놀러 오는 손님도 너무 큰 부담을 갖지 않고 즐겁게 즐기다 갈 수 있었다. 모두에게 좋은 방법을 차근차근 깨달아 간다. 11월에 시작한 제주살이지만 한 해를 넘기기 전에도 벌써 수많은 친구가 찾아와 주어 연고지 하나 없는 이곳 제주에서 외로움을 느낄 사이도 없이 매일매일이 즐거웠다.

제주를 닮은 동백, 동백을 닮은 제주

어릴 적 동백꽃 하면 오동도라고 배웠다. 주입식 교육을 받았던 제6차 교육과정의 폐해인지 아니면 오동도의 마케팅에 넘어간 건지 알 수 없다. 오동도의 슬픈 이야기인 어부의 아내 이야기 덕분인지도 모르겠다. 제주에도 많이 와봤지만 제주 여행은 거의 여름철에만 해본 터라 겨울 제주는 잘 몰랐다. 1년을 오롯이 산다는 것은 그 지역을 더 선명하게 그리고 더 세심하게 들여다볼 기회가 생겼다는 것이기도 했다. 그런 기회를 십분 살리기 위해 겨울 제주엔 무엇을 해야 할까 하다가 우리 집 앞 무심하게 핀 동백나무를 보는데 아내가 제주 겨울은 동백나무로 유명하다고 일러준다. 휴애리, 카멜리아 힐 등 유명한 동백 군락지가 많아 겨울엔 여기를 꼭 가봐야 한다고 했다. 하지만 이런 유명 관광지는 입장료가 비싸서 고민하던 중 위미 동백 군락지라는 곳은 무료로 들어갈 수 있다고 해서 군락지로 가기로 한다.

초행길에 골목골목을 헤매다가 겨우 찾은 동백 군락지에 들어가는 순간 이 환상적인 동백꽃 군락지에 넋을 잃었다. 더 놀라운 것은 이런 군락을 만드신 분이 할머니 한 분이라고 한다. 현맹춘 할머니는 어린 나이에 이곳으로 시집와서 너무 어려운 시집살이를 보냈다. 게다가 동백 군락지가 생기기 전 이곳은 바닷바람에 너무나도 험한 곳이었는데 품팔이를 해서 번 돈으로 땅을 사고 한라산에서 자생하는 동백나무 씨앗을 따다가 이곳에 심어서 방풍림을 조성한다. 그렇게 해서 만들어 낸 곳이 바로 이 현맹춘 할머니의 위미 동백군락지가 된 것이다. 할머니는 이미 돌아가셨지만 이곳은 제주특별자치도 기념물 제39호로 보호되고 있다. 참고로 제주어로 이 숲을 '버득할망 동박숲'이라고 한다. 이 황무지의 이름이 버득이라 버득할망이고, 동백숲의 제주어는 동박숲이다. 제주의 삼다 중 하나가 여성이라고 하는데 제주 여성들은 참 대단한 것 같다. 앞서 설명했던 기근에서 제주도민을 구해낸 김만덕 거상도 여성이다.

현맹춘 할머니의 위미 동백 군락지 바로 옆에는 제주 동백수목원이 자리하고 있다. 현맹춘 할머니의 동백 군락지를 모토 삼아 추가적인 동백 군락을 조성했다. 이곳은 규모 면에서 동백 군락지보다 훨씬 컸다. 처음엔 포토 스폿에서 사진만 찍고 나오는 형식으로 입장료도 싸고 제주도민은 무료였는데, 나중에는 규모도 커지고 정식으로 사업을 하기 시작하더니 입장료도 오르고 제주도민도 20% 할인으로 4천 원씩 내야 했다. (제주도 이사한 다음 날 바로 성산읍사무소에 가서 전입신고를 해 제주특별자치도민이 되었을 뿐 아니라 주민등록증을 재발급받아 대한민국에서 가장 소장 가치 높은 제주도민증을 확보했다. 우리 집이 있는 신천리는 주소로는 성산읍이었지만 생활권은 표선인 성산읍과 표선면의 경계선에 있다.) 하지만 여전히 겨울 동백 풍경으로는 제주에서 손꼽아 들고 입장료가 싼 편이라 추천하는 곳이다. 현맹춘 할머니 덕분인지는 모르겠지만 이곳 위미 마을 전체에 동백이 여기저기 많았다. 도롯가에도 동백이 무심하게 피어 있었고, 카페 같은 곳엔 어김없이 동백이 있었다. 오동도의 동백 하면 시뻘건 색깔로 알고 있었는데 제주에서 본 동백은 분홍색이었다. 나중에 알았지만 동백꽃은 빨간색, 분홍색, 하얀색 세 가지가 있다고 한다. 제주에서 주로 본 것은 분홍색의 동백이었는데 빨간색 동백이 흔히 알려진 토종 동백이다.

동백에 관해 관심 갖게 되다 보니 알게 된 것이 바로 동백은 4.3 사건의 상징이기도 하다는 것이다. 제주도를 나타내는 많은 기념품 중에는 한라산, 감귤, 해녀, 돌하르방 등이 있는데 동백 모양의 기념품 역시 빠지지 않는다. 제주의 상징 꽃은 참꽃이라는 꽃인데 참꽃은 잘 안 알려졌지만 동백은 정말 유명하다. (서귀포시의 상징 나무가 동백나무 제주어로 동박낭) 4.3 사건은 제주도민에게는 정말 너무나도 가슴 아픈 역사적 비극이지만 육지 사람들에게는 비교적 덜 알려져 있다. 제주도가 동백으로 유명한 것은 이 화려하고 예쁜 꽃이 제주와 닮아서가 아니라 4.3 사건이 곧 제주이고, 제주가 곧 4.3 사건이기 때문에 이 4.3 사건을 상징하는 동백이 제주의 상징처럼 된 것이다. 예쁜 동백 기념품을 집어가는 사람들이 한 번쯤은 4.3 사건에 대해서 기억하고 생각해봤으면 하는 마음을 가졌다. 동백꽃은 꽃잎이 낱개로 떨어지지 않고 꽃이 한 번에 진다. 목이 떨어져 나가는 것 같은 모양새인데 그 모습이 처절하게 아름답다. 4.3 사건의 비극을 생각하면 잘 어울린다. 현맹춘 할머니도 그래서 동백을 심은 것은 아닐까? 그 시기 사셨다면 그분 역시 그 아픔을 겪으셨을 것이다.

겨울에 추운 바닷바람을 이겨내고 붉게 피어나는 이 꽃이 우리 마당 한 곳에 자리 잡고 있다는 것이 참으로 자랑스러웠다. 앞으로도 이 동백을 참 예뻐해 주기로 다짐한다. 아이들에게도 동백꽃에 대해서 가르쳐준다. 이 아이들이 아직 그런 역사적 비극을 이해하기 어렵겠지만 슬픔이라는 감정에 대해서는 기억할 것이다. 아빠 육아휴직자는 공부하는 자여야 한다. 하루 중 보고 느낀 모든 것에 호기심을 갖고 물어보는 아이들에게 답변해 줄 수 있어야 했다. 아빠와 함께하는 모든 순간이 놀이이면서 교육이었다. 훗날 아이들이 동백의 선명한 붉은색이 제주 곳곳에서 스러져간 4.3 사건의 피해자들이 흘린 피와 같다는 것을 알고 피해자들을 위로할 수 있길 바란다.

제주 설문대할망이 만들언?

제주도 하면 한라산 이야기를 안 할 수가 없다. 제주에 오기 전에 한라산을 한 번 오른 적 있다. 30년 지기 친구와 함께 올랐다. 대학생 때 과외하면서 받은 첫 월급으로 기념할만한 여행을 하고 싶었고, 제주도 여행을 계획했다. 이 친구와는 고등학교를 졸업하기 전 겨울 방학 때 스무 살이 된 기념으로 국토 종주를 계획했던 적이 있다. 해남에서 부산까지 걸어갔다가 부산에서 속초까지 가는 게 최초의 계획이었으나 47일에 걸쳐 경주까지 가는 것으로 마무리를 지었다. 부산 찜질방에서 휴대폰을 도둑맞고 무계획에 가까운 여행 일정에 다소 무리가 생겨 여러모로 위험하다는 판단 때문이었다. 이때 여행은 거의 무전여행이라 하루에 한 끼와 초코파이로 버티며 찜질방과 경찰서…에 다니며 취침을 했는데 무척 위험하고 무리했던 여행이다. 그렇게 무모한 여행을 계획한 친구랑 또다시 제주도를 가게 되었으니 이번 계획도 참 무모했다.

짧은 여행 기간 꽉 차게 놀겠다는 다짐으로 제주공항에 내리자마자 자전거를 빌려 성산 일출봉을 하루 만에 왕복했다. 90km였다. 그때는 어리기도 했고 자유로운 마음이었기 때문에 가능했으리라 생각된다. 이후엔 모슬포까지 가서 방어회를 떠다가 친구 집에서 밤새 방어회를 먹고 잠깐 자고 일어나서 친구 어머니께서 싸주신 김밥을 들고 무작정 한라산으로 겨울 산행을 나섰다. 한라산 입구에서 직원이 지금 한라산에 눈이 많이 쌓여 아이젠 없인 등반이 안 된다고 했다. 우리 둘은 아이젠이라는 말 자체를 처음 들었는데 그게 있을 리 만무했다. 근데 그냥 있다고 했다. 없다고 하면 안 들여보내 줄 것 같아서 있다고 우기니 들여보내 줬다. 그것을 후회하기까진 얼마 걸리지 않았다. 정말 오직 젊음의 패기로 눈 쌓인 미끄러운 한라산을 맨 운동화로 올랐다. 힘들기도 힘들고, 춥기도 춥고, 미끄럽기도 미끄럽고… 무슨 생각으로 올랐는지 모르겠다. 진달래밭 대피소에 도착했을 때 어머니가 싸주신 김밥은 꽁꽁 얼어서 먹을 수도 없는 상태였다. 허기도 달래지 못하고 그렇게 오른 한라산 정상은 눈보라가 몰아치고 있었고, 눈도 뜰 수 없고 날아갈 것 같아서 계단 난간을 잡고 기다시피 올라갔는데 20초 정도 잠시 구름이 걷히고 백록담이 보였다. 파란 물감을 엎어버린 듯한 구름 한 점 없이 선명한 하늘과 눈 쌓인 한라산 정상의 새하얀 능선 그리고 가운데에 하늘 색깔을 똑 닮은 시퍼런 백록담이 보였다.

그 찰나의 순간이 나를 한라산과 사랑에 빠지게 만들었다고 해도 과언이 아니다. 어떠한 말로 형용할 수 없는 아름다움이 눈앞을 잠시 스쳐 지나갔다. 대한민국 사람이라면 겨울 한라산을 반드시 한 번은 봐야 한다고 강력하게 주장한다. 그렇게 환상적인 순간을 마주하고 내려오는 길은 미끄러워서 거의 봅슬레이 하듯 엉덩이로 주저앉아 내려왔고, 내려오니 바지는 찢어져 있었다. 그날 바로 오후 비행기라 얼렁뚱땅 수습하여 비행기 타고 육지로 돌아왔다. 내려올 땐 엉망이었지만 그날의 백록담은 지금도 내 기억에서 지워지지 않고 있다. 이후엔 한라산을 오를 기회가 없었다. 가족들과 함께하는 여행에선 아이들이 너무 어려 올라가기 어려웠다. 그래서 이번 육아휴직 때 처음부터 한라산을 오르고 싶다고 제주에서의 버킷리스트를 아내에게 말해 둔 터였다. 그 기회는 제주로 이사한 지 얼마 안 되어서 생겼다.

안산 산 대장, 안산 할머니는 60세가 훌쩍 넘은 나이에도 산을 잘 타신다. 농담으로 매번 같이 산에 오를 때는 "우리 어머니 축지법 쓰시네."라고 말하곤 한다. 산 대장께서 제주에 오셨다. 당연히 첫 번째 코스는 한라산이다. 어머니와는 산을 종종 올랐다. 산을 참 좋아하시는 어머니와 놀기 위해선 산을 잘 타야 했다. 다행히 행군과 체력단련으로 다져진 몸이기 때문에 어머니와 산을 타는 것은 부담될 정도는 아니었다. 어머니의 산행 스타일은 아주 빠르게 정상을 찍고 아주 빠르게 내려오기다. 중간에 오르며 경치를 구경하고 그런 것보다는 정상을 찍는 데 중점을 두시는 것 같았다. 나중에 안 사실이지만 오래 쉬면 더 힘들다고 하신다. 우리나라의 웬만한 산은 다 섭렵하셨다. 빨리 통일이 되어 백두산을 경험하게 해드리고 싶을 뿐이다. 백두산과 한라산과 성인봉과 독도를 모두 가봤기에 어머니께서도 그 경험을 해보시면 어떨까 하는 마음이 늘 있었다. 어머니께서 우리가 제주도에 내려와서 좋은 거라면 한라산을 언제든 오를 수 있다는 것이라고 생각한다. 이미 내려오시기 전부터 한라산, 한라산 노래를 하셨다.

한라산은 남한에서 가장 높은 산이다. 높이는 1,950m로 알려져 있다 (두 번째로 높은 산은 지리산으로 1,915m이고, 한반도에서 가장 높은 산인 백두산은 2,744m다). 120만 년 전 화산활동의 반복으로 인해 생겨난 산이 한라산이고, 그 화산활동으로 생긴 섬이 제주도다. 제주에는 약 360여 개의 오름이 있는데 이 오름들의 화산활동 역시 제주도 생성에 기여했다. 이쯤 되면 사실 제주도가 곧 한라산이고, 한라산이 곧 제주도라고 해도 맞는 말일 것 같다(지질학적으로 제주 전체가 한라산은 아니다. 일부 오름들은 단성화산으로 한라산과 별개의 화산으로 제주 형성에 기여했다). 한라산은 사화산은 아니고 휴화산이라고 한다. 언제 다시 폭발할 가능성이 있는 화산인 것이다. 높기도 하지만 워낙 가운데에 웅장하게 우뚝 솟아있어서 날씨가 좋으면 제주도 전역에서 보인다. 제주도가 서울의 세 배 크기이니 가운데 한라산만 뚝 퍼다가 옮겨놓아도 서울 전체를 가릴 것이다.

한라산에 관한 전설로 설문대 할망 이야기가 있다. 설문대 할망은 바닷속의 흙을 퍼서 제주도를 만든 키가 크고 힘이 센 여성 신이다. 태초에 탐라에 있던 이 할망이 자고 있다가 일어나 방귀를 뀌었더니 천지가 창조되기 시작했다고 한다. 이후 온 세상이 요동을 치며 불꽃을 뿜고 굉음을 내니 흙을 퍼다가 불을 끄고 치마폭에 흙을 담아 날라 한라산을 차곡차곡 쌓았다. 이 과정에서 구멍 난 치마폭 사이로 떨어진 흙들이 오름을 만들었다고 한다. 백록담이 움푹 파인 것은 한라산을 쌓아 올리고 주먹으로 탕탕 다졌기 때문이라고 한다. 안타깝게도 제주도를 만든 설문대 할망은 키 자랑하다가 연못에 빠져 죽는다(오백 장군 이야기에서는 아들들에게 죽을 끓여주다가 솥에 빠져 죽었다는 설도 있다). 구전 신화이기 때문에 찾아보면 이야기가 조금씩 다르다. 아무렴 이런 재미난 신화를 갖고 있어서 아이들과 이야깃거리로 삼기 좋았다. 설문대 할망에 대해 저마다 나름의 상상을 했는데 가장 비슷하다고 느낀 상상은 모아나에 나오는 데

피티였다. 데피티도 생명을 불어넣는 힘이 있었고, (하지만 조금 세련되게 방귀가 아니라 손으로 한다.) 섬에서 잠을 잤다. 화가 나면 데카가 되어서 불을 뿜고 화산처럼 되었다.

한라산 정상에 오르기 위해서는 2가지 코스 중 하나를 선택해야 한다. 성판악과 관음사 코스가 그것이다. 성판악 코스가 오르기 조금 더 수월하고 중간에 사라오름도 가볼 수 있다. 관음사 코스는 경사가 더 가파르지만, 한국의 알프스라고 불릴 만큼 경치가 빼어나다. 제주에 오고 첫 산행은 관음사코스로 갔는데 오래간만에 오르는 한라산행에 얼마나 나이 들었는지는 생각지 못하고 큰 배낭에 이것저것 잔뜩 싸가고, 환경 생각한답시고 쓰레기까지 주우며 다녔더니 나중에는 정말 힘들었다. 어머니는 그런 내 상황을 아시는지 모르시는지 계속 날아다니셔서 쫓아가느라 정말 많이 힘들었다.

한라산 정상부에 다다르면 우리나라가 자생지로 유명한 구상나무 군락이 나온다. 그중에서도 제주도 한라산의 구상나무를 최고로 친다. 전 세계에서 한라산에만 자란다. 자태가 매우 아름답고 기개 있게 위를 향해 자라나는 모습이 멋진 나무다. 88 올림픽 때는 심벌 나무로 지정되기도 했고, 유럽 사람들이 특히 좋아한다고 알려져 있다. 우리가 흔히 아는 위로 갈수록 좁아지는 삼각형 모양의 전형적인 크리스마스트리 형태의 나무가 바로 구상나무다. 전 세계에서 사용되는 크리스마스트리의 원산지가 우리나라, 그것도 제주도 구상나무라는 사실을 아는 사람들은 많지 않다. 이 구상나무라는 말도 제주어 '쿠살낭'에서 유래했다. 이렇게 말하면 믿지 못하는 독자도 계실 것 같은데 구상나무는 영어로 'Korean Fir'이고 학명으로는 'Abies Koreana'다. 정말 가슴이 웅장해지는 느낌이다. 자랑스러운 구상나무다! 하지만 너무나도 마음 아프게 이런 구상나무는 멸종위기 나무이기도 하다. 특히 기후변화로 인해 한라산 정상이 가물어 구상나무가 고사하고 있다. 오래간만에 오른 한라산 정상 부근은 마치 전쟁터에서 폭격을 맞은 것처럼 하얗게 고사되어 있었다. 그 웅장하고 푸른 잎은 모두 잃어버렸으나 여전히 진취적으로 뻗어 마지막까지 고상함을 잃지 않으려는 가지들과 나무 기둥만 남은 구상나무들이 많이 보였다.

도시에 살면 기후변화나 환경오염을 느끼기 어렵다. 도시만 보면 오히려 너무나도 깨끗하고 정돈된 느낌에 환경이 보호되고 있다는 착각마저 들 수 있다. 하지만 많은 사람이 배출한 쓰레기를 모아서 해결하는 곳은 도시 외곽이다. 그 외곽 어디엔가 쓰레기가 매립되고 있고, 태워지고 있으며, 심지어 바다로 버려지거나 해외로 수출되기까지 한다. 그래서 도시 사람들은 속고 있다. 잘 모른다. 자연에 나와보면 그 변화를 대번에 알 수 있다. 아름다운 한라산은 마지막까지 그 품위를 잃지 않으려 이렇게 버티고 있는데 과연 우리는 자연을 위해 무슨 노력을 하고 있을까 하는 생각이 들었다. 한라산에 그렇게 쓰레기가 많다고 하여 무료입장하는 한라산을 위해 작은 일이라도 실천하고자 들고 온 쓰레기봉투엔 올라오는 길에만 이미 쓰레기가 가득 찰 정도였다. 귤껍질도 아무 데나 버리고, 사탕이나 껌과 같은 감미품 봉지도 많았고, 아이러니하게도 제주에서 생산된 깨끗하고 맑기로 유명한 삼다수 물병이 정말 많이 버려져 있었다. 오가는 사람들이 "수고하십니다." 하며 인사를 나눠주고 좋은 일 한다고 칭찬해 주셨지만 칭찬받기 위해 이런 일을 하는 게 아니다. 칭찬받아야 할 존재는 내가 아니라 이렇게 버텨주는 자연이다. 폭격 맞은 구상나무 숲을 지나 정상에 오르니 백록담 표지석 앞에서 사진 찍으러 줄 서있는 사람들 사이로 멋진 풍경을 배경 삼아 라면을 드시는 관광객이 정말 많았다. 그들의 발아래는 버려진 나무젓가락, 라면 건더기, 라면 용기가 널브러져 있었다. 아랑곳하지 않고 그들 사이를 다니며 쓰레기를 주었다. 아마 그 순간 나는 참으로 불편한 존재였을 것이다. 하지만 간절했다. 이 한라산을 지켜야 하는 나의 마음은. 언젠가 우리 아이들도 함께 한라산 정상에 오를 것이다. 아이들이 이곳에 오를 때쯤 쓰레기 하나 없는 깨끗한 자연, 구상나무가 아름드리 기개 있게 자라나 우거진 모습을 보여주고 싶다. 당장 실천하지 않고서야 할 수 없는 일이다.

반가운 소식은 한라산 탐방객을 하루에 1,000명 정도로 정해놓고 예약을 받는 시스템을 구축한다고 한다(현재 이 시스템은 구축이 되었다. 예약하지 않으면 들어갈 수 없고, 명절이나 성수기에는 예약이 치열하다). 장모님과 한라산을 오르기는 더 어려울지 모르겠다. 하지만 이렇게라도 한라산을 보호하기 위해 노력하지 않으면 구상나무보다 더 많은 관광객으로 인해 한라산은 더 빨리 시들어 버릴지 모른다. 이런 인간의 이기심에 한라산이 분노하면 어떻게 될지, 섬뜩한 생각이 들었다. 오래간만에 본 정상은 생각보다 초라했다. 구상나무 묘지를 지나온 터라 더 그렇게 느꼈을 것이다. 오랫동안 비가 오지 않아 말라버린 백록담은 을씨년스럽기까지 하다. 멀리서 보는 한라산이 더 아름답다. 자세히 보았을 때 우리는 때론 불편한 진실을 마주할 때도 있다. 하지만 그 불편한 진실을 마주할 수 있는 용기가 필요하다. 삭막한 백록담이라고 할지라도 비가 올 때마다 소중한 물받이 역할을 해주고, 고인 물을 조금씩 천천히 오랫동안 아래로 흘려보내 구상나무가 마실 생명수를 제공해 줄 것이다. 겨울에는 눈이 많이 와서 쌓여있어야 하지만 그해 겨울 유난히 눈이 안 왔다고 한다. 그렇게 오지 않은 눈을 기다리며 오늘도 구상나무 가지 하나가 꺾일 것이고, 한그루가 넘어질 것이다. 이제 막 제주에 자리 잡기 시작한 나의 작은 실천이 한 조각의 눈이라도 되어, 한 방울의 비라도 되어 목마른 구상나무의 뿌리 끝이라도 적셔주길 바라본다.

성판악으로 내려오는 길은 다소 지루하다. 게다가 힘이 다 빠진 상태에서 내려오다 보니 다리도 아팠다. 길고 긴 낮은 경사도의 길을 한없이 내려오려면 졸리기까지 하다. 이럴 때 정신 바짝 차리지 않으면 다칠 위험이 있다. 내려오면서도 쓰레기 하나라도 더 주우며 기운을 내 본다. 이번 한라산 등반은 내가 지키고 보호해야 할 또 다른 중요한 존재가 있다는 것을 깨닫는 소중한 산행이기도 했다. 다짐한다. 제주 지킴이가 되기로. 1년간 이곳에 지내면서 내가 지나온 흔적은 오직 선한 영향력만 남기기로 한다. 플라스틱 줄이기, 분리수거 철저히 하기와 같은 아주 쉬운 실천부터 시작해서 해변 쓰레기 줍기, 환경보호 의식 홍보하기까지 다양한 활동을 해보겠다고 다짐한다. 무엇보다 다음 세대에게 물려줄 소중한 유산 하나를 더한다. 환경에 대한 인식이 그것이다. 하나님이 창조하신 이 아름다운 세상을 잘 가꾸고 지켜나가는 것도 중요한 우리의 사명임을 아이들에게 가르쳐야겠다. 아직 너무 어린아이들에게 탄소 배출이니 지구 온난화니 하는 어려운 것들을 가르치기보다 우리 집 마당의 풀 한 포기, 꽃 한 송이, 나무 한 그루를 보면서 자연의 아름다움을 깨우치게 하고, 이 작고 예쁜 생명체들이 인간의 이기심에 어떻게 사라지곤 하는지 가르쳐주겠다고 다짐한다.

　더러 아이들에게 공포심을 주는 자극적인 주제로 환경을 가르치는 경우도 있다. 특히 학교에서 그렇다. 많은 부모 역시 아이들에게 공포심을 심어주는 방식의 훈육을 많이 하곤 한다. '너 밤에 뛰면 귀신이 잡아간다', '밤에 피리 불면 뱀 나온다.' 등의 방식이다. 하지만 이런 훈육 방법은 옳지 않다고 생각한다. 아이에겐 자극적인 공포심으로 호랑이를 가르치기 전에 달콤한 곶감을 줄 수 있어야 하겠다. 아빠 육아휴직자는 여유가 있다. 아이가 한 가지를 알게 하기까지 오랜 시간이 걸리더라도 인내하며 가르쳐줄 수 있다. 평소에 직장과 가정을 오가는 아빠가 자녀를 훈육하려면 여유가 없다 보니 혼을 내거나 공포스러운 분위기를 조성하기 일쑤다. 아빠 육아휴직자로서 그렇게 하지 않겠다고 스스로 다짐한다. 제주에 오길 참 잘했다. 아이들이 자연을 사랑해 줄 것 같다는 기분 좋은 생각이 든다. 아이들에게 이 사랑스러운 화산, 제주가 지내온 시절을 만화로 가르쳐줄 수 있는 좋은 영상이 있어 소개한다. 디즈니에서 만든 짧은 애니메이션 「Lava」는 화산의 사랑 이야기를 그린 영상인데 노래도 참 듣기 좋다. 사랑이라는 뜻의 Love와 발음이 비슷한 용암이라는 뜻의 Lava를 가지고 만든 멋진 뮤비고, 보면 제주가 더 사랑스러워지리라 생각한다. 이 노래는 한동안 우리의 제주 사랑을 나타내는 대표곡이 되어 제주 어딜 여행 다니든 차에서 항상 듣고 다녔다. 우리 아이들도 그렇게 제주에 스며들어 가고 있었다.

※ 관음사 코스로 오르는 길에는 특전사 전몰장병 추모비가 있다. 대통령 경호 작전에 투입된 특전요원들을 태운 군 항공기가 악기상으로 인해 한라산에 추락하여 전원이 순직한 안타깝고 끔찍한 사고를 기억하기 위해 만들어 놓은 곳이다. 실제 항공기가 추락한 곳에 만들었다고 한다. 관음사 코스에서 조금 벗어나 걸어야 하지만 나는 장모님께 양해를 구하고 가보았다. 전우로서 그들을 외면하는 것은 예의가 아니라고 생각했다. 안타까운 것은 추모비까지 가는 길에 쓰레기가 많았다는 것이다. 한라산은 화장실이 거의 없다. 아침 일찍 산행을 나선 분들이 열심히 걷다 보면 때에 따라선 배가 아플 수도 있을 것 같다. 나도 매번 그런 게 신경 쓰여서 산행 전에는 뭐를 잘 안 먹곤 하니까. 하지만 비양심적인 사람들이 용변을 해결하기 어려운 한라산에서 굳이 이 전몰장병 추모비 가는 샛길로 빠져서 일을 보는 것 같다. 휴지 쓰레기가 정말 많이 나온다. 애처로운 간판만이 호국영령의 영이 깃든 곳이니 제발 경건한 예의를 지켜달라고 호소할 뿐이다. 그 들리지 않는 애원은 관광객의 해우(解憂)를 위해 그저 한라산 골짜기에 메아리쳐 파묻히고 마는 듯하다.

제주에서 맞이하는 새해

워낙 연말에 이사를 왔기 때문에 얼마 지나지 않아 제주에서 새해를 맞이한다. 거의 항상 여름에만 왔던 터라 제주에서 연말연시를 보내보는 것은 또 처음이다. 시골에서 지내다 보니 도시의 떠들썩한 크리스마스와 다르게 그저 우리만의 소소한 파티와 교회에서 보내는 아기 예수 탄생 축하 예배로 조용히 지나갔다. 새해 역시 마찬가지였다. 제주에서 올해의 마지막 지는 해를 보고 싶어 가족들끼리 성산 일출봉에 오르기로 한다. 새해를 보고 싶은 마음도 있었지만 그렇게 새벽 일찍 성산 일출봉에 아이들을 데리고 올 엄두가 안 났다. 그리고 워낙 새해 해맞이 장소로 유명한 곳이기에 사람도 많을 것 같아서 무리수를 두지 않기로 한다. 나중에 안 사실이지만 이런 이유로 성산 일출봉 새해 등반은 예약제라고 한다. 대신 마지막 해를 보는 것으로 만족한다.

아이들을 보채서 새해를 볼 수도 있지만, 매번 나의 선택과 결정이 내 욕심인지 아이들에게 좋은 경험, 교육과 훈육을 하기 위함인지 고민해 봐야 한다. 그런 과정 없이 마음속에서 나오는 대로만 하다 보면 아이들은 자아를 상실하고 아빠의 명령에 따라 움직이는 병정이 돼버릴 수 있다. 우리 모두는 처음 아빠를 해본다. 매 순간이 처음이다. 그렇기에 누구나 실수할 수 있다. 잘못된 방법을 선택할 수 있다. 육아휴직이 교학상장의 시간이 될 수 있다고 한 것은 이런 순간에 나를 돌아볼 수 있는 여유가 있다는 데 있다. 나 역시 처음 겪는 이 모든 순간에 내가 뱉은 말, 나의 행동이 아이에게 어떻게 영향을 미치는지 그 작은 변화를 세심하게 들여다보며 나를 돌아본다. 결국 아이는 부모의 거울이다. 아이가 하는 행동은 알고 보면 나를 통해 배운 것이다. 모든 선택을 시간 여유를 갖고 신중하게 선택해 본다. 아이들과의 첫 성산 일출봉 등반은 성공적이었다. 어진별은 거의 뛰다시피 올랐다. 어릴수록 체력이 좋은 게 사실인 것 같다.

불평불만도 없이 힘차게 잘 오르는 아이들을 보며 언제 이렇게 컸지 생각한다. 아이들에게 성산 일출봉을 오르는 것이 힘들지도 모른다는 생각에 도전 과제를 내세워 힘들어도 포기하지 말고 최선을 다해서 도전해 보자고 오르기 전 두둑이 정신교육을 해두었는데 기우였다.

성산 일출봉은 관광객으로 북적인다. 제주답지 않은 잔잔한 바람이 두 뺨을 간지럽힌다. 파도가 잔잔하게 바다 위 무늬를 그려낸다. 미세먼지로 오염된 하늘은 아니었지만 그렇다고 아주 선명하고 깨끗한 하늘도 아니었다. 두터운 공기층 너머로 살며시 한라산의 실루엣이 보인다. 한시적 백수가 된 나는 바쁠 것 하나 없다. 15년 전쯤 친구와 함께 뛰다시피 올랐다 정상만 찍고 바로 내려가야 했던 때와 다르다. 그 누구보다 오래 정상에 머무르며 넘치는 여유를 느낀다. 어느덧 해는 노을빛 뿜어내는 그윽한 모습으로 바뀐다. 두터운 공기층도 한몫했다. 그저 제주 감귤을 닮은 주홍빛 점으로 보이지만 그 주변까지도 붉게 물들이며 지는 올해의 마지막 해를 바라보며 하산을 한다. 아내의 손을 꼭 잡고 계단 하나하나를 꼼꼼하게 지르밟으며 저만치 뛰어가는 아이들을 바라본다. 해도 우리와 같이 내려간다. 수평선과 가까워지며 점점 붉음을 더 한다. 그럴수록 하늘은 황금빛으로 물들고 찬란해진다. 바다까지 어느덧 붉은 해를 물에 푹 담가 이리저리 휘저어 섞어놓은 듯 물들었다. 온 세상의 색깔이 달라진다. 그렇게 올해의 마지막 해를 떠나보냈다.

차로 돌아오는 길에 서로의 다짐을 들어본다. 제주에서의 삶에 저마다 목표가 있다. 구체적이고 뚜렷한 목표도 좋지만 1년 신나게 놀아보자 다짐한다. 엄격한 아빠의 질문에 나름 머리를 굴려 그럴듯한 대답을 해보고자 노력하는 눈치 빠른 맑은물이지만 맥락을 들여다보면 결국 신나게 놀겠다는 거다. 신나게 자연과 어우러져 잘 놀 아이를 응원한다. 군 생활 하면서도 낭만을 잃지 않기 위해 노력하며 부대원들에게 많은 이벤트를 베풀었다. 특히 중대장 때는 새해에 소대장들과 정복을 입고 부대에 와서 장병들과 새해 기념 파티를 하곤 했다. 한 해의 마지막을 카운트 다운 하며 모두가 새로운 한 해를 맞이하고 덕담을 나눴다. 멋지게 정복을 차려입고 중대원, 소대원과 같이 사진을 찍어 밴드에 올리면 부모님께서 늠름한 지휘자들의 모습을 좋아해 주셨다. 중대장을 마친 이후에는 대다수 새해를 송구영신 예배를 드리며 보냈다. 제주에서의 새해는 뭔가 특별할 것 같다는 기대도 있었다. 막상 경험해 보니 특별할 것 하나 없이 평범했다. 그런데 가족 모두가 함께하는 이 평범함이 가장 일상적이지만 가장 갖기 힘든, 특별한 평범함이라는 것을 이내 깨달았다.

송구영신 예배를 위해 교회에 갔다. 우리가 섬기는 이 작은 교회에 몇 안 되는 가정이 옹기종기 모여 새해를 맞이한다. 어진별은 이미 하루 종일 신나게 놀았던 터라 잠이 들었다. 한 해의 마지막을 돌아보며 조용히 기도를 드린다. 제주에서 오롯이 보내는 1년의 삶에 축복 가득하길 바라본다. 이 아이들의 인생에 선명하게 남을 1년의 기억이 아로새겨지길 바라본다. 말씀 카드를 뽑으며 삶의 자세를 정하고 용기를 얻는다. 그렇게 우리는 제주에서 새해를 맞이했다. 벌써 햇수로 제주에 온 지 2년 차가 되었다. 복직해야 하는 해이기도 했다. 그 끝이 분명한 육아휴직이지만 그 이후를 자꾸 생각하다 보면 이곳에서의 시간조차도 제대로 누리지 못할 수 있다. 아빠 육아휴직자들은 가장이라는 책임감에 그 이후를 생각 안 할 수 없다. 그럴수록 치열하게 육지를 등지기로 한다. 적어도 1년 동안 완전히 다른 삶을 살아보기로 한다. 오직 남편으로, 아빠로, 좋은 이웃으로만 존재해 보기로 한다. 1년의 시간을 통해 아이들을 완벽하게 성장시킬 수 없다. 자아를 이해하는 것도 평생 죽을 때까지 해야 하는 과정이라고 하는 게 더 맞는 말일 것이다. 하지만 평생 잊지 못할 우리 가족만의 찐한 추억을 만든다면 성장 과정에서 그리고 앞으로 삶의 모든 순간에 겪게 될 많은 갈등과 고난을 이겨낼 회복 탄력성을 지닐 수 있을 것이라고 믿는다.

우리는 제주에서 신나게 놀고 있습니다

육아휴직은 사실 육아라고 하는 아주 숭고한 일을 하기 위한 휴직이다. 일, 가정 양립을 위해서 너무나도 중요한 제도고, 가부장제도도 하에서 엄마에 의해 거의 전담된 육아를 아빠가 분담함으로써 가정을 보호하는 기회이기도 하다. 그런데 여기서 우리가 간과한 몇 가지가 있다. 사실 이런 방식은 그리 오래되지 않았다. 산업화 시대에 와서 육아할 수 있는 시간을 빼앗긴 것이지 그전에는 휴직할 필요도 없이 육아의 여건이 보장되었다. 게다가 엄마에 의해 육아가 전담된 것 역시 그리 오랜 전통이 아니다. 이 역시 산업화 시대에 주로 아빠들이 돈을 벌어오다 보니 자연스레 가정주부와 같은 직업 아닌 직업이 생겨난 것이다. 조선 시대 선비들이 쓴 책들을 보다 보면 오히려 그 시절 자녀의 훈육에는 아버지들의 역할이 더 컸음을 알 수 있다. 더러 아버지가 다른 지방으로 발령이 나서 떨어져 지내는 경우 엄마에 의해 육아와 훈육이 전담되는 경우가 있긴 했다. 신사임당과 같은 훌륭한 어머니상이 그렇게 나오기도 했으니 오히려 이런 이미지가 훌륭한 엄마는 현모양처라고 각인된 것이다. 하지만 정말 훌륭하게 자녀를 키워내는(특히 아들) 역할은 아버지의 역할이 매우 컸음을 여러 책을 통해서 배웠다.

인류의 문명 발달에서 아주 중요한 역할을 하는 교육이라는 제도 자체가 가정에서 시작되었다는 나의 견해를 앞서 밝힌 바 있다. 지금 모습의 공교육 제도는 역사가 그리 길지 않다. 조선 시대에도 서원도 있고 서당도 있고 나라에서 운영하는 성균관도 있고 했지만, 그전에 모든 교육의 시작은 가정이었다. 가정교육이야말로 교육의 시작이고, 가장 중요한 부분을 차지한다. 그러다 보니 지금의 육아휴직 제도는 궁여지책이라고 생각된다. 애초에 중요한 가정교육 그 자체가 목적이어야 하는데 지금 인간의 문명은 가정교육보다는 공교육에 아이들의 성장을 맡길 수밖에 없다. 그 와중에 본질적으로 갖고 있던 가정교육의 중요성을 다시금 깨달았음에도 인류의 교육 철학을 그전으로 환원하기는 어렵고, 육아휴직 제도 같은 것으로 보완할 수밖에 없는 것이다. 생각이 여기까지에 이르니 육아휴직 기간에는 반드시 무언가를 이뤄내야만 할 것 같다는 부담을 가지게 된다. 마치 논문이라도 써내거나 자녀들이 무언가 성취를 이뤄내야 한다는 부담이다. 이런 생각이 들 때면 다시금 마음을 고쳐먹는다. 나의 육아휴직이 자녀에게 부담이 되어선 안 된다. 그저 삶을 살아내는 것이다. 나도, 아내도, 두 아이도 모두 각자의 삶을 살아내는 것이다. 우리는 1년을 놀기 위해 제주도에 왔다. 그렇다면 우리는 오롯이 놀고먹는 무위도식을 해야 한다.

자녀를 길러내기 위해선 자녀의 시선을 이해할 필요가 있다. 한국 나이로 9살, 6살이 방금 된 이 아이들의 인생에서 지금 이 순간 가장 잘하는 것은 아이답게 마음껏 노는 것이다. 해를 넘기고 우리 타운에 한 달 살이 손님이 많아졌다. 그런데 한 달 동안 이곳에 지내면서도 육지에서 다니던 학원의 숙제를 들고 온다든지, 학교 진도를 놓치는 게 걱정되어 각종 교재를 바리바리 싸 들고 온다든지 하는 가정이 많았다. 그들의 삶의 방식이 잘못됐다고 하고 싶진 않다. 다 그들의 방식이 있는 거니까. 오히려 그런 상황에서 우리 아이를 너무 방치하는 것은 아닌가 걱정한 적도 있다(실제 어떤 부모는 나에게 직접 아이를 바보로 만들 것이냐고 꾸짖기도 했다). 하지만 오늘도 해가 지고 타이머에 맞춰서 공동 조명이 켜진 뒤에도 여전히 강아지와 뛰어놀고 마당에서 마음껏 뒹구는 저 아이들에게 적어도 이 1년만큼은 마음껏 놀게 해주고 싶다는 생각을 한다.

누군가 우리를 보고 있으며 세상의 기준에서 아무것도 하지 않고 있다고 생각할 수 있지만 우리 모두는 치열하게 놀이를 하고 있다. 이 노는 것이야말로 지금 우리에게 주어진 가장 소중한 사명이다. 하루하루를 꽉 채워 가득히 놀아내는 것. 다양한 놀 거리를 찾아 놀고 또 노는 것. 그렇게 놀면서 생각을 키우고, 나를 깨달아 가는 것. 추억을 만들고, 자연과 함께 어울리는 방법을 배우는 것. 이 모든 것은 놀이 안에 있다. 너무나 빠르게 돌아가는 세상 속에서 우리는 생각할 겨를이라는 것도 없다. 이 생각할 겨를을 주지 않는 것은 거대한 문명이 인간을 노동하는 도구로 전락시키기 위한 고도의 전략이라고 생각한다. 인간이 생각을 너무 많이 하면 산업화는 늦춰진다. 왜 인간이 그렇게 잠을 줄여가며 노동을 해야 하는지에 대해 근본적인 물음을 던지기 시작할 것이기 때문이다. 인간의 존재에 대해서 생각해 본다. 그런 나는 「죽은 시인의 사회」라는 영화에서 나온 유명한 격언을 가슴속에 새기고 살아간다.

"의학, 법률, 경제, 기술 따위는 삶을 살아가는 데 필요한 수단에 불과하다. 하지만 시, 미, 낭만, 사랑이야말로 삶의 목적이다."
"Medicine, law, business, engineering, these are noble pursuits and necessary to sustain life. But, poetry, beauty, romance, love, these are what we stay alive for."

인간은 원래 도구로 쓰이기 위해 존재하지 않는다. 인간은 그 존재 자체가 목적이다. 삶을 편리하게 살아가는 데 필요한 수단을 위해 우리가 진정한 목적인 인간으로 존재하기를 포기한다면 그것은 참으로 서글픈 일이다. 일을 열심히 해서 돈을 벌지만, 그 돈으로 일을 열심히 하느라 생긴 병을 치료한다. 일을 열심히 해서 번 돈으로 멋진 차를 사지만, 그 차를 관리하기 위해 돈이 필요해서 또 일을 해야 한다. 물론 고도로 발전된 문명을 일으키기까지 할아버지, 아버지 세대들이 피, 땀, 눈물 흘렸던 시간들을 모두 거부하지 않는다. 그분들의 노고가 있었기에 우리는 지금 인류 역사상 유례없는 풍요를 누리고 있는 것이 사실이다. 하지만 조금 더 천천히 발전했어도 되지 않았을까? 조금 더 밀도 있게 문명이 발전했어도 되지 않았을까? 한때 자본가들이 지배한 세상에서 돈에 의해 인간이 폭력적으로 지배당했던 시기가 있었다. 지금은 조금 더 세련되었을 뿐 달라진 게 사실 없다. 기능하는 사람이라는 멋진 말로 우리는 '너도 할 수 있잖아.'라는 말을 많이 듣곤 한다. 이 이면에 숨겨진 말은 할 수 없다면 기능하지 못하는 사람, 즉 루저고 낙오자라는 것이다. 하지만 인간이라면 할 수 없을 수도 있다. 할 수 없을 수 있는 존재야말로 인간이다.

인간이 먼저 깨달아야 할 것은 고도로 발전된 산업화 시대에 내가 어떤 도구로 이 사회에서 쓰임 받을 것인가가 아니라 내가 어떤 인간으로 존재할 것인가다. 나에 대한 고민. 그 사유할 힘을 먼저 아이들에게 줘야 한다고 생각했다. 나의 육아휴직은 그런 우리 부부의 인생관, 교육 철학에서 시작되었다. 좋은 제도 덕분에 일하지 않아도 최소한의 먹고살 수 있는 환경을 제공받았다. 그래서 더욱 무위도식을 즐기며 사유한다. 더욱 신명 나게 논다. 실컷 노는 환경에서 우리는 마음이 커간다. 우리 스스로에 대해 다시금 돌아보고 생각해 본다. 놀이 가운데 끊임없는 생각을 통해 서로를 발견한다. 삶을 참 치열하게 살았다. 잠을 줄여가며 공부하고 일했다. 그 결과 한때는 신장이 너무 나빠져서 약을 먹으며 버틴 적도 있다. 그렇게 치열하게 살아야지만 이 커리어에서 생존할 수 있고, 그것이 곧 인생의 성공이라고 착각했던 적이 있다. 하지만 이제는 깨닫는다. 커리어의 성공이 곧 인생의 성공이라는 법칙은 산업화된 문명이 가스라이팅한 결과에 지나지 않는다고. 내가 진짜 승리하며 살아내야 할 것은 나의 인생이다. 나의 인생은 그 누구의 인생과도 비교할 수 있는 기준 자체가 없다. 그렇기에 그 기준은 오직 나만이 만들 수 있다. 그러기 위해선 나를 알아야 한다.

치열하게 살았던 내가 아무것도 하지 않는 삶을 사는 이 순간이 처음에는 적응되지 않았다. 매일 새벽에 일어나 마당 산책을 하고, 뜀걸음이라도 해야 했고, 책을 손에 놓지 않아야 했다. 육아휴직을 했음에도 처음엔 아이들과 놀기는커녕 늘 그렇듯 나의 성장을 위해 나를 혹사시켰다. 하지만 어느 순간 깨닫는다. 마당에 노는 아이들이 그 누구보다 같이 놀고 싶어 하는 것은 아빠라는 것을. 손에서 책을 놓는다. 자리를 털고 일어나 마당으로 나간다. 햇볕이 따스하다. 슬리퍼 틈으로 들어오는 잔디의 감촉을 느낀다. 지금 이 순간 가장 중요한 일을 하고 있다. 아이들과 함께 온전히 그들의 시각으로 노는 것. '동물 무궁화 꽃이 피었습니다'를 하고 싶다고 한다. 이 놀이를 할 때 술래가 특정 동물의 이름을 외치고 '무궁화 꽃이 피었습니다.'를 하면 나머지 사람들은 그 동물을 흉내 내며 멈춰야 한다. 이 가운데 아이들은 동물의 행동을 몸으로 말하는 창의성을 키울 것이다. 아빠가 술래가 된다면 도망가는 아이들은 나의 한걸음에 다 잡히겠지만 아이들은 최선을 다해 도망간다. 괴물 놀이도 아이들이 좋아하는 놀이 중 하나다. 술래잡기의 우리 가정 버전이다. 좀비처럼 행동하는 아빠로부터 도망 다닌다. 무엇보다 가장 좋아하는 놀이는 가족 퀴즈라고 하는 놀이다. 자기 전에 꼭 하는 놀이인데 하루를 마감하기 참 좋다. '온몸으로 말해요.'라고 흔히 알려진 놀이를 말한다. 2층 집이 떠나갈 듯이 웃는다. 이렇게 아무리 웃어도 마당 넘어 건너편 집에 소음이 전달되지 않는다. 때로는 쿵쿵거리며 큰 동작을 해야 하지만 1층에 아무도 없고 우리 집이기에 하지 말라고 할 이유가 전혀 없다. 우리는 최선을 다해서 놀고 있다.

우리는 최선을 다해서 나를 알아가고 있다. 세상의 도구로 쓰이기 전에 우리는 시, 미, 낭만 그리고 사랑을 이루며 존재 자체가 목적인 사람들로 살아내려고 한다. 에리히 프롬이 말한 존재, 'To be'를 선택한 것이다. 우리는 그냥 무위하지 않고 'To be+ing' 하고 있다. 아빠 육아휴직자들은 휴직 전부터 워밍업을 통해 삶의 모양새를 일이 아닌 놀이로 점차 바꿔두어야 한다. 휴직이 시작된 첫날 아침, 새벽에 일어나 아이들이 일어나기도 전에 출근하던 습관에서 벗어나 아이들과 같이 부스스 눈 비비고 느지막이 일어난다. 유치원으로, 학교로 가야 하는 아이들이 아침에 어떤 마음인지 한껏 느끼며, 여유롭게 아침을 먹어야 한다. 아이들은 우유와 토스트를, 아빠는 커피와 토스트를 즐기며 식탁에 앉아 아이들과 대화를 나눠야 한다. 엄한 아빠가 되지 말고 커피 향처럼 부드럽게 아이들의 하루를 응원해 줘야 한다. 학교 다녀오면 아빠와 하루를 신나게 놀자고 약속하고 아이를 학교로 보내야 한다. 그렇게 나도 아빠 육아휴직자로 적응해 간다.

가장 소중한 우리의 첫 번째 공동체, 가족

사회의 가장 기본단위라고 하는 가정이 위기를 맞았다고 한다. 공산주의자들이 의도적으로 가정을 해체하려고 시도하던 시기가 아닌 고도의 민주화를 달성한 21세기 대한민국에서 가정 해체 이야기가 나온다. 이유가 다양하다. 부부의 불화, 갈등에 의한 이혼, 가정 폭력으로 인한 탈가정, 고부 갈등, 장서 갈등 등등. 한때 이혼율이 50%에 육박한다는 기사가 쏟아지기도 했다. 재정적으로 어려움을 겪는 가정 중에서는 부모가 자녀

살해 후 극단적 선택을 하는 일이 일어나기도 한다. 안타깝기 그지없다. 이렇게까지 가정이 무너진 이유가 무엇일까? 톨스토이의 유명한 작품, 『안나 카레니나』은 첫 구절에서 가정에 대해 이렇게 말한다.

"행복한 가족은 거의 다 비슷하지만, 불행한 가족은 제 나름의 이유가 있다."

직업군인이라는 공동체는 그래도 가정적으로 안정적인 경우가 많다. 게다가 교회 공동체에 몸을 담고 있어서 그런지 주변에 그렇게까지 불행한 가정을 많이 보지 못했다. 가끔 언론이 너무 자극적이고 구체적인 사례로 가정의 위기를 말하고, 제 나름의 이유만 밝히다 보니 불행한 가정이 더 많아 보이는 것은 아닐까 하는 생각이 들기도 했고, 내 주변의 대다수는 비슷한 이유로 행복하게 지내고 있지만, 부지불식간에 그들의 불행을 들여다보지 못하고 있을지 모르겠다는 생각이 들기도 했다. 살다 보니 우리 가정도 더러 어려움을 겪기도 했다. 그 과정에서 깨닫게 된 중요한 것은 가정의 행복은 거저 얻을 수 없다는 것이다. 서로에 대한 사랑과 신뢰를 바탕으로 끊임없이 소통하고 노력해야 하고, 대를 물려서 그런 환경을 제공해 주어야지만 자존감 충만한 공동체의 일원으로서 자녀를 키워낼 수 있다는 것을 깨달았다. 행복은 노력이 수반된다. 나 역시 이혼 가정의 자녀였기 때문에 이미 알고 있었던 사실이다. 그런 사실에 대해서 스스로 인정하지 못했던 시절이 있었을 뿐.

아내와 결혼하여 함께 가정을 이루고 살아가면서 우리는 정말 많은 대화를 통해 이 부분에 대해서 가치관 정립을 이뤄냈다. 가정은 공동체의 시작점이다. 그 가정 안에서 첫 번째 공동체원의 역할을 배우는 것이다. 그리고 우리에게 그 공동체에 대한 철학을 묻는다면 이웃 사랑을 가장 중요한 계명이라고 말씀하셨던 예수님의 말씀대로 이웃 사랑을 실천하는 선한 영향력이라고 답하겠다. 아이들에게도 선한 영향력을 줄 수 있는 부모가 되어보자고 다짐한다. 이웃은 광의의 의미로는 나를 제외한 모든 타인이라고 하겠다. 아이와 부모님도 나에겐 이웃이고 첫 번째 공동체다. 가족을 사랑하는 것. 이웃 사랑을 실천하는 선한 영향력의 가족 공동체 프로젝트가 나의 육아휴직 첫 번째 테마라고 할 수 있을 것이다. 이를 위해 우리는 가정 예배를 드리기 시작했다. 매일 가정 예배와 큐티를 통해서 아이들에게 이웃 사랑에 대한 가르침을 주었다. 자녀에게 줄 첫 번째 유산인 신앙을 나누는 것이다. 하지만 이것을 가르치는 과정이 쉽지만은 않았다.

"조용히 해!" 참다 참다 결국 나는 큰 소리를 토해낸다. 이런 훈육은 정말 좋지 않다는 것을 알고 하지 않으려고 노력하지만, 아빠도 사람인지라 결국 참지 못하고 흔히 말하는 샤우팅을 하고 만 것이다. 저녁 식사 시간이었다. 그날따라 왜인지 아이들의 투정이 더 심했다. 부족한 예산으로 지내보려니 아이들이 선호하는 다양한 반찬을 매번 주기는 어려웠다. 대신 제주에서 얻을 수 있는 건강한 채소류와 대형 마트에서 꼼꼼하게 가격 비교하고 사 온 소소한 반찬을 주었다. 맛보다는 영양가를 선택했는데 이것이 결국 불씨가 되었다. 종일 이런저런 이유로 투정하던 아이들은 급기야 반찬 투정까지 하기 시작했고, 남매간에 투덕거리기까지 했다. 어찌나 소리를 크게 질렀는지 아내까지 움찔하는 모습을 보고 속으로 미안한 마음이 들었지만 단호하게 교육하지 않으면 안 되겠다고 생각했다. 부모들은 이렇게 좋은 환경에서도 투덜대는 아이들이 이해가 안 갈 수 있다. 내가 이렇게까지 해주는데 왜 이렇게 아이들은 말을 안 들을까? 평소에 아내가 아이를 양육하다가 힘든 점을 하소연할 때도 있고, 아이들이 너무 과하다 싶으면 남편에게 자녀 훈육을 부탁하기도 한다. 그럴 때 대다수 아빠들은 피곤한 상태로 집에 와서는 쉬고 싶다는 욕구가 너무 커 아내의 요구에 부응하지 못하기도 한다. 이런 과정이 반복되면 아내와의 불화가 생기게 마련이다. 그게 아니라면 가장 쉬운 방법의 훈육(사실은 전혀 훈육이 되고 있지 않은)을 시도한다. 화를 내고 혼을 내는 것이다. 육지에서 나는 어떤 아빠였을까? 나름대로 그런 방식의 훈육은 하지 않으려고 노력했다. 하지만 오히려 아빠 육아휴직자로서 여유가 넘치는데 이런 상황에서 이렇게 하는 나를 돌아보며 나 역시 심신 수양이 너무나도 부족한 인간이구나 자괴감을 느꼈다. 또한 내가 제공했다고 자부하는 이 좋은 환경, 제주를 이렇게까지 좋아하는 것은 부모들일 뿐이고 아이들은 아직 제주가 이렇게까지 좋다는 것을 느끼지 못하는 것은 아닐까 하는 생각도 들었다. 동상이몽이다. 소리를 치고 단호하게 교육은 했지만 마음속에선 이미 후회를 하고 있었다. 이런 방식은 옳지 않다고 되된다.

우리는 가장 가까운 소중한 사람들에게 더 화를 자주 내곤 한다. 나와 타인을 구분해 내는 뇌는 가까운 사람일수록 나에 가깝게 인식하고 나의 통제 범주 안에 집어넣곤 한다. 그러다 보니 내 마음대로 되지 않으면 화를 내는 것이다. 나의 인격 부족임을 인정하고 반성한다. 가족 공동체의 해체는 바로 여기서 오는 것이다. 아이러니하게도 너무 사랑해서. 하지만 그 사랑하는 방식이 잘못되었다는 것을 인식하지 못하는 과정에서 스멀스멀 그 사랑이 미움과 배반으로 바뀌는 것이다. 그 끝은 파국이다. 건강한 공동체, 선한 영향력과 이웃 사랑의 첫 번째는 나와 다른 상대를 인정해 주고 그 자체를 사랑해 주는 것이다. 가정에서부터 그것을 제대로 배워야 한다. 나에 대한 올바른 인식과 사랑이 완성된다면 다음은 타인이다. 나와 다른 존재. 타자. 그런 타자를 소크라테스는 '아토포스적 타자'라고 표현한다. 타자는 타자로 존재해야만 한다.

인생에서 맞이하는 첫 번째 공동체인 가족은 이것을 가장 잘 망각하는 실패한 공동체가 되기 쉽다. 가부장적인 인식이 강한 우리나라 사회에서는 더욱 그렇다. 아버지의 생각이 곧 그 공동체의 사상이 되곤 한다. 아버지의 통제 안에서 모두가 사고하고 행동해야 한다. 공동체에서 거의 유일하게 경제적인 책임을 지고 있던 아버지는 생사여탈권을 쥐고 공동체를 흔든다. 아버지의 말은 곧 가정의 법도가 되고 어릴 때부터 이렇게 가스라이팅 당한 아이들은 아버지의 굴레에서 벗어나기 힘든 삶을 살게 된다. 어머니 역시 다르지 않다. 시집와서 경력이 단절된 여자가 지아비에게 순종하지 않고 이 험난한 세상을 살아가기 참 쉽지 않은 사회다. 자녀를 소유물로 여기는 부모들의 잘못된 생각 역시 크다. 앞서 언급했던 자녀 살해 후 극단적 선택이라고 하는 이 끔찍한 행위가 일어나는 이유 중 하나가 바로 여기에 있다. 자녀는 나의 소유물이고 내가 없으면 이 자녀는 살아갈 수 없고 그들의 삶은 의미가 없다는 한심한 생각에 자신의 인생 실패를 자녀의 인생 실패로 연결해서 생각하는 것이다. 이 정도의 극단이 아니더라도 소유물로서의 자녀의 존재는 흔하다. 자녀를 위해서라고 핑계를 대지만 자녀를 통해 자신의 성공을 증명하고자 하는 대한민국의 수많은 부모가 여전히 자녀의 꿈을 묻기 전에, 자녀가 진정 원하는 것이 무어냐 묻기 전에 입시 전쟁에 들이밀고 대학의 간판이 인생을 정의한다고 가스라이팅 한다. 의대가 곧 성공의 상수라고 가르친다. 안타깝게도 이런 부모의 마음은 사실 사랑에서 시작된다. 그게 부모의 사랑이라는 것까지 인정하지 못하는 바는 아니다. 사실 알고 보면 부모들도 피해자라면 피해자일 수 있는 것이다. 가난했던 시절 공부를 잘해 좋은 대학을 가는 것이 거의 유일한 계층 사다리였던 시대에 살았다. 나의 부모 역시 공부 잘하길 바랐고, 공부를 위해서 아낌없이 지원했다. 그런 사랑을 제대로 받아들이지 못한 반항기가 있었고, 마찰도 있었다. 부모가 되고 나서야 깨닫는다. 나의 부모 역시 처음 부모였고, 그것이 그 당시 최선이었다는 것을. 안타까운 현실이다. 그것을 끊어내는 것이 두려울 수밖에 없다. 진짜 사랑을 주는 다른 길로 간다는 용기를 내기 어려운 것이 지금 세상의 모습이다. 변하지 않는 사실은 자녀가 결코 부모의 소유물일 수 없다는 것이다.

자녀를 오롯이 나와 다른 또 다른 인격체로 인정해 주는 것. 그것이 우리 부부가 다짐, 또 다짐하며 자녀 교육 간 첫 번째 가치로 내세우기로 한 것이다. 하지만 인격 수양이 부족한 아빠는 자녀를 순간 소유물로 여겼고 끊임없이 불평하는 아이들에게 그들이 왜 불평하는지 들어주기 전에 화부터 내고야 말았다. 마음을 추스르고 잠들기 전 아이들에게 감사함에 대해서 가르쳐준다. 자녀를 가르치는 목적을 분명히 해둔다. 나와 다른 인격체지만 아직 사회를 경험하지 못한 이 아이들을 사랑하기에 그들이 사회라고 하는 더 큰 울타리의 공동체에 들어갈 때 부디 자기 자신을 잃지 않고, 이웃 사랑을 실천하며, 선한 영향력을 미치는 세상의 빛과 소금으로 존재할 수 있는 방법을 가르친다. 그렇다면 가르치는 수단과 맥락이 같아야 할 것이다. 본이 되어야 한다. 다시는 화내지 않기로 다짐한다. 그런 부모의 마음을 아는지 언제 그랬냐는 듯이 웃고 또 장난치며 투덕거리고 투덜대는 아이들이다. 가족 공동체에 대해서 우리 나름의 정의를 내린다. 가족은 서로 다른 영혼들이 만나 각자의 꿈을 시기 없이 오로지 사랑만으로 응원해 줄 수 있는 거의 유일한 존재. 단 한 명을 위한 공동체가 되어서는 안 된다. 그렇기 때문에 반대로 가정 내 힘들어하는 구성원이 있다면 모두가 그를 위해 함께 기도해 주고 고통을 자발적으로 분담해 줄 힘이 있는 공동체다. 이것이 가족이 주는 사랑의 힘이다.

제주야, 우리를 좀 보드마 줍서

제주의 겨울은 변화무쌍했다. 바다에 발을 담그고 놀 수 있을 만큼 햇살이 따사로운 날이 있는가 하면 앞마당에 나가 놀기도 힘들 만큼 추운 날도 있었다. 생각해 보면 육지에 있을 땐 한결같이 추운 겨울에 보일러나 뜨끈하게 틀어놓고 집에 주로 있었다. 감기 걸릴까 걱정이 되기도 했고, 추운 날 나가서 고생하고 싶진 않았다. 재밌는 가족 영화나 보면서 겨울을 났다. 제주는 달랐다. 코앞에 마당이 언제나 아이들에게 손짓한다.

아이들은 추위도 잊은 채 나가 놀고 싶은 욕망을 감추지 못했다. 내복 입고 놀기가 일쑤였고 비싼 난방비를 아끼려고 실내 온도도 너무 높지 않게 맞춰놓고 지냈다. 여느 날과 같이 즐겁게 하루를 보내고 따뜻한 물로 씻고 맛있는 저녁을 먹었다. 밤이 깊어가고 비가 오지만 가족 모두가 2층에 옹기종기 모여 포근함을 느끼며 잘 준비를 하고 있었다. 개구쟁이 막내둥이가 평소와 다른 모습이다. 기운이 없고 지쳐 보인다. 잠을 자는데 밤에 온도가 39.2도까지 치솟는다. 해열제를 먹여도, 미온수 마사지를 해줘도 열이 좀체 내리지 않는다. 기어이 열은 40도까지 치솟는다.

의학적 지식이 부족한 부모로서는 인터넷을 찾아보는 것이 때로는 공포다. 자극적인 블로그의 검증되지 않은 의학 지식들은 당장 아이가 어떻게 될 것처럼 설명해 두었다. 이 작은 마을에서는 119를 부르는 것이 더 나을 수 있다. 하지만 아직 아이가 정신을 잃은 것도 아니고 힘들어하지만 잘 버티고 있는 것 같아서 더 지켜보기로 한다. 머릿속으로는 계속 이 밤에 어디로 가야 할까 고민한다. 제주대 응급실로 가야 하나, 서귀포 의료원으로 가야 하나. 밤새 아내와 불침번을 서며 아이의 상태를 확인한다. 날이 밝자마자 준비해서 병원으로 향했다. 제주 생활에서 유일한 불편이라면 부족한 의료 서비스라고 할 수 있겠다. 집에서 10분 거리에 의원이 있긴 하다. 평소 감기와 같은 잔병치레는 의원에 가서 약을 타 먹어도 되긴 하다. 나름대로 의료 인프라를 갖춘 표선면이라 필요한 병원은 거의 다 있는데 사람 마음이라는 게 아이가 아프면 큰 병원을 찾게 된다.

삶의 터전을 생각할 때 그저 부모가 계신 곳에서 계속 머무르게 되는 경우도 있지만 현대 사회에서 대다수는 직업에 따라 사는 곳이 정해지곤 한다. 어쩌면 우리가 제주살이를 고민할 수 있었던 이유는 아이러니하게도 직업이 거주 안정성이 정말 최악이라고 알려진 군인이기 때문일지 모르겠다. 아버지도 직업군이 이셨던 터라 살면서 이사를 정말 많이 했는데 나 역시 임관하고 이사를 11번 했다. 제주도에 온 것은 12번째 이사였다. 물론 부대를 옮긴 숫자는 저것보다 적다. 하지만 복무하다 보면 여러 이유로 이사해야 하는 상황이 생긴다. 이 중에서 결혼 이후에 이사한 횟수만 치자면 9번인데 사소한 이유로 아파트를 옮겨야 할 때 가장 불편했다. 이사비도 이사비지만, 에어컨 설치비나 청소비 같은 것까지 금전적 손해도 이만저만이 아니다. 지금은 이사비도 많이 오르고 복지 여건에 신경을 많이 쓰고 있다고 하지만 이사라는 게 여간 신경 쓰이는 일이 아니다. 보통 부모 중 아빠가 군인인 경우가 많은데 부대를 옮기고 나면 새로운 부대에 적응하고 업무 파악하느라고 이사 후 한두 달은 정말 바쁘다. 그 와중에 새로운 곳에서 적응하고 살 궁리를 해야 하는 것은 사실 남겨진 가족들이다. 집이 바로바로 나오지 않아 따로 거주하는 경우엔 강제적으로 두 집 살림을 해야 하는 경우도 있다. 이런저런 이유로 요즘 젊은 군인들은 애초에 가족들을 안정적인 곳에 집을 마련하여 삶의 터전을 꾸리고 아빠만 옮겨 다니는 경우가 많다. 희망해서라기보다는 어쩔 수 없는 환경 때문에 선택한 것이다. 사정이 이렇다 보니 군인들은 어디가 살기 좋은지에 대해서 많이 고민하곤 한다. 그래서인지 군인의 아내들은 정말 생활력이 강하다. 이러한 아내들의 노고가 있기 때문에 많은 군인이 전방에서 군 생활을 하면서도 안정적인 가정을 꾸려나갈 수 있다고 생각하니 우리나라의 숨은 영웅들은 군인 가족들이 아닐까 하는 생각이 든다.

이곳저곳 다양한 지역을 이사 다니면서 나름대로 삶에 대한 기준이 생긴다. 필수적으로 있어야 하는 인프라와 양보할 수 있는 인프라 같은 기준이 그것이다. 부모의 가장 큰 열망은 교육 인프라다. 직업의 개수가 서울에 가장 많은 것도 이유겠지만, 서울의 교육 인프라가 가장 좋기 때문에 사람들이 서울에 많이 산다. 대구 같은 교육 도시들도 부모들에게 인기가 많다. 전국에서 서울대를 가장 많이 보내는 고등학교가 있는 지역이 부모들에게 살기 좋은 도시가 되는 것이다. 교육 다음으로는 교통 편의, 의료 서비스, 문화, 복지 등이 고려 대상일 것이다. 사람들의 기본적 욕구를 만족시킬 수 있는 시설들에 우선으로 자본이 투자된다. 또한 자본은 항상 효율적으로 사용되어야 한다. 그러다 보니 인구가 많은 곳에 더 많은 자본이 투자될 때 가장 효용이 높아서 도시화가 진행되는 것이 당연할 수밖에 없다. 더욱이 혼자 사는 1인 가구라면 자기 입맛에만 맞다면 어떠한 모험도 해볼 수 있겠지만, 가정을 이뤄 자녀까지 있다면 교육이나 의료 서비스 같은 것은 양보하기 어려울 수 있게 된다. 결국 이는 지역별 출산율과 같은 중요한 사회적 이슈로 연결되곤 한다. 어쩔 수 없는 사회 현상인 것이다.

하지만 우리는 다르게 생각해 보기로 한다. 우리의 삶은 우리가 정하는 것이다. 발상의 전환이다. 교육에 대한 생각은 앞서 밝힌 바가 있다. 게다가 이제 초등학생, 유치원생인 아이들에게 얼마나 좋은 학군이 필요하겠는가? 다음은 의료 서비스다. 제주도에는 지방 거점 국립대인 제주대 의대의 제주대학병원과 서귀포 의료원, 몇 개의 사립 종합병원이 있다. 하지만 중증 질환을 전문으로 하는 상급 종합병원은 한 곳도 없다(제주대학병원도 암센터 등 거의 대다수 질병 치료가 가능한 매우 큰 병원이지만 국가 지정 상급 종합병원은 아니다). 원정 진료를 가는 도민이 한 해 10만 명에 육박하고, 비용만 해도 2천억에 육박한다는 언론 기사도 있다. 암과 같은 중증 질환 진단을 받으신 환자분들이 얼마나 어렵게 서울로 원정 진료를 다니시는지 생각하면 참으로 마음이 아프다.

다만 통계를 명확하게 해석해 볼 필요가 있다. 보건복지부 지정 상급 종합병원은 전국에 45군데가 있다. 제주는 서울권으로 묶여있다. 서울에는 14곳이 있다. 하지만 다른 시도를 생각하면 사정이 비슷하다. 강원도 2곳, 충북 1곳, 경남 서부권 2곳 등 알고 보면 모두 인구 비례로 지정된 곳이다. 제주라는 곳은 배나 비행기 등의 특별한 운송 수단, 즉 개인이 소유할 수 없는 운송 수단을 이용해야 한다는 불편함이 있기 때문에 더욱 불편하게 느껴지는 것이지 원체 우리나라 상급 종합병원의 숫자 자체가 적은 것이다. 5,000만 인구를 고려하면 45군데는 110만 명 당 한 군데 정도로 생각하면 될 것이다. 서울이 천만 인구인데 14개인 것은 조금 과하게 많다고 볼 수 있고, 제주도는 인구가 68만 정도(2022년 기준)이기 때문에 인구 대비로만 보자면 한 군데도 없을 수밖에 없다. 제주의 특성을 고려하여 최소한 1개의 상급 종합병원을 지정해 주는 것이 필요하다고 생각되지만, 국가의 행정이라는 것이 그렇게 감정적으로 작용되지 않는 것이 현실이기도 하다. 충북권이 한 군데가 있다고 했는데 충청북도

전체 인구는 2022년 기준 160만 명 정도다. 이중 절반 이상이 청주시 인구다. 암과 같은 중증 질환은 아무래도 나이와 상관이 있다. 우리나라 평균 연령은 44.1세인데 서울이 43.9세로 평균보다 젊다. 제주는 43.3세로 서울보다 더 젊다. 참고로 가장 젊은 곳은 공무원이 많이 있는 세종특별자치도로 38.1세다. 충청북도는 45.1세다. 단, 주민등록 기준이다 보니 이전 신고를 안 한 사람들이 통계에서 항상 누락될 수 있다. 정부 정책은 그런 사람들까지 모두 고려하기 어려워 결국 주민등록상 기준으로 하다 보면 감이 온다. 제주도가 젊은 축에 속하고 인구도 훨씬 적다 보니 더 많은 예산을 편성하기 어려울 것이다.

인구 1만 명당 의사 수를 보면 제주도는 19.4명이다. 병상 수는 천 명당 7.64개, 간호사 수는 46.92명이다. 평균 연령이 가장 높은 전라남도의 경우 의사 수는 21.8명, 간호사 수는 51.64명으로 비슷하지만 병상 수가 22.47개로 제주에 비해 3배에 달한다. 그러나 인구 최대 도시 서울의 사정을 보면 전라도가 특별하다는 것을 알 수 있다. 병상 수가 9.79개다. 의사 수와 간호사 수는 모두 더 높지만 병상 수를 보면 이런 차이가 생긴다. 여기서 유추할 수 있는 것은 노인 인구가 더 많을수록 병상을 더 많이 보유한 병원이 생긴다는 것이다. 서울의 경우 945만 인구 중 60세 이상의 노인이 230만 정도로 전체의 24.3%이고, 제주의 경우 인구 67만 8천 중 60세 이상의 인구가 16만 4천으로 24.1%다. 이에 비해 전라남도의 경우 전체 인구 182만 중 60세 이상의 인구가 62만으로 34%에 달한다(보건의료 빅데이터 개방 시스템과 국가통계포털의 2022년 통계를 참조). 통계까지 언급하는 것은 그저 우리가 '알려진' 사실이 실제로 '수집된' 정보와 차이가 있을 수 있다는 것을 언급하고자 함이다.

　제주의 의료 서비스는 생각보다 그렇게 열악하지 않다. 상급 종합병원만 지정된다면 최고가 될 것이다. 제주도로 내려올 때 주변에서 의료 서비스에 대한 기우가 많았다. 마치 제주도는 오지 산골 주치의가 가방과 청진기를 들고 산을 헤쳐서 와야지만 진료가 되는 세상이라고 사람들은 생각하나 보다. 우리는 비전문가이고 국가 행정을 담당하는 사람이 아닌 그 행정력 안에서 누리는 일반 시민이기 때문에 통계를 가지고 따지기 쉽지 않다. 중요한 건 나의 니즈(Needs)가 무엇인가를 알아야 한다는 것이다. 타인이 으레 그렇다고 나에게 알려주는 정보를 믿고 가다가는 부자와 당나귀에 나오는 부자처럼 결국 당나귀를 메고 가다가 강에 빠뜨려 모두가 위험한 상황이 되게 마련이다. 자존감을 기르고 나에 대한 사유를 통해 자신만의 철학을 갖는 과정이 필요하다고 반복해서 언급하는 이유는 이런 상황에서 정확히 나의 욕망이 무엇인지 알고 그 욕망을 밀고 나갈 수 있는 삶의 신념과 자세가 필요하단 것이다. 마치 오디세우스가 세이렌을 보러 돛 기둥에 몸을 묶고 바다를 항해한 것처럼 본질로 돌아올 필요가 있다. 이것이 영웅의 삶이다. 우리 모두는 각자의 삶에서 영웅이어야 한다.

　우리는 그렇게 삶의 본질에 집중하기로 했다. 아이는 언제든 아플 수 있다. 지금까지 큰 질병 없이 건강하게 자라줬다면 더 좋은 자연환경이면 더욱더 건강하게 잘 자라줄 것이라고 믿는다. 그렇다면 의료 서비스를 고민하기 전에 우리가 먼저 생각해야 할 것은 얼마나 건강한 환경을 제공할 수 있느냐이다. 교육 인프라가 얼마나 잘 갖춰졌는지 고민하기 전에 과연 아이가 하고 싶은 것이 무엇이고 그것을 할 수 있는 환경이 제공되느냐이다. 아이가 하고 싶은 것이 무엇인지도 모른 채 그저 교육 인프라가 잘 갖춰졌다고 하면 아이를 위한 것이 아니라 부모를 위한 것에 불과할 것이다. 물론 인프라가 잘 갖춰졌다는 것은 다양한 기회를 접해볼 수 있다는 긍정적인 면도 있다. 알이 먼저인가 닭이 먼저인가의 차이라고 해두겠다. '건강한 아이에게 건강한 환경을 제공하자.' 우리의 본질은 아이를 건강하게 키워내는 것이지 아픈 아이를 좋은 병원에 빨리 데려갈 수 있는 게 아니다. 누가 그걸 모르겠냐라고 반문할지 모른다. 보험을 가입하는 것도 다 그런 맥락이다. 모든 게 확률이니까. 하지만 다시 반문한다. 그 적은 확률에는 반응하면서 좋을 수 있는 가능성 높은 확률은 왜 무시하느냐고. 인간의 뇌는 본디 작은 위험에 더 크게 반응하도록 진화되었다는 이론도 있다. 이 두려움을 극복하고 용기와 개성을 가진 존재로 살아가는 게 보통의 사람들에겐 불편할 수밖에 없다. 마치 내가 아빠 육아휴직자가 되기로 결심한 것처럼.

오랜 군 생활 덕분일까? 아이의 열이 심상치 않은 상황을 보며 전염병일 가능성이 있다는 생각을 했다. 그래서 가급적 아이와의 접촉을 줄이고 병원도 전염병을 판독할 수 있는 병원으로 향했다. 서귀포 구시가지에 있는 병원까지 차로 30분 정도 가야 했다. 휴일이었기 때문에 문을 연 병원이 몇 개 없었다. 그중에서도 나름대로 후기도 찾아보고 의사 선생님이 친절하시다고 알려진 곳을 찾아갔다. 제주도에서 만난 의사 선생님은 대다수가 매우 친절하셨다. 진단을 받을 때 1~2분 정도만 짧게 진료를 보고 끝내는 게 아니라 농담도 건네주시고 아픈 것도 다 들어주셔서 의원이 일반 병원보다 더 좋다고 생각했었는데 이 병원의 나이 드신 의사 선생님은 마치 아이의 할머니라도 되시는 것처럼 아이에게 친절하게 대해 주셨다. 독감 같다는 나의 의견도 친절히 들어주시고는 그러면 독감 검사를 해보겠냐고 하셔서 검사를 했다. A형 독감 판정을 받았다. 손가락이 빨라졌다. 아이가 지나온 동선에서 만난 사람들에게 아이가 전염성이 높은 A형 독감에 걸렸다고 빠르게 알려야 했다. 가족들에게도 격리해야 한다고 알려줬다. 아빠의 걱정을 아는지 모르는지 아이는 다시 살아났다. 언제 아팠냐는 듯 병원에 있는 미끄럼틀을 타느라 신이 나서 가자고 해도 안 간단다. 방금까지 독감 검사를 위해 면봉으로 코 찌를 때 눈물 쏙 빼던 겁쟁이가 놀 땐 누구보다 의기양양하다. 병을 잘 이겨낸 아이가 대견스럽다. 갑작스럽게 환경이 바뀐 탓에 독감에 걸린 것이라고 생각된다. 다행히 육지에서 이럴 것을 대비해 4가 주사를 다 맞고 내려왔기 때문에 독감을 심하게 앓거나 오래가진 않을 거라고 생각됐다. 나름대로 이런 계획까지 구체적으로 세워두고 내려온 나 자신이 뿌듯했다.

꼬박 하루가 채 되지 않는 짧은 시간에 다 나아버린 아이와 함께 맥도날드에 들러 맛있는 햄버거를 사 들고 집으로 향했다. 하루가 지나 이번엔 아내가 몸이 안 좋다고 한다. 아내가 이러다 나까지 몸이 안 좋으면 아이를 돌봐줄 사람이 없기에 정말 곤란해질 수가 있다. 아빠가 걸리기 전에 빨리 엄마가 나아야 했다. 병원에 전화해 보니 영양제 주사를 맞고 수액을 맞으면 독감이 빨리 나을 수 있다고 한다. 이 주사는 비싸지만 보험 처리가 된다고 하여 서귀포에 있는 다른 병원을 또 방문한다. 엄마가 수액을 맞는 4시간 동안 아이를 혼자 볼만한 곳이 마땅치 않았다. 바깥은 추웠고 키즈카페 같은 사람 많은 곳은 가고 싶지 않았다. 마침 병원 앞에 대형 마트가 있어서 장난감 코너에 구경 가기로 한다. 아내가 수액을 맞는 동안 아이들과 정말 즐거운 시간을 보냈다. 어진별은 이미 완전히 회복되어 하이에나가 먹이를 찾는 눈빛으로 신중하게 장난감을 고른다. 수액을 맞았지만 하루 이틀은 더 푹 쉬어야 하는 아내를 데리고 집으로 돌아온다. 다음은 내 차례였다. 평소 같으면 대수롭지 않게 여길만한데 상황이 상황인지라 더 예민하게 반응해야 했다. 스스로를 2층에 격리시키고 아내에게 테라플루를 가져달라고 부탁한다. 뜨거운 테라플루를 홀짝홀짝 마시고는 방 안의 온도를 30도 가까이로 올린다. 이불을 칭칭 감싸고 드러누워 이 뜨거운 온도를 바이러스가 이기나 내가 이기나 한판 붙는다. 군인 정신으로 이 독감을 이겨내려는 나는 꼬박 반나절을 잠자고 일어났다. 옷과 이불은 땀으로 흠뻑 젖었지만 완전히 다 나았다. 맑은물은 끝내 독감에 걸리지 않았다.

우리는 제주에서의 호된 신고식을 마쳤다. 열이 40도까지 끓었던 작은 아이를 시작으로 엄마와 아빠가 차례로 걸렸고, 모두가 건강하게 빠르게 회복되었다. 독감 이후에 종종 잔병치레가 있었지만 육지에서 지낼 때에 비하면 양호했다. 동네 의원은 접근성은 좋으나 작은 감기에도 항생제를 잔뜩 처방해 주는 경우가 있어서 병원에 의존하기보다는 면역력을 더 기르는 데 노력했다. 덕분에 지금 우리 아이들은 잔병치레 없이 정말 건강하다. 주변에 건강의 문제로 제주에 온 가정들이 회복되었다는 이야기를 종종 듣는다. 의료 인프라가 잘 구축되어 유사시 써먹을 수 있는 것보다 환경이 좋아 아이를 더 건강하게 키울 수 있는 곳이 더 낫다는 우리의 선택이 아직까지는 성공적이었다고 자평한다. 그럼에도 불구하고 제주에도 상급 종합병원이 있으면 하는 바람이다.

코로나, 세상을 정지시키다

마침 우리 가족이 독감으로 고생하고 있을 때 우한 폐렴이라고 하는 바이러스가 전 세계를 강타할지도 모른다고 뉴스에서 난리였다. 군 생활을 오래 하다 보니 전염병에 매우 민감하다. 그런 뉴스가 나오던 때 걸린 독감인지라 A형 독감으로 판명이 났음에도 정말 예민하게 굴었다. 약국에 가서 마스크와 손 소독제를 구하려고 했으나 구하지 못했다. 재고가 그만큼 넉넉하지 않다는 것이었다. 보건소에 전화해서 얻을 수 있는지 물었으나 없다고 했다. 이름 모를 바이러스가 창궐할지 모른다는 뉴스가 나오는데 어떻게 그런 것에 대한 대비가 안 되어있냐고 직원에게 전화하여 계속 꼬치꼬치 물으며 항의했다. 지나서는 미안한 마음이지만 결국 그 질문이 유효한 질문이었다고 판명 나는 데는 긴 시간이 필요하지 않았다. 우리 가족이 모두 회복되고 얼마 지나지 않아 본격적으로 코로나라고 하는 끔찍한 전염병의 시대가 도래했다. 초창기 코로나 상황에서 우리의 모습은 과연 인간이 이 지구를 지배하는 지배 종이 맞나 싶을 정도로 나약하기 그지없었다. 난무하는 가짜 뉴스들에 사람들의 공포심은 극에 달했다. 시스템도 제대로 작동하지 않았다. 뉴스를 보고 있으면 정말이지 마치 좀비가 창궐한 것 같은 상황이었다. 영화 「컨테이젼」이 생각났다. 다니던 교회의 예배는 축소되었고, 새해에 새로운 마음으로 시작하려던 찬양팀 모임은 무기한 연기되었다. 호모 사피엔스 사피엔스라고 하는 지구 역사상 가장 지능이 높은 동물이라고 하는 인간들이 눈에 보이지도 않는 바이러스 앞에서 지금까지 쌓아온 문명이, 철학이, 품위가 무너지는 모습을 보며 너무 마음 아팠다. 매일 신문을 보며, 뉴스를 보며 무너져가는 이 세계를 지켜보기만 해야 하는 내가 스스로 너무 나약하게 느껴졌다. 타운하우스에 한 달 살이로 오기로 한 많은 손님이 하나둘 예약을 취소했다. 그렇게 우리 가족과 나그네는 2,000평의 넓은 땅에 고립되었다.

『데카메론』은 지오반니 보카치오가 쓴 흑사병 당시 유럽의 상황을 그린 소설이다. 인간 군상에 대하여 냉소적이면서도 해학적인 글들을 엮어내 고전으로 손꼽힌다. 코로나를 겪으면서 이 책을 도서관에서 다시 빌려보았다. 그런데 이 책을 읽으면서 흑사병을 피해 은둔한 10명의 부인과 청년들의 이야기가 흡사 우리와 같다는 생각이 들었다. 우리는 웃을 수도, 울 수도 없는 상황이었다. 너무나도 끔찍한 고통을 겪는 육지의 이야기가 우리에게는 마치 다른 우주의 이야기 정도처럼 느껴질 정도였다. 코로나로 인해 변화된 것도 분명 있었다. 대형 마트같이 사람이 많은 곳을 갈 때는 마스크를 써야 했고, 작은아이의 초등학교 입학 날짜는 계속 미뤄졌다. 아쿠아플라넷 연간 회원권을 끊고도 갈 수 없는 상황이기도 했다. 하지만 이런 것들은 사실 우리 삶에서 크지 않은 부분에 해당했고, 평소에 우리가 누리는 일상 마당에서 브런치를 즐기고 강아지와 뛰어놀고, 오름을 오르고, 산책을 하고, 바닷가에서 놀고, 바비큐를 하는 등 -은 변한 것이 아무것도 없었다. 우리는 그저 시기가 되어 육아휴직을 하고 제주도에 내려왔을 뿐인데 본의 아니게 완전하게 이 코로나에서 탈출하게 된 것이다.

육지의 가족들이 매일 같이 걱정이었다. 특히 나이 드신 부모님이 모두 걱정이었다. 부모님은 정말 너무나도 고통스러운 상황에 계시다고 했다.

나갈 수 없이 좁은 집에 갇혀있어야 했고, 마스크를 쓰고 다녀도 사람들이 공포스러운 상황이라고 하셨다. 뉴스에 본 그 모습이 부모님에게는 현실이었다. 하지만 우리는 내 마당에서 뛰어노는데 마스크 따위는 필요 없었다. 2천 평 가까운 땅에 거주하고 있는 6명의 인간과 한 마리의 강아지, 서너 마리의 닭은 코로나와 전혀 무관한 삶을 살고 있었다. 이런 평화로운 삶과는 너무나도 다른 뉴스 안의 현실을 보며 나는 더욱더 무기력하게 느껴졌다. 내가 이 세상을 위해 할 수 있는 일이 없다는 것. 하지만 이내 생각을 바꾼다. 『데카메론』속 부인들과 청년의 삶을 살아보기로 한다. 세상을 냉소하고, 고통을 무시하자는 게 아니다. 우리에게 주어진 삶을 최선을 다해 살아내겠다고 다짐한다. 하루하루 이 소중한 날들에 감사하며 인간의 문명과 철학과 품위를 지켜내 보고자 한다. 지금 쓰는 이 책이 시작된 연유도 여기에 있다. 내가 세상을 위해 할 수 있는 아주 작은 것이라도 해보고자 했다. 랄프 왈도 에머슨의 시 「성공이란 무엇인가」를 곱씹으며 세상을 위해 작은 일이라도 해보자고 다짐한다.

성공이란 무엇인가

랄프 왈도 에머슨

많이 그리고 자주 웃는 것

현명한 사람들에게 존경을 받고
아이들에게 애정을 받는 것

정직한 비평가로부터 찬사를 얻고
잘못된 친구들의 배신을 견뎌내는 것

아름다움의 진가를 알아내는 것

다른 이들의 가장 좋은 점을 발견하는 것

건강한 아이를 낳든,
작은 정원을 가꾸든,
사회 환경을 개선하든
세상을 조금이라도 더 좋은 곳으로 만들고 떠나는 것

당신이 살아 있었기 때문에
단 한 사람의 인생이라도 조금 더 쉽게 숨 쉴 수 있었음을 아는 것

이것이 진정한 성공이다

　　세상이 코로나로 고통받는 상황에도 가장 남쪽의 제주엔 조금씩 봄의
기운이 찾아오고 있었다. 마당이 듬성듬성 초록으로 물들기 시작한다.
동백꽃이 진 자리 옆에는 철쭉과 개나리, 진달래 등이 조금씩 보이기 시
작했다. 목련, 벚꽃, 유채꽃 등은 온갖 화려한 색깔로 세상을 물들일 준비
가 되었다. 뉴스 기사에서는 사회적 활동이 멈춰진 인간의 빈자리에 지구

의 회복과 자연의 재생이 일어나고 있다고 소개했다. 티 없이 맑은 하늘과 숨만 쉬어도 청량해지는 제주 공기 아래에서 우리는 너무나도 큰 감사를 느낀다. 하지만 모든 제주가 그런 것은 아니었다. 넓은 마당이 있는 집에서 사는 우리의 제주는 이렇게 아름다웠지만, 여전히 사람이 밀집되고 아파트와 같은 다세대 주택에 살고 있는 사람들에게 섬이라고 하는 제주의 특성 때문에라도 코로나의 유입은 극악스러운 공포로 다가왔을 것이다.

이 와중에 제주를 찾는 관광객에 대한 비난이 난무했다. 실제로 강남 모녀 사건으로 알려진 그분들과 내가 미묘한 시간 차이를 두고 스쳐 지나간 사건이 있었다. 날씨가 너무 좋아 예배를 마치고 목사님과 대화를 나누고 있었다. 아내가 몸이 안 좋아 그날따라 빠지지 않던 교회를 빠지고 약을 지어달라고 하여 약을 지어갈 요량으로 주말에 열린 약국을 확인해 두었다. 마침 교회 가까운 곳에 열린 약국이 있었다. 평소엔 잘 그러지 않는데 그날따라 한 시간 가까이 목사님과 대화를 나눴다. 대화를 마치고 약국으로 갔다. 엄마가 아프든 말든 아이들은 걱정이 없다. 아이들의 세상 속에서는 어떤 어려움도 다 당연히 해결될 문제로 받아들여지는 것 같다. 아이들의 삶은 모든 것이 해피엔딩이다. 약국에서 약을 사는 동안 아이들은 약국에 있는 맛있어 보이는 비타민 사탕들을 만지작거리며 아빠 눈치를 봤다. 코로나 때문에 걱정되는 것도 있어서 만지지 않았으면 좋겠다고 달래며 얼른 약국을 나왔다. 그리고 며칠 지나지 않아 바로 그 강남 모녀의 동선이 밝혀졌는데 그 약국에 나랑 1시간의 차이를 두고 방문했다고 한다. 아뿔싸. 만약 목사님과 대화 나누지 않고 바로 그 약국을 갔으면 어떻게 되었을까? 하나님이 우리를 지켜주셨다고 생각하고 감사한 마음에 그 누구도 비난하지 않고 이 환경에 집중하고 감사하며 살아가기로 다짐 또 다짐한다. 그럼에도 두려운 마음은 숨길 수 없었다. 제주도 방역 사무소에 전화해서 자초지종을 설명하니 그런 경우엔 밀접접촉자로 분류되지 않는다고 하였다. 후에 안 일이지만 그 약국의 약사들은 모두 격리되어 고통스러운 시간을 보냈다고 했다. 다행히 확진은 되지 않았다.

우리는 코로나 블루로 힘들어하는 육지의 지인들을 집에 초대하기로 했다. 너무나도 위험한 선택일 수 있으나 그들과 동행하고 공감할 수 있는 유일한 방법이라고 생각한다. 이 마당은 우리만 소유하기엔 너무나도 넓었다. 한 가정 정도는 충분히 공유할 수 있다고 생각했다. 마침 집도 2층이기에 전혀 문제없다고 생각했다. 비좁은 아파트에서는 가족들이 24시간 붙어있어야 하는 상황도 스트레스라고 했다. 우리는 이미 그 부분에 대해서 연습이 되어있는 상태였다. 물론 강제로 붙어있게 되는 것과 선택으로 붙어있게 되는 것의 차이는 컸다. 우리는 지난번 독감 사건으로 이미 한 번 연습이 된 덕분에 코로나 상황에서도 현명하게 지낼 수 있었다. 아이들에게 이 코로나 시기는 어떻게 느껴졌을까? 눈에 보이지도 않는 바이러스가 인간을 죽일 수도 있다는 것은 분명 두려움일 것이다. 하지만 세상 경험이 미천한 이 아이들은 그저 넓은 마당에서 마음껏 뛰놀고, 손님이 없어 한적해진 타운에서 강아지를 독차지하며 엄마 아빠랑 산으로 들로 사람 없는 곳으로만 다니는 것이 오히려 더 좋다고 느낄지도 모르겠다. 매일 공포스러운 기사의 홍수 속에서 핸드폰에 요란한 경고음과 진동이 오면 행여나 도에서 보낸 재난문자에 확진자 소식이 있지 않을까 걱정하는 어른들과 다르게 아이들은 달라진 것이 아무것도 없었다. 생각이 여기에 미치자 코로나로 인해 고통을 겪었을 또래 아이들의 마음을 공감하지 못하는 아이들로 성장하면 어떻게 하나 걱정이 되기도 했다.

이런 고민을 자주 한다. 순수하고 철이 없는 사람들에게 세상의 혹독함을 가르쳐줘야 할까 아니면 할 수 있는 한 그들에게 계속 보호막을 덮어줘야 할까? 양극단에 놓이지 않고 적절히 잘 가르쳐주는 것이 필요하겠지만, 이 두 가지 가치가 충돌하는 경우가 많다. 그것이 부부 사이일 때, 자녀 사이일 때 더욱 그렇다. 순수함을 유지하는 것도 필요하지만 순진해지면 안 되겠지. 큰아이는 순수했고, 작은애는 천진난만 그 자체였다. 이렇게 신날 수가 있을까. 이렇게 행복할 수 있을까. 예전 치과 치료 때 사용한 웃음 가스의 부작용은 아닐까? 건강해서 고마운데 세상의 아픔을 공감하기엔 아직 너무 어리다. 인류의 사고방식을 바꿔버린 이 상황을 경험으로 배우기보다는 훗날 글로, 타인과의 관계를 통해서 배우게 해야겠다.

슬기로운 제주 생활은 슬기로운 코로나19 극복 생활로 이어졌다. 넷플릭스를 구독하여 지브리 스튜디오의 작품을 섭렵했다. 면역력을 향상하기 위해 더 많이 마당에서 햇볕을 쬐고 사람이 없는 한적한 오름 산책을 했다. 혹여나 미세먼지가 많을까 봐 육지에서 잔뜩 가져왔던 마스크는 코로나 예방용으로 잘 활용할 수 있었기에 초기 마스크 확보의 어려움 속에서도 우리 가정은 안정적이었다. 초창기엔 부족했던 마스크도 요일대로 마스크를 살 수 있는 정부정책이 적용되자 인구가 워낙 적은 제주라 그런지 마스크 재고가 넘쳐났다. A형 독감 때문에 난리였을 때와 사뭇 다른 대처에 감사했다. 그렇게 우리 가족은 슬기롭게 이 코로나를 잘 이겨내고 있었다. 중앙 정부와 지방자치 정부의 정책 덕분에 우리 가족은 코로나 재난 지원금과 제주 학생 보조금 등 170만 원가량 받았다. 훗날 세금으로 갚아야 할 돈이긴 하지만 우리만 생각해서는 안 될 것이다. 이 돈이 정말 생명줄 같은 사람도 있을 것이다.

　세상은 칼로 자른 두부와 같은 모습이 아니라 주먹으로 으깬 두부의 모습이 더 가깝다고 하겠다. 코로나 상황에도 출근하고 사회인으로서 역할을 다 해야 하는 게 가장이다. 불안감에 마스크를 두껍게 쓰고 출근해 보지만 확진자가 계속 증가했다. 아빠가 걸리면 가족들이 모두 걸리는 건 시간문제일 뿐이었다. 가정을 지켜야 할 가장이 가정을 지킬 수 없는 순간이 왔을 때 가장 좌절을 느낄 것이다. 수많은 재난영화에서 아빠의 역할은 독보적이다. 그런데 그 아빠들은 사회인의 역할과 가장의 역할 사이에서 역할 갈등을 겪곤 한다. 책임감이라고도 숭고하게 부를 수 있을지 모르겠지만 가족을 못 지킨 가장은 마지막 순간에 결국 좌절한다. 이런 전대미문의 재난 속에서 각 가장이 가정만 잘 지켜준다면 세상은 알아서 지켜지지 않을까? 가정을 지키지 못하는데 군을, 사회를 지켜야 했던 동료들에게 미안한 마음이 가득하다. 육지의 전우들에게 안부를 묻고 가족들이 힘들어하면 언제든 제주로 보내라고 위로한다. 코로나의 상황 속에서 『데카메론』을 읽는다. 눈에 보이지 않는 바이러스에 의해 인간이 너무나도 하찮은 존재처럼 사라진다고 하더라도 자세하게 들여다보면 그 안에 사랑이 있고, 미움도 있고, 기쁨도 있고, 슬픔도 있다. 인간의 역사와 이야기는 이렇게 계속 흘러간다. 모든 것이 무너지고 있는 것 같은 이 끔찍한 상황 속에서 책을 통해 지혜를 얻으려 노력해 본다. 더 자세히 들여다보며 인간사에 관심을 가져본다.

우리만의 공간을 가질 수 있다는 건

영국식 정원은 기하학적인 프랑스의 정원(베르사유의 궁전을 생각하면 쉽다.)과 다르게 자연 그 자체의 모습을 중시하여 만들어진 정원의 한 형식이다. 동양에서는 이미 이러한 정원 양식이 발달했다. 한·중·일 삼국의 정원은 규모나 철학 면에서 조금씩 차이를 보이지만 자연을 최대한 따르는 방식으로 발전했다는 면에서 큰 맥락을 같이한다. 현대에 와서는 일본의 축소 지향적 정원과 신사의 나라 영국의 보편적 건축 양식에서 나타나는 정원이 우리가 흔히 생각하는 정원이라고 할 수 있겠다. 제주에 많은 전원주택의 정원들이 아마도 가장 영국식 정원과 비슷한 모습일 것이다. 잔디로 조경되어 있고, 과실수와 꽃나무 몇 그루가 심어져 전체적으로 자연의 그것과 비슷한 모습을 연출해 두었다. 땅이 더 넓다면 연못을 파거나 개울을 만드는 경우도 있다. 우리 집은 그 정도 수준은 아니기 때문에 연못은 없다. 코로나 시대를 지나며 이 영국식 정원이 다시 각광받기 시작했다. 흔히 정원을 영국식 정원이라고 하는 것은 영국인들의 정원 사랑 덕분에 영국 하면 정원이 떠오르게 된 것이 아닐까 싶다. 개인적으로는 정원 하면 우리나라의 정원도 어디에 놔둬도 흠잡을 데 없을 만큼 아름답다고 생각하는데 현대에 와서 한국인들은 아파트에 열광하다 보니 정원 문화가 많이 사라졌다. 하지만 영국은 여전히 정원 문화의 세가 대단하다. 영국식 정원은 누구에게나 공개된 앞마당보다는 잘 가꾸어진 뒤뜰이 정수다. 그러다 보니 코로나 상황에서 이 뒤뜰이 가진 역할이 대단했다. 영국의 한 대학에서 연구한 바에 따르면 코로나 상황에서 정원을 가진 사람과 그렇지 못한 사람의 정신 건강 수준 차이가 상당한 것으로 나타났다. 오죽하면 이런 상황 때문에 빈부 격차로 인한 주거 형태의 차이 문제가 사회적인 이슈로 떠올랐을 정도다.

정부의 정책과 모든 제도 역시 아파트 기준에 맞춰진 이 상황에서 우리는 조금 낯설고 당황스러운 상황을 겪기도 했다. '0인 이상 집합 금지'라는 행정명령이 대표적이다. 정원 중에는 돌담으로 구획이 나뉜 정원이 있고 그렇지 못한 정원이 있다. 그렇다면 내 땅의 끝자락에 테이블을 깔고 앉아서 식사하는데 옆집 사람이 자신의 정원 끝자락에서 테이블을 깔고 식사를 하면 우리는 모인 것이라고 해야 하는가 아니라고 해야 하는가? 아파트와 같은 양식에서는 이런 상황 자체가 나올 수가 없다. 명확하게 나뉜 구획에서 내가 타인의 공간으로 혹은 타인이 나의 공간으로 들어오는 의도적인 행동이 집합이라는 상황을 만들게 되기 때문에 그것을 하면 안 되는 것이다. 식당을 방문하여 음식을 먹거나, 카페에서 차를 나누거나, 유흥업소에 가는 모든 행위가 다 구획이 나뉜 곳에서 명확한 집합의 행위를 나타낸다. 하지만 이 정원에서 나는 내 땅 위에 있고 저들도 자기 땅 위에 있을 뿐이고 물리적 구획이 나뉘어 있지 않았을 뿐인데 우리는 이것을 어떻게 받아들여야 할까? 영국의 한 통계에 따르면 여덟 가정 중 한 가정만이 정원이 없는 곳에 산다고 한다. 정원이 있는 사람이 더 많고 더 일반적이란 것이다. 실제로 이 당시 유튜브 등 수많은 소셜 미디어에서 정원에서 운동하는 법, 정원에서 축구 연습, 정원에 수영장 만들기 등 다양한 활동이 업로드되었고, 이런 활동은 심지어 코로나 블루를 이겨내는 방안으로 공영 방송에서 안내해 주기까지 했다. 건축 양식이 국가의 정책 철학에까지 영향을 미치는 것이다. 코로나를 겪으면서 나는 정원 예찬론자, 마당성애자, 전원주택빠가 되었다. 코로나 상황 이전에도 정원을 정말 좋아했는데 코로나 상황을 겪으면서 더욱 선명해진 것이다.

'인간은 땅에 발붙이고 살아야 한다', '인간에겐 저마다의 공간이 필요하다.' 아파트라고 하는 건축물은 저마다의 공간을 갖기 어려운 구조다. 톨스토이는 단편집에 「사람에게는 얼마만큼의 땅이 필요한가」를 실은 바 있다. 욕심내던 사람은 결국 2평 남짓한 작은 땅에 묻히는 것으로 끝이 나서 우리에게 큰 땅이 필요하지 않음을 시사한다. 우리가 죽었을 때는 그 정도 땅이면 충분하겠지만 살아가면서 우리에겐 그보다 넓은 땅이 필요하다. 그 단편 속 주인공처럼 욕심낼 필요가 전혀 없지만 인간에겐 어느 정도의 공간이 필요하다는 것이 나의 지론이다. 요즘 군대에서 용사들에게도 휴대폰을 허용해 주었는데 용사들에게 진짜 필요한 건 휴대폰이 아니라 공간이라고 생각한다. 작은 공간이라도 자신만의 공간을 제공해 주는 것이 복지의 끝판왕이라고 확신한다. 용사들이 생활관에서 통화하지 못하고 휴대폰을 들고 추운데도 밖에 나와서 연병장 구석에서, 계단 아래에서, 분리수거장 옆을 서성이며 통화하는 모습을 보면 대번에 알 수 있다. 이들에게 필요한 건 공간이다. 마찬가지로 코로나 상황에서 각자의 공간을 만들어내지 못했던 우리나라는 결국 어려운 시기를 겪고 말았다. 그럼에도 불구하고 모범적 방역국이 될 수 있는 것은 시민의 희생과 노력, 의료진의 헌신 덕분이었으리라 생각된다.

안타깝게도 이후 남겨진 코로나 블루는 여전히 현재 진행형이다. 코로나 블루를 겪지 못한 우리 가족들은 그 순간 영국식 정원을 갖고 자신만의 공간을 가질 수 있었던 것에 감사해한다. 봄이 오면 가꿔볼 요량으로 남겨두었던 정원 한구석에 작은 텃밭을 일궜다. 한 평 남짓한 작은 땅이지만 가족 구성원 각자가 이 땅을 통해 이루고 싶은 것이 참 많다. 딸기를 심고 싶은 아이, 상추를 심고 싶은 아빠, 꽃을 심고 싶은 엄마. 모두의 바람을 다 담을 수 있을 만큼 충분하다고 생각된다. 우리에게 필요한 것은 거대한 농장이 아니다. 그저 우리는 한 끼 식사에 필요한 상추 몇 장이면 충분하다. 상추 한뿌리에 네다섯 장 정도 나온다는 것을 생각하면 서너 뿌리만 심어도 된다. 우리 집 마당은 150평 정도다. 네 가족이 굳이 구획을 나눈다고 하면 한 사람당 40평 남짓 갖게 되는 것이다. 하지만 우리는 구획을 나누어 갖기보다 150평 모두가 우리의 마당이 되도록 내버려 둔다. 이 마당 위에서 우리는 '동물 무궁화 꽃이 피었습니다'도 할 수 있고, 축구 경기를 할 수도 있고, 괴물 놀이를 할 수도 있다. 육지에 계신 어머니와 동생 가족을 모두 불러서 놀아도 충분히 넓다. 실제로 친구 가족들까지 모두 초대해 놀아보았는데 충분히 넓다. 생각보다 우리에게 필요한 땅은 넓지 않다. 그보다 더 중요한 것은 어쩌면 그 정도 땅이라도 갖고 살겠다는 마음이 있는가가 아닐까? 자산으로는 감가상각비가 너무 많이 들어 인기 없는 전원주택보다는 미래에 더 가치가 오를 아파트가 인기 많은, 자녀의 교육을 위해 교육의 핫플레이스를 찾고, 강남 8학군에 들어가는 것이 마치 생존과도 같다고 생각하는, 의료 서비스가 잘 제공되어야지만 아이를 키울 수 있다는 이곳 대한민국에서 용기와 개성을 갖고 살아가는 우리에게 어쩌면 지금의 이 삶은 선물일 것이라고 생각한다. 우리는 그렇게 너른 정원에서 땅에 발붙이며 살아가는 법을 배워간다.

아홉 살, 죽음을 배우기엔 아직 너무 이른 나이

병아리를 키우게 됐다. 이곳에 와서만 6마리째다. 다양한 죽음을 겪었다. 첫 번째 병아리는 추워서 죽었다. 체온이 38~39도 정도인 병아리는 따뜻한 온도가 필요했지만 우리 집은 가스를 아낀다는 이유로 늘 서늘했다. 갓 태어난 병아리가 지내기엔 혹독했다. 하물며 우리 아이도 독감을 앓았는데. 병아리 사육에 대한 지식도 부족했지만 준비가 안 된 상태에서 갑자기 분양을 받았다. 아이들이 너무나 키우고 싶어 해 사장님 집에 가서 덥석 물어온 것이다. 아빠, 엄마가 반대할 줄 알고 미리 일을 꾸며놨다. 올해 환갑을 맞이하는 사장님은 아이들과 죽이 잘 맞았다. 아이들을 별로 좋아하지 않는다고 하시지만 아이들만을 위한 타운으로 끊임없이 업그레이드 중이신 사장님에게는 그가 아끼는 애계(愛鷄)가 있다. 우리의 병아리는 그의 후손. 다시 또 2마리가 왔다. 처음부터 한 마리는 골골댔다. 영 상태가 이상했지만 첫째 병아리를 그렇게 떠나보냈기에 이번엔 결코 그렇게 할 수 없었다. 작고 허름한 가축병원에 죽어가는 병아리를 데리고 갔다. 수의 선생님은 백내장으로 앞이 잘 보이지 않아서 해줄 수 있는 게 없다고 했다. 그저 영양제를 줄 테니 물이랑 잘 섞어서 주사기에 넣은 후 입에다 한두 방울 떨어뜨려 주라고 한다. 병아리가 혹시나 터질세라 꽉 움켜잡지도 못하고 먹지 않으려 발버둥 치는 병아리에게 때에 맞게 영양제를 먹여줬다. 어떻게든 살려보려고 애썼다. 아이들에게 생명의 소중함을 알려주고 싶었고, 어떠한 죽음도 하찮지 않다는 것을 알려주고 싶었다. 다른 한 녀석은 혈기왕성했다. 아파서 골골대는 병아리와 너무나도 대조적이었다. 심지어 병아리 집으로 가져온 스티로폼 박스를 뛰어넘는 정도였다. 아이들을 위해서도 틀지 않은 보일러를 병아리들을 위해서 틀어가며 집 온도도 맞춰줬기에 이 녀석은 정말 잘 자랐다. 이대로 닭이 될 것처럼 보였다. 게다가 아파하는 병아리를 도와주기 위해서 무던히도 애를 썼다. 분명히 그렇게 보였다. 쓰러져 있는 병아리를 위해 부축해 주고, 계속해서 걸으라고 뒤에서 밀어주며 응원하고, 옆에 딱 붙어서 체온을 유지시켜 주었다. 병아리에게도 영혼이 있을까? 이런 게 우정이 아니라면 무엇이란 말인가. 아프던 병아리도 영양제를 먹고 조금씩 나아지기 시작했다. 제대로 걷지도 못하던 녀석이 걷기 시작하고 조금씩 먹이를 쪼기 시작한다. 물도 잘 먹는다. 살려냈다! 모든 생명체는 경이롭다.

살아있다는 것은 기적과도 같은 일이다. 단순한 기계적 생명 유지에 의함은 아닌 게 분명하다. 아이들도 살아있음의 숭고함은 느끼는 듯하다. 아침이 되면 병아리 상태를 확인하는 것이 주요한 과업이었다. 그날도 어김없이 병아리의 상태를 확인했다. 발견된 것은 이미 차가워진 병아리 사체. 그런데 이상하다. 아파서 골골대던 놈이 아니다. 건강하던 놈이다. 왜? 아니 도대체 왜? 어렴풋이 드는 생각이 있었다. 사장님께 병아리가 또 죽었노라 말씀드렸다. 그리고 둘이 같은 결론을 내놓는다. 너무나 건강한 병아리라 스티로폼 상자를 열심히도 쪼았다. 그렇게 쪼아 먹은 스티로폼 조각에 분명 탈이 난 것이다. 사장님 댁에 있던 병아리 한 마리도 그렇게 저세상으로 갔다고 한다. 부검을 해보고 싶은 마음이었지만 그럴 수 없었다. 우리는 너무나도 몰랐다. 병아리를 스티로폼 상자에 키우면 안 된다는 것을. 골골대던 다른 한 녀석은 친구가 죽자 몇 시간도 안 돼서 따라 죽었다.

도저히 의지할 친구가 없이는 그 미약한 생명의 끈마저도 붙잡을 이유가 없어진 듯했다. 눈물겨운 형제애가 다름없다. 다시는 병아리를 키우지 않겠다고 아이들에게 다짐을 받아냈다. 아이들 역시 그러겠노라고 했지만 죽음에 대한 안타까운 마음은 잠깐이고 그저 움직이는 장난감 하나를 잃어버린 듯한 느낌이었다. 그런 아이들을 보며 내가 아이들을 잘 못 키우고 있는 건 아닌가 하는 불안한 마음이 들었다. 육아 '똥 손'인 내가 아이를 잘 키우고 있는 것일까? 가끔 돌변하는 아이들, 내 생각과 다른 아이들을 보며 그게 당연한 거라고 알면서도 내심 잘못될까 걱정한다.

2주 후 사장님은 또 병아리 3마리를 덜컥 보냈다. 어떻게든 키워보자는 것이었다. 반대했다. 자연에서 키워야 한다고. 게다가 막 태어난 새끼들은 어미 닭이 있어야지만 한다고. 하지만 이미 내 손에는 3마리의 병아리가 들려져 있었다. 유튜브를 보며 아이들과 함께 공부한다. 조명도 켜주고 신문도 깔아준다. 2마리는 건강했으나 한 마리는 비실댄다. 약 먹은 병아리라는 말이 실감 난다. 지난번 영양제가 아직 남아 먹인다. 셋은 똘똘 뭉쳐 생존하려고 노력한다. 눈물겨운 생존기다. 이건 우정으로밖에 볼 수 없다. 이러한 미물들조차 우정이 있는 거다. 그것이 생존을 위한 본능이라고 하더라도. 인간의 우정도 그렇다면 생존을 위한 본능에 가까운 것에 인간이라고 하는 고등종의 특성이 갖는 감성이 더해진 것은 아닌가 생각해 본다.

봄의 문턱에선 한낮에 따스한 햇빛이 마당을 적시곤 한다. 병아리들을 바깥에 풀어두고 산책도 하고 즐거운 한때를 보낸다. 아이들이 즐겁게 시간을 보낼 때 나도 잠시 낮잠에 취해본다. 큰아이가 울음 섞인 목소리로 깨운다. 잠에서 막 일어난 터라 무슨 말인지 알아들을 수가 없다. 병아리가 죽어간다고? 큰아이는 충격을 받은 듯했다. 병아리를 밟았더란다. 병아리 몸에서 무언가가 튀어나왔다고 한다. 봄의 기운이 완연한 햇살을 받아 빛나는 잔디는 초록의 풀과 아직 겨울잠을 자는 황금색의 풀이 묘한 조화를 이뤄 토종닭 새끼인 갈색 무늬 병아리와 혼연일체가 되어있다. 잘 살피지 않으면 구분하기 어렵다. 큰아이가 잠시 한눈을 팔고 뒷걸음질 치다 병아리를 밟은 것이다. 마당에선 작은아이가 다른 병아리랑 신나게 놀고 있다. 그 어떠한 생명체도 죽음을 그리 쉽게 선택하지 않는다. 바닷가의 돌 틈, 도저히 뿌리내릴 곳이 없어 보이는 곳에도 생명체는 존재한다. 찬란한 오후의 햇살이 비추는 마당에 그 생의 마지막이 될 이 따스함을 온몸으로 느끼는 것도 부족해 얼마 들어있지도 않은 제 속의 것들까지 바깥에 꺼내 두고 겨우 숨 쉬고 있는 녀석이 보였다. 작은아이가 못 본듯한 눈치다. 큰아이는 충격에 여전히 울먹이지만 더 이상 그 장면을 보게 두면 안 될 것 같다는 생각이 든다.

숨이 아직 끊어지지 않는 이 미물을 바로 땅을 파서 묻는 것이 과연 옳은가? 생이 붙어있다면 살리기 위해 최선을 다해야 하는 것은 아닌가. 여러 가지 복잡한 마음들이 방금까지 너무나도 잔잔하던 내면의 바다에 풍랑을 일으킨다. 병아리 한 마리가 나를 이렇게 철학적인 고뇌에 빠지게 할지 몰랐다. 어찌해야 하나. 일단 조심스럽게 들어 텃밭에 작은 구덩이를 파고 옮겨둔다. 흙으로 덮지는 않고 지켜본다. 도저히 살아있는 것이 믿기지 않을 정도의 처참한 광경이다. 살릴 수 있을까? 두 번째 병아리가 죽어갈 때 심폐소생술을 해본 적 있으나 이것은 그렇게 살릴 수 있는 게 아니다. 이미 빠져나온 장기들을 다시 집어넣을 수도 없다. 결국 나의 고민이 오래지 않고 병아리는 숨을 거둔다. 조용히 흙을 덮어 묻어준다. 우리나라에서 한 해에 10억 마리의 닭이 소중한 영양소를 우리에게 제공해 주고 그들의 생을 다한다고 한다. 평소에 치킨이나 닭볶음탕, 닭가슴살 샐러드 등 다양한 요리로 우리의 식탁에 올라와 게걸스럽게 배 속으로 사라져 가는 존재들이지만 이 순간 이 죽음이 왜 이렇게도 무겁게 느껴지는지. 역시 자세히 보면, 오래 보면 그 존재 중에 가벼운 것이 없는 것일까. 이 병아리의 죽음 앞에서 신앙은 어떠한 역할을 할 수 있는 것일까? 생명체 하나를 방금 내 손으로 묻었다는 것에서 필요 이상의 불편한 마음을 느낀다. 그리고 죽기 전 그 마지막 눈빛이 잊히지 않는다. 고통에 겨워하는 표정이었다. 그 표정에서 분명히 고통을 느낄 수 있었다.

남은 병아리들도 얼마 가지 않아 죽었다. 병약했던 녀석은 친구를 잃자 금세 그 명을 다 했고, 다른 한 마리는 햇살 좋은 날 마당에 집을 내놓았는데 고양이가 와서 물어갔다. 병아리는 인간의 사소한 뒷걸음질에 짧은 생을, 찬란하게 빛나던 오후를 다 보내지도 못한 채 마감했다. 수천, 수만 명의 지구인이 코로나19라는 작은 바이러스에 스러져 가는 것도 신의 사소한 뒷걸음질에 불과한 것일지 모르겠다. 우리에게 사소한 것이 병아리에겐 목숨이 달린 일이듯이. 생존을 위해 발버둥 치는 것이 삶이지만 죽음은 또 어찌 그리 허망하고 쉽게 닥치는지 모를 일이다. 그런 것들을 아이들에게 가르치기에 아직은 너무 어린 나이라는 생각이 든다. 삶과 죽음은 그저 눈앞에 있느냐 없느냐의 차이다. 아이들이 태어나고 외증조할머니, 외증조할아버지가 돌아가셨다. 하지만 그들은 장례식장에서도 천진난만한 아이들에 불과했다. 아이들이 그 죽음에 대해서 깨달으려면 어느 정도의 나이가 되어야 할까? 아이들은 유일하게 부모의 죽음에 대해서만 조금은 불안한 느낌을 갖는 것 같다.

제주도에 오고 나서 아무 친족이 없기에 갑자기 나랑 아내가 죽는다면 어떻게 될까 하는 생각을 해봤다. 항상 죽음은 내 옆에 있기에 그것에 대해 결코 가볍게 생각하지도, 너무 불행하게 생각하지도 않는다. 그렇기에 제주에 오고 나서는 9살이 된 맑은물에게 부모의 죽음에 대해 가끔 언급했다. 만약 엄마, 아빠가 아침에 일어났는데 숨을 쉬지 않는다면? 제일 먼저 엄마 핸드폰으로 할머니한테 전화하라고 했다. 사장님 댁에 가서 엄마, 아빠가 일어나질 않는다고 알리라고 했다. 보호 요청을 하라고 했다. 그 말을 듣고는 무섭다고 한다. 하지만 알아야 할 일이다. 아직 너무 어린 어진별은 아무 생각이 없다. 그것이 어떤 것을 의미하는지 잘 이해하지 못한다. 그렇기에 더욱 누나에게 책임을 지워줄 수밖에 없다. 하지만 누나 역시 부모가 없다는 것은 자기를 보호해 줄 가장 든든한 존재들이 사라졌다는 것만이 가장 큰 의미인 듯하다. 9년 인생을 항상 함께했고, 앞으로의 인생을 함께할 것이며, 자신을 낳아준 부모이자, 자신을 진정한 한 명의 인격체로 가장 존중해 줄 친구를 잃는 것이라는 추상적인 감정까지 이해하기엔 아직 어리다.

병아리의 죽음과 인간의 죽음은 다르기 때문에 병아리가 죽은 것에 그리 심각해할 필요 없다고 생각할 수도 있겠다. 우리는 사실 매일같이 다른 생명체의 죽음을 삼킴으로 우리가 살아가는 데 필요한 에너지를 얻고 있으니 그 말도 사실인 듯하다. 하지만 그렇게 사라져 가는 동물들이 과연 우리에게 먹잇감이 되려고 태어났을까? 창조주는 동물을 먼저 지으셨고 인간을 마지막에 지으셨다. 아담에게는 동물들에게 이름 짓는 일을 시키셨다. 그들을 먹고 살아가는 것은 매 순간 그것을 주신 창조주께 감사하는 마음을 가지는 행위다. 감사함. 바로 우리의 식탁에 올려진 어떤 생명체의 죽음은 바로 그 숭고한 생을 마감함으로 감사함이 발현되는 것이라고 할 수 있겠다. 오늘 밤 우리는 치킨을 시켜 먹을지도 모를 일이다. 인간은 그렇다. 병아리의 죽음에 안타까워하면서도 치킨을 시켜 먹는 이중성. 아이들에게 그 두 가지의 차이가 무엇인지 나조차 설명하기 쉽지 않다. 하지만 적어도 아이들이 생명을 함부로 대하는 마음만큼은 갖지 않길 바란다.

이제 제주에 봄이 시작되고 있다. 봄은 생명의 계절이다. 겨우내 움츠렸던 어깨를 펴고 모든 것들이 활기차게 그 생의 찬란함을 마음껏 빛내는 시기다. 하지만 봄이 오면서 우리는 죽음을 먼저 겪었다. 사장님도 깨닫고 더 이상 부화시킨 병아리를 어미 닭에게 떨어뜨려 놓으시지 않았다. 어미 닭과 함께 자라고 있는 저 병아리들은 딱 봐도 매우 건강해 보인다. 생명의 고리는 사실 부모와 자식, 그리고 그 이후 세대로 줄기차게 이어져 있는 것이 아닐까 생각해 본다. 나 역시 부모로부터 그 고리를 이어받아 건강하게 자랐고, 우리 아이들도 그렇게 이어져 지금 건강하게 자라고 있는 것이다. 그렇다면 내가 정말 건강하게 오래 잘 살아야겠구나 하는 생각이 든다. 그래야만 우리 아이들도 건강하게 잘 자라날 것이다. 육아에 미숙한 부모지만 사소한 것 하나에서도 육아의 의미를 배워보려 노력하며 성장한다. 그렇기에 병아리의 죽음은 나에게 아이들에게 어떠한 가치를 가르쳐야 하는지를 또 한 번 되짚어보게 하는 계기가 되었다. 병아리에게는 미안하지만 우리 아이들이 그것을 깨닫는다면 치킨이 되어 단순히 영양분을 제공하고 사라진 그 닭보다는 조금 더 숭고한 삶을 살았다고 말할 수 있을까? 어떤 삶이 더 가치 있다고 그 무게를 재볼 수는 없겠지만 적어도 기억되는 죽음은 있다. 그 병아리의 죽음은 우리에게 기억됐다. 아이가 밟았던 그 상황은 잊길 바라지만 쉽게 잊히지 않을 것이다. 그렇기에 생명의 소중함을 더욱 깨달으면 하는 바람이다. 아직은 죽음을 이해하고 알기 어려운 나이지만 이 경험을 간직한 채 살면서 또 다른 죽음들을 경험할 때 비로소 그때 그 의미를 깨닫는다면 아이는 더 큰 성장을 할 것이다. 생명의 시작인 봄의 입구에서 죽음으로 그 생명의 진정한 의미를 배워본다. 아이들은? 아직 죽음을 배우기에 이른 아이들. 삶에 대해서도 이해 못 했는데 죽음이라니. 모든 현상을 심각하게 고민하는 아빠 육아휴직자는 이 과정마저도 성장의 밑거름 삼아 살아간다.

가스비의 공포

도시가스가 없는 곳에서 살아보지 않은 것은 아니다. 아무래도 군인들이 다니는 지역은 도시가스가 들어올 만큼 큰 대도시가 아닌 경우가 많아서 오히려 도시가스보다 LPG가 익숙했다. 그렇다고 해도 제주도인데.

우리나라 가장 남쪽인데. 따뜻하기로 유명한데. 이런 한심한 생각으로 겨울을 보냈다. 아무도 우리에게 가스비가 얼마인지 알려준 적이 없었다. 집이 큰 데다가 1층은 대리석 바닥이라 겨울엔 실내화 없이는 못 다닐 정도로 차가웠다. 이런 바닥이 뜨끈해지도록 보일러를 틀면 당연히 가스비가 많이 나올 것 정도는 예상했다. 하지만 우리 집의 유일한 단점이었다면 시공의 문제였는데 1층 안방 단열이 제대로 안 된 것 같은 느낌이었다. 외벽에서 느껴지는 한기가 늘 신경 쓰였다. 손으로 툭툭 쳐봐도 확실히 콘크리트 외벽은 아닌 것 같았다. 처음에는 그럭저럭 전기장판으로 버티다가 나중에는 2층에서 지내는 것이 더 낫겠다 싶었다. 2층은 외풍도 덜하고, 단열도 잘되어 있었으며, 바닥이 대리석이 아니라 나무판자 무늬의 장판이어서 훨씬 따뜻했다. 그렇지만 이사 후 겨우내 손님이 오셨던 터라 2층을 내드려서 1층에서 지냈는데 그동안 가스비가 전혀 청구되지 않아 얼마가 나오는지 알지 못했다. 예산을 짤 때 공과금은 한 달에 15만 원 내외로 판단했었다. 도시가스가 안 들어오는 아파트 살면서 겨울에 나왔던 가스비, 전기세 등도 고려하고 나름대로 비싼 제주의 난방료를 고려하여 조금 높게 잡았다고 생각했는데 큰 오산이었다. 아주 큰 오산이었다.

부디 이 글을 읽으시는 독자분은 나와 같은 실수가 없길 바란다. 제주의 겨울은 생각보다 혹독하다. 남향이고 단열이 잘 된 좋은 집에 살아야 하는 이유는 이런 데 있다. 더해서 제주도민은 이렇게 비싼 LPG 가스 대신 기름보일러를 병행해서 쓰는 경우도 있다. 들어보니 겨우 내 1~2드럼 정도로 해결한다고 한다. 당시 한 드럼에 25~30만 원 정도였으니 겨우 내 25~60만 원 선이었다. 이것도 사실 도시가스 생각하면 엄청 비싸다. 하지만 어쩌나 제주는 섬이고 시골엔 도시가스가 안 들어오는데. 우리 집은 기름보일러는 없고 가스보일러만 있기 때문에 고스란히 가스비 폭탄을 맞을 수밖에 없는 구도였던 것이다. 결국 틀린 내 계산으로 인해 배곯는 일이 발생할 뻔했다. 어느 날 사장님이 지난 4개월간 가스비를 안 냈다고 가스가 끊길 것 같다고 한다. 자기가 고지서를 받았는데 깜빡하고 안 줬다며 4개월 치 가스비를 내민다. 별거 아니려니 하고 받아 든 4개월 치 고지서엔 장당 30만 원이 넘는 총 120만 원이 넘는 금액이 찍혀있었다. 우리의 한 달 육아휴직 수당은 80만 원 수준이었다. 이후로 우리는 거의 트라우마에 가까운 가스비 공포증이 생겼다. 들어보니 LPG는 입방미터당 요금으로 계산한다고 한다. 사장님은 이것을 루베라고 했다. 종합건설사 사장이기도 했던 타운 사장님은 건설업계에서 아직도 쓰고 있는 일본식 용어들을 현란하게 구사했다. 군에서 일본식 용어를 쓰지 않도록 노력해 온 나로서는 별로 반가운 단어는 아니었다. 루베는 입방미터를 일본식으로 표현한 입방미(立方米)의 일본 발음 류우베이를 다시 우리나라식으로 발음해서 루베라고 한다. 비슷한 용어로 헤베가 있는데 제곱미터를 뜻한다. 일본어로는 헤베이라고 한다. 이런 용어를 쓰지 말고 우리는 세제곱미터(혹은 입방미터), 제곱미터(혹은 평방미터)라고 쓰자.

가스요금은 입방미터 당 4,000원에 달했다. 그나마 타운하우스 단지로 계약이 되어있어서 독채 가구보다는 입방미터 당 200원 이상 싼 가격이라고 했다. 여기에 소형 가스통(트럭에 잔뜩 싣고 다니면서 굴려서 교체하는 가스통) 대신 대형 가스통을 설치하면 할인이 더 된다고 했지만 사장님은 그것을 설치할 생각이 전혀 없었다. 이것을 설치하는 비용이 150

만 원에 달했는데 자기는 그냥 손님한테 가스요금을 받으면 된다는 생각이었다. 그 결과 우리는 아무것도 모르고 120만 원의 고지서를 받는 처지에 놓이게 된 것이다. 나름대로 치밀하게 계획을 세우고 꼼꼼하게 점검한다고 했는데 이 부분을 간과했다. 제주도에서 살면서 난방비 줄이는 꿀팁은 역시나 단열이 잘되는 좋은 집에 사는 것이 첫 번째라고 하겠다. 아파트를 좋아하진 않지만 아파트가 좋은 점이라면 난방 면에서 효율적이라는 것이다. 윗집, 아랫집, 옆집이 모두 난방을 하면 가운데 있는 집은 그 효율을 톡톡히 본다. 결국 연결된 모든 집이 서로 효율이 좋다. 아파트를 살 때 가장 끝에 있는 집, 가장 꼭대기 집 등이 더 좋지 않다고 하는 이유는 여기에 있다. 외벽으로 바로 외풍을 받으면 결로도 생기고 난방도 비효율적이다. 하지만 단독주택은 그런 혜택 자체가 없다. 그렇기에 햇빛이 정말 잘 드는 남향이더라도 비 오고 춥고 바람 많이 부는 날도 있기 때문에 단열이 중요하다. 두 번째는 공간을 잘 활용하여 가급적 겨울에는 한 공간에서 지내는 것이 유리하다. 쓸데없이 큰 집에서 난방을 온 방에 다 돌리기보다는 가족들이 지내기 좋은 한 층에서 모두가 지내는 것이다. 영하로 떨어지는 일은 거의 없기 때문에 동파를 걱정할 필요까진 없다. 더 줄이고자 한다면 난방용은 기름보일러를 사용하고, 온수는 전기 순간온수기를 사용하는 것이다. 가스는 조리할 때만 쓰면 되는데 이마저 인덕션이나 하이라이트를 쓴다면 필요 없다. 이렇게 해서 가스를 없애면 조금이라도 낫다. 그 외에는 19~21도 정도의 일정한 온도로 보일러를 맞춰놓는 것, 추울 땐 보일러 온도를 조금 더 낮췄다가 햇빛이 잘 드는 날 낮에 최대한 자연 온도로 높이고 이후 필요할 때 보일러를 틀어 열 손실을 줄이는 것, 실내에서는 따뜻하게 내복을 입는 것, 전기장판을 활용하는 것, 가습기를 활용하는 것 등이 있겠다.

우리의 제주살이 첫 실수이자 초보자티를 팍팍 낸 이 일로 인해 제주에 대해 더 많이 공부하게 되었다. 올해 제주를 떠날 때쯤 가장 추운 기간까지는 가지 않겠지만 추위를 한 번 더 겪게 될 것이다. 이 경험을 바탕으로 다음 추위가 올 때는 실수 없이 해보자고 다짐한다. 비싼 값 치르고 중요한 것 배웠다. 전원주택 초보자에겐 쉽지 않은 제주에서의 첫겨울이 그렇게 지나가고 있었다.

4.
제주 먹어봔?

아빠 육아휴직자의 풍성한 식탁

　제주로 이사 오고 얼마 지나지 않아 사장님이 무심하게 무를 가져가라고 하신다. 무슨 말인지 도저히 이해할 수가 없다. 무를 가져가라니. 본인이 시장에서 사 온 무를 우리에게 나눠준다는 뜻인가? 재차 묻는다. 겨울 무는 제주가 제일인데 무 농사를 짓기 위해 어느 정도 무가 자라면 더 큰 무를 얻기 위해 일부를 솎아낸다고 한다. 그렇게 솎아낸 무들은 그냥 버려지는 것이니 마을 사람들 누구라도 가져가면 된다고 한다. 그 무가 어딨냐고 하니 집에서 넘어지면 코 닿을 거리에 있었다. 제주에 와서도 관광지와 표선 위주로만 다니다 보니 집 주변을 많이 다녀보지 않아 몰랐는데 우리 집 주변은 다 무밭이었다. 한걸음에 달려가니 무가 쌓여있었다. 가까운 거리이지만 너무 많은 무를 가져갈 수 없어 차까지 끌고 와 트렁크에 싣는다. 이런 경험이 처음이라 얼마만큼을 가져가야 하는지도 몰라 그저 욕심만 부릴 뿐이다. 싣고 싣고 또 실었지만 너무 많아 다 실리지도 못한 무들을 뒤로하고 아쉬운 마음에 일단 집으로 가져왔다. 무는 주먹보다도 작았다. 솎아낸 무이니 당연할 것이다. 하지만 무청은 정말 잘자라 싱그러웠다. 어디서 본 것은 있어서 무청을 다 잘라 바람에 말려보기로 한다. 무청을 잘 말려 시래기를 만들어 놓으면 시래깃국을 끓일 수도 있고, 무청 자체로 김치를 담글 수도 있다는 것은 살면서 엄마한테 어깨너머로 배웠다. 작은 무지만 열심히 다듬는다. 무는 네 동강을 내서 깍두기를 만들 요량으로 용기에 담고 무청은 정성스레 나무에 끈을 매달고 걸어놓는다.

든든하다. 제주의 이런 풍성함에 감동을 받는다. 부족한 휴직 수당으로 한창 클 아이들을 어떻게 풍족하게 먹이느냐가 큰 고민이었는데 해답을 찾았다. 제주에서는 수렵, 채집을 통해 먹거리를 많이 얻을 수 있다는 것을 배웠다. 아빠 육아휴직자는 휴직자가 아니라는 생각이 들었다. 직업이 장교에서 수렵인으로 바뀌었을 뿐이다. 산에서 바다에서 들에서 나는 무엇이라도 채집해 오겠다고 다짐한다. 사장님한테 또 좋은 정보 있으면 달라고 하니 신이 나서 입에 침을 튀겨가며 제주에서 얻을 수 있는 푸짐한 재료들을 설명해 준다. 벌써 기대가 된다. 난생처음 아내와 함께 김치를 담가본다. 결혼할 때 아내한테 손에 물도 묻히지 않게 하겠다는 상투적인 고백을 나도 한 바 있고 실제로 내가 요리를 주로 많이 해줬는데, 나중에 보니 아내는 요리를 즐겨 하는 사람이었다. 요리를 감각적으로 해내는 스타일은 아니지만, 매우 과학적 기법으로 곧잘 해낸다. 만 개의 레시피 앱에 나온 정량을 아주 철저하게 지키며 요리하는데 맛이 정말 좋다.

처음 해보는 요리도 만 개의 레시피만 있으면 뚝딱 해낸다. 깍두기도 그렇게 도전을 한다. 무를 씻고 써는 것은 나의 몫이다. 아내는 양념을 만든다. 다 만들어진 양념이 맛이 좋다. 무를 통에 넣고 열심히 저어서 양념이 잘 스며들도록 했다. 그 결과 너무나도 맛있는 우리의 첫 깍두기가 완성되었다. 우리가 스스로 해냈다는 기쁨과 생각 이상의 훌륭한 맛에 모두가 뛸 듯이 기뻤다. 엄청난 것을 해냈다는 생각이었다. 이 순간 데미안의 한 구절이 떠올랐다.

"알은 세계다. 태어나려고 하는 자는 하나의 세계를 깨뜨려야 한다."

우리는 제주살이를 위해 제주도민의 삶을 실제 경험해 보고자 했다. 여행자인 객이 아니라 거주민인 주인이다. 그렇기에 매번 김치를 마트에서 사 먹거나 부모님이 주시는 안정된 알 속의 세계에서 벗어나 이곳 제주에 와서 직접 김치를 담그며 기존의 세계를 파괴했다. 이제 김치를 담가 먹을 수 있는 가정이 된 것이다. 우리도 자녀들이 결혼하여 출가하면 김치를 보내주는 부모가 될 수 있을까? 부모가 물려줄 유이한 유산이 신앙과 추억이라고 했는데 이제 김장이 추가될 것 같다. 우리가 직접 담근 깍두기는 내가 먹어본 것 중 가장 맛있는 깍두기가 되었고, 이후로도 무를 계속 얻을 수 있어서 깍두기에 무생채에 조림에 각종 무 요리를 즐길 수 있었다.

농부 흉내 내기

우리나라 겨울 무의 99%는 제주산이라고 한다. 노지 월동 무가 제주에서만 나기 때문이다. 오죽하면 과잉생산이라 무 생산지를 줄이라는 권고까지 받을 정도다. 제주의 겨울 무는 단단하고 달기로 유명하다. 모양도 훌륭하여 상품성도 있다. 제주에 와서 농업에 관한 내용까지 배우게 되었는데 제주 무 농사가 생각보다 돈이 된다는 내용도 그중에 하나였다. 제주도 많은 땅은 지목이 답(농지)으로 되어있으나 주인이 농사를 짓지 않는 땅이 많다고 한다. 하지만 이럴 경우 지목을 답으로 유지할 수 없고, 농지로 대출받은 것을 반납해야 한다. 대신 소작농이 차용하여 농사를 짓는 경우가 많은데, 어차피 쓰지도 않는 땅이라 토지주도 그렇게까지 많은 돈을 받지 않는다고 한다. 한 번 잘되면 몇억까지 벌지만 안되면 몇천만 원을 날리기도 한다고 하는데 대다수 잘 된다고 한다. 무뿐 아니라 다양한 작물을 재배하는 제주도의 농업 환경은 꽤 좋은 편이라고 보인다. 평균 농가소득 전국 2위가 제주도다. (1위는 경기도이고 농가소득 5천만 원이 농협의 목표인데 경기도와 제주도만이 유일하게 달성했다. -2023년 기준) 제주 농가 소득원의 1위는 단연코 감귤이다. 여기에 귤의 파생 상품들(한라봉, 천혜향 등)까지 포함한다면 전체 소득의 73.5%에 달한다. 괜히 제주를 감귤국이라고 부르는 게 아니다. 40가지의 작물을 재배하는 경기도에 비하면 제주도의 작물은 21개로 단조롭기 그지없다. 여기서 귤과 관련한 작목을 하나로 합치면 14개밖에 안 된다(다만 농촌진흥청에 통계로 잡힌 작물만 계산하기 때문에 실제로는 이보다 더 많은 작물이 재배되고 있을 것이며, 소득 역시 차이가 있을 것으로 보인다. 예를 들어 우도의 최고 작물인 땅콩은 통계에 없다).

하지만 중요한 건 이런 수치가 아니다. 제주 농가의 넉넉함은 그 어느 곳보다도 풍성할 것이다. 제주도에서는 그런 말이 있다. "귤 떨어지면 육지 가야 한다." 제주도민이 귤을 돈 주고 사 먹는 일은 없다. 노지 귤의 전국 최대이자 거의 유일한 생산지인 제주에서 노지 귤은 그냥 귤나무가 있으니 자라고, 열매가 열었으니 따고, 땄으니 팔고, 나누는 것 같다. 제주도에 온 지 한 달도 안 되어 실제로 그 경험을 했다. 좀 특이한 경우긴 하지만 그 해엔 제주 귤 농사가 어느 때보다 풍년이라고 했다. 귤도 맛있고 단 데다가 많이 열렸는데 이렇게 과잉생산 되면 단가 맞추는 게 어려워 오히려 손해가 난다고 한다. 그래서 귤을 그냥 버린다고 한다. 버리고 사진을 찍으면 농협에서 그만큼 보상을 해준다고 하는데 세부적인 시스템은 잘 모르겠지만 중요한 건 그 귤을 우리 집에 버려주었다는 것이다. 우리 집 바로 위에는 돌담을 공유하고 사이에 올레가 지나고 있는 귤밭이 하나 있다. 나중에 이 귤밭 주인 할망이랑 친해져서 귤도 많이 얻고 감사한 마음에 조금씩 사 드리기도 했다. 어느 날 자고 일어나니 사장님이 빨리 가서 귤 가져가란다. 무슨 소린고 하니 우리 집 뒤뜰 돌담 아래 귤이 한 무더기 버려져 있었다. 옆집 할망이 버린 거였다.

알이 단단하고 큰 것만 골라도 정말 엄청난 양이었다. 제주에서는 노란색 컨테이너 상자에 귤을 담는데 보통 한 상자에 20kg 정도 한다. 콘테나라고 부르는데 세 콘테나 정도를 주었다. 게다가 초록 잎의 꼭지가 달린 신선한 귤이라니. 우리는 신이 나서 귤을 먹었다. 질리도록 귤을 먹고 나누었다. 겨우내 비타민 공급원을 확보한 것이다. 어느 날은 외출했다가 돌아오는 길에 할망 한 분이 혼자 힘겹게 마을 길을 걷고 계셨다. 500m 정도밖에 안 되는 짧은 거리지만 태워드리겠다고 하고 댁까지 모셔다드 렸다. 다음 날 아침은 마침 크리스마스였는데 일어나서 마당을 향한 창 문 커튼을 걷자 빨래 바구니에 황금향이 가득 담겨있었다. 도대체 누가 우리에게 이런 선물을 주었나 한동안 갸우뚱한 채로 먹어도 되는지도 몰 라 그저 집안으로 들인 상태로 구경만 하고 있었다. 사장님도 아니라고 하고 '제주에 우리에게 이런 귀한 황금향을 줄 사람이 없는데…'라고 생 각하던 찰나 어제 댁에 모셔드린 할망께서 우리 집에 오시더니 빨리 바 구니를 달라고 하신다. 제주어로 뭐라고 하시는데 사실 잘 알아듣지 못 했다.

"Would like hater top one For the chuck wonder like station 동네 사람들."

대충 맥락을 이해해 보니 어제 태워줘서 고맙다는 말이었고, 고마운 마음에 황금향을 주니 먹으라는 것 같았다. 빨래 바구니는 비우고 빨리 달라고 재촉하셨다. 우리는 정말 감사한 마음에 제주 민심이 이렇다고 제 주 찬양자가 되었다. 그 이후에도 우리는 앞서 말한 무뿐 아니라 당근, 배 추, 감자, 달래, 황금향, 레드향, 골드키위 등을 계속해서 얻을 수 있었다. 제주 농가의 민심은 정말 아름답기 그지없다. 척박한 땅에서 서로 함께 살아남기 위해 괸당 문화가 활성화되어 토박이가 아닌 사람들은 적응하기 힘들다고 들었는데 전혀 아니었다. 모두가 함께 살기 위해 나누는 문화가 몸에 배어있었다. 파치를 이렇게 주울 수 있는 것도 넉넉한 인심으로 일부러 밭에 파치를 남긴다는 생각이 들었다. 무 파치 같은 경우는 말도 안 될 정도로 양도 많고 질도 좋았다. 농약 치거나 밭을 갈아엎기 전에 알려주시는 분들도 꼭 있다. 당근, 배추, 감자 파치는 무 정도까지는 아니지만 우리 가족 식탁을 풍성하게 해줄 정도로는 충분했다. 꼭 밭에서 나는 게 아니더라도 다양한 작물들이 지천에 있었고, '시골 산다는 게 이런 것이구나.'를 느낄 만큼 수확의 즐거움을 느끼게 해주었다. 물론 그런 작물들을 내가 직접 기르고 키워낸 것은 아니었기에 농부의 보람을 느낄 정도는 아니었겠지만, 파치를 줍는 수고도 하나의 즐거움인 건 분명했다. 관광객들이 제주 오면 귤 따기 체험을 하는 것과 비슷한 맥락이라고 할 수 있겠다.

제주에서의 1년이 풍성할 것이라는 예감이 들었다. 처음 내려올 때만 해도 부족한 예산에 허리띠를 졸라매야겠다고 생각했고, 이런 와중에 아이들에게 먹고 싶은 것 잔뜩 사 주지 못하는 부모가 되면 어쩌나 걱정했는데 아이들은 밭에서 나는 이 귀중한 작물들을 캐내는 즐거움까지 더해지니 정말 야무지게 밥도 잘 먹었다. 처음 제주도에 왔을 때 육지에서 주로 먹었던 달고 짠 자극적인 음식이 아닌 건강식에 투정도 부리던 아이들이었지만 지혜로운 아내는 이렇게 제주에서 얻어낸 질 좋은 재료를 갖고 만 개의 레시피에서 훌륭한 음식을 찾아내어 뚝딱뚝딱 식탁에 내놓아 잘 먹게 만들었다. 나 역시 너무나도 잘 먹었다. 그렇지만 건강한 음식들 덕분에 그렇게 잘 먹어도 살이 찌진 않았다. 우리 가족 모두가 제주에서 더욱 건강해짐을 느꼈다. 식도락. 여러 가지 음식을 두루 맛보는 것을 즐거움으로 삼는 식도락의 취미가 우리에게 생겼다. 이후 우리는 제주 여행자들에게 꼭 얘기한다. 제주에 올 거면 한 달 그 이상 충분한 시간을 가지고 놀러 와보길 권장하고, 괸당 걱정하지 말고 무조건 마을 공동체에 속할 기회를 가지라고. 진정한 제주의 즐거움은 제주의 수많은 관광지에 있는 것이 아니라 제주 마을 그 자체에 있었다.

해녀 흉내 내기

제주어로 바다를 바당이라고 한다. 어감이 참 좋다. 제주 바당은 풍요의 상징이고 삶의 터전 그 자체다. 해녀들이 지금의 제주를 만들었다고 해도 과언이 아닐 정도로 제주의 삶은 바다와 밀접하게 연결되어 있다. 참고로 해녀만 있는 게 아니라 해남도 있었다. 포작이라고 불렸는데 조선시대 과도한 진상품 진상과 부역 요구로 많이 없어져서 해녀만 남은 것이라고 한다. 제주어로는 좀녀라고 하기도 한다. 제주에 왔으니 바다를 즐겨보기로 한다. 생전 낚시를 해본 적이 없는 나는 사장님께 낚시를 배워 바다로 나간다. 하루에 한 끼 정도는 우리가 스스로 구해보자는 원대한 목표를 세웠다. 바다에 가서 낚시로 그날 저녁거리를 가져오겠다고 호기롭게 나선다. 아내와 아이들은 보말과 게를 열심히 잡았다. 보말은 바다고등을 뜻하는 제주어인데 채집이 쉽고 맛이 깔끔하고 담백한 데다가 고단백 재료라 건강에도 정말 좋다. 울퉁불퉁한 껍데기의 매옹이도 있다. 매옹이는 매운맛이 나서 잘 먹지는 않지만 매운맛을 즐기는 사람들은 더러 먹기도 한다. 이 보말로 만든 요리들은 제주의 대표 음식들인데 보말칼국수, 보말죽 등이 있다. 보말을 바닷가에서 쉽게 구할 수 있다는 것도 전혀 몰랐다. 이 역시 사장님이 알려주셨다. 집에서 걸어갈 수 있는 가까운 바다에 보말이 많아서 보말 채집은 하나의 일상이 되었다. 보말을 많이 따오는 날도 있고 적게 따오는 날도 있었기에 그때마다 그에 맞게 요리를 했다. 보말칼국수는 아니지만 보말을 넣어 만든 라면이나 미역국이 내 입맛에 잘 맞았다. 아이들도 좋아했고, 아내는 이런 것들을 만들어낸 스스로를 매우 뿌듯해했다. 보말을 많이 채집하려면 썰물일 때 바다로 가야 한다. 생전 썰물, 밀물 시간에 관심 없던 내가 날씨와 물때 앱을 설치하고, 나가기 전 물때를 체크하고 몇 물인지 확인을 한다. 조수간만의 차이가 가장 큰 때를 (한)사리라고도 하고 6물이라고도 한다. 가장 적을 땐 조금이다. 6물 썰물 때 바닷가에 나가면 물이 정말 많이 빠져있었고, 더 많은 보말을 얻을 수 있었다.

아내와 아이들이 보말을 줍고 있을 때 나는 낚시에 도전한다. 안타깝게도 내 낚시 실력은 영 꽝이었다. 아마 수렵, 채집 시절에 태어났다면 결혼을 못 했을 것이라고 생각되었다. 매일 아무것도 못 잡고 빈손으로 돌아가는 나를 아내는 사랑해 주었지만, 그 시절엔 가족 모두가 쫄쫄 굶는 상황이었을 것이니 한편으로는 참담한 마음도 들었다. 한 번은 낚싯대를 엄한데 던져서 바늘이 바위에 걸려 이러지도 못하고 저러지도 못하는 상황이 있었는데 해녀분이 바늘을 떼주셨다. 겨우 낚싯대만 수습했는데 내가 지지리도 불쌍해 보이셨는지 작은 전복 몇 개를 아이들 손에 쥐어주셨다. 제주 바다는 대다수 어촌계에서 관리하고 있는 바다다. 회비와 세금 등으로 운영되는 어촌계에서 계절에 맞게 바다에 씨를 뿌리고 성장한 전복, 성게, 구쟁기(뿔소라) 등을 해녀들이 채취하는 식으로 운영된다. 그러다 보니 어촌계에서 관리하는 바다에서 이런 것들을 마음대로 채취하면 안 된다. 그분들의 삶의 터전이고 생존권이다. 하지만 관광객들은 이런 사정도 모른 채 몰래 캐가는 경우가 많다. 한 번은 해녀들과 사이가 좋지 않으셨던 제주 토박이 사장님이 해녀들이 바다를 독차지하는 게 싫다며 우리 가족들을 데려다가 바다에서 뿔소라를 잡아서 그 자리에서 바위로 깨 바닷물로 씻어 입에 넣어주셨다. 정말 그 맛은 일품이었지만 다시는 그런 건 안 해야지 생각했다.

우리 집 앞바다라고 우리가 명명한 이곳은 해녀분들의 쉼터가 있는 어촌계 관리 어장이다. 처음 제주에 와서 이곳에서 아내와 바위에 앉아 커피도 마시고 하염없이 바다도 바라보며 시간을 많이 보냈다. 아이들은 이 바다를 참 좋아했다. 수영은 좋아하지만 모래가 묻는 바다 수영은 별로 선호하지 않아 하던 아이들이라 그런지 바위가 많은 이곳 바다에서의 놀이를 좋아했다. 물이 차오를 땐 발을 담글 수도 있었고 그게 아니면 바위에서 이리저리 뛰어다니며 놀 수도 있어서 좋아했다. 자주 다니다 보니 이곳에 쓰레기가 참 많다는 것을 알게 되었다. 특히 어구 쓰레기가 정말 많았다. 낚시하는 분들이 많은 곳이기도 했기에 그분들이 버리고 간

어구도 많았고 바다에서 떠밀려온 어구도 많았다. 어구는 바위틈에 끼면 빼기도 어려웠다. 바닷물이 정말 맑아서 물고기가 헤엄치고 노는 게 다 보이는 이 바다에서 물고기와 함께 쓰레기가 보이는 것이 안타까웠다. 눈에 보이는 부분이 이 정도이니 안 보이는 곳은 얼마나 많을까?

제주바다가 죽어가고 있다는 뉴스가 많이 보인다. 특히 바다의 사막화가 심각하다고 한다. 해초가 더 이상 자라지 않는 바다는 죽는 바다가 된다. 아직 우리 집 앞바다는 그 정도는 아니지만 쓰레기가 이렇게 쌓여가는 만큼 조만간 그렇게 될까 두려웠다. 바다가 삶의 터전이지만 삶의 터전을 지키며 함께 사는 법은 배우지 못한 것일까? 수많은 어구 쓰레기를 보며 마치 관광객들이 바다를 오염시키는 것처럼 떠드는 기사들은 사실이 아닐 수도 있다는 생각이 들었다. 오히려 바다를 죽이는 것은 바다를 삶의 터전 삼아 사는 사람들이었다. 더 이상 그들의 후손에게 바다를 물려주지 않을 요량인 것 같다. 어느 순간 쓰레기를 의식한 아이들이 쓰레기가 많다는 말을 한다. 우리는 이렇게 많은 쓰레기를 그냥 보고 지나치지 않고 정리하기로 한다. 아이들과 쓰레기를 줍는 것은 쉽지 않은 일이다. 사실 쓰레기를 주어야 할 명확한 의미를 아이들에게 설명하긴 어렵다. 추상적인 미래의 생각을 해내는 것이 매일 하루하루를 살아가는 하루살이 같은 아이들에겐 쉽지 않은 일이다. 먼 미래에 지구가 어떻게 될 것이라는 공포감 조성도 원치 않는다. 그렇기에 그런 귀찮은 일을 왜 해야 하는지 이해하려면 조기 교육이 필요하다는 것을 깨달았다. 평소에 쓰레기가 널린 환경을 접하고 지냈다면 그게 이상한지 의식하지 못한다. 하지만 그게 이상하다는 것을 어릴 때부터 배워놔야지만 그런 상황을 불편하다고 느낄 수 있는 것이다. 다행히 우리는 어릴 때부터 쓰레기 줍기, 분리수거 등 환경을 생각하는 습관을 가진 부부였고, 아이들도 좋은 영향을 받아서 쓰레기를 줍자고 하면 크게 불편해하지 않았다.

조금씩이라도 꾸준하게 쓰레기를 줍는 것이 가장 좋을 테지만 그럴만한 여력은 되지 않아서 날을 잡고 쓰레기를 주우러 나선다. 그럼에도 아이들에게 쓰레기 줍기는 분명 힘들고 하기 싫고 더러운 노동이다. 이것을 잘 포장해서 즐겁게 만들기 위해서 톰 소여 전략을 쓴다. 톰 소여는 울타리 페인트칠을 하기 싫어했다. 하지만 친구들에게 이것이 얼마나 즐거운 일인지 자신만의 특권이라고 말을 하고, 시켜줄 마음이 전혀 없다고 함으로써 친구들이 줄 서서 이 일을 하게끔 만든다. 아이들이 좋아하는 보물찾기에서 모티브를 따와 바다에 보물을 찾으러 가자고 한다. 아이들이 생각하기에 바다는 정말 보물 창고다. 신기한 것들이 참 많다. 자세히 들여다보면 어찌나 예쁜지 나도 아이들과 같이 바위틈에 얼굴을 파묻고 찾아낸다. 신기한 생물들도 많고, 예쁜 돌멩이들도 많다. 더러 갈려지고 닳아 버린 유리 조각이 햇빛을 받아 정말 예쁜 보석같이 보일 때도 있다.

아이들에게 자주 들려주는 이야기가 있다. 이솝우화 포도밭에 숨겨진 보물 이야기다. 내용인즉 이렇다. 넓은 포도밭을 경영하던 부자 농부가 있었는데 그에게는 게으르고 욕심 많은 아들 셋이 있었다. 세월이 흘러 농부는 죽음을 앞두고 세 아들이 걱정된다. 자기가 죽으면 게으르고 욕심 많은 아들들이 포도밭을 다 망치고 돈도 다 잃을 것이라는 생각이 들었다. 농부는 고민하다가 세 아들을 불러 포도밭에 보물을 묻어두었다고 한다. 아버지가 죽자 아들들은 포도밭을 파헤 친다. 그 넓은 포도밭에서 보물을 찾기 위해 구석구석 포도밭을 다 파헤쳤지만 끝내 찾지 못한다. 결국 세 아들은 포기한다. 하지만 계절이 지나자 알이 굵은 포도가 주렁주렁 매달리기 시작한다. 전보다 훨씬 탱탱하고 달콤한 포도가 열린 것이다. 세 아들은 아버지의 유언을 떠올린다. 땀을 흘려 실천하는 것. 그것이 바로 아버지가 말씀하신 보물이었다.

수고롭고 힘든 노동이지만 그 뒤에 얻게 될 달콤한 보상을 아이들에게 가르치기 위해 이 이야기를 자주 들려줬다. 덕분에 바다에서 보물찾기 놀이가 사실은 쓰레기 줍기라는 것을 알고 있는 아이들도 아빠의 가르침이 무엇인지 알고 즐겁게 잘 따라줬다. 잔뜩 쓰레기를 줍고는 고슴도치 아빠 노릇 한번 하기로 한다. 쓰레기를 잔뜩 지고 면사무소로 갔다. 아이들에게 봉사활동 점수를 달라고 조른다. 쓰레기 줍기로 봉사활동 시간을 받을 수 있다는 얘기를 들은 바 있어서 가보았는데 면사무소에서는 이런 경우가 처음이라 잘 모르겠다고 했다. 하지만 감사하게도 직원분의 노력으로 아이들이 봉사활동 점수를 받는다. 상장처럼 자랑스럽게 봉사활동 증명서를 벽에 붙여두었다. 종이 한 장이 아이들에게 얼마나 오랫동안 즐거움을 줄 수 있을지 모르겠다. 하지만 이런 과정을 통해 보람을 느끼길 바랐다. 환경을 보호해야 하는 이유를 배우길 바랐다. 쓰레기가 자연에 있는 것은 결코 자연스러운 게 아니라는 것. 우리가 누리는 이 아름다운 자연은 결코 당연한 것이 아니라는 것. 모든 시민은 환경운동가여야 한다. 지구를 지킬 수 있는 유일한 방법이다. 우리 아이들도 환경운동가로 커나가길 바라는 아빠 육아휴직자는 이 기간 인간도 자연의 일부라는 거대한 담론을 아이에게 가르치기로 한다.

생활비 쪼개 쓰기

　사람들이 도시를 좋아하는 이유 중 하나가 있다면 바로 대형 마트 때문일 것이다. 이마트, 롯데마트 같은 대형 마트는 인구가 많은 대도시엔 어디에나 있고 이런 마트가 있느냐 없느냐가 삶의 질을 결정짓기도 한다. 이런 대기업 대형 마트가 없는 시골에는 농협 하나로마트가 항상 있다. 농협 하나로마트 혹은 파머스마켓은 대기업 대형 마트만큼 저렴하진 않지만 시골에서 다양한 상품을 한 번에 장 볼 수 있는 곳이기 때문에 인기가 많다. 하나로마트도 없는 곳은 지역별로 나름 OO 마트 하나 정도씩은 갖고 있다. 주로 아파트 단지 근처에 있게 마련이다. 이런 것도 없는 수준의 시골이라면 OO 상회와 같은 구멍가게 같은 것이라도 있다. 작은 마을들이 모여있는 곳이라면 상대적으로 큰 마을 한 곳에 오일장이 열리기도 한다. 촘촘한 시장경제 체제 덕분에 시골에서도 굶을 일은 없다. 제주도는 서울의 세 배가 넘는 넓은 땅에 10분의 1도 안 되는 적은 인구가 띄엄띄엄 떨어져 산다. 제주 전체 인구의 3/4은 제주시 부근에 모여 살기 때문에 상권이 제주시 중심으로 형성되어 있다. 덕분에 이마트가 제주시에 2개나 있다. 거기에 롯데마트까지 있다. 제주도의 코스트코인 제스코마트도 있다. 그 외에도 별별 마트가 많다. 제주시는 인구로 치면 49만밖에 안 되는데 마트 개수로만 보면 무슨 육지 대도시 같다. 아무래도 관광객이 많은 탓이다.

그에 비하면 서귀포시는 소박하다. 이마트가 한 개 있고 홈플러스와 제스코마트가 있다. 우리가 사는 신천리는 교통이 상당히 좋은 곳이다. 일주동로를 타고 쭉 가면 서귀포시가 나오고 번영로를 타고 가면 제주시가 나온다. 어딜 가도 40~50분 정도 시간이면 갈 수 있다. 육지에서라면 이 정도 떨어진 곳이면 대형 마트를 갈 리 만무하다. 하지만 마트를 간다는 것은 사실 단순히 장을 보기 위해서만 가는 것은 아니다. 요즘은 쇼핑 자체가 하나의 즐거운 놀이기도 하다. 미국인의 라이프 스타일을 따라 해 보기로 한다. 미국에서 픽업트럭이 인기 있는 이유는 드넓은 땅에서 한 번 장을 볼 때 몇 주~몇 달치 장을 한 번에 보기 때문이라고 들었다. 우리는 그 정도까지는 채워 넣을 냉장고가 없어서 2주에 한 번 서귀포시에 있는 대형 마트로 장 보러 가는 날을 정했다. 제주시가 아닌 서귀포시를 선택한 이유는 제주시는 너무 복잡했다. 제주시에 들어가면 육지에 온 느낌이었다. 처음부터 이런 느낌을 알고 있어서 서귀포의 시골로 가기로 한 터라 특별한 경우가 아니면 제주시는 잘 가지 않게 되었다. 장 보러 가는 날은 우리에게 소풍 가는 날이었다. 단순히 장을 보기만 하는 게 아니라 서귀포 근처에 가고 싶던 곳들을 방문하거나, 병원을 간다거나, 맛집을 찾아갔다.

첫 장 보러 가는 날에는 김만복 김밥에 갔다. 예전부터 먹고 싶던 김만복 김밥을 사 들고 범섬을 하염없이 바라보며 김밥을 씹고 전복죽을 후

루룩 들이켰다. 이렇게 평온할 수가…. 여유가 넘쳤다. 느긋하게 한적한 바닷길을 거닐며 관광객 틈 속에 섞여 여행 기분도 냈다. 느긋한 시간을 보내다가 대형 마트에 가면 아이들은 장난감 코너를 가장 좋아했다. 아직 아이들이 어린 터라 장난감을 한 번 집으면 떼를 부리는 편이라 안 사 줄 수가 없었는데 제주에 와서는 그렇게 장난감을 사 주다간 없는 살림이 거덜 날 것 같았다. 지금까지 장난감을 사 줄 수밖에 없던 이유 중 하나는 여유 없이 장을 보다 보면 빨리 집에 가야 한다는 생각에 아이들이 떼를 쓰면 그냥 사 줘버리고 말지 이런 태도였다. 하지만 이제는 나에게 시간이 넘쳐났다. 떼를 부리면 그만할 때까지 구경하며 놀았다. 내가 제일 좋아하는 코너는 역시 가전제품 코너다. 스마트폰 코너에서 아이폰과 갤럭시를 만지작거리고 패드와 탭을 만지작거린다. 각종 전자기기를 두루 둘러보며 아이들의 떼가 잠잠해지길 기다린다. 아빠가 여유가 넘쳐 아무리 떼를 쓰는 방식을 써도 안 된다는 것을 알자 나중엔 아빠 대신 고모를 꼬시기 시작했다. 덕분에 고모가 놀러 오면 대형 마트는 필수 코스가 되었다. 아내는 정말 꼼꼼하게 물건을 골랐다. 가격 비교도 꼼꼼히 했다. 처음 제주에 와서 생활비를 줄이기 위해 마트별 가격을 비교해 보고 이동 거리에 따른 유류비까지 계산해 보았지만 가장 합리적인 곳이 대형 마트였기 때문에 이곳에 왔는데 아내는 그럼에도 더 싸고 질 좋은 제품을 구매하기 위해 꼼꼼하게 골랐다.

제주에서 채소는 구하기 수월했지만 양질의 단백질, 고기를 구하는 것은 쉽지 않았다. 아내는 고기를 구하는 데 특히 꼼꼼하게 비교했다. 나는 고기를 정말 좋아한다. 환경운동가를 자처하지만 도저히 채식주의자는 되지 못하겠다 싶었다. 꼼꼼하게 가격 비교를 하고 먹어보고 하는 과정을 통해서 나름의 규칙을 갖게 되었다. 돼지고기라면 앞다리살이 제일이었다. 싸기도 하고 맛도 좋았고 영양가도 듬뿍이었다. 특히 제주산 돼지고기 앞다리살이 최고였다. 제주산 돼지를 가장 좋은 가격에 구할 수 있는 곳은 하나로마트였다(후에는 동네 정육점에 더 질 좋고 싼 고기가 있다는 것을 알게 되었다). 돼지고기는 자주 먹었다. 구이로도 먹고, 제육볶음으로도 먹고, 찌개를 끓일 때도 넣어서 먹었다. 정말이지 이렇게 싸게 맛좋고 질 좋은 고기를 구할 수 있다는 게 감사했다. 게다가 제주산이다. 흑돼지는 훨씬 비쌌지만 앞다리살은 굳이 흑돼지를 고르지 않아도 됐다. 손님이 오실 때는 본인들이 드시고 싶은 고기를 사 오시기 때문에 흑돼지는 이럴 때 실컷 먹으면 됐다. 보통 목살과 삼겹살을 많이 사 오셨다. 문제는 소고기였다. 돼지고기도 좋아하지만 소고기를 더 좋아하는 나를 위해 아내는 한 번씩 소고기를 먹자고 했다. 한우는 너무 비싸서 엄두가안 났다. 신토불이라고 했지만 우리 사정상 한우는 과소비였다. 그런 터라 주로 먹는 것은 호주산 혹은 미국산이다. 우리 농산물이 좋다는 것을모르는 게 아니라 그 가격에 소고기를 마음껏 먹기 위해선 어쩔 수 없이외국산을 먹어야 했다. 그중에서도 대형 마트에서 카드 할인, 이벤트 할인을 받아서 척아이롤 같은 값싼 부위를 구매하면 네 가족이 2~3만 원에 배 터지도록 먹을 수 있었다. 이렇게 소고기를 사 오는 날엔 제주에 간다고 아버지가 보내주신 전기 그릴을 꺼내 마당에서 구워 먹었다. 집 안가득 연기를 채우지 않고도 맛있게 먹을 수 있어서 좋았다.

아내에게도 장보기는 참 즐거운 시간이었다. 육지에서도 장 보는 것은 즐거운 일이고, 놀이기도 했지만 그렇게까지 여유가 넘치진 못했다. 도시에서의 삶은 항상 무언가 쫓기는 듯했다. 이 즐거운 놀이마저도 하나의 의식이고 노동이 될 수밖에 없는 환경이었던 것이다. 제주에 오고 처음으로 장 보러 간 날 느낀 다른 분위기도 바로 넘치는 여유였다. 제주도민의 장 보는 태도는 느긋하기 그지없었다. 덕분에 아내도 참으로 느긋하게 장을 봤다. 아이들은 일찌감치 장난감 코너에서 놀게 내버려 두었다. 단층으로 이루어진 마트 덕분에 가능했다. 아이들이 언제든 시야에 있을 수 있다는 것. 그사이 아내는 아이들에게 먹일 우리의 소중한 양식을 하나하나 차곡차곡 카트에 쌓아갔다. 꼼꼼한 아내 덕분에 매번 다채롭고, 맛좋고, 영양가 높은 식사를 할 수 있었다. 한정된 예산을 효율적으로 썼음은 물론이다. 상품을 꼼꼼히 고르는 아내를 보며 이렇게 여유롭게 장을 볼 수 있는 상황에 감사한 마음을 느낀다. 때로는 장을 보고 밤늦은 시간이 되어서야 들어온다. 장도 신나게 보지만 돌아오는 길에 맛집도 들러 모처럼 외식도 한다. 일주동로를 타고 서둘러 돌아올 수도 있지만 가끔은 해안도로를 택한다. 밤바다는 종종 고깃배들이 불을 비춰 대낮처럼 환할 때가 있다. 달이 밝은 날에는 물에 비친 달까지 더 해져 신비롭기 그지없다. 달이 어두운 날엔 별이 총총 가득 떠있다. 쌍둥이자리 사이로 유성우가 떨어지기도 한다. 조용히 유성우를 보며 소원을 빌어 본다. 이렇게 즐거이 맛있는 것을 먹으며 지낼 수 있는 것은 모두 아름다운 자연 덕분이 아닐까 싶다.

직접 밭에서 주어온 식재료와 대형 마트에서 산 것으로 정성스레 요리를 한다. 아내, 엄마에게만 주방을 맡기는 게 아니라 가족 모두가 하나라도 같이 한다. 아이들은 수확하는 즐거움도 느끼고, 집안일을 누군가 전담하는 것이 아닌 모두가 함께하는 일이라는 것을 배운다. 대형 마트에서 꼼꼼하게 골라온 재료들을 냉장고에 차곡차곡 집어넣는다. 앞으로 2주간 열심히 냉장고 파먹기를 하면서 남은 식재료로 어떤 창의적인 요리를 할 것인가 행복한 고민에 빠진다. 대형 마트에서 사 온 식재료는 대다수가 제주산이다. 특히 어패류는 거의 제주산이다. 지역 농산물을 쓰는 것이 유통에 유리하기에 대형 마트에서는 품질 좋기로 정평이 난 제주산 식재료를 쉽게 구할 수 있다는 것은 참으로 행운이다. 육지에서는 웃돈까지 붙여 사 먹는 제주산 아니던가. 이러니 맛이 없을 수 없다. 삼박자가 딱딱 들어맞는다. 좋은 식재료, 뛰어난 요리 실력, 가족 모두의 정성이 들어간 요리다. 제주에서 또 하나의 즐거움을 찾아간다. 먹는 즐거움. 제주에 여행 올 땐 맛집을 찾아다니며 비싼 돈 내고 줄 서가며 먹었었는데 제주 진짜 맛집을 찾았다. 그건 우리 집이었다.

(먹을 것을 찾아) 산으로, 들로, 바다로…

제주의 봄은 풍요로움을 선사한다. 제주 봄 고사리는 그 맛이 일품이다. 임금님 수라상에도 진상됐다고 한다. 덕분에 가격도 꽤 나간다. 제주도민인 나는 임금님 반찬을 무료로 먹어볼 수 있는 특권이 생겼다. 양치식물인 고사리의 특성을 어쭙잖게 배웠던 중·고등학교 생물 시간 수업

내용을 상기해 잘 자라는 곳들을 기가 막히게 찾아냈다. 제주에선 며느리에게도 안 알려준다는 곳이다. 지천이 고사리다. 그중 이제 막 나기 시작한 잎이 다 펼쳐지지 않은 것들만 딴다. "고사리 같은 아기 손"이라는 말이 왜 나왔는지 실감한다. 너무나도 귀여운 고사리 머리와 '톡톡' 딸 때 느껴지는 묘한 쾌감이 어우러져 금세 고사리 따기에 중독되어 버렸다. 관광객 중에서는 고사리 따는 즐거움 때문에 꼭 이맘때 한 달 살이를 오시는 분도 있다고 한다. 일과는 보통 새벽에 고사리 따고 삶고 말리고 골프치고 그렇게 모은 고사리를 팔아서 한 달 살이 숙박비를 벌고 간다고 하니 이거야말로 창조 경제가 아닐까 싶다. 제주 고사리는 수입산에 비해서 3~4배가 비싸다. 삶고 말리는 과정에도 정성이 들어가야 하고, 사실 정말 부지런해야 하기 때문에 쉬운 채집은 아니라고 할 수 있다. 1kg당 비쌀 땐 10만 원도 간다고 한다. 하지만 1kg의 말린 고사리를 따려면 생고사리를 거의 10~20kg 따야 한다는 것을 생각하면 정말 많은 노력이 필요하다는 것을 알 수 있다. 하루가 멀다 하고 고사리 따러 나간다. 간식을 싸 와서 아이들은 드넓은 초원에서 뛰어놀고 엄마, 아빠는 시간 가는 줄도 모르고 고사리를 따고 있노라면 제주에 눌러앉을까 하는 생각이 수십 번도 더 든다. 이런 게 삶일 텐데. 과거 우리 조상들은 이렇게 살지 않았을까? 수렵 채집이 인류 먹거리 구하기의 시작 아니던가. 그렇게 따온 고사리를 물에 씻고 데쳐서 햇볕에 말려놓는다. 이쑤시개보다 더 얇아진 고사리를 육개장에 넣어 끓이면 물에 불어 다시 오동통해진다. 시각적으로도 훌륭하고 식감은 더 이상 말해 무엇하랴. 고사리의 식감이 고기와 같다고 했는데 제주 고사리를 먹고 그것이 어떤 식감인지 제대로 느꼈다.

제주 고사리는 봄철 한 달 정도 집중적으로 제주 온 산지를 뒤덮는다. 심지어 집 주변에도 찾아보면 있을 정도로 제주도에서는 고사리가 흔하다. 다만 양질의 맛 좋고 통통한 고사리를 따려면 어느 정도 중산간으로 올라가야 한다. 봄비를 맞으며 자라는 고사리가 가장 연하고 맛이 좋은 것으로 알려졌는데 그런 연유에서 고사리 따기는 제주 어르신에게 일상적인 새벽 운동이다. 고사리가 봄비를 맞거나 밤새 내린 이슬을 머금으면 새벽에 떠오르는 햇빛을 받아 반짝반짝 빛이 난다. 고사리가 지천에 널렸다고 하지만 이걸 찾아서 뜯는 것은 또 다른 영역이라 이때가 가장 고사리를 찾기 쉬운 때라고 한다. 하지만 아이들과 함께 가야 하는 우리로서는 그 시각 고사리를 따러 가긴 어려웠고 아침을 먹고 나서야 느지막이 나선다. 그래도 고사리 따기는 제주에 있는 동안 가장 부지런 떨던 일 중 하나였다. 이 시기 고사리가 얼마나 흥행하는지 중산간 일대의 도로 곳곳에 고사리 따다가 길 잃지 말라는 현수막이 붙곤 한다. 그리고 생전 사람들 다니지 않을 것 같은 중산간 도로 곳곳에 차가 주차되어 있는데 그러면 100% 고사리 사냥꾼의 차다. 제주는 고사리가 많아 예로부터 고사리 음식이 많이 발전했다. 특히 고사리 육개장이 유명하다. 옛날에는 궐채라고 불렀는데 처음 날 때 잎이 없고 참새 다리가 오므려진 모습이라고 하여 궐(蕨)이라고 불렀다고 한다. 고사리를 전문적으로 따는 분들은 고사리가 맛있고 건강에도 좋아서 직접 먹기 위해서 따시는 분들도 있지만 똑똑 끊어낼 때의 손맛이 너무 좋아서 따시는 분들도 있다. 고사리는 사실 독풀이다. 생으로는 먹으면 안 된다. 고사리를 따고 나서는 12시간 이상 물에 푹 담가서 독기를 완전히 빼야 한다. 독기가 완전히 제거된 생고사리를 그대로 무침으로 먹는 경우도 있다. 우리가 흔히 생각하는 고사리는 완전히 말려서 갈색 혹은 자줏빛이지만 생고사리는 연한 초록빛이다. 나물 무치듯 무쳐서 바로 먹는 것도 색다른 맛이지만 진짜는 돼지고기 기름에 볶아 먹는 거다. 이런 요리법 자체를 내가 알 리가 없었지만 제주에 내려와서 제주도민과 어울리며 알게 되었다.

돌아보니 젊은 시절엔 짧은 시간에 높은 만족을 주는 자극적인 즐거움을 찾곤 했다. 하지만 나이가 들어갈수록 긴 호흡의 즐거움을 더 선호하게 된다. 그래서일까 제주에서 산으로, 들로, 바다로, 먹을 걸 구하는 이 모든 과정 자체가 긴 호흡을 요하는 시간이었지만, 나에겐 너무나도 즐겁고 행복한 시간이었다. 하루하루가 행복감 가득한, 만족감이 아주 높은 밀도 있는 삶을 살 수 있었다. 매일 아침 잔뜩 꺾어온 고사리를 삶고 말리는 과정에는 상당한 노동력이 필요하지만 재밌는 과정이다. 집안 가득 삶다 보면 고사리 특유의 한약재 같은 냄새가 퍼지기도 하지만 푹 삶아진 고사리를 보면 뿌듯하고 배부른 느낌이다. 고사리를 잔뜩 들고 2층 베란다에 돗자리를 펴두고 하나하나 정성스레 말린다. 넓게 펼쳐서 겹치는 게 없도록 잘 두지만 제주 바람이 야속하게 한 번씩 뒤집어 버리거나 여기저기로 날려 버리곤 한다. 그렇게 통통하고 예쁜 고사리는 말리면 볼품없어진다. 고사리의 끝부분은 안개꽃을 닮았다. 이쑤시개만큼이나 얇아진 이 고사리를 한 가닥이라도 놓칠 새라 한 올 한 올 잘 주워 돗자리 위에 다시 놓지만, 외출을 다녀오거나 하면 어김없이 바람에다 날아가 버려서 구석지에 처박혀있곤 했다. 여러 번 하다 보니 이런 것도 방법을 터득해서 나중에는 고사리 따기 - 털어서 1차로 씻기(개미 같은 작은 벌레를 잘 털어내야 한다.) - 삶기 - 말리기의 일련의 과정이 마치 공정처럼 시스템을 갖췄다. 특히 말릴 때 잘 말리는 방법을 터득해서 손실률을 많이 줄였다. 오전 내내 열심히 가득 따 온 고사리 더미가 말려서 한 움큼만 남는 것을 보면 허무할 때도 있었지만, 그 모든 과정을 함께 해서 저녁 반찬으로 정성스레 올려진 고사리 무침을 보고 있노라면 행복 가득이었다.

역시 고사리 요리의 백미는 육개장이다. 제주도 전통의 고사리 육개장은 고사리가 아주 물처럼 될 때까지 푹 끓여낸다. 쌀이 귀한 제주에서 쌀 대신 메밀을(제주는 우리나라 제1의 메밀 생산지다.) 가득 넣어 고사리와 메밀을 죽처럼 만들고 돼지 뼈로 국물을 가득 우려내어 만들기 때문에 깊은 육수와 담백한 맛이 일품이다. 제주를 대표하는 별미인 이 음식을 먹어봐야 진짜 제주를 맛봤다고 할 수 있다. 가장 제주다운 음식이라고 생각한다. 다만 만들기 쉬운 요리는 아니라서 우리는 이 음식은 시도해 보진 못했다. 대신 우리가 흔히 아는 소고기 육개장에 도전해 본다. ESTJ 아내의 한 치 오차 없이 만 개의 레시피를 따라 만든 완벽한 육개장이다. 육지에서도 육개장은 즐겨 먹는 음식이었다. 부대에서도 자주 나오는 음식이기도 했고, 유명 음식점에서도 많이 먹었다. 파로 만든 육개장도 맛있지만 육개장은 뭐니 뭐니 해도 고사리를 넣어야 한다. 살면서 육개장을 먹으면서 고사리가 어디 산지에서 난 건지 생각해 본 적은 단 한 번도 없었다. 제주 고사리가 유명한지는 알고 있었지만 그게 제주산일 거란 생각은 안 했다. 제주산일 리가 없다고 생각했다. 그러다 보니 이렇게 끓여 낸 육개장은 특별했다. 육개장의 모든 재료 산지가 어딘지 정확히 알고 있었다. 무엇보다 육개장의 메인 재료인 고사리가 제주산이다. 우리 가정에서 직접 삶고, 말려낸 고사리. 그 맛은… 말해 뭐해. 남은 고사리는 잘 포장해서 실온에 보관해 둔다. 워낙 많이 채집했기 때문에 올 한 해 내내 먹을 수 있을 것이다. 아이들도 신기하게 고사리를 좋아한다. 제주에 온다면 3~5월 사이에 방문해 보길 추천한다. 젊은 세대에게 고사리 따기부터 시작해 식탁에 육개장이 올라오기까지의 모든 과정을 겪어보라고 하고 싶진 않다. 하지만 가정을 이루고 아이들을 교육하는 부모의 입장이라면 이 과정을 한번 겪어보라고 추천하고 싶다. 은퇴하신 어르신이라면 단연코 고사리 시즌 한 달 살이가 제주 1년 중 최고의 시즌이라고 말씀드리고 싶다.

봄철 제주의 고사리가 메인 요리라면 산딸기는 디저트라고 할 수 있겠다. 무심한 듯 한 움큼 따 온 산딸기를 먹어보라며 권하는 사장님 덕분에 우리의 산딸기 시즌이 시작되었다. 산딸기, 뱀딸기 가릴 것 없이 들판 가득 열린 이 작고 빨간 열매를 따 왔다. 산딸기는 따면서 하나씩 집어먹는 재미도 있지만, 우리의 목적은 이걸로 잼을 만드는 거였다. 산딸기 잼을 만들겠다는 아이디어는 도대체 어디서 나왔을까? 산딸기를 따려면 반드시 장갑과 긴팔 옷을 입어야 한다. 가시덤불 안에 있는 데다가 자칫 벌레에 물릴 수도 있다. 산딸기가 많이 맺힌 곳을 발견했다면 주변에 혹시 밭이 있는지 확인해 볼 필요가 있다. 자칫 농약을 뿌려둘 수도 있기 때문이다. 잘 모르겠으면 지나가는 도민께 여쭤보는 것도 하나의 방법이다. 아무것도 모르고 땄다가 한 번은 도민분이 어제 농약 뿌렸다고 알려주셔서 전량을 폐기 처분한 적도 있다. 아이들은 고사리 따기보다는 산딸기 따기를 더 좋아했다. 바로바로 집어먹는 즐거움 덕분일 수도 있지만 아무래도 모양 자체가 산딸기가 더 예쁘다 보니 아이들이 더 좋아하지 않았나 싶다. 이렇게 산딸기 따기 역시 우리의 일과가 되었다. 매일 한 통씩 산딸기를 따온다. 산딸기 역시 물에 잘 씻어내고 하루쯤 불려 개미나 작은 벌레를 다 빼내야 한다. 고사리보다는 산딸기 쪽이 벌레가 더 많다.

잼을 만드는 방법 역시 만 개의 레시피를 통해 배운다. 꼼꼼한 아내는 처음에 그 수많은 산딸기의 씨를 체로 걸러냈다. 나중에 안 일이지만 씨를 걸러낼 필요는 없었다. 덕분에 씨가 없어진 부드러운 산딸기잼을 먹어보기도 했다. 손이 너무 많이 가 효율성이 떨어진다고 생각해 이후부터는 씨가 있는 잼을 만들었다. 산딸기잼은 달콤하면서도 약간의 새콤한 맛이 일품이다. 무엇보다 설탕도 좋은 설탕을 쓰고 설탕양을 조절해서 기성품으로 판매하는 잼이랑은 비교도 안 될 정도로 건강한 유기농 식품으로 탄생한다. 식빵이나 통밀빵 등 어떠한 빵이라도 잘 어울렸다. 아이들 아침 식사용으로 준비해 둔 모닝빵이랑 특히 잘 어울렸다. 모닝빵의 부드럽고 쫄깃한 식감에 새콤달콤 산딸기잼을 발라주니 아이들은 참새같이 날름날름 쉴 새 없이 받아먹었다. 냉장고 선반에 산딸기잼이 유리병 하나 가득 더해질 때마다 부자가 되는 느낌이었다. 이건 영업비밀이지만 우리는 1시간 30분간 졸였는데 사장님은 2시간을 졸였다고 한다. 맛을 비교해 보니 우리 잼이 더 맛있었다. 이웃들에게 시식회를 진행했는데 만장일치로 우리 잼의 승리였다. 질투 섞인 사장님의 투정을 손에 잼 한 병 쥐어주며 달래 본다. 그 이후에 놀러 오시는 이웃분들께 다이소에서 산

작은 유리병에 잼을 챙겨드렸다. 자연에서 얻은 축복을 나눌 수 있는 넉넉함과 여유를 제주에서 배워간다.

하지만 바다에서의 성적은 영 꽝이었다. 결론부터 말하면 1년 내내 내가 바다에서 낚시로 잡은 물고기라고는 먹지 못할 새끼 복어 한 마리, 나비돔 한 마리, 검은 꼬리 벵에돔 한 마리가 전부다. 맑은물은 고등어를 낚았다. 낚시가 아닌 통발로 잡은 것은 쏠종개와 문어가 있겠다. 낚시 실력은 영 엉망이었지만 좋은 이웃들 덕분에 물고기는 정말 많이 먹었다. 사장님은 제주 토박이답게 낚시를 잘하셨다. 집 앞바다에서는 다양한 어종이 잡혔는데 계절별로 주 어종이 바뀌었다. 사실 물고기에 관해선 워낙 젬병이었던 데다가 물고기를 부르는 호칭이 내가 아는 그 물고기와 제주어의 물고기가 다른 경우도 많아 지금도 물고기에 대해선 잘 모른다. 핑계를 대자면 봄 시즌은 제주도 갯바위 낚시에 좋은 시기는 아니다. 우리의 진정한 바다에서의 먹거리 이야기는 여름이 되어서 시작된다. 그럼에도 통발로 잡은 문어를 라면에 넣어 플렉스 할 때 그 쾌감은 잊을 수가 없다.

여행이 아니라 살아간다는 것

제주는 섬이라 거주민들 간의 정이 여느 다른 지역보다 더 끈끈하다. 아무래도 열악한 지역에서 생존하기 위해서는 서로 도와야지만 가능했을 것이다. 바다에서 들에서 나는 것을 나눴다. 특히 해녀들이 나눔 문화를 잘 가꾸었다. 해녀는 등급별로 상군 해녀부터 똥군 해녀까지 있다. 경력이 오래되고 깊이 잠수하여 오래 있을 수 있는 대장 해녀가 상군 해녀이고, 건강으로 인해 오래 잠수할 수 없거나 이제 막 해녀 세계에 입문한 초보자가 똥군 해녀. 위험한 제주 바다에서 생존을 위해서 상군 해녀의 명령은 지엄하다. 재미있는 것은 상군 해녀가 가장 깊고 위험한 곳에서 채집을 한다. 이곳에서는 해산물을 더 구하기 힘들어도 이렇게 한다. 대신 똥군 해녀들은 5m 이내의 수심에서 안전하게 채집을 하고 더 많이 건져 올릴 수 있다. 이렇게 함에도 경력, 능력 차이로 상군 해녀가 더 많이 건져 올리곤 한다. 그렇게 채집한 수산물을 또 나눈다. 똥군 해녀가 성장하여 상군 해녀가 되면 새로운 똥군 해녀를 또 배려한다. 나름의 이런 규칙은 열악한 제주에서 모두를 생존하게 만들었다.

육지에서는 괸당이라고 하면 제주 토박이의 텃새로 치부한다. 제주의 역사를 공부하면 이게 얼마나 육지 사람의 편협한 생각인지 알 수 있다. 제주는 오랫동안 육지부의 핍박과 소외를 받아왔다. 앞서 말했던 포작의 진상품 상납도 그랬고, 제주는 유배지이기도 했다. 근대에 와서는 4.3 사건으로 그 차별이 절정에 이르렀다. 4.3 사건으로 가족을 잃고 마을이 완전히 초토화된 제주도민 입장에서는 육지 사람의 정치적 싸움에 새우 등 터진 꼴이 되었으니 얼마나 육지 사람이 미웠을까? 그럼에도 불구하고 제주도민은 그들의 충성심을 보이기 위해 6.25 전쟁이 발발하자 대거 입대한다. 특히 해병대로 많이 입대해서 여러 전투에서 공을 세웠다. 북한군이 한국군의 무선망을 감청하여 작전이 노출되는 상황이 되자 대

부분 제주도민으로 구성된 해병대 부대에서 제주어로 무전을 해서 북한 군을 기만하고 대대적인 승리를 이루었다는 사례도 있다. 이처럼 많은 제 주도민이 그들이 당한 고통을 복수가 아닌 충성으로 갚아냈지만, 여전히 제주는 소외된 지역이다. 1970년대 이르러서야 감귤 산업, 관광 산업을 본격적으로 도입하여 경제적으로 부흥하기 시작했고, 특별자치도가 되 면서 제 목소리를 내기 시작했다. 그전에는 전라도의 부속 도서였다. 이 런 제주의 역사를 이해하면 제주도민이 육지 사람을 싫어하는 게 아니라 육지 사람이 제주도민을 괴롭히고 있는 것은 아닐까 합리적인 의심을 하 게 된다.

현대에 와서도 마찬가지다. 괸당 문화가 왜 제주에서 자꾸 언급되는지 지켜본 바로는 제주 특유의 함께 사는 품앗이 문화를 육지에서 온 사람 들이 파괴하는 경우가 많았다. 제주도는 가난한 섬이다. 하지만 가난해 도 행복한 섬이었다. 젊은 사람들이 제주로 많이 이주해 오면서 제주가 부흥했지만 이 사람들의 목적은 돈인 경우가 많았다. 그러다 보니 토박이 가 사는 마을에 카페나 음식점을 차려 그 지역의 상권을 망치고, 심지어 는 토박이가 다 거리로 나앉아야 하는 상황을 만들었다. 그렇다 보니 마 을을 지키기 위해서 어쩔 수 없이 육지 사람과 담을 쌓게 된 것이다. 물론 이 역시 조금은 편협한 주장일 수 있다. 하지만 누가 먼저랄 것 없이 서로 를 이해하는 마음이 필요하다. 내가 겪은 제주의 괸당은 따스했다. 제주 에서 이제 막 와서 적응해야 하는 우리를 돌봐주었다. 우리에게 무도, 귤 도, 감자도 내주었다. 특히 아이들을 누구보다 예뻐해 주셨다. 이제는 많 은 지역에서 이주민과 토박이가 조화롭게 융합되었다. 토박이는 그들만으로 이 마을이 생존할 수 없다는 것을 알기에 이주민을 구성원으로 받아들이고 신구의 조화로운 공동체가 형성되곤 한다. 다만 지역별 산업구조 특성에 따라 이주민을 차별하는 곳이 있는 것도 사실이다. 그렇지만 대다수 지역에서는 되레 이주민이 그들만의 문화를 만들고 토박이를 배척하거나 이기적으로 살려는 모습을 많이 봤기 때문에 우리는 그렇게 하지 않으려고 노력했다.

공동체의 일원이 된다는 것은 내 주장만 해서는 결코 이뤄질 수 없다. 타인을 이해하는 것, 무엇보다 여행 '객'이 아닌 거주민으로서 주인으로 살아보고자 한다. 고사리를 꺾으며, 무를 얻으며 느꼈다. 누구든지 어디든지 자세히 보고 오래 보아야 진정 그 의미를 알 수 있다. 보통 명사로 대하는 것이 아닌 고유 명사로 대할 수 있어야 한다. 제주도민은 그렇다더라, 괸당의 텃새가 불편하다더라, 섬사람은 억세다더라가 아니다. 돌담 옆집 할망은 친절하셨다. 올레 끝길 할망의 제주어는 못 알아듣지만 우리 아이들을 예뻐해 주셨다. 감자밭에서 만난 할망은 해루질을 어떻게 잘하는지 설명해 주셨다. 며느리에게도 안 가르쳐준다는 고사리밭을 중산간길에서 만난 할망이 귀띔해 주셨다. 제주도민의 아픔을 이해하고, 제주도에 완전히 동화되어 살아보고자 다짐한다. 아이들에게도 그렇게 가르친다. 짧게 여가를 즐기며 다니는 여행도 좋지만, 이 경험을 토대로 앞으로 여행을 다니며 그 나라, 그 지역, 그 문화와 삶을 깊숙이 경험해 보는 여행을 해보겠다고 생각한다.

우리 제주어 잊지 맙서

'혼저 옵서예'는 대한민국 사람이라면 모두가 아는 제주어다. 혼자 오란 뜻이 아니고 어서 오란 뜻이다. 아래아가 여전히 남아있는 제주어는 조선 시대의 말과 가장 흡사할 것이라는 연구 결과가 있다. 내가 제주 방언(사투리)이라고 하지 않고 제주어라고 하는 것은 제주어가 국제 표준 언어 코드(ISO-639-3)에서 한국어(KOR)와 다른 제주어(JJE)로 등록되어 있기 때문이다. 이것을 부정하는 언어학자들도 많다. 하지만 제주를 사랑하는 나로서는 제주어의 어족은 한국어족일지 몰라도 별도의 언어로 구분해야 한다고 생각한다. 다만 안타깝게도 제주어는 유네스코에서 2010년 소멸 위기 4단계 언어로 지정했다. 현재 정통 제주어를 구사할 수 있는 인구는 5,000~10,000명으로 추정한다. 제주어의 완벽한 구사자들 역시 이미 나이가 매우 많이 드신 어르신 분들이고, 전수가 되기 어려운 구전 언어라 제주도에서는 나름대로 언어를 보존하기 위한 노력도 하지만 체계적으로 잘 되고 있지 않다. 심지어 학교에서도 제주어를 가르치고, 제주어 노래도 있다. 제주어를 살리기 위해 노력하는 사람들이 많지만 관심에서 멀어지고 있는 속도가 더 빠르다. 최근 방영한 『우리들의 블루스』라는 드라마에서 제주어를 구사하며 별도의 한국어 자막을 내보내는 방식을 보였지만, 제주도민의 말을 들어보면 드라마에서 나오는 제주어 역시 이미 많이 표준어화를 겪은 제주어라고 한다. 태풍 피해를 취재한 YTN의 방송에서 인터뷰하신 김정자 할머님의 영상이 인터넷에서 화자가 된 적이 있다. 이분의 말을 알아들은 사람이 거의 없어서 심지어 영어 랩으로 만들어 유명세를 타기도 했는데, 이 정도의 제주어가 찐 제주어라고 하겠다.

제주어를 처음으로 겪은 것은 옆집 할망이 황금향을 가져다주셨을 때다. 정말 하나도 못 알아들었다. 농담이 아니고 정말 한마디도 못 알아들었다. 그냥 그 상황이 황금향을 먹으라는 맥락 같았다고 이해했을 뿐이다. 우리 모두 제주어를 들으며 충격에 휩싸였지만 한편으로는 참 재밌기도 했다. 제주에서 지내는 동안 제주어를 배워보기로 한다. 제주 토박이는 시장에서 제주어를 구사하면 반가워 하고 심지어 할인도 해준다고 한다. 제주에서 어른을 부를 땐 무조건 '삼춘'이라고 하랜다. 삼촌이 아니다. 삼춘이다. 그러면 삼춘은 손아랫사람들에게 '조케'라고 한다. 음식점에 가서 괜히 삼춘, 삼춘 하고 불러본다. 사장님한테 가서 제주어를 가르쳐 달라고 조른다. 사장님은 잘 안 가르쳐주지만 가끔 몇 마디 구사하는 것을 듣고 물어보면 무슨 뜻인지 해석해 주곤 했다. 전혀 이해할 수 없는 말 중 하나는 "몽켕수까?"였다. 어떻게 써야 하는지도 모르겠다. 내가 듣기로는 '몽켕수까?'였는데…. 제주어 사전을 찾아보니 '뭉케다'가 기본형이라고 한다. 천천히 움직인다는 뜻인데 대충 왜 이렇게 뭉그적거리냐는 말이었다. "이녁. 무사 뭉케수꽈?" 이후에는 몇 가지 간단한 제주 토박이처럼 말하는 방법을 배웠다. 독자분들도 한 번 배워보시라. 기본 규칙이 있다. 쌍시옷과 비읍, 시옷 받침을 쓰지 않는 것이다. 간단하다.

서술어	형태	변형
~했다.	쌍시옷 받침	핸
~왔다.	쌍시옷 받침	완
~갔다.	쌍시옷 받침	간
~없다.	비읍, 시옷 받침	언

〈제주어로 바꾸기 기본형〉

쉽게 말하면 쌍시옷 받침이 있는 서술어는 쌍시옷 대신 니은을 쓰고 모음은 그대로 가져오는 것이다. 비읍, 시옷 이중받침의 경우에도 니은으로 바꾸고 모음을 그대로 가져온다. 제주어가 왜 이렇게 말이 짧게 바뀌었는지 잘 모르지만 재밌는 추측이 하나 있다. 바람이 너무 세니까 사람들한테 말을 전할 때 말이 짧아진 게 아닌가 하는 것이다. 멀리서 소리를 친다. "집에 00이 있어?" 바람이 너무 많이 부니 들리질 않는다. 뒷말이 다 바람에 먹힌다. "뭐라고?" 또 안 들린다. 이런 과정에서 자연스레 말이 줄어든 것 아닐까? "집에 00 인?" '인' 이렇게. 무엇 또는 왜는 무사다. '뭐라고?' 이건 '무사?'가 된다. 듣다 보면 정겹고 재밌다. 예측할 수 없는 말이라 더 재밌다. 은퇴하고 나서는 제주어를 배워보고 싶다. 이 방대한 언어를 완벽하게 구사하는 것은 가히 새로운 언어를 배우는 것만큼이나 어려울 것이다. 하지만 요즘 젊은 세대에서도 이 제주어를 보존하기 위해 노력하는 사람들이 많다. 유튜버 '뭐랭하맨'이 대표적이다. 뭐랭하맨은 제주어로 '뭐라 하니?'다. 이런 노력을 기울이는 사람들이 있는 한 제주어는 보존되리라 생각한다. 제주에 한 번쯤 머무르게 된다면 제주어를 배워서 시장에서 써보는 것도 나쁘지 않겠다. 그렇게 제주 사람들 깊숙이 들어가 보고 경험해 보는 것이 진정 제주를 이해하는 길이다. 우리 가족들도 어느

새 짧은 제주어를 구사하기 시작했다. 아내와 나는 서로에게 '어디 간?', '뭐핸?', '잘핸.' 이런 말을 많이 쓴다. 그보다 더한 제주어는 아직 어색하다. 하지만 학교에서 제주어를 가르친다는 얘기에 아이들이 어느 순간 제주어를 쓸지 모르겠다고 생각하니 귀여워서 웃음이 났다. 우리 아이들이 마당에서 뛰어놀고 있으면 사장님은 '요망지다'는 말을 많이 한다. 요망지다는 똑 부러지다라는 뜻이라고 한다. 그저 아무것도 안 하고 놀기만 할 줄 알았는데 제주에서 와서 배워가는 게 참 많다. 이런 경험이 우리에겐 너무나도 소중한 매일이다.

5.
제주에 놀멍

진짜 여행을 하고 싶다면 한 달 살이

감기로 한 바탕 홍역도 치르고, 코로나19로 인해서 온 세상이 엉망이 되어버린 가운데도 우리의 시간은 빠르게 흘러갔다. 어찌나 빠르게 흘러가는지 잡을 수만 있다면 붙잡고 싶은 마음이 가득했다. 신들의 메신저라는 헤르메스가 내 시간을 들고 저만치 우주 멀리 달려가 버리는 것 같았다. '살살 좀 하자.' 이렇게 빠르게 가는 시간을 인간이 멈추고 느리게 할 수는 없는 법. 내가 할 수 있는 일이라면 이 시간을 아주 꽉꽉 채워서 밀도 있게 보내는 것이다. 제주의 봄은 우리나라에서 가장 먼저 왔다. 봄이 오면 오히려 동백은 진다. 동백나무 아래 눈부시도록 떨어져 있는 분홍빛의 동백꽃들을 보며 시간의 흐름을 느낀다.

코로나19로 인해 잠시 주춤했지만 봄과 함께 기지개를 켜며 우리의 제주 라이프를 소박하게 즐기기로 한다. 이즈음 해외여행 길이 막히자 제주에 단체 관광객이 줄고 가족 단위의 관광객들이 많아지기 시작했다.

전원주택의 진가를 사람들이 알아보기 시작한 것일까? 제주 관광이 죽었다고 연일 뉴스에서 떠들고 있었지만, 전원주택 독채 한 달 살이 손님은 정말 끊이지 않았다. 이렇게 온 가족 단위 손님은 유명한 제주의 관광지, 음식점을 방문하기보다 식사도 집에서 하고 코로나로부터 안전한 바다, 오름, 푸른 들판으로 향했다. 사정이 이렇다 보니 단체 관광객 대상으로 영업했던 숙박업이나 음식점 등은 분명 타격을 받았을 것이라고 생각된다. 하지만 이런 상황에서도 코로나 상황을 잘도 피해 제주의 한 달 살이 특수를 누리러 온 사람들은 제주의 관광 사업이 어떻듯 아랑곳하지 않고 자신들의 삶을 누렸다. 이런 상황을 보며 몇 가지 느낀 게 있다. 역시 세상은 칼로 두부 자르듯 딱딱 나뉘어있는 게 아니다. 코로나19가 모든 사람에게 불행만을 안겨주었다고 단정 지을 수 없는 것이다. 아이러니하게도 누군가는 코로나 특수를 누린다. 실제로 코로나를 겪으면서 한 달 살이가 유행이 되어 시세가 계속 올랐다. 사실 한 달 살이라는 것은 우리나라 시장에서 굉장히 특수한 상황의 거래다. 제주와 일부 관광지에만 있는 독특한 문화라고 할 수 있다.

숙소를 대여해 주는 방식에는 여러 가지가 있다. 우리가 흔히 말하는 숙박업은 「공중위생관리법」에서 손님이 잠을 자고 머물 수 있도록 시설 및 설비 등의 서비스를 제공하는 영업으로 규정하고 있다. 하지만 「공중위생관리법」과 무관한 숙박업이 있다. 정확히는 법적으로는 숙박업이 아닌데 숙박을 하는 시설이다. 대표적으로 민박이 있다. 민박은 「농·어촌정비법」에서 나온 개념이다. 「관광진흥법」에 나온 도시민박업도 있다. 외국인만 대상으로 할 수 있다. 이외에도 「청소년활동 진흥법」의 청소년 수

련시설과 「산림문화 휴양에 관한 법률」 에 따른 자연휴양림 안에 설치된 시설이 있다. 숙박시설과 관련된 용어는 펜션, 여관 및 여인숙, 휴양 콘도미니엄, 호텔, 호스텔 등 다양한데 이 모든 시설이 각각 다른 법에 영향을 받는다. 상황이 이렇다 보니 사실 제주의 대다수 숙박업은 불법으로 운영되는 경우가 많다. 하지만 불법이라고 하기도 참 애매하다. 1 주택자가 주택임대사업에 따른 월세를 놓는 경우는 비과세인 데다가 신고 의무도 없다 보니 한 달 살이를 월세처럼 받아서 그냥 신고 안 하고 하는 경우도 있고, 민박업으로 신고하고 한 달 살이를 주는 경우도 있는데 이렇게 하면 불법이 되지만 복잡한 법령을 잘도 피해서 합법화하는 경우도 있다. 또한 숙박업으로 사업자를 내놓고 한 달 살이를 주는 경우가 있는데 이것 역시 불법이다. 손님 중에서 이런 것을 알고 오는 분이 몇이나 있겠나. 제주의 실정에 맞지 않는 특례법이나 제주특별자치도 조례 등에 의해서 손님과 업주가 모두 피해 보는 상황이 생기기도 한다. 특히 불법으로 운영되는 경우 소비자분쟁 해결기준에 맞지 않는 위약금 제도, 화재 발생 시 안전 문제 등에서 소비자에게 불리한 경우가 많다.

제주에서 지내면서 알게 된 많은 사장님의 사정을 보니 이분 중에서 세금 회피나 나쁜 목적으로 하시는 분들은 거의 없었다. 나 역시 처음에는 가끔씩 비게 되는 2층을 이용해서 민박업을 해볼까 하는 마음에 제주도청이나 서귀포시청 등에 전화해서 관련 법을 물어봤는데 내 상황에서 했다가는 불법이 되기에 십상이라는 것을 알았다. 선한 마음으로, 나쁜 의도 없이 하려고 해도 그게 복잡한 법령으로 불법이 될 수밖에 없는 상황과 제주의 특수한 상황을 설명하니 공무원도 상황에 대해 인지하고 있지만 어쩔 수 없다는 답변을 들었다. 해당 법을 바꿀 수 있도록 건의도 해보았는데 법을 바꾼다 해도 언제나 또 회색지대가 생기기 때문에 따지고 봐야 할 것이 참 많다. 이 와중에 이득을 보는 사람을 나쁘게만 말할 수 없다는 것도 알았다. 물론 이런 상황을 편승하여 자기 배만 불리려는 사람이 있다면 그건 나쁘다고 할 수 있겠다. 코로나로 인해 한 달 살이 특수를 누리는 제주에 불법 숙박업을 운영하는 사람들을 적발했다는 기사가 많이 보였다. 단속반이 나름대로 노력하고 있었다. 우리 타운 사장님 역시 관련 법률을 잘 모르고 있다가 단속반에 걸려서 세금을 왕창 냈다고 투덜댔다. 투덜대는 내용을 들어보니 법을 어긴 것이야 사장님이 잘못한 게 맞지만, 제주에서는 이런 한 달 살이가 보편적이기 때문에 관련 법이 개정되어야 할 필요는 있다고 느꼈다.

형태	관련 법	특성	기간
임대업	소득세법	위생 용구 지급 불가. 임대차계약서를 써야 하며 공과금을 임차인이 부담하고, 모객 행위를 할 수 없음. * 1주택자, 주택 시가 9억 이하의 경우 비과세이며, 신고 의무 없음. 단, 전세로 3억 이상의 경우 신고.	한 달 이상 (판례상 제주에선 15일까지 인정)
민박	농어촌진흥법	단독, 다가구주택으로 주인과 함께 사용. 보증금을 요구할 수 없음. 조식을 별도 판매 불가. 중식, 석식 제공 불가. 신고필증, 요금표 게시 필요.	한 달 미만
관광 펜션	관광진흥법	숙박과 취사에 적합한 시설을 갖춤.	제한 없음
호텔, 호스텔	건축법, 공중위생관리법	잠을 자고 머물 수 있는 곳.	제한 없음

여관, 여인숙	건축법, 관광진흥법	잠을 자고 머물 수 있는 곳.	제한 없음
휴양 콘도미니엄	건축법, 관광진흥법	숙박과 취사에 적합한 시설을 갖춤.	제한 없음

아이들의 자존감을 키워주는 이웃 사랑

두 번째로 느낀 것은 세상에 행복한 사람이 정말 많다는 것이다. 제주에 오기 전만 해도 소위 말하는 헬조선 소리를 너무 많이 들어서 마음이 많이 지쳐있는 상태였다. 나는 잘 살고 있는데, 나는 행복한데 세상은 이렇게 불행하다고 하니 내가 할 수 있는 게 없어 무기력하다고 느꼈다. 그들은 왜 불행한지 공감하지 못하는 것은 아닌가 스스로를 돌아보곤 했다. 또한 주변 사람들과 가치관, 삶의 자세가 많이 다른 나를 보면서 '내가 이상한 사람인가?'라는 의문을 갖기도 했다. 아들러가 말한 미움받을 용기가 있던 나로서는 그냥 눈 감고 귀 닫고 살면 마음 편하겠지만, 한편으로는 예수님의 이웃 사랑을 실천하려는 사람으로서 불행한 사람들을 헬조선에서 구해주고 싶은 마음이 사명처럼 느껴지기도 했다.

서기관 중 한 사람이 그들이 변론하는 것을 듣고 예수께서 잘 대답하신
줄을 알고 나아와 묻되 모든 계명 중에 첫째가 무엇이니이까
예수께서 대답하시되 첫째는 이것이니 이스라엘아 들으라 주 곧 우리 하

나님은 유일한 주시라

네 마음을 다하고 목숨을 다하고 뜻을 다하고 힘을 다하여 주 너의 하

나님을 사랑하라 하신 것이요

둘째는 이것이니 네 이웃을 네 자신과 같이 사랑하라 하신 것이라 이보다

더 큰 계명이 없느니라

마가복음 12장 28절~31절

이웃 사랑은 기독교인으로 살아가는 나에게 가장 중요한 두 번째 계명이고 곧 사명이기 때문에 헬조선이라는 말이 미안한 마음을 만들었다. 하지만 제주에 와서 너무나도 다른 분위기에 놀랐다. 겨울이 지나고 날이 좋아져서인지, 코로나를 피해서 도망치듯 육지를 떠난 것인지 알 수 없으나 이른 봄과 함께 전국 각지에서 손님이 타운에 모이기 시작했다. 한 달 살이 손님이 많이 오셨다. 봄의 문턱에 있는 제주는 따스했다. 이렇게 화창한 날은 빨래하기 참 좋은 날이다. 육지에서는 건조기를 썼는데 여기엔 건조기가 없었다. 건조기의 문명에서 벗어나면 참으로 불편하다. 제주에 와서도 높은 습도 때문에 빨래를 실패한 적도 더러 있었다. 그래도 화창한 날엔 건조기 없는 것이 더 좋을 정도로 빨래가 즐겁다. 빨래 건조에 최적의 장소는 우리 집 2층 베란다다. 1층에서 한 빨래를 무겁지만 2층까지 들고 와서 앞치마를 두르고 빨래를 하나씩 꺼내 힘껏 탁탁 털어낸다. 펄럭이며 빨래가 공기와 부딪힐 때마다 마음속 근심도 팡팡 털어져 나간다. 쫙 펴진 빨래를 건조대 위에 잘 널 때의 쾌감은 주부 역할을 해본 아빠들만 알 수 있다. 이건 절대 톰 소여의 장난이 아니다. 정말로

빨래 널기는 기분 좋은 집안일이다. 우리 앞집은 우리 집보다 평수가 더 넓은 고급 타운하우스다. 빨래를 널러 2층에 있다 보면 그 집의 뒷마당이 훤히 보인다. 고급 SUV가 부웅 소리를 내며 타운 입구로 들어서더니 이내 그 집 앞에 멈춘다. 2명의 여성분과 2명의 아이가 차에서 내린다. 밝은 햇살이 나를 기분 좋게 했듯 나 역시 그들에게 기분 좋은 이웃이 되고픈 마음에 인사를 건넨다. 내 인사를 반갑게 맞아주시더니 이내 강한 경상도 억양으로 묻는다. "여기 얼마나 살아요? 일 년이요? 와, 나 일 년 살이 관심 있는데 이따 맥주 한잔해요." 좋은 이웃의 삶이 시작되었다.

이웃사촌. 이 단어를 참 좋아한다. 도시화가 진행되면서 대가족 위주의 농촌 생활에서 벗어나 핵가족 위주의 도시 생활이 우리의 주된 생활양식으로 바뀌었다. 그 과정에서 대가족으로 지내며 느꼈을 가족애의 정서를 이제는 이웃을 통해 느끼게 된다는 말이니 얼마나 정감 가는 말인가? 하지만 현대인에게 이웃은 공포의 대상이 되어버리는 경우가 많다. 층간소음에 의한 살인, 경비 아저씨에 대한 갑질, 보복 운전이나 주차장 틀어막기 등 너무나도 황망한 범죄와 시비가 이웃에 의해 도처에서 일어나고 있다. 더 이상 이웃은 사촌이 아니다. 오죽하면 「타인은 지옥」이라는 웹툰이 인기가 있었을까. 하지만 제주에 오시는 이웃들은 마음이 넉넉한 상태로 오셔서일까? 정말 이웃사촌의 정을 느낄 수 있었다. 짧은 겨울방학을 지내고 돌아가는 순간에도 아쉬워서 연락처를 주고받는 경우가 있었고, 아이들끼리도 친해져서 나름의 연락을 주고받는 경우도 있었다. 장기간 머무르며 사용하다 남은 쌀, 양념류, 냉동식품 등을 잔뜩 주고 가시는 분들도 있었다. 장작을 주시는 분도 있었다. 감사하게도 항상 우리를 먼저 챙겨주셨다. 모두가 이곳에서 행복을 느끼고 있었다.

만나서 어울리다 보면 사연도 정말 다양했다. 그중에 가장 많은 사연은 역시나 코로나로 인해서 학교에 못 가게 된 아이들과 기왕에 이렇게 된 거 마스크 벗고 깨끗한 공기 마시며 자유롭게 놀고 싶어 온 사람들이 많았다. 코로나 블루로 인해 사회가 모두 우울과 짜증이 넘치는 순간에도 스스로 『데카메론』의 주인공이 되려 이곳을 찾아온 사람들을 보며 과연 우리는 나쁘다고 할 수 있을까? 돈 있는 사람들이나 할 수 있는 여유라고 나쁘게만 보는 사람도 물론 있을 것이고, 고통을 분담하지 않는다고 이기적이라고 하는 사람도 있을지 모르겠다. 하지만 적어도 내가 만나본 대다수 사람은 정말 살기 위해 이곳에 왔다는 것을 알 수 있었다. 누군가는 절박하고 고통의 몸부림 끝에 도망 오는 경우도 있지만, 마주하게 될 미래의 고통을 견뎌내기 위한 마음의 무장을 하기 위해 오시는 분들도 있었다. 코로나로 인해 의료 현장에 투입되면 언제 쉼이 생길지 모르기 때문에 지금이 마지막 기회라는 생각에 비장한 각오로 오신 의사 선생님도 계셨다. 오래 머물지도 않으셨는데 그사이 긴급 수술로 육지를 두 번이나 다녀오셨다. 대단한 사명감이다. 노동의 현장에서 살아남아야 하는 아빠들이 가족들만이라도 부디 안전하길 바라는 마음에 혼자 육지에 남고 가족들만 보내는 경우도 많았다. 아빠 육아휴직자는 내가 유일했다. 때론 그렇게 남겨진 가정들을 돌봐야 하기도 했다. 절정은 동네에 아이들이 10명도 훨씬 넘게 모였을 때였다. 나는 피리 부는 사나이였다. 이곳에 온 많은 분에겐 이런 휴식을 통해 용기를 얻겠다는 의지가 있었다.

행복은 사실 우리들의 주머니 속에 있다. 혹은 바닥에 떨어져 있다. 냉장고 안에 있을 수도 있고, 서랍장 위에 있을 수도 있다. 어디에나 있는 것이 행복이다. 문제는 그 행복을 쥐기 위해 아주 사소한 노력이라도 해야만 한다는 것이다. 나 역시 제주에 지내면서 행복을 찾는 원리에 대해서 더욱 이해가 깊어졌다. 그저 행복한 삶을 살았다고 생각했는데 내가 행복할 수 있던 이유는 한 발짝 더 움직였기 때문이라는 것을 알았다. 제주에 오기까지의 과정은 쉽지 않았다. 타인으로부터 비난을 듣는 경우도 있었다. 이사하는 과정도 쉽지 않았다. 수십 군데의 부동산에 전화하여 거절도 당했고, 트럭을 구하기도 쉽지 않았다. 불친절한 사람도 있었고, 사기를 치려는 사람도 있었다. 하지만 그 장애물들을 모두 넘었기 때문에 지금의 행복을 누릴 수 있는 것이다. 제주에 온 사람들도 모두 나와 같은 과정을 겪었다는 것을 알았다. 그렇기에 그들과 더욱 소통이 잘 되었으리라 생각된다. 이렇게 행복에 대해 알게 되니 이웃을 사랑할 용기가 더욱 생겼다. 헬조선에서 무기력감을 느낄 게 아니라 무엇이라도 실천해 보자 다짐하고, 실천할 구체적인 계획을 생각해 내기 시작했다. 무엇보다 이 제주에서 행복한 사람들을 많이 만나며 그렇게까지 '헬'은 아닐지도 모른다는 생각을 했다. 자극적인 언론의 기사들과 그 기사들에 달리는 원색적인 댓글들. 그것을 통해 세상을 바라보면 세상은 정말 지옥과 다름없다. 하지만 이 세상에는 드러내지 않고 행복한 사람이 더욱 많았다. 생각해 보면 정말 그렇게까지 지옥 같은 게 일반적이고 대다수가 그랬다면 이미 이 사회건 세상이건 무너졌어야 했다. 그런 고통을 어찌 견디며 살겠나? 전쟁이 나든 무슨 일이 일어나든 했을 것이다. 심지어 북한 이탈 주민 중에서도 그 삶에 만족해서 자유 대한민국으로 왔다가도 다시 월북

하는 사람이 있을 지경이니 말 다했다.

생각보다 이 세상은 살만하고, 수면 아래에 조용히 그 행복감을 느끼는 사람들이 많다는 것은 나에게 큰 용기가 되었다. 내가 손잡아야 할 대상이 내가 감당할 수준으로 줄어들었다는 생각이 들었다. 아마 이 책을 선택하고 읽는 독자분이라면 적어도 행복해지고 싶다는 바람과 에너지가 있는 것이고, 최소한의 노력을 하는 분일 테니 나에게 독자분 역시 든든한 지원군이 될 것이다. 이렇듯 제주에서 정말 많은 용기를 얻고 지원군을 얻었다. 이웃 사랑! 할 수 있어! 앞으로도 어떤 이웃을 만나게 될지 기대가 되는 제주에서의 삶이다. 그중에서도 타운에 놀러 오시는 여행객이 나에게 최고의 이웃이다. 타운에 업무차 오시는 분들도 나의 좋은 이웃이 되어주신다. 가스 회사 직원분, 사장님 건설사에서 일하시는 김 부장님, 닭을 정말 좋아하시는 한 회장님, 이웃 타운 김 사장님 등등 나보다 한참 어르신이지만 오가며 인사 나누고 좋은 소식 있으면 전해주시고 인생 선배로서 고견을 아낌없이 주신다. 타운에서의 삶은 참으로 정적이고 목가적이지만 그곳에서의 이웃과의 교제는 활기차다. 육지에서 피난 오시는 손님을 비난하는 제주도민도 계시다. 불안한 것은 사실이니까 충분히 이해가 된다. 하지만 이렇게 한적한 마을로 오셔서 조용히 삶을 살다 가시는 분들은 그만큼 주의를 기울이고 계시는 분들이기에 마음까지 닫아버릴 필요는 없다고 생각한다. 제주 돌담은 높이가 낮아 옆집이 다 보인다. 처음부터 그렇게 만든 것이 제주의 이웃 문화가 아닐까? 오늘도 낮은 돌담 너머로 새로 오시는 손님에게 기분 좋게 인사를 건넨다. 앞으로 그분들과 얼마큼 친해질지는 모르지만 좋은 이웃이 될 준비가 되어있다.

누구든지 이곳을 방문한다면 제주 인심 가득 느끼고 그 향기 머금어 육지 가셔서 또 다른 사람들에게 좋은 이웃이 되어주길 바라본다. 좋은 이웃은 나로부터 시작한다고 믿는다. 아이들 역시 좋은 이웃으로 살아가는 법을 적당한 높이의 돌담처럼 자연스레 배워간다.

주인공이 되고 싶은 아이

홈스쿨링을 하는 맑은물은 주인공이 되고 싶어 한다. 학교에 다니지 않기 때문에 겪는 유일한 결핍이라면 또래 집단과의 관계일 것이다. 9살의 나이는 자의식이 강해지는 나이인 만큼 또래 집단에서 주인공을 경험해 보는 것이 중요한 시기다. 우리 타운에 오시는 손님은 대다수가 아무리 길어도 한 달 이상을 사시진 않는다. 결국 아이에게 이 타운의 주인은 자기라는 생각이 자연스럽게 생겼다. 누구든지 놀러 오면 먼저 인사를 건넨다. "안녕? 나는 아홉 살이야. 너는 몇 살이니? 어디서 왔어? 우리는 일년 살이야." 그런 아이 덕분에라도 더욱 좋은 이웃이 돼 보고자 한다. 먼저 인사를 건네고, 도움이 필요하면 도와드리고, 기회가 된다면 식사에 초대한다. 대다수 여행객은 아빠가 함께 오시지 못한다. 아무래도 짧은 여행이 아니라 한 달 정도 '살이'를 하러 오시는 분들은 일순간 기러기 아빠가 되고 가족들의 행복을 위해 희생하는 대명사가 된다. 그렇게 엄마와 자녀들만 있는 경우에는 좋은 이웃이라고 하더라도 친해지기 어려운 법이다. 그래도 도움이 필요하다면 언제든 도와줄 준비가 되어있다. 그럴 때마다 앞장서는 게 맑은물이다. 아이의 사교성 덕분에 새로 온 이웃이 있다면 아이들이 먼저 친해진다. 걱정이라면 늘 친구 집에 주로 놀러 가는 우리 아이 덕분에 친구의 어머니께 호구 조사를 당한다는 것이다. 재잘재잘 있는 얘기 없는 얘기 먼저 나서서 다 털어놓고 돌아온다. 나중에 어른들이 만나 인사라도 할라치면 이미 우리에 대해 다 알고 계신다. "일 년 살이 하러 오셨다면서요?", "아빠가 육아휴직 하셨다면서요?", "대전에서 오셨다면서요?" 그럴 때마다 우리는 맑은물의 넉살에 허탈 웃음을 짓곤 한다. 재밌는 것은 아이도 역시 친구를 통해 호구 조사를 해온다. 며칠 지나면 맑은물의 입을 통해 이웃들의 정보를 모두 파악하게 된다. 유치원에서 부모들이 금세 친해지는 경우가 많았는데 그 원리가 이런 게 아닐까 싶다. 온갖 정보를 다 말하는 아이들이 서로의 정보를 공유하고 그것을 집에 와서 발설하게 되면 인사만 나눠본 사이인데도 친숙하다. 이미 다 알고 있는 상태인 것이다. 그러다 보면 자연스럽게 대화할 주제가 생기고 부모들은 쉽게 친해질 수 있게 된다. 그렇게 타운에 놀러 온 손님에게 좋은 이웃이 되어주었다.

　모두가 다 잘 어울리는 것은 아니다. 개 중엔 한 달 동안 정말 얼굴 한 번 안 비추시는 분들도 있다. 담도 없는 집에서 마음의 벽을 완벽하게 두르고 사는 것도 정말 대단하지 싶다. 그럴 때면 사람 좋아하는 사장님이 섭섭해서 나를 불러다 놓고 침 튀겨가며 사람 사는 냄새가 무엇인지 설명한다. 아침부터 밤까지 제주도 이곳저곳을 둘러보시러 바삐 다니시느라고 정말 오신지 가신지도 모르는 여행객들을 보면서 여유를 가졌으면 하는 아쉬움을 가진 적도 있다. 이런 전원주택에 살이를 할 때는 여유롭게 즐기며 풀밭에서 강아지와 뛰노는 즐거움 한 번 못 느끼고 가시는 건 아닌가 괜한 오지랖이다. 그럼에도 내가 느낀 것이 너무 좋아 그들과 함께 공감하고 싶은 것이 어쩔 수 없는 내 마음이다. 나는 그게 좋은 이웃이라고 생각했는데 좋은 이웃이 되기가 쉽지만은 않다. 제주살이가 시작된 지 몇 개월 채 되지도 않아 많은 이웃을 사귀었다. 그리고 그런 이웃으로부터 좋은 영향을 참 많이 얻는다. 제주에 계속 남아 계셔서 연이 이어지는 분들도, 잠깐 머물다 가시기에 한때 잠깐의 인연인 분들도 모두 우리에겐 좋은 이웃이다. 살면서 가족이 아닌 이상 평생 인연으로 이어가기는 쉽지 않다. 하지만 여행지에서 만나 오히려 오래 사귄 친구들보다 더 넉넉하게 교제가 되는 것은 아무래도 이곳의 환경 때문이 아닐까? 그런 면에서 제주의 이웃 문화는 참으로 따숩다. 우리 가족 역시 이런 제주를 닮아가고 있다. 무엇보다 감사한 것은 아이들이 참으로 예쁘게 자라준다는 것이다. 막내인 줄만 알았던 아이도 저보다 동생인 아이들을 챙긴다. 우리 집에선 막내라 떼쓰기도 잘하고 기분 맞춰주는 것이 여간 어려운 일이 아녔는데 쪼그려 앉아 아이들을 돌보는 모습을 보면 새삼 감동적이다. 자연스레 다양한 사람들을 접하면서 인간에 대한 이해도 높아진다.

아이의 추억

맑은물보다 한 살 많은 빈이는 자기 동생을 참으로 아끼던 좋은 오빠였다. 아침에는 항상 공부를 했다. 들어보니 학원에서 숙제를 잔뜩 받아와서 매일 숙제를 하고 나서 논다고 했다. 우리 아이들과 참 잘 어울렸는데 나이가 한참 어린 동생 손을 꼭 잡고 다니며 행여나 동생이 다칠까 봐 위험한 놀이는 하지 않았다. 빈이네 가족이 제주에 머무는 동안 빈이의 부모님을 거의 본 적이 없다. 나중에 안 사실이지만 아빠는 안 내려오셨고, 엄마는 쇼핑몰을 운영하고 있는데 한 달 살이 하며 재택근무를 했다고 한다. 근데 정말 아이들이 노는 것을 나와서 보신 적이 거의 없다. 타운에 오는 손님에는 크게 두 부류가 있는데 이 너른 마당을 아이들과 함께 마음껏 누비는 부모와 이 좋은 환경을 믿고 아이들을 방임하는 부모가 그것이다. 무엇이 더 좋다고 단정 지을 수는 없다. 가끔 아이들이 위험한 놀이를 하다가 울면서 들어가는 경우가 생기기도 하지만 이곳의 마당은 참으로 안전하기 그지없다. 게다가 참으로 신기한 게 맑은물과 어진별 남매를 믿어주시는 부모님도 많이 계셨다. 그렇기에 이 아이들과 함께 놀고 있다면 안심하신다는 것이다. 우리 아이들이 믿음직한 아이일 수 있는 게 감사했다. 맑은물의 조잘거림이 큰 역할을 했으리라 생각한다.

그렇게 한 달을 빈이 남매와 좋은 추억 만들었다. 맑은물은 친한 오빠가 떠나는 것이 아쉬웠는지 편지와 선물을 준비했다. 이미 몇 번의 이별을 경험했지만 떠날 때마다 정말 진심으로 아쉬워하는 아이를 보며 한편으로는 마음이 찡했다. 그렇게 아침 일찍 떠나는 빈이에게 편지와 선물을 주고 아쉬운 마음을 달래며 마당에서 식사를 하고 있었는데 빈이네 차가 나간다. 돌담이 낮기 때문에 차에서도 우리 마당이 보이고 우리 역시 지나가는 차가 보인다. 하지만 창문 한 번 내려 인사조차 주지 않고 훌쩍 떠났다. 빈이 엄마한테 인사라도 하려고 했는데 그렇게 알은 채 없이 떠나버리는 빈이를 뒤로하고 맑은물의 섭섭한 표정을 보니 저 아이에게 지난 한 달은 과연 어떤 의미였을지 많은 생각이 스쳐 지나갔다.

맑은물보다 한 살 어린 건이는 외동아들이었다. 건이네는 여러 가정이 같이 왔는데 대단한 건 가정마다 한 채씩 따로 예약했다는 것이다. 이때의 인연이 되어 우리가 여기서 지내는 동안 한 달 살이를 몇 번 더 왔었는데 그때마다 아이들이 잘 어울렸다. 어른들이 보기엔 티격태격하는 것이 영 불편하여 만나지 못하게 해야 하나 생각했는데 또 자기들끼리는 좋단다. 부모들이 아이들 교육 세미나에 갔다가 친해져서 연을 이어오는 이웃들이라고 했다. 자녀들을 위해서 정말 최선을 다하시는 부모님인 덕분에 우리도 이분들과 지내며 색다른 경험을 했다. 마당에 에어 바운서를 설치해서 아이들을 놀게 해주셨다. 이 타운의 주인 행세를 하는 맑은물은 정말 아무렇지도 않게 그 집 마당에 가서 에어 바운서 위에서 함께 놀았다. 어진별이 과격하게 놀다가 살짝 다치는 일이 있었는데 그날 밤 그 집 아이 아빠가 찾아오셔서 아이들을 어른 없이 놀게 맡기는 것에 대해서 불편감을 언급하셨다. 우리 역시 아이들을 그냥 방임하는 스타일은 아니었다. 다만 타운 하우스라는 것이 제대로 된 담벼락이 있는 것이 아니고 대문을 통과해야만 하는 것도 아니다 보니 가지 말라고 한다고 한들 막을 수 있는 수단이 있는 것은 아니었다. 그래도 일단 일이 벌어졌으니 말로 잘 타일렀다. 다행히 아이들도 그런 말이 듣기 싫었는지 다음 날부터는 친구 집 마당에 가질 않았다.

그런데 참 재미있는 일이 일어났다. 우리 아이들이 그 집 마당에 가질 않으니 그 친구들이 우르르 우리 집 마당에 모이기 시작한 것이다. 주인공이 되고 싶은 맑은물은 그런 상황이 참 행복했던 것 같다. 공주가 되어 자기만의 성을 지어놓고 온 세상 사람들을 초대하는 상상에 푹 빠져 지내는 것 같았다. 「겨울왕국」의 안나가 떠올랐다. 그런 아이들을 아내는 살갑게 잘 대해줬다. 이후에도 우리 집 마당은 아이들 천국이 되었는데 아내는 그렇게 아이들이 잔뜩 올 때마다 간식도 내어주고 재미있는 놀이거리도 만들어줬다. 만들기, 그리기, 술래잡기, 숨바꼭질 정말 다양한 놀이들을 해주니 아이들이 더욱 신나서 우리 집을 찾았다.

나는 초등학생 때 아파트 1층에 살았던 적이 있다. 1층에 사는 게 참 자랑스러웠다. 여름에는 물총 싸움을 많이 하곤 했는데 물총에 담을 수 있는 물이 한정되어 있다 보니 조금 놀다 보면 금세 물이 떨어지곤 했다. 결국엔 집에 가서 물을 다시 받아와야 하는데 아이들에게 이런 행동은 여간 김빠지는 순간이 아니었다. 그런데 집이 1층이라 나는 제일 먼저 물을 길어 올 수 있었다. 나중엔 어머니가 양동이에 물을 퍼서 현관 앞에 가져다주셨다. 덕분에 나뿐 아니라 같이 노는 모든 아이가 함께 물을 쉽게 담을 수 있었고, 우리의 물총 싸움은 해질 때까지 끊이질 않곤 했다. 친구들도 집에 많이 초대했고, 어머니가 맛있는 것도 많이 해주셨다. 이런 게 자존감이라는 생각이 들었다. 아이를 사랑하는 부모라면 아이의 친구도 사랑해 주는 것이다. 그렇게 아이의 친구들까지 사랑해 주면 자연스레 아이의 친구들은 그런 마음에 기분이 좋아지기 마련이고, 그렇게 대해주는 부모를 둔 친구가 더 좋게 보이게 되는 선순환이 일어나는 것이다. 옛말에 한 아이를 키우기 위해서는 온 마을이 함께 해야 한다고 했다. 코로나로 인해서 가뜩이나 아이들이 어려움을 겪고 있는데 이곳 제주에 와서 마음껏 뛰어놀 수 있는 아이들은 얼마나 행복하고 귀한가? 그런 아이들을 우리는 축복이라 여기며 우리 집에 아무리 떼로 몰려와도 단 한 번 나가라고 하지 않고 모두 품었다. 아마 건이네 친구들과 가족들이 몇 번 더 우리 타운으로 놀러 온 것도 맑은물과 어진별이랑 노는 것이 좋아서라고 생각한다.

건이 엄마도 정말 유쾌하신 분이었다. 건이와 잘 어울리는 우리 아이들을 가끔 건이와 함께 놀게 해주려고 데리고 나가서 재밌는 체험을 대신해주고 오시기도 했다. 나 역시 아빠가 자주 오지 못하는 건이를 데리고 엄마가 해주기 어려운 곳에 데려가 주곤 했다. 덕분에 우리 역시 행복한 추억을 많이 만들 수 있었다. 이 모든 것은 주인공이 되고 싶은 아이들이 한껏 스스로가 주인공이라고 느끼게 해주고 싶은 부모 나름의 노력 덕분이었다. 자존감도 기르고 참 좋지 아니한가? 하지만 지나고 나서 생각해 보니 아이들 덕분에 부모도 참 좋은 이웃을 사귀고 좋은 추억을 많이 만들었다. 아이들은 항상 가르침의 대상이라고 생각하기 쉽다. 하지만 니체가 말한 위버멘쉬(초인)가 곧 어린이이듯 우리는 어린이를 통해 세상을 바라봄으로써 더 많은 것을 배우는 게 아닐까 생각해 보게 된다.

네 인생도 제주의 봄처럼 빛이 나길...

코로나19가 우리 생활에 많은 변화를 가져왔다고 하지만 너무 외진 곳에 지내는 우리로서는 그런 심각함을 느끼기 물리적으로 어려웠다. 제주도에 관광객이 줄었다고 했지만 평소에 제주도에 얼마나 많은 관광객이 방문하는지 피부로 체감해 본 적이 없기에 입도 관광객을 통계로 제시한 수치상으로만 느낄 뿐이었다. 오히려 우리 타운에는 손님이 끊이질 않았고 북적대기까지 했다. 어찌 됐건 나라가 어렵고 세계가 어려움에도 봄은 왔다. 오히려 지구의 자정작용에 의해 더 찬란했던 봄인 듯하다. 그렇게 다가온 봄 안에서 포근함을 만끽했다. 제주에서 맞이한 봄은 그 어느 곳에서의 봄보다 사람의 온기에 가까운 따스함을 느끼게 해 주었다. 그것은 단순히 온도의 높고 낮음이 아니었다. 우리를 보살펴 안심하게끔 만드는 느낌이었다. 또한 땅은 어떻게 저렇게 오색찬란한 꽃들을 피워내는 것일까? 우리도 흙으로 빚어졌다지. 그렇다면 우리도 꽃처럼 찬란함을 피워낼 수 있는 존재들이다. 그 꽃의 빛깔이, 모양이 우리의 개성이고 우리 모두가 가진 각자의 천재성이 아닐까 생각해 본다. 어디를 가든 유채꽃의 노란 물결이 탄성을 자아냈고, 푸른 하늘 아래 분홍빛으로 물든 벚꽃들이 나부꼈으며, 이름 모를 들풀까지도 온 세상을 여백 없이 온갖 빛깔로 꽉꽉 채우는 데 일조했다.

봄이 오니 엉덩이가 들썩였다. 세상을 만끽하고 싶었다. 하지만 코로나19로 인해 사회적 거리 두기가 시행되고 있는 이 시점에 육지에서는 꽃나들이를 가는 것이 사치 수준을 넘어 민폐의 영역이 되어버렸다. 하지만 제주는 참 넓은 섬이었다. 마스크를 챙겨서 조심스럽게 들로 산으로 나가

보면 사람 한 명 볼 수 없었다. 사람이 많이 찾는 유명한 관광지야 사람이 많을지 모르겠지만, 우리에겐 그런 곳보다는 가족끼리 그저 제주의 봄을 만끽하고 바람 쐬다 오면 그만이었기에 아무도 찾지 않을 그런 곳으로 달렸다. 가다가 가끔 길섶에 보이는 유채꽃밭이 예쁘면 차를 멈추고 사진을 찍곤 했다. 제주도에 오랫동안 찾아왔었지만 모두 이번에 처음 가본 곳이었다. 정확히는 봄의 제주를 처음 경험해 봤다. 그리고 나는 금사빠처럼 제주의 봄에 완전히 빠져들었다. 어떤 관광지는 코로나19 사태에도 불구하고 너무 많은 관광객이 찾아 결국 지자체에서 유채꽃을 밀어버리기로 결정하기도 했다. 집 근처의 녹산로도 우리가 방문한 다음 날 밀어버렸다. 하루 사이로 다시 가본 그곳은 노란 물결이 정말로 흔적도 없이 사라졌다. 상전벽해가 따로 없었다. 안타까운 마음이 들었다.

코로나19는 인간의 이기심에 의해 자연이 파괴되며 생겨난 질병이라고 한다. 역설적이게도 그러한 코로나19 때문에 다시 자연이 회복되고 있었으나 결국 또 인간에 의해 자연이 파괴되곤 한다. 이러한 악순환을 보며 지구와 인간은 악연일까 생각해 본다. 무엇보다 앞으로 우리의 삶이 전혀 다른 방향으로 흐를 수 있음을 생각해 본다. 나는 이미 7~8년 전쯤에 앞으로 이대로 가다간 군인이 북한이 아니라 환경과 싸워야 할 수도 있다고 주장해 왔다. 그래서 그때부터 환경과 싸워 이길 군대를 일부 보유해야 한다고 했었는데 불과 몇 년 지나지 않아 정말 환경과 싸우는 게 군의 주요 임무 중 하나가 됐다. 최근에 뉴스를 통해 홍수, 산불 등 기상 이변으로 생겨난 재해에 군이 계속해서 투입되는 것을 본 적이 있을 것이다. 예상한 것보다 지구의 시름은 더 깊은 것 같다.

인간의 괴롭힘에도 불구하고 제주는 그 아름다움을 숨길 수 없는 지경이었다. 굴욕 사진을 찍어놔도 잘생긴 원빈 같다고 할까? 그래서 또 슬프다. 끊임없이 밀려드는 관광객으로 인해 몸살을 앓는다는 뉴스가 연일 나온다. 해외여행을 못 가는 사람들이 제주를 대체재로 택한 것이다. 입도객이 줄었다지만 머무는 시간은 더 늘어났고, 외국인 관광객은 거의 없어졌지만 내국인 관광객은 여전히 수백만이 찾아오다 보니 제주도민을 계속 불안에 떨게 하였다. 인터넷 기사 댓글엔 비난 글이 난무했다. 미인박명이라고 했던가. 사람이 늘어날수록 그 아름다운 광경을 오히려 파괴시켜 버리는 극단의 수를 두어버리게 된 것이다. 하지만 제주의 아름다움은 유명한 관광지에만 있는 것이 아니었다. 그것은 우리 집 앞마당에도, 자주 걷던 뒷길에도, 앞바다와 목장에도 여기저기 흐드러지게 흩어 뿌려져 있는 것이었다. 굳이 특별히 어디를 찾아갈 필요 없이 조용히 적막한 시골길에서 봄을 맞이해 본다.

우리만의 비밀 장소인 남산봉로는 신풍리에 있다. 녹산로만큼은 아니지만 벚꽃과 유채꽃이 가득 핀다. 오히려 녹산로보다 아름다웠던 것은 벚꽃이 만든 터널이다. 도로 폭이 좁아 자연스레 벚꽃이 양갈래에서 도로 가운데로 뻗어 나와 하늘을 덮었고, 이따금씩 보이는 푸른 봄 하늘이 벚꽃의 분홍빛과 어우러져 빈센트 반 고흐의 「아몬드 꽃」그림의 배경색을 띠곤 한다. 우리는 연신 하늘을 쳐다보며 달린다. 선루프까지 열어젖혀 신나게 자연광과 벚꽃 잎을 통과한 꽃 조명을 누린다. 차를 세워 가족사진을 찍기도 한다. 어떻게 알았는지 웨딩 촬영을 하는 커플들도 종종 눈에 띈다. 차가 없어 한적한 도로라 사진 찍기도 참 좋다. 걸어도 좋고, 차를 타고 드라이브도 좋다. 자연이 준 선물이고 아는 사람만 누리는 특혜다. 지구는 우리에게 공공재인데 누구는 누리고 누구는 못 누리는 것이 과연 공평한 것일까 생각해 본다.

보롬왓은 처음에 갔을 땐 개장 전이었다. 염소나 구경하고 드넓은 초원을 눈에 담아 시원함을 간직한 채 돌아갔다. 개장 이후 꽃구경 겸 갔을 땐 완전히 달라진 세상이 펼쳐졌다. 원색의 튤립과 노란 유채꽃이 어우러질 때쯤 푸른 하늘의 경계선과 멀리 보이는 초록의 오름들이 말로 형언할 수 없는 풍광을 내 눈앞에 던져놓았다. 보롬왓은 제주어로 바람 들판이라는 뜻인데 제법 관광객들에게 인기가 많다. 카페에는 사람들이 더러 있지만 워낙 대지가 넓어 자연스레 '사회적 거리 두기'를 하면서 꽃구경을 할 수 있어서 좋았다. 첫 방문 이후로도 몇 번을 더 찾는다. 개인 소유지라 꽃을 갈아엎진 않았다. 몇 안 되지만 염소도 있어 아이들도 신이 난다. 꽃구경은 시시해하는 아이들이지만 염소와 노는 것은 신나 보인다. 나와 아내는 염소와 노는 것보단 꽃을 바라보는 게 더 좋다. 조금만 더 걸어 내려가면 길가에 바로 말도 있고, 농장에 풀어놓고 키우는 닭도 있어 아이들은 두 배로 더 행복하다.

산방산과 용머리 해안, 송악산 둘레길은 워낙 유명한 관광지라 사람이 북적댔다. 마스크는 필수품이다. 이마저도 불안해 사람이 없는 평일을 택한다. 우뚝 솟은 산방산 앞에 펼쳐진 유채꽃은 바람에 하염없이 흔들린다. 이 또한 참으로 어울리지 않을 것 같지만 그래서 더욱 희소한 풍경이다. 송악산 둘레길로 가는 언덕 위에서 산방산, 용머리 해안을 내려다보면 더욱 놀랍다. 제주도는 어찌도 이리 아름다울까? 카메라 셔터를 눌러봐도, 드론을 하늘 높이 띄워봐도 그 아름다움을 다 담을 수 없어 그저 내 눈만 껌뻑이며 뇌의 뉴런과 시냅스에 꼭꼭 담아보고자 한다. 그 시각적 풍경이 오감으로 확대되어서 내 머릿속, 마음속에 아로새겨진다. 그마저 아쉬워 차를 타고 안덕면과 대정읍 주변을 계속 맴돈다. 표선과는 또 다른 경치가 나를 설레게 한다. 다음번 1년 살이 기회가 온다면 대정읍으로 와야겠다고 다짐해 본다. 오름을 오르기도 참 좋은 날씨다. 게다가 워낙 아름다운 봄인지라 어느 오름에 가도 발아래 펼쳐진 아름다운 수채화에 넋을 놓게 된다.

그중에서도 너무 좋아 여러 번 간 오름은 백약이 오름이었다. 백약이 오름은 아이들이 오르기에도 부담 없는 오름인 데다가 입구에는 유채꽃밭이 펼쳐져 있고, 올라가는 길 내내 좌우로 끝없이 펼쳐진 푸른 풀밭을 감상할 수 있고, 정상에서는 이마의 땀 구슬을 한 번에 날려버릴 시원한 바람과 함께 그보다 더 시원한 성산읍 전역의 풍경을 만끽할 수 있다. 오름을 한 바퀴 돌아 걷는 길도 평지만 이어진 것이 아니라 걷는 재미도 선사한다. 봄에 오른 백약이 오름 아래에는 유채꽃이 지천에 널려있었다. 바다는 또 어찌나 푸른지. 하늘은 또 그 바다를 닮아 덩달아 푸르다. 중간중간 보이는 풍력발전소의 날개가 무심한 듯 휘이 휘이 돌고 있다. 눈에 보이지 않는 바람을 시각적으로 변환시켜 주는 효과다. 집으로 오는 길에 오름 너머로 한라산이 보이고 그 너머로 뉘엿뉘엿 하루를 마무리하고 있는 붉은 태양이 보인다. 보고 있는데도 그리운 풍경이다. 봄이란 계절은 어디서나 아름답다. 계절의 여왕이라고도 하고, 생명의 시작이라고도 한다. 사계절이 뚜렷한 우리나라에선 더욱이 그렇다. 하지만 지난해 대전에서 머물면서 그리고 그전에 서울에서 머물면서 봄은 내게 미세먼지로 점쳐지는 계절로 기억됐다. 태어나서 고작 9년, 6년의 생을 살아온 아이들에겐 더욱이 그럴 것이다. 뿌옇게 뒤덮인 미세먼지에 마스크를 답답하게 쓰고 외출을 할 때면 영화 「제5 원소」에서 나오는 도시의 밑바닥 풍경 같다고 느낄 때가 많았다. 제주에서 느낀 봄은 그와 완전히 달랐다. 코로나19 때문에 공기가 맑아졌다는 얘기도 있다. 하지만 그렇다고 하더라도 바람이 쉴새 없이 불어대는 제주는 나쁜 공기가 머무를 틈조차 주지 않는 듯했다. 바다가, 바람이, 태양이 모두 함께 이 제주를 지켜내고 있다는 생각이 들었다. 그래서 제주의 봄은 그 어디에서의 봄보다 아름다웠다.

* QR 코드로 촬영하시면 유튜브로 아끈다랑쉬 들판 드론 촬영 영상을 볼 수 있습니다.

베토벤의 소나타 5번 「봄」의 느낌에 가까운 봄이다. 찬란한 빛깔에 압도당하다가도 푸근하다. 그리고 역동적이다. 그 가운데 우리 가족의 행복이 있었다. 제주에 오길 잘했다. 그리고 언젠간 다시 이곳에 내려와 살리라. 내 삶의 끝은 이곳에서 맞이하겠다 다짐한다. 제주의 봄은 그저 흐드러지게 핀 꽃 앞에서 사진만 찍고 따스함을 느끼는 수준으로는 부족한 것 같다. 그리고 제대로 느끼려면 겨울의 제주부터 겪어봐야 한다. 이곳에서의 계절 변화는 역동적이다. 그래서 그 변화하는 모습 자체가 제주의 또 다른 아름다움이다. 눈부셨던 동백이 지고 그 꽃잎을 거름 삼아 푸르게 피워내는 잔디의 변화, 죽은 것만 같았던 나무들의 메마른 가지에서 다시금 생명이 피어오르는 모습. 우리는 매일 아침 일어나면 거실의 전면창 커튼을 걷어내고 시나브로 변하는 이 풍경을 꼼꼼하게 지켜봤다. 시계가 없는 집에 사는 우리에게 명징하게 시간의 변화를 알려주는 것은 자연이었다. 인간은 10개의 숫자로 하루를, 일주일을, 한 달을, 일 년을 표현하였지만 자연은 그 가짓수를 알 수도 없을 만큼 찬란하고 눈부신 변화로 시간을 표현했으니 인간의 방식대로 표현한 시간에 익숙한 우리가 얼마나 단조롭게 살아가고 있었는지 깨달았다. 이제 우리 집 마당의 잔디도 완전히 초록색으로 뒤덮였다. 한낮에 마당에 앉아있으면 얼굴이 뜨겁다고 느낄 정도로 햇살이 듬뿍 쏟아진다. 햇살 듬뿍한 마당에서 신문을 읽지만 봄의 기운이 활자를 채 눈과 머리에 담지도 못하고 졸음에 먼저 빠져들게 한다. 아이들도 쑥쑥 자라난다. 제주의 삶에 완전히 적응했다. 잔병치레에서도 말끔히 벗어났다. 건강한 두 생명체가 망아지처럼 뛰어다닐 때 감격하곤 한다. 봄과 어울리는 그들의 몸짓이다. 내 생에 가장 찬란한 봄이었다.

제주도에 왔다면 오름에 가보세요

제주를 이야기할 때 절대 빠져서는 안 될 것 중 하나가 오름이다. 오름은 큰 화산의 옆쪽에 붙어서 생긴 작은 화산인 기생 화산 혹은 소형 화산 등을 일컫는다. 일부 오름은 한라산의 기생 화산이지만 상당수는 그 자체적으로 단성화산인 오름이다. 오름이라는 말은 산봉우리를 뜻하는 순우리말이고 제주어로 여전히 남아있다. 그 수치에 대해서는 이견이 있지만 대략 360여 개가 있다고 한다. 하루에 한두 개씩 오르면 1년에 모든 오름을 오를 수 있겠다. 이 오름은 제주도민에겐 애증의 존재다. 오름이 있어 제주가 아름답지만, 오름이 있어서 제주 땅 상당수가 개발이 제한되거나 농사짓기 어렵다. 「설문대할망」 설화에 따르면 한라산에 흙을 쌓으려 육지의 흙을 치마에 퍼담았는데 할망의 치마 구멍 사이로 떨어진 흙 부스러기가 오름이 되었다고 한다. 형태도 다양하고 높이도 다양한 이 오름에 올라섰을 때 진정 제주의 아름다움이 무엇이구나 깨달을 수 있다. 오름에 매료된 사람들은 제주도 오름에 오르려 여행을 오기도 한다. 우리 역시 오름의 아름다움을 익히 들었고, 매번 짧은 여행에서 오름을 한 번도 가보지 못한 터라 이번 기회에 오름에 가보기로 했다.

매주 목요일을 오름 오르는 날로 정하고 목오름이라고 불렀다(군인인 아빠가 매주, 매월 무슨 훈련계획 같은 것을 자꾸 만들어내려고 해서 가족들이 말렸다는 후문이다). 첫 오름은 매오름이었다. 집 근처이기도 했고 초보자가 도전하기 좋은 높이였다. 우리는 나름 만반의 준비를 했다. 쓰레기봉투는 필수. 어딜 가든 쓰레기로 몸살을 앓는 제주를 위해 우리가 할 수 있는 아주 작은 일이었다. 맛있는 간식들도 챙겼다. 바람이 차가울 수 있어 여벌의 겉옷도 챙기고 기분 좋게 길을 나섰다. 하지만 매오름은 유명한 곳은 아니다 보니 내비게이션으로 길을 찾았는데 한참을 헤맸다. 결국 입구를 찾고 나서야 도로 옆에 훤히 보이는데 입구가 있다는 것을 알았다. 황당하게도 내비게이션은 입구가 아니라 오름 정상을 안내해 줬고 당연히 차로 올라갈 수 없어서 막다른 길에 다다른 것이었다. 우여곡절 끝에 찾은 오름을 오르는 동안에 열심히 쓰레기도 줍고 크게 숨을 들이마시며 호연지기를 길렀다. 아이들은 솔방울이며, 나뭇가지를 주우며 무엇이 그렇게 재미있는지 낄낄거리며 장난을 쳤다. 징징대지 않고 잘 올라주니 기특했다.

정상에 다다르니 바다가 훤히 보였다. 아, 이런 게 오름이구나. 감탄사를 연발했다. 육지에 있는 산은 정상에 올라도 나무에 가려서 경치를 훤히 볼 수 없는 경우가 많다. 그런 경우가 아니라면 아주 높은 산을 올라야 한다. 또한 높은 산을 올라도 첩첩산중이라고 산 아래 또 산이 있고 그 산 옆에 또 산이 있어서 산 중 가장 높은 산에 있다는 생각만 들 뿐이다. 하지만 제주의 오름은 낮은 구릉임에도 세상이 발아래 있다는 느낌을 준다. 우리 집도 멀리 보이고, 사람들이 살아가는 흔적들이 오름에서 모두 다 보인다. 첩첩산중의 인적과 완전히 분리된 다른 세계가 아니라 우리 마을 옆 항상 아래를 내려다보고 있는 정겨운 수호신 같은 느낌이다. 오름 정상에서 할아버지 한 분을 만났다. 폐암으로 육지에서 수술하고 다시 내려와 매일 이렇게 오름을 걸으며 건강 관리를 하신다고 한다. 계속 오름을 오르니 건강이 많이 좋아졌다고 하셨다. 내가 생각해도 이렇게 좋은 경치, 좋은 공기 안에 머무르면 모든 질병도 다 나을 것처럼 느껴졌다. 답답한 가슴이 뻥 뚫리는 시원한 청량감을 정상에서 가득 느끼며 아이들과 함께 귤도 까먹고, 간식도 먹고, 바다를 멍하니 바라보고 내려왔다. 쓰레기가 봉지 한가득 담긴 것이 아쉬웠을 따름이다. 봉지가 부족해서 더 담아 오지 못하였으니 제주가 얼마나 쓰레기로 몸살을 앓고 있는지 가늠조차 되지 않았다.

이후에도 우리는 많은 오름을 다녔다. 표선면 부근에 있는 '가을의 여왕'이라고 불리는 따라비오름, 발아래 유채꽃 밭이 아름다운 백약이오름 등을 다녔고 멀리 아부오름, 아끈다랑쉬오름, 새별오름, 용눈이오름도 다녀왔다. 그중에서도 백미였던 산정호수가 있는 사라오름은 한라산 기슭에 있다. 아이들과 도전했는데 힘들어했지만 끝내 해냈다. 비 온 뒤 찾아야만 호수 가득 물 고인 사라오름의 정수를 맛볼 수 있다. 비가 온 직후는 데크까지 물이 차 신발을 벗고 건너야 하지만 물안개 피어오르는 산정호수는 정말 신선이 살 것 같은 느낌이 든다. 힘든 과정을 하나씩 해내며 성장하는 아이들이 대견스러웠다. 오름 산책은 제주도민에게 있어서는 일상과도 같다. 야트막한 언덕에 너무 고생하지 않으면서도 즐거운 마음의 산행을 경험할 수 있고, 무엇보다 정상에 올랐을 때 그 탁 트인 개방감이 시원하게 마음속 잡동사니를 바다 끝으로 날려 보내주었다. 우리 가족은 어느새 오름 찬미자가 되어 있었다. 육지에서 우리를 찾아오시는 많은 분에게 또 타운에 놀러 오시는 초면의 손님에게 오름을 열심히 홍보했다. 대다수 사람이 우리의 말을 듣고 오름에 다녀와서 감탄하곤 했다. 재미있는 것은 오름의 풍경이 워낙 멋지다 보니 웨딩 사진 촬영 장소로도 많이 사용된다는 것이다. 그래도 나름 산인데 오름의 정상까지 웨딩드레스를 입고 올라가서 사진을 찍는 열혈 신혼부부들을 보며 참으로 대단하다고 느낀다. 괜스레 오름이 자랑스럽다.

이렇게 오름을 다니다 보니 오름이 좋아져 오름 사진작가 김영갑 갤러리에도 가본다. 그의 시선으로 남긴 오름 역시 탁 트인 개방감이 백미다. 제주도에서는 나름대로 오름 관리에 신경을 쓰고 있다. 오름과 관련한 여러 제도를 마련했는데 그중 가장 마음에 드는 것은 자연 휴식기 제도다. 제주 오름은 관광객들로 인해 훼손된 부분들이 자연적으로 치유될 수 있도록 한동안 오름 입산을 통제하곤 한다. 정상 부분만 통제하는 경우도 있고, 오름 전체를 못 오르게 하는 경우도 있다. 방문 전에 반드시 휴식기인지 확인하고 가야 한다. 정상 부분만 휴식기라면 오름 둘레길은 방문이 가능하니 정상 대신 오름의 둘레를 빙글 돌아보는 것도 추천한다. 오름에 오른다면 언덕 끄트머리에 누워서 하늘을 바라보고 발아래 세상을 바라보길 바란다. 하늘에 둥둥 떠있는 듯한 착각을 불러일으킨다. 그중에서도 정수는 보름달이 뜨는 밤에 오름을 오르는 것이다. 바다 위에 두둥실 떠오른 보름달이 손을 뻗으면 닿을 것만 같이 가깝다. 오름에서 바라보는 보름달 밝은 밤은 현실 세계를 완전히 부정하게 하는 신비감을 준다. 이렇게 아름다운 오름이 더 많이 알려지길 바라면서도 한편으로는 걱정도 된다. 많은 사람이 찾아와 준다면 좋지만, 그만큼 자연이 훼손되는 것 역시 무시 못 할 테니.

아이들에게 오름에 오르며 자연을 왜 지켜야 하는지, 그것이 우리에게 어떤 의미인지 대화를 나눈다. 귀에 박히도록 얘기한 덕분에 아이들은 본능적으로 자연을 보호하고자 노력한다. 실천이 중요하다. 쓰레기봉투를 항상 휴대하고 오름에 올라 먹은 간식 쓰레기는 반드시 챙겨 온다. 실천하는 부모로서 모범을 보인다. 오름은 무료로 입장이 가능하다. 누구라도 차별 없이 받아들인다. 그렇게 우리를 모두 품어주는 오름을 위해 스스로 입장료를 내기로 제안한다. 그것은 오름에서 쓰레기를 수거해 오는 일이다. 한 사람당 한 줌이라도 가져올 수 있다면 오름은 언제나처럼 우리에게 시원한 풍광을 만끽하게 해줄 것이다. 180만 년 전 제주땅이 바다 아래에서 솟아난 이래 줄곧 이곳을 지켜온 오름들이다. 조금 더 늦게 생긴 오름도 있고, 조금 더 일찍 생긴 오름도 있겠지만 진정 제주의 주인은 오름들 아닐까? 360여 개의 오름이 지켜낸 이 아름다운 세계자연유산 제주를 우리 모두가 지켜야겠다.

행복한 교회 공동체 덕분에…

교회 이름을 처음 듣고는 '응?' 하는 생각이 들었다. 사실 교인들이 행복하길 바라는 거야 당연하다지만 너무 직설적으로 행복한 교회라고 하니 역시 시골 교회라서 가능한 것일까 하는 생각이 들었다. 처음부터 이 교회를 점찍어 두었다. 이 교회는 아내가 결혼 전 섬기던 교회에서 사역을 나가는 미자립 교회 중 하나였다. 아내와 가장 친한 친구 중 한 명이 이 교회에 봉사 온 적이 있는데 그 당시 목사님이 참 좋으셨다며 추천해 주었다. 다만 그 당시 목사님과는 다른 분이 지금 교회를 맡고 계셨다. 나름대로 검증된 교회라고 여긴 우리는 이 교회를 중심으로 원을 그려 집을 구했고, 오랜 친구의 표선살이 조언까지 얻었으니 표선을 벗어날 리 만무했다. 하지만 표선에서 집을 구하지 못하고 결국 성산읍에 집을 마련했다. 그렇다 해도 교회까지는 차로 8분 정도 거리로 표선 생활권에 있는 곳이어서 안심했다. 처음 이사하고 교회에 갔을 때 아마도 모두 우리를 관광객으로 알았을 것 같다. 제주 교회는 관광지 특성상 관광 오신 분들이 예배만 보시고 바로 가시는 경우가 많다. 그렇기에 교회 성도분들이 보시기에 우리는 영락없는 관광객이었다. 하지만 우리가 교회에 등록한다고 하자 목사님과 사모님께서 우리를 정말로 반겨주셨다. 가정집과 연해있는 이 교회는 우리가 처음 예배드리러 간 날 여섯 가정 정도밖에 없었고, 그 중 세 가정이 1인 가정, 부부만 오신 분이 두 가정, 아이들까지 있는 가정이 한 가정이었다. 그러니 목사님과 사모님 내외분, 목사님 자제분 셋을 뺀 성도는 12명이었는데 구성원의 30%가 넘는 4명이 한 번에 교회를 등록한 것이다. 사실 숫자는 중요하지 않다. 다만, 눈에 띄고 싶지 않았던 우리는 너무나도 눈에 잘 띄는 교회 식구가 되어 조금은 부담스러웠다. 하지만 이 교회는 우리의 삶 전체를 바꿔놓았다. 아니 어쩌면 애초부터 그렇게 될 운명이었을지 모르겠다.

이 교회에서 가장 눈에 띈 것은 아이가 셋 있는 승리네였다. 세 남매 집이었는데 센스 있는 부모님께서 아이들 이름을 멋지게 지어두셨다. 첫째가 승리, 둘째가 우리, 셋째가 하리다. 셋이 모이면 '승리, 우리 하리.'가 된다. 우리는 맑은물과 동갑, 하리는 어진별과 동갑이었다. 아직 유치원에 가기 전이었지만 어진별은 하리와 같은 유치원에 다니게 될 터였다. 승리는 맑은물보다 한 살 많은 오빠였는데 한 살 더 많은 오빠라고 아주 의젓했다. 승리와 우리는 축구를 하는 아이였는데 '어린아이들도 축구를 이렇게 잘할 수 있구나.'를 이 아이들을 통해 처음 알았다. 교회에 처음 갔던 날부터 아이들은 금세 친해졌다. 특히 우리와 어진별이 아주 짓궂은 것으로 죽이 잘 맞았다. 둘은 금세 친해져 교회를 헤집고 다녔다. 우리 교회의 마스코트 같은 존재였다. 어진별은 제주 와서 처음 동갑내기 친구를 사귀어서 설레었던 것 같다. 하지만 하리는 차시녀(차가운 시골 여자)였다. 눈길 한 번 주지 않아 어진별이 울고불고 섭섭해했다. 후일담이지만 엄마, 아빠 이름도 한글로 못 쓰는 어진별이 유치원 가서 처음으로 써온 글자가 '하리'였다. 아들내미 키워봐야 소용없다고 우리 엄마는 항상 말씀하셨다. 우리 두 가정은 금세 친해졌다. 아이들 덕분에도 있고, 교회에서 매주 만나다 보니 그런 것도 있었다. 승리 아빠는 나보다 여섯 살 형이었는데 우리가 제주 생활에 빨리 적응할 수 있도록 물심양면 도와주셨다. 우리보다 우리보다 한 해 먼저 이주해 왔을 뿐인데 마을 공동체에 잘 정착하고 사람들과도 잘 어울려서 많은 정보를 나눠줬다. 정말 제주에서 타운 사장님과 이분 아니었으면 이렇게 단기간에 완전히 적응할 수 있을까 싶어서 지금도 감사한 마음이다.

이후에도 우리의 제주살이 내내 이 가정과 많은 추억을 만들었다. 제주에서 정말 마음 깊이 터놓고 사귈 수 있는 친한 형을 만나게 될 줄은 꿈에도 몰랐는데 하나님은 다 계획이 있으셨나 보다. 성도분 중에서는 부동산 권사님이라고 하시는 분이 계셨다. 표선면에서 부동산을 하고 계시는 분이었는데 우리 가정을 정말 예뻐해 주셨다. 아내 손에 이끌려 제주에서 새벽기도를 나가기로 했는데 그 모습을 성실하고 신실하게 잘 봐주신 덕분이다. 피곤함을 무릅쓰고 새벽기도를 다닌 것은 하루의 시작을 말씀으로 하려는 목적이 당연히 주가 되었지만, 휴직 기간에도 패턴을 잃지 않으려는 목적도 있었다. 또 하나 더 한다면 새벽기도를 드리러 가는 이 시간 제주의 새벽은 너무나 아름다웠다. 새해에도 일출을 보지 못했는데 새벽기도 다니면서 그 일출을 자주 보았다. 교회가 해수욕장 바로 앞에 있는 덕분에 바다 일출을 자주 보았는데 가끔은 우회전해야 할 길을 아침노을에 홀려 좌회전하곤 했다. 새벽기도를 늦는 것은 바라지 않았지만 사실 하나님이 창조하신 이 찬란한 세상을 바라보며 찬미하는 것도 예배다. 그러니 저기 저 수평선 너머로 떠오르는 힘찬 해를 보며 넋이 나가있는 이 순간도 우리에게는 너무나 소중한 시간이었다. 우리 말고도 그 해를 보고 멈춰 선 사람들은 많았다. 연신 셔터를 눌러댔지만 폰카로는 다 담아낼 수 없는 찬란함이었다. 정말 작심하고 망원렌즈를 달고 거대한 DSLR을 가져오시는 분도 더러 계셨다. 물이 가득 들어온 표선해수욕장의 일출도, 물이 모두 빠져나간 후 모래만 남은 일출도 모두 아름답기 그지없었다. 해녀 물허벅상 너머로 떠오르는 해는 마치 제주의 해녀가 생명의 근원을 이고 다니며 이곳저곳 생을 뿌려놓는 느낌이었다.

행복한 교회의 장점이 또 있었는데 거대한 트램펄린이 있다는 것이다. 아이들이 예배 끝나고 너도나도 할 것 없이 이곳으로 뛰어간다. 트램펄린에서 마음껏 뛰노는 모습을 보며 우리도 마당에 설치하고 싶다는 생각을 많이 했다. 1년 후 떠나야 하는 제약만 아니라면 충분히 설치했을 텐데 교회에 자주 와서 노는 것으로 아이들과 타협한다. 표선 중심의 로터리를 지나 나오는 목 좋은 곳에 자리한 이 교회는 관광지 교회답게 아기자기하고 예쁘다. 70평 남짓 작은 마당을 갖고 있다. 잔디가 예쁘게 잘 자라고 예배당에 이르는 길에는 발판석이 정갈하게 놓여있다. 아이들이 뛰어넘어 다녀 전혀 제구실하지 못하는 귀여운 울타리도 있다. 목사님 내외 분께서 텃밭으로 잘 가꾸어놓으신 작은 공간, 여름에 수국이 빛을 발할 것으로 기대되는 올레를 따라 있는 꽃밭까지 오밀조밀 잘 가꾸어 두셨다. 행복한 교회는 이름만 행복한 게 아니라 정말 행복한 교회였다. 눈부신 여름날이 되어선 우리 가정과 찐친이 될 새로운 가정도 이사를 왔다. 신자도 정말 많이 늘었다. 이곳에 모인 사람들의 사연을 하나둘 들어보면 상처받은 사람들도 이렇게 행복하게 잘 지낼 수 있다는 것에 참으로 감동 했다.

살면서 우리는 너도나도 상처를 입고 살아간다. 그 상처가 영영 다시는 일어나지 못할 정도로 큰 상처가 되는 경우도 많이 봤다. 하지만 상처를 이겨내겠다는 의지만 있으면 우리는 어떤 수단으로든 이겨낼 수 있을 것이다. 제주 역시 좋은 수단이 되어주었다. 상처 입은 영혼이 이곳 제주에 와서 제주의 따스함에 회복하고 행복한 교회의 말씀에 치유된다. 세상적 성공과는 거리가 멀어도 한참 멀어 보이는 이 부족하고 미약한 영혼들이 어찌나 행복하게 배꼽이 떠나가도록 웃으며 잘 지내는지 삶의 진정한 의미에 대해서 몇 번이나 곱씹게 하였다. 행복이란 무엇일까? 우리는 교회를 통해 공동체를 확장시킬 수 있었다. 다만 종교를 갖지 않는 누구라도 제주에서는 다양한 공동체를 통해 삶을 풍요롭고 아름답게 누릴 수 있다는 점에서 이곳 제주는 정말 사람 사는 냄새나는 곳이라고 느껴졌다.

사람들이 사는 동안에 기뻐하며 선을 행하는 것보다 더 나은 것이 없는
줄을 내가 알았고
사람마다 먹고 마시는 것과 수고함으로 낙을 누리는 그것이 하나님의
선물인 줄도 또한 알았도다

전도서 3장 12절~13절

제주 올레길 걷기 도전? 걷기 말고 즐기기!

"여보, 제주에 가면 꼭 해보고 싶은 거 있어?"

아내와 나는 제주에 갈 생각에 벌써부터 신나 있었다. 가기 전 제주살이 버킷리스트라도 만들어갈 요량으로 꼭 하고 싶은 것이 있는지 대화를 나눴는데 아내는 그냥 제주에 가는 자체만으로도 좋다고 했다. 무얼 해야 한다고 생각하면 부담감 때문에 오히려 제주 생활을 잘 못 누릴 수도 있겠다는 생각 때문이었다. 나에겐 한라산 등반, 올레길 완주, 모든 오름 오르기와 같은 트래킹 위주로 하고 싶은 것들이 있었다. 하지만 가족 모두와 함께 하기엔 거의 불가능에 가까운 것들이었다. 그런 생각에 버킷리스트를 미뤄두던 어느 날 이제는 햇살이 점점 뜨거워지기 시작할 때 드디어 올레길에 도전한다. 매주 목요일에는 오름을 오르는 목오름으로, 매주 토요일은 격

주로 대청소와 올레길을 걷는 날로 정했지만 이런저런 이유로 4월 말이 돼서야 올레길에 도전한다. 그전에 올레길에 대한 여러 정보는 획득해 놓은 터라 가겠다는 마음만 먹으면 됐었는데 그렇게 하기까지 너무 오랜 시간이 걸렸다. 올레길을 완주한다는 나의 계획이 요원해졌음은 당연지사.

아침 일찍부터 채비를 했다. 아내는 감자밭에서 캔 감자로 통감자 구이를 만들었고, 나는 드론, 카메라를 비롯한 각종 장비와 더불어 간식거리와 위생 도구를 챙겼다. 쓰레기봉투는 필수였다. 따뜻한 날이었지만 바람을 고려한 옷을 입었다. 모처럼 차를 두고 버스를 타고 가기로 했기에 발걸음도 가벼웠다. 우리의 첫 도전 장소는 온평포구에서 표선해수욕장으로 연결되는 올레 3-B 코스. A 코스는 내륙으로 들어와야 하고 코스가 더 길어 14.6km의 바닷길인 B 코스로 선택했다. 아이들과 함께 이 거리를 다 걷기엔 조금 무리라고 생각했다. 아직 성산일출봉 등정이 인생의 최고 기록인 아이들이었기에 절반 정도만 걸어도 성공이라는 생각이었다. 그래서 온평초등학교까지 버스를 타고 간 후 걸어서 온평포구를 지나 우리 집 앞인 신풍, 신천목장까지 오면 대략 8km로 3~4시간이면 가능하겠다고 순진하게 생각했다. 군인 아빠다운 행군코스 계획 수립이었다. 가는 길에 배고프면 포구에 있는 맛있는 식당에서 식사도 할 수 있고 간식도 든든히 챙긴 터라 모두가 들떠있었다. 제주도에 와서 이용해 본 대중교통은 제주공항에서 표선 민속촌까지 오는 121번, 122번 광역버스가 전부였다. 아이 둘을 데리고 버스 타고 다니는 게 쉽지만은 않았기에 항상 차로 다녔다. 차도 2대라 나와 아내가 각자 볼일이 있어 차를 쓰더라도 다른 차 한 대로 작은아이 하원을 시키거나 표선 면내에 나가는

데도 전혀 문제가 없었다. 버스를 이용할만한 이유가 없다가 올레길 코스 완주를 위해 집 앞 버스정류장에서 버스를 탔다. 우리 집은 정말 위치가 좋다. 버스정류장도 걸어서 3분 거리에 있다. 역세권이랄까?

온평초등학교에서 내린 우리는 모두가 너무나도 신났다. 바닷바람이 불어오기 시작했다. 들뜬 아이들은 이리저리 뛰어다녔다. 먼 길을 가야 하니 체력을 아끼라는 아빠 말 따위는 귓등으로도 듣지 않았다. 아이들은 태양열 충전기를 머리에 이고 다니는 것 같다. 햇빛만 나면 어쩜 저리 뛰어다니는지. 마을길은 인도가 잘 되어있지 않은 경우가 많아 위험했기 때문에 여러 번 주의를 줄 수밖에 없었지만 사실 아내와 나도 신나서 이리저리 구경하며 다녔다. 그렇게 온평포구에 도착한 우리는 이제 막 시작한 올레길 답사도 식후경이란 생각에 주저앉아 간식을 마구마구 먹었다. 3~4시간을 예상해서 가져온 간식이었는데 시작과 동시에 동이 났다. 아이들도 정말 잘 먹어줘서 금세 없어졌다. 온평포구는 아기자기한 작은 포구다. 관광지 같은 느낌이 물씬 들어 발걸음을 재촉하지 않고 사진도 찍고 신나게 봄기운 가득한 초록빛 바다를 만끽했다. 바람이 엄청 불기도 했지만, 그것조차도 우리에겐 신나는 일이었다. 야호! 어른들에게는 큰 단점이지만 그럴 수밖에 없는 책임이 하나 있다. 바로 무엇이든 완성해야 한다는 것. 결론을 내리든 결과물을 가져오든 어떤 끝이 있어야만 하는 게 어른들의 세계다. 어정쩡한 그 무언가는 어른들이 싫어하는 것 중 하나일 것이다. 하지만 아이들의 세계는 다르다. 아이들은 과정이 중요하다. 정확히는 목표 자체가 그저 과정을 즐기는 것인 양 보였다. 그냥 매 순간 잘도 즐긴다. 덕분에 아빠는 가자고 재촉하고, 아이들은 이미 올레길 코스 답사는 다 끝났다는 듯이 신나게 온평포구에서 한참을 뛰놀았다. 그 와중에 막 출발하려던 때 이제야 응가가 마렵다고 화장실도 없는 바닷가에서 아빠를 곤란하게 한 건 덤. 다행히 인근 식당에서 식사를 하지 않았음에도 화장실을 쓰게 해주는 배려 덕분에 작은아이는 한껏 더 가벼워진 발걸음으로 드디어 올레길 답사를 시작했다.

출발한 지 5분도 안 돼서 아이들이 바다가 예쁘다고 바다를 보러 가자고 한다. 방금까지 놀던 그 바다에서 몇 걸음 옮겼을 뿐인데 또 보자고? 이건 앞으로의 올레길 답사에서 5분마다 일어날 일의 복선이었다. 멈춰서 현무암으로 가득한 바다로 향한다. 아이들은 이리저리 잘도 뛰어다니며 신나게 논다. 방파제로 만들어 놓은 콘크리트 구조물에 올라가는 것도 또 하나의 놀이다. 참으로 신난 아이들이다. 저렇게 신나게 놀 땐 서로 싸우지도 않는다. 그걸 보니 정말 아이들은 마음껏 뛰놀게 해주는 게 제일이구나 싶은 마음이 다시금 든다. 하지만 아빠는 계속해서 목표한 코스를 다 가야 한다는 압박감에 시달린다. 아이들은? 카르페 디엠! 그렇게 5분마다 우리는 발걸음을 멈추었다. 핑계도 다양했다. 바다가 예뻐서, 사진을 찍고 싶어서, 방파제를 뛰어다니기 좋아서, 목이 말라서, 아이스크림을 먹고 싶어서…. 아빠도 엄마도 처음 두어 번 아이들이 바다를 보자고 졸랐을 때 이미 오늘 완주는 글렀다고 생각했기에 자포자기 체념하는 마음과 더불어 아이들의 마음으로 우리도 그냥 이 자연을 즐기자 생각하며 아이들과 뛰놀았다. 초록빛 바다는 사실 너무 예뻤다. 완주라고 하는 목표가 아니었다면 나도 아내도 그냥 여기에 주저앉아 커피나 마시면서 놀고 싶었다. 사실 삶은 그런 건데. 꼭 완주해야 하나? 그냥 살아가면 되는 거지. 꼭 계획한 대로 해야 하나? 마음 내키는 대로 하는 거지. 오히려 아이들이 더 현명하다고 느낀다. 위버멘쉬!

그렇게 목표에서 멀어져 천천히 가다 보니 바다도 돌도 나무도 풀도 더 자세히 보인다. 사람도 자세히 보인다. 올레길을 걷고 있는 많은 사람의 모습. 배낭을 메고 부니햇을 쓰고 지팡이까지 손에 쥔 완벽한 올레길 탐방러부터 동네 마실 나온 도민처럼 편안하게 차려입은 사람까지 다양한 사람들이 그곳을 걷고 있었다. 모두가 우리를 앞서갔다. 괘념치 않았다. 올레길을 걸으며 힘들다는 생각은 전혀 들지 않았다. 힘들 수가 없는 길이었다. 대신에 많은 생각을 하며 걸을 수 있었다. 길을 걷는다는 것은 우리에게 생각할 기회를 주는 것이다. 그래서 걷는 것을 좋아한다. 비록 5분마다 강제로 멈춰야 하는 걷기였고, 생각도 그때그때 멈춰지게 됐지만 어떻게 사는 것이 우리 모두에게 행복한지 그리고 나는 누구이고 우리는 누구인지 곱씹어볼 수 있는 소중한 시간이었다. 산티아고 순례길을 꼭 가보고 싶지만 굳이 그곳에 가지 않더라도 이곳 제주에서도 많은 것을 느끼고 생각할 수 있겠구나 싶었다.

가는 길에 작은 점방에서 아이스크림 하나씩을 입에 물려줬더니 멈추는 간격이 5분에서 10분으로 잠시나마 늘어났다. 하지만 이제 다른 요구사항이 생겼다. 딱딱하니 물렁물렁하게 해 달라, 너무 차가우니 잠깐 쥐고 있어 달라, 뚜껑을 덮어달라, 열어달라…. 올레길 중간중간에는 환해장성이 있었다. 직업병이다. 이런 걸 보면 전술이니 전략이니 하는 것들이 생각난다. '이 장성들이 과연 적들을 어떻게 방어했을까?' 같은, 지금의 날씨와 상황과 전혀 맞지 않는 생각들이 스멀스멀 올라오기도 한다. 지형

정찰이 아닌데…. 별로 생각하고 싶지 않아 고개를 절레절레 흔든다. 그리고 장성 옆에 핀 들꽃에 주목한다. 지금은 그런 생각은 내려놓아도 될 때다. 그리고 그런 생각에 몰두하다 보면 진짜 소중한 것, 아름다운 것들을 놓칠 때가 많기에 항상 조화와 균형이 중요하다고 다시 한번 생각한다. 10년 정도 사회생활을 열심히 한 사람들에겐 1년 정도 안식년이 필수인 세상이 오면 좋겠다. 육아휴직이 아니라 자기 돌봄 휴직 같은…. 그래서 일하느라고 잃어버린 나를 다시 찾고 추슬러 다음 10년을 또 살 계획을 짤 수 있는 시간. 그사이에 어떤 사람은 잊었던 소중한 것을 다시 찾을 것이고, 용기를 얻을 것이고, 활력을 얻을 것이며, 의미 있는 삶을 향해 한 걸음 더 다가갈 기회를 얻을 것이다. 자발적으로 이런 자기 돌봄 휴직을 선택하는 사람이 늘고 있다는 것은 반가운 일이다. 영어로 갭이어(Gap Year)라고 한다지. 나는 육아휴직 아빠면서 갭이어족이기도 했다.

나름대로 부지런히 걸었다고 생각했지만 신산포구까지 도착했을 때 이미 오후 다섯 시가 거의 다 됐다. 이제 절반 왔을 뿐인데 무려 4시간 30분이 걸렸다. 3~4시간이면 도착지에 도착할 것이라는 아빠의 순진한 계획은 실패로 돌아갔다. 아내와 나는 우리의 첫 올레길 답사는 여기서 마무리하기로 하고 앞으로의 올레길 답사 역시 다시 생각해 보기로 했다. 아이들에게 답사는 큰 의미가 없다는 것을 깨달았다. 그저 예쁜 바다와 눈썹을 간지럽히는 바람만 있다면 어디든 오케이였다. 놀멍 쉬멍 걷다 보니 허기졌다. 부지런히 걸은 것도 아니지만 아이들과 함께 걷는 것은 부모로선 두세 배 더 힘든 일이었으리라. 마침 신산포구에 식당 하나가 있어 무작정 들어갔다. 신중하게 블로그를 검색하고 갈 곳을 정할 그럴 상황이 아니었지만 생각보다 맛있고 친절했다. 아이들도 너무나도 잘 먹어줬다. 우리는 주문한 음식들과 반찬들을 깨끗하게 비워내고 집으로 돌아가기 위해 신산리 마을길을 통과해서 신산초등학교 앞 버스 정류장으로 갔다. 마을도, 도로도 모두 한적했다. 해는 아직 중천에 떠있는 것처럼 따뜻하고 눈부셨다. 실패했다는 생각보다는 무언가 꽉 채워진 느낌이었다. 차 없이 다니는 것이 되레 자유롭다 느껴졌다. 아이들에겐 실패, 성공 그런 생각조차 없었다. 그저 오늘 하루를 또 신나게 보낸 것뿐. 카르페 디엠! 위 버멘쉬! 그런 아이들을 보며 많은 것을 느낀다. 제주살이에 버킷리스트를 들고 와 무언가 해내야지만 의미 있다고 생각하는 나의 모습과 대조적으로 그냥 와서 살다 가면 된다는 피터팬 같은 아내가 아이들과 참 닮았다고 생각한다. 한편으로는 가장이기 때문에 나는 그런 생각을 가져야 한다는 생각도 든다. 가장마저 그런 생각 없이 그저 되는대로 살면 '소는 누가 키워!'

우리는 어떻게 살지 열심히 계획하고 실행에 옮기고 하나씩 이뤄나가는 게 참 당연하다고 느낀다. 제주에 와서 살아보니 참 그렇지만도 않다. 열심히 만들어온 예산 사용 계획도 무용할 때가 많다. 손님이 와서, 식재료를 무료로 구해서, 기분이 좋아서, 아이들이 장난감 사 달라고 졸라서… 이번 주에 뭐 할지 정해놓았지만 그대로 실행되지 않을 때가 더 많다. 드라마 『도깨비』의 명대사를 빌리자면 "날이 좋아서, 날이 좋지 않아서, 날이 적당해서." 오늘 계획한 일을 하지 못한다고 게으르다거나 하루를 망쳤다고 할 수 있는 이유가 전혀 없었다. 나에게도 아내에게도 아이들에게도 그 하루도 살아낸 것이고 추억을 또 한 칸 쌓아 올린 것뿐이었다. 아이들은 단 하루도 실패한 적이 없다. 하루 종일 허송세월해도 실패했다고 버린 하루라고 생각하지 않는 아이들. 제주에 온 지 벌써 반년이 되어간다. 인생은 선이 아니라 매일 점을 찍는 것이고, 제주에 와서도 하루하루 점을 찍었다. 어떤 점은 꾸욱 눌러 찍어 선명할 때도 어떤 점은 대충 찍어 흐릿할 때도 있지만 그렇게 찍힌 수많은 하루하루가 이어지면 그게 내 인생이리라. 그 가운데에 교차하는 우리 가족의 인생이 있고, 그렇게 선이 면을 이루고 면이 입체를 이뤄 거대한 하나의 우주를 이뤄낼 것이다. 앞으로 올레길을 또 걸을지 모르겠다. 아마 안 걷게 되지 싶다. 나의 버킷리스트 하나를 포기한다. 그걸 이뤄야지 하는 부담감 하나가 사라졌다. 할 수 없을 수도 있는 게 인생이니까. 패닉의 노래 「달팽이」 한 소절이 생각난다. "집에 오는 길은 때론 너무 길어. 나는 더욱더 지치곤 해." 온평

리까지 갔다가 그렇게 집에 돌아오는 길은 참으로 멀었다. 하지만 우리는 쉴 새 없이 웃었고, 재잘댔고, 행복했다. 사진 찍기 위해 잠시 발걸음을 멈춘 아빠 앞으로 세 명의 네버랜드 주민이 지나간다. 무엇이 저리 신났는지 춤을 추며 걷는다. 그 모습이 흐뭇해 미소를 짓는다. '여보 그리고 우리 아이들아, 아빠는 그래도 계속 고민할게. 그래야 너희가 큰 고민 없이 행복할 수 있지.' 남은 제주살이 기간 동안 우리 가족은 계속 행복할 것 같다. 아빠의 존재감에 괜스레 뿌듯해진다. 나에게도 격려의 한마디를 남긴다. '좋은 선택이었어!'

주인집 강아지 이름은 나그네

주인집 강아지 이름은 나그네다. 안산 할머니는 이 이름을 듣고는 슬픈 이름이라고 하셨다. 정처 없이 떠도는 나그네란 이름에 걸맞게 이 강아지 역시 유기견이었던 시절이 있었다. 제주 이 땅은 아름답기에 많은 사람이 찾지만, 머무는 땅이라기보다는 반드시 이별을 고하는 헤어짐의 땅이다. 한 달 살이, 일 년 살이를 오는 사람들이 많아지면서 육지와 다른 풍경 속에서 새로운 삶을 영위하고자 하는 사람들이 많았다. 게다가 마당이 있는 집이라니 육지에서 해보지 못한 것을 이곳에서 해본다는 단꿈에 젖은 사람들이 대다수일 것이다. 하지만 이로 인해 인간이 가진 이기심의 추악한 저변 속 욕망이 민낯을 드러내곤 한다. 한 언론사의 조사에 따르면 제주도 내 유기견의 재입양률은 전국 꼴찌 수준(11.45%)인 반면, 안락사율은 전국 최고(58.01%)에 달하는 것으로 드러났다. 제주 살이를 꿈꾸는 사람들은 마당 딸린 이 아름다운 집에 반려동물이 있으면 화룡점정일 것이라고 생각해서인지 그들의 상황과 무관하게 강아지를 입양하여 키우는 경우가 다반사다. 결국 떠날 때 육지로 데려가는 경우는 거의 없고 대다수가 유기견 처리된다. 그 결과는 위의 통계에서 보는 바와 같다.

주인집 강아지도 그렇게 유기된 강아지다. 한 달 살이를 하고 떠나는 사람이 버리고 간 강아지를 사장님이 떠맡아 버렸고 그전엔 어쩔 수 없어 유기견 센터로 보냈다. 후에 입양 안 된 강아지들이 상당수 안락사 되었다는 것을 알게 되니 이번엔 도저히 그렇게 못 하겠다는 인간적 양심에 키우게 됐다고 한다. 일 년 살이로 온 우리 가정 역시 아이들이 너무 원했지만 이러한 말로를 충분히 알았기에 절대 반대했고, 주인집 강아지를 우리가 같이 키우는 방법으로 대리 만족했다. 인터넷에 익숙지 않은 사장님을 위해 중성화 수술 지원, 유기견 지원 등의 방법을 알아봤지만, 관료적 행정 시스템에서 그러한 지원을 받기가 쉽지 않았다. 결국 이 강아지는 임신을 했고 따뜻한 어느 봄날 6마리의 새끼를 낳았다. 온 가족이 뛰어가서 출산을 축하해 주고 미리 준비해 둔 맛있는 먹이를 주었더니 허겁지겁 먹었다. 새끼를 품느라 움직이지 못하던 어미 개가 내가 가니 반겼다. 꽤 오랜 시간 같이 지내면서 나와 상당히 친해진 터라 가능했다. 나그네는 나를 제일 좋아했다. 동물들은 나를 좋아한다. 나는 약간 동물과 친하다는 부심이 있다. 이러한 기쁨 뒤에 사장님의 깊은 탄식이 들려왔다. 이름처럼 슬픈 나그네와 그 나그네의 새끼 역시 그러한 운명을 타고났을까? 사장님은 6마리를 모두 키우는 것이 부담이었고, 그렇다고 유기시키자니 안락사당할 것이 뻔해 이러지도 저러지도 못하는 참으로 어려운 상황이라고 했다. 그렇다면 오일장 있는 날 파는 것은 어떻겠냐고 제안했지만 과거의 상황으로 봐서 가져가는 사람도 결국 유기시키게 될 것이라고 했다. 태어나서 축하받아야 할 새 생명이 결국 처리 문제로 고민하게 되는 것을 보면서 인간 세상에서도 최빈국의 아이들이 태어나자마자 죽을 위기에 처하거나 가난하면서 왜 낳았냐는 질타를 받는 상황이 겹쳐 보였다. 사회가 불공정하다고 견생도 불공정할까. 이 시각 새끼를 낳은 부잣집의 반려견은 소고기 미역국을 먹고 있을지도 모를 노릇이다.

태어나자마자 이런 고민으로 충분히 축하해 주지 못한 미안한 마음에 우리도 없는 살림에 소고기 듬뿍 넣은 미역국을 끓여주었다. 나그네는 참으로 순한 개다. 특히 눈을 보고 있으면 무조건적으로 충성을 다할 것 같은 표정을 항상 짓고 있다. 본능일까? 제 형제들이 이미 하늘나라로 가버렸다는 것을 아는 걸까? 그래서 자기는 살고 싶은 걸까? 모를 일이다. 나그네는 참 똑똑한 개다. 손님을 기가 막히게 알아챈다. 그래서 절대 손님에게는 짖지 않는다. 하지만 사장님이나 내가 돈을 지불해야 하는 방문객은 어떻게 알고 짖는다. 가스 배달원, 전기 요금 고지서 배달원 등이다. 그걸 보고 있자면 웃음이 난다. 내 주머니를 지켜주는 것 같아 고맙다. 하지만 사람을 너무 좋아하는 것이 흠일 때도 있다. 손님이 오면 반가운 마음에 꼬리 치며 달려가지만 금세 훌쩍 커버린 나그네는 몸집이 꽤 큰 개이기 때문에 손님 중에 어린아이가 있으면 놀라게 마련이다. 종종 개를 묶어두라는 항의가 들어오면 사장님은 어쩔 수 없이 나그네를 묶어둔다. 묶여있는 나그네는 참으로 안쓰러워 보인다. 우리 사장님이 입버릇처럼 하시는 말이 있다. "나는 개를 싫어해." 근데 그런 개를 위해서 오늘도 식당에서 점심을 먹고 남은 음식들을 봉지에 싸 가지고 오신다. 나그네는 그런 마음을 잘 아는지 잘도 먹는다. 첫째 아이는 개를 볼 때마다 "아, 귀여워!"를 남발한다. 나그네는 진돗개라고 하기엔 꼬리가 너무 펴져 있고, 제주 개라고 하기엔 또 뭔가 부족한 구석이 있다. 그럼에도 불구하고 잘생겼다. 이마에서 코로 내려오는 선이 참 예쁜 개다. 어찌 됐건 개도 잘생기고 볼 일인 것 같다. 이곳 타운을 방문하는 거의 대다수 손님은 나그네를 참으로 좋아하신다. 이제 새끼까지 있어서 그 귀여운 강아지들을 보러 일부러 아침부터 나와 산책하시는 분들도 많다. 특히 아이들이 좋아한다. 아이들은 아침 일찍 일어나 강아지와 마주하는 게 이곳에서의 일상이다. 종종 아이들이 강아지를 무서워하니 묶어달라는 요청이 들어와 강아지를 묶어두지만 아이러니하게도 아이들은 강아지를 보려고 아침에 일찍 일어나는 모습을 보면서 우리는 우리 아이들을 잘 모르고 산다는 생각이 문득 들었다.

나그네를 보면서 이런저런 생각이 많이 들었다. 직업의 특성상 한 지역에 오래 머무르기보다는 잦은 이사를 한다. 그래도 나는 그나마 나은 편이다. 이런 경우를 '고속도로'라고 표현하기도 한다. 내가 근무한 곳은 홍천, 양평, 용인, 서울, 대전이다. 농담처럼 최전방이 서울이었다고 얘기한다. 레바논 파병은 특별한 경험이었지만 어찌 됐건 대다수 근무지가 서울

근교거나 대도시였으니 운이 좋다고 할 수 있다. 그럼에도 나그네 인생을 살았다. 이삿짐을 채 다 풀어놓지도 않고 다닌 게 오래다. 미니멀 라이프를 추구하지만 아이를 키우다 보니 장난감과 책이 늘어가는 건 어쩔 수 없나 보다. 제주도에 올 땐 풀옵션 하우스인 관계로 짐을 많이 줄일 수 있었다. 내 짐은 고스란히 대전의 아파트에 남겨져 있다. 다시 육지로 올라갈 땐 제주도와 대전 양쪽에서 이사를 해야 한다. 또 나그네인 것이다. 그래서일까? 나그네를 보면 참으로 정감이 간다. 다행히 사장님이 나그네는 그래도 키우신다고 다짐하신 관계로 나그네는 더 이상 나그네가 아닐 수도 있겠다. 이제는 이곳의 주인 노릇을 할 것이다. 종종 들어오는 고양이도 쫓아내고 다른 개들을 쫓아내기도 한다. 나그네였던 나그네는 이제 나그네가 아니지만 그럼에도 여전히 나그네처럼 불안한 견생을 살지 모르겠다. 여러 사람의 손을 타고, 오는 사람마다 반겨주지만 또 그 사람들이 떠나면 나그네 입장에선 정들었다가 남겨진 것이 되니 이 또한 마음이 좋을 수만은 없을 것이다. 나그네는 떠나는 사람을 기억하는지 모르겠지만 적어도 새로 온 사람을 반기는 모습을 봐서는 참으로 행복한 개구나 싶다. 아름다운 제주 땅에서의 삶은 이러한 이면도 존재하기 마련이다. 결국 이러한 면은 인간의 욕심 때문이다. 유기견 문제, 쓰레기 문제, 부동산 문제 등 제주도가 앓고 있는 고통은 모두 그런 데서 시작됐다. 우리의 양심에 대해 되묻는다. 내가 사랑하는 이 땅 제주는 언제든 내게 쉼을 주는 곳이길 바라고 더불어 그 아름다움을 영원히 간직하게 해줄 나그네가 우리가 되길 바랄 뿐이다. 우리는 모두 이 생을 살아가는 나그네다. 죽어서 몸 뉘일 땅조차도 영원할 수 없기에 잠시 머물게 되는 그 어디라도 내

흔적이 없이 떠날 수 있길. 나를 남기는 것에 욕심내지 않길. 그저 그렇게 살아가길. 나 역시 앞으로 계속 나그네의 삶을 살게 되더라도 만나는 모든 인연을 반기며 살아갈 넉넉한 마음의 여유가 있길 바라본다.

학교에 가고 싶은 아이, 학교에 가고 싶지 않은 아이

코로나19로 인해 등교 수업이 계속 미뤄지자 끝내 맑은물이 학교에 가기 싫다고 했다. 그 마음이 쉽게 동의가 돼서 다시 학교에 정원 외 관리 신청을 했다. 풍천초등학교 2학년 학생으로 잠시나마 학적이 등록되었지만, 하늘이 아름다워 바람도 머물다 간다는 이 학교는 아이에게 영영 경험해 보지 못한 추억으로 자리 잡았다. 교실에 가보니 아이의 이름이 붙은 책상도 있고 아이 교과서도 있다. 모든 게 갖춰져 있지만 그곳에 우리 아이가 없을 뿐이다. 홈스쿨링을 한다는 것은 대한민국 국민으로서 살아가는 데 있어서 평범해 보이지 않는 삶을 선택했다는 것이다. 하지만 의외로 학교에 가지 않는 학생이 39만 명(2019년 통계 기준)에 달한다는 것을 안다면 그렇게까지 특별한 것은 아니란 것을 알 수 있을 것이다. 다만 39만 명의 이유가 제각각임을 고려할 때 우리 아이가 홈스쿨링을 선택한 것은 조금 특별한 이유일 수도 있겠다.

긴 인생을 산 것은 아니지만 적어도 우리 아이에게 부모로서 한 가지 가르쳐주고 싶은 게 있다. 그것은 '자기 자신'을 아는 것이 가장 중요한 인생의 배움이라는 것이다. 이 세상 그 어떤 지식보다 제일 먼저 그리고 가장 잘 알아야 할 것은 바로 '자기 자신'이라고 생각했다. 절대 학교에서 가르쳐줄 수 없는, 스스로 깨달아야만 하는 바로 그 질문을 아이에게 끊임없이 던짐으로써 아이가 '자기 자신'을 알게 하고 싶었다. 그것을 알고 나서 배움을 시작해도 늦지 않을 것이라는 믿음이 있었다. 물론 이 질문에 정답도 없고 평생 알지 못할 가능성도 있다고 생각한다. 하지만 적어도 주입식으로 무엇인가를 아이에게 욱여넣는 것보다는 훨씬 나은 인생의 과정이 아닐까? 학교에서 가르치는 것 중에서 답을 주는 것들을 무작정 수용하기보다 자신의 생각을 갖고 자신의 답을 갖길 바랐다. 특히 여러 사회적 이슈에 대해서는 정답은 없고 나름의 가치관에 의한 논리를 찾길 바랐다. 동성애, 환경, 동물 복지와 같은 이슈들이 그렇다. 이런 여러 가지 사회 현상과 이슈들에 대해서 세상은 어느 한쪽 편만 들게 하거나 정답을 줘버리는 경우가 허다한데 인생은 그렇지 않다고 생각했다. 모든 세상의 지식 혹은 관점의 습득은 자기 인식을 통해 생겨난 가치관이 있는 상태에서 가져야지만 제대로 받아들일 수 있다고 생각했기에 아이에게 꼭 자기 자신에 대해서 이해하는 법을 가르쳐 주고 싶었다. 그래야지만 자신이 겪은 과정이 타인도 겪었으리라는 믿음에 올바른 논쟁과 가치관의 교류를 통해서 상대방을 이해하고 포용하는 민주 시민다운 자세를 가질 수 있으리라. 그래서 아이와 깊고 오랜 대화를 나눈 끝에(불과 8살짜리가 뭘 알겠어라고 생각하는 사람도 있겠지만) 홈스쿨링을 결정했다. 하지만 제주도 일 년 살이를 결심하고 나서 여러 정보를 얻던 중에 도내 초등학교는 도시와는 다른 경험을 할 수 있다는 것을 알게 됐다. 한 학급에

20명 내외 수준의 적은 학생과 한 학년이 한 학급으로만 구성되어 있어서 6개 반이 끝이라는 사실. 무엇보다 학교별로 특성화 교육이 있는데 우리 관내에 있는 풍천초등학교는 수영과 승마를 가르친다는 사실. 이런저런 이유로 1년 정도는 학교에 다녀보는 것도 나쁘지 않을 것 같고 아이와도 얘기를 해보니 처음엔 싫다고 하였으나 제주에서 지내며 친구도 사귀고 하다 보니 괜찮다고 생각했는지 다녀보겠다고 결심했다. 그리하여 학교에 다시 학적을 등록하고 2학년 편입 시험을 보게 됐다.

아이에게 가르쳐본 적이 없는 국어, 수학 문제들을 풀어내는 것을 보며 놀랐다. 한글도 혼자서 배웠고, 수학도 혼자서 배운 아이였기에 기특하다는 생각도 들었다. 결과는 합격. 풍천초등학교 2학년 학생이 된 것이다. 기쁨도 잠시 코로나19로 인해서 등교일이 차일피일 미뤄졌다. 이제는 학적에 등록된 학생이다 보니 클래스팅 앱에 가입해서 매일 EBS 방송을 듣고 있다고 댓글을 달아야 했고, 코로나19 자가진단 문진표를 작성해야 했다. 분명 학교에 다니는 것 같은데 학교에 가질 않는 상황. 그렇게 등교가 불가능해진 상태에서 지내다 보니 아이도 실망감이 적지 않았으리라. 끝내 학교에 가기 싫다고 했다. 등교를 불과 며칠 앞두지 않은 상태였기에 아이를 설득하고 싶었다. 하지만 그것이 처음 홈스쿨링을 하게 된 계기와 거리가 먼 일관성 없는 훈육이라고 생각되어 설득보다는 충분한 대화를 통해서 일시적인 마음인지 정말 진심인지 들어보고자 했다. 아이는 코로나19로 인해서 입학일이 늦춰지자 학교에 대한 두려움도 생기고 무엇보다 EBS로 혼자 공부하는 게 재밌으며, 엄마, 아빠와 함께 이렇게 시간 보내는 게 너무 좋다고 했다. 학교에 대한 부정적 생각은 충분한 설명으로

중화시켰지만 이 패턴이 익숙해지기도 했고, 내심 노는 게 좋은 아이기에 결국 다시 정원 외 관리 신청을 했다. 사실 공부보다는 더 놀게 하고 싶은 마음도 있었기에 아내와도 쉽게 합의가 됐다.

어진별은 새로운 유치원에 입학했다. 이제 여름 햇살이 기웃대는 5월, 드디어 등교가 시작되었다. 이 아이는 항상 유치원에 가고 싶어 했다. 코로나19로 인해서 유치원에 못 갔던 시간도 즐거웠고, 유치원 입학을 한 이후에도 즐거웠다. 6살짜리 작은아이를 볼 때면 이 아이야말로 진정한 '카르페 디엠'이고 조르바라는 생각이 들 때가 많다. 하루만 산다. 내일은 없다. 그래서일까 유치원에 데려다줄 때 뒷모습을 보면 매번 처량하고 안쓰러워 보이지만 집에 올 때 모습은 언제 그랬냐는 듯이 신나서 유치원에서 있었던 온갖 일들을 설명한다. 우리 집에서 유일하게 아침에 '출근'하는 작은아이인지라 무얼 해도 기특했다. 코로나로 인해서 등교할 땐 아빠는 정문까지밖에 가지 못한다. 아이는 정문에서 학교까지 100여 m의 거리를 혼자 터벅터벅 걸어간다. 항상 늦게 가기 때문에 이미 수업이 시작해 운동장에서 체육 과목을 하고 있는 형, 누나들이 있는 경우도 있지만 아랑곳하지 않는다. 가는 길은 멀기만 하다. 걸음마다 호기심 천국이다. 땅에 앉아서 개미를 관찰하기도 하고, 형, 누나들의 체육 활동을 물끄러미 지켜보기도 한다. 곧장 가는 경우는 단 한 번도 없다. 그런 아이의 모습이 보이지 않을 때까지 정문에 서있다. 지켜보는 게 결코 심심하지 않은 아이의 행동. 하나하나 그런 사랑스러운 모습을 볼 수 있는 것은 내가 육아휴직 중인 아빠이기 때문일 것이다. 오래 걸리는 등교 시간이지만 그 시간이 감사하다. 하지만 오래간만의 유치원 생활이 고됐는지 집에 오면 누나랑 싸우기도 하고 짜증도 많이 부렸다. 잘 달래면 이내 잠이 들 때도 있지만 이렇게 날씨 좋은 매일매일 집에서 자고 싶을 리 만무했다. 유치원 가방은 이미 차에 던져놓은 이후로 집에 도착하자마자 넓은 정원으로 뛰쳐나간다. 잘 크고 있구나 하는 생각이 들었다.

유치원에 다니기 시작한 지 얼마 안 되어 유치원에 가기 싫다는 말을 하기도 했다. 육지에서 다니던 유치원에선 항상 자신이 분위기 메이커와 같은 위치에 있던 아이였는데, 이곳에선 그런 역할을 하기 어려운 분위기였다. 여러 가지 이유가 있겠지만 일단 아이와 함께 어떻게 하는 게 좋을지 대화를 나누면서 잘 달래 보았다. 그래도 유치원은 졸업시키고 싶은 마음이었기에. 무엇보다 둘째 아이는 유치원을 너무 좋아하던 아이였기에 그냥 여기서 포기하면 안 될 것 같았다. 같은 교회를 다녀서 먼저 친해졌던 하리가 유치원에서는 자기랑 놀아주지 않는다는 게 주된 이유였다. 아이는 심각할지 모르겠으나 사실 이유가 참 귀엽다고 생각됐다. 유치원생이 벌써부터 여자 친구니 남자 친구니 하는 얘기를 보니 기가 막히기도 하지만 그게 요즘 세대의 모습이다. 하리 부모님과도 소통하며 우리 집에 초대해서 같이 놀게도 하고, 교회에서 만나면 조금이라도 더 같이 놀 수 있게 해줬다. 몇 번 그런 시간을 가졌더니 또 금세 좋다고 유치원 계속 다니고 싶단다. 아이들은 참 단순하다. 그리고 솔직해서 좋다. 아빠 직업 때문에 어린이집과 유치원을 거의 한 해마다 옮겨 다녔기에 적응 못하면 아빠 탓도 있지 않나 싶어 미안한 마음도 들었었는데 다행이었다.

코로나19로 인해서 무너질 뻔했던 우리의 일상도 어느 정도 안정이 되어가고 있었다. 맑은물은 시간 되면 EBS 방송을 틀어서 시청한다. 아빠는 신문을 읽고 엄마는 성경을 읽는다. EBS 선생님이 좋다고 한다. 그중에 특히 코로나19로 인해 온라인 개학을 하면서 특별 편성되었던 기간에 나왔던 전해은 선생님이 좋다고 했다. 그러다 보니 엄마 아빠에게도 은근히 전해은 선생님이 관심사가 됐다. 호랑이 선생님과 꿀단지 선생님도 좋아했다. 그렇게 부모 나름의 방법으로 아이에게 관심 가져준다. 야옹 클래식 같은 방송은 어른들에게도 재밌어서 같이 보기도 한다. 더 듣고 싶다고 하면 유튜브로 찾아서 클래식을 들려주기도 한다. 수학에 조금 약한지 수학 과목을 할 때 질문을 많이 했다. 아이에게 아빠는 지식백과 같은 존재였다. 끊임없이 질문했다. 아빠는 결코 아이의 언어로 설명해 주지 않는다. 어른들의 언어 그대로 설명해 준다. 그래서 질문이 끝없이 더 이어진다. 어른의 언어로 설명하는 이유는 아이가 아이의 언어로 소화하고 커가면서 또 어른의 언어로 바꾸는 과정을 겪으면서 혼란을 느끼는 경우가 있기 때문이다. 나만의 교육 방식이기도 하다. 이런 시기에 육아 휴직을 해서 아이와 함께할 수 있다는 게 참 감사한 마음이었다. 아이에게 공부에 관해서는 강요하는 바가 전혀 없었다. 다만 친구들이 한다고 하면 '너도 해볼래?' 정도는 물어봤다. 착한 할머니가 교원 재직 시절 시작하게 됐던 도요새 잉글리시가 거의 유일한 사교육이었다. 유튜브를 통해서 배우는 것도 은근히 있었기 때문에 억지로 못 보게 하진 않았다. 자기 태블릿 PC가 있어서 궁금한 게 생기면 언제든 찾아보도록 해줬다. 네모 아저씨의 색종이 접기를 가장 좋아했다. 색종이 접기를 시작하면 식음을 전폐하고 하루에 8시간씩도 색종이를 접는다. 드래곤 접기를 자주 도전했는데 너무 어려워서 결국 아빠가 대신 접어줄 때도 있지만 그래도 해보려는 자세가 참 기특하다.

　유튜브를 보다 보니 자기도 유튜브 크리에이터가 되고 싶었는지 혼자서 찍고 편집해서 유튜브에 업로드 하기도 했다. '담담이 채널'을 만들어서 운영했었는데 어느 순간 또 맘에 안 들고 부끄러운지 동영상을 다 지웠다 새로 올렸다 하길 반복한다. 구독자는 엄마, 아빠, 할머니, 고모, 삼촌, 숙모 정도가 전부지만 즐거워하는 모습이 재밌다. 우리 집 소개로 시작했던 콘텐츠는 이후 색종이 접기, 호떡 만들기, 마술 시범 등 다양했다. 색칠 공부도 아이가 좋아하는 놀이 중 하나다. A4용지를 잔뜩 사서 구글에서 검색한 컬러링 페이지로 원하는 그림에 색을 칠할 수 있도록 해줬는데 정말 좋아한다. 초등학교 2학년 생의 수준이 색칠 공부할 수준인지는 모르겠지만 그냥 재밌으면 하는 거다. 제4차 산업 혁명에 심취한 아빠가 아이에게 코딩을 가르쳐보기도 한다. 엔트리를 이용한 코딩 교육은 아빠에게도 즐겁다. 서로 코딩한 프로젝트를 공유하며 하나의 놀이처럼 이것저것 해본다. 아이는 금세 잘도 따라 했다. 무엇에 꽂히면 끝장을 보는 아이다. 몇 날 며칠에 걸쳐 자기 나름의 생각을 엔트리를 이용해 프로그래밍한다. 하지만 오래가진 못한다. 코딩이 재밌지만 완성하고 나면 금세 또 시들해진다. 이런 경험을 해봤다 정도로만 만족해도 충분하다. 창의적으로 놀이 방법을 찾아가는 모습이 보기 좋다. 인형극을 하기도 하는데 이야기를 만들고 인형극 소품을 만들어서 공연하는 모든 것을 스스로 해낸다. 이야기는 사실 어디서 많이 들어본 이야기들을 짜깁기 한 수준이지만 아이가 이렇게 스스로 노는 방법을 찾는 것이 그저 기특할 뿐이다.

　홈스쿨링을 하다 보면 두 가지 시선을 마주하게 되는 경우가 많다. 첫째는 이 아이가 어떤 이상이 있어서 그렇게 하게 됐는가 하는 시선, 두 번째는 이 아이가 무언가 특출 난 재능이 있는가 하는 시선이다. 하지만 우리 아이는 정신적으로, 신체적으로 이상한 것도 없고 특출 난 재능이 있는 것도 아니다. 게다가 이런 행동과 생각들이 홈스쿨링을 하기 때문에 다른 아이들과 다르다고 생각하지도 않는다. 그저 이 아이와 부모의 선택이었고, 이 아이가 지금 행복하게 잘 지내면 된다고 생각한다. 초등학생으로 보내는 여섯 해. 그냥 놀아도 되지 않을까? 그 과정에서 자기 인식이 자연스럽게 될 것이라고 생각한다. 온라인 개학이 종료되고 실제 학교에 다니기 시작하는 지역도 있고, 계속 온라인으로만 학습하는 지역도 있다고 한다. 제주도는 5월경부터는 개학했지만 학교 한 번 안 가보고 다시 정원 외 관리 대상자가 돼서 선생님께서 집에 방문하여 아이와 면담을 하시기도 했다. 제주도는 아무래도 교육환경이 육지에 비해 열악한 편이다. 그래서일까 아이는 EBS 수업도 잘 따라가는 등 풍천초등학교 2학년 학생 중에서는 잘하는 편이라고 하셨다. 아이의 학업 성적을 갖고 얘기하지 않겠다고 했지만 어쩔 수 없이 부모란 존재는 그런 것 같다. 그래도 잘하는 편에 속한다고 하니 안심이 된다. 이내 마음을 다시금 고친다. 아이가 공부를 잘하기보다는 행복한 아이였으면 한다. 공부도 잘하고 행복하면 더 좋겠지만 지금은 행복에 더 집중할 때라고 생각한다. 세상에 관심 갖기보다 자기 스스로에게 더 관심 가져보라고 얘기해 준다. 나에게 집중하는 방법을 가르쳐준다. 그것은 맑은물, 어진별에게뿐 아니라 나와 아내에게도 적용되는 것이다. 그렇게 살았기에 제주도에 올 수 있었던 것이다.

세상은 참으로 오지랖도 넓다. 온 군데 관심 가지며 이러쿵저러쿵 떠들어댄다. 여유가 넘쳐나나 보다. 그럴 시간에 차라리 윤동주 시집이라도 한번 펼쳐보라고 권유해 주고 싶다. 아니 정확히는 그러든 말든 상관없다. 공자는 많은 사람을 비교하는 자공을 보며 자신보다 더 뛰어난 것 같다며 자신은 그럴 겨를조차 없는데 대단하다고 비꼬았다. 그저 자신의 삶을 살라는 중요한 교훈이다. 그럼에도 오늘 죽을지 모르는 약자들에겐 관심 가져야 한다. 굶어 죽는 아이들. 전쟁터에서 도움받고 있지 못한 아이들과 같은 경우가 그 예다. 우리 아이들은 모두 돌잔치를 하지 않았다. 돌잔치 대신 월드비전에 가입해서 후원하기 시작했다. 아이가 받아보는 성장 카드를 통해서 자기 또래의 친구 누군가는 그저 그 나라에 태어났다는 이유로 이렇게 어렵게 산다는 것을 깨닫고 기왕이면 마음 따뜻한 아이로 성장하길 바라는 마음이었다. 하지만 그 모든 것도 일단 자기 인식이 우선되어야 한다는 것을 깨달았다. 자기가 얼마나 풍족하고 행복할 수 있는 환경에서 살고 있는지 알지 못하면 모든 것이 불평의 대상일 수밖에 없기에.

맑은물의 하루 일과는 9시 30분에 EBS 방송과 함께 시작한다. 점심 먹기 전까지 알아서 방송을 보고 숙제를 하고 도요새 잉글리시를 마친다. 점심을 먹고 난 오후 1시부터는 완전한 자유시간이다. 그때그때 기분 내키는 대로 하고 싶은 것을 한다. 밖에 나가 종일 놀기도 하고, 색칠 공부를 하기도 한다. 동영상을 찍거나 새로운 인형극 제작에 몰두하기도 한다. 색종이 접기를 가장 많이 하는 편이다. 어찌나 놀기만 하는지 가끔 걱정될 때도 있다. 하지만 아무렴 어떤가? 지금 아이에게 가장 중요한 건 할 수 있는 한 재밌게 신나게 노는 거다. 우리 아이들은 커서 어떤 사람이 될까? 무슨 일을 할까? 궁금하기도 하지만 정해주고 싶진 않다. 아이는 내 소유물이 아니고 그저 나와 전혀 다른 한 명의 또 다른 인격체일 뿐. 부모의 역할에 대해서 고민한다. 너무 알려주면 길을 정해줘 버리는 게 될 수 있고, 전혀 알려주지 않으면 방임이 되어버릴 수도 있다. 그 경계선이 참으로 모호하다. 그렇기에 욕심을 내기보다, 조바심을 내기보다 하루하루 아이와 그저 신나게 놀아준다. 물어보는 것이 끊임없을지라도 끝없이 답변해 준다. 매일 밤 성경공부를 통해서 우리의 존재에 대해서 질문하도록 해본다.

육아휴직을 하며 동료들이 제주도에 가서 홈스쿨링 하면 아이에게 무얼 가르칠 거냐고 묻길래 농담 반 진담 반으로 철학이랑 세계사라고 했다. 철학이 별거 있을까. 그저 '나는 누구인가?'라는 질문을 하며 사는 것이 철학 아닐까? 아이에게 오늘도 묻는다. 무슨 일을 하고 싶은지보다 어떤 사람이 되고 싶은지. 그리고 어떤 사람인지. 아직은 이 아리송한 질문에 명쾌한 답을 내놓지 못하지만 아무렴 어떤가? 적어도 오늘 하루 신나게 놀고 난 후 앞니가 4개나 빠져 우스꽝스러운데도 활짝 웃는 미소 속에서 진정한 행복을 발견했다면 그것으로 족하다. 더 나아가 세계사를 통해 사회와 나의 관계를 배우도록 돕는다.

6.

말- 장시의 넘은 -여름 이약
(이야기꾼의 지난여름 이야기)

여름의 시작

    마당이 완전히 초록색으로 물들었다. 모든 나무가 풍성해진 이파리를 뽐내며 뙤약볕 아래에 햇빛을 더 받아보려 위로 옆으로 뻗었다. 우리의 제주에서 첫여름은 모든 제주 이주자가 겪는 그것을 똑같이 겪었다. 습도. 섬나라 제주의 습도는 육지의 그것과 차원이 다르다. 그래서 풀옵션 타운에는 반드시 구비되어 있는 것 중 하나가 제습기다. 하지만 그 제습기 한 대로는 이 큰 집을 다 채울 수 없었고, 2층에 손님이라도 모시려면 2층에도 제습기를 가져다 두어야 했다. 물론 시스템 에어컨으로 습도를 어느 정도 조절할 수 있었지만 없는 살림에 과도한 전기세를 지불해 가며 에어컨을 틀 수는 없는 노릇이었다. 습도가 힘들었지만 우리는 짜증 내기 보다 이 습도에 적응해 보기로 한다. 짧게 지내야 하는 손님이야 에어컨 트는 것을 막을 수 없었지만, 우리끼리 있을 땐 에어컨을 틀기보다 환기를 통해 시원한 제주 바람을 느끼고, 습도와 친해지며 오히려 여름을 즐기기로 했다. 인간은 적응의 동물이라 했던가? 우리는 그렇게 제주의 습도에 적응하고 여름을 제대로 즐겼다. 시즌이 시즌인지라 타운은 쉴 새 없이 손님이 오셨다 가시며 북적이기 시작했다. 손님 중에는 한 달 살이 손님이 많았다. 게다가 코로나19로 인해 육지에서는 어차피 학교에 가지 못하는 상황이 계속되자 굳이 좁은 곳에 갇혀 지내서 무얼 하나 싶은 부모님의 현명한 판단에 큰 아이 또래들이 속속들이 이곳에 모이기 시작했다. 왠지 이번 여름은 그들의 계절이 될 것 같은 생각이 들었다.

아이들이 집에 있는 시간보다 나가서 노는 시간이 늘어나기 시작하니 가뜩이나 까맣게 태어난 맑은물의 피부색은 더욱더 짙어졌다. 모아나가 화면을 뚫고 나와 앞에 서있는 듯했다. 어린 시절의 여름날은 왠지 모르게 황순원의 「소나기」와 이야기 속 잔망스러운 계집아이가 떠오르곤 한다. 제6차 교육과정을 지낸 우리 또래들은 여름날에 대해 어느 정도 비슷하게 고착된 이미지가 있지 않을까? 이렇다 보니 잠자리 채집통을 가지고 다니며 하늘을 빼곡히 채운 각종 잠자리의 구애 비행을 방해하며 휘휘 잠자리채를 휘젓고 다녔던 기억이나 개구리 알을 잔뜩 퍼다가 올챙이로 바꿔놔 엄마를 놀라게 했던 기억이나 나무껍질을 벗겨 진액을 흐르게 한 뒤 다음 날 온갖 벌레가 파티라도 즐기는 듯 모여있는 모습을 보고 손쉽게 벌레 수집을 했던 기억 모두 풋풋한 미완의 설렘으로 연결되는 듯하다. 여물지 못해 싱그러운 우리의 시절과는 다른 지금 아이들의 여름이 어땠을지 궁금하다. 부모의 눈에 거의 띄지 않을 정도로 매일을 밖에서 다른 아이들과 어울렸다. 이 아이에겐 지금의 여름이 어떤 의미일까?

나중에 이 시절을 추억할까? 햇살이 뜨거운 만큼 아이의 얼굴은 더욱 시커멓게 변했지만 다 빠진 이를 내보이며 활짝 웃는 모습이 보기 좋았다. 쉰내가 날 정도로 땀을 흘리며 뛰어노는 어진별의 모습에 사뭇 이 선택이 다시 한번 옳았다 느끼고 감격하고 또 감사했다. 이 아이들은 이 시절을 나처럼 기억하지는 않을 것이다. 초록색 PVC 관처럼 생기고 파란색 망이 달려있던 잠자리채는 펜싱의 칼날처럼 얄팍한 접철식 쇠 재질로 바뀌었고, 색깔도 취향에 맞게 선택할 수 있게 분홍색, 파란색이 있었다. 채집통 역시 더욱 세련되었다. 주물로 찍어 뽑아낸 곤충 감옥처럼 생긴 물컹한 통이 아니라 사방에서 관찰할 수 있는 투명 아크릴 재질이다.

이제 막 시작한 여름이지만 제주의 여름은 길다. 느지막한 봄부터 일찍이 날씨가 뜨거웠으니 아마 가을의 입구에서도 여름이 쉬이 떠나지 않을 것이다. 해수욕장이 본격적으로 개장하기 시작한다. 코로나19가 잠잠해지는 건지 아니면 해외여행을 못 가니 아쉬운 마음에 제주도라도 오는지 모르겠지만 사람으로 붐빈다. 덕분에 매일 바뀌는 친구들에 아이들은 신이 난다. 해가 일찍도 떠서 늦게까지 지지 않는다. 못내 아쉬워 저녁 식사 시간이 지나도록 집으로 들어오지 못하는 우리 아이들이나 쉬이 지지 못하고 머물러 있는 여름 해 마음이 매한가지다. 다른 집 아이들이 밥을 먹으러 가야지만 그제야 터벅터벅 들어오는 아이들이다. 하지만 동시에 약속이나 한 듯 또 외친다. "밥 다 먹고 또 놀아도 돼요?" 찬란한 봄을 지나 역동적이고 신명 나는 여름을 맞이했다.

섬나라 제주

제주도는 큰 섬이다. 서울 면적의 3배에 달하는 큰 섬이기 때문에 섬의 내륙에 있다면 여기가 섬인가 하는 생각이 들기도 한다. 한편으로는 화산섬이라는 특이한 지형 조건 때문에 섬의 어느 곳에 있어도 웬만하면 한라산이 보인다. 나에게 '바다가 좋아, 산이 좋아?'라고 묻는 것은 마치 '아빠가 좋아, 엄마가 좋아?'라고 묻는 것과 다름없다. 당연히 다 좋지. 우리나라에 그 둘이 모두 있어 좋은 곳을 고른다면 외설악에 있는 강릉, 속초 같은 강원도의 도시들이 있을 것이다. 그곳은 우리나라 최고의 관광지이기도 하다. 그리고 제주다. 제주 역시 산과 바다가 모두 어우러진 곳이다. 산과 바다 모두를 좋아하는 우리 가족은 강원도보단 제주도를 택했다. 산보다는 바다를 약간 더 좋아하는 아내와 아이들의 의견이 십분 반영된 결과이기도 하다. 사람들은 바다를 좋아한다. 좋아하는 이유도, 즐기는 방법도 저마다 가지가지지만 바다를 참 좋아한다. 바다가 왜 좋을까? 호젓하게 바닷가 바위에 걸터앉아 쥐 죽은 듯 조용한 바람 없는 제주의 여름 바다를 보며 생각에 빠져본다. 일상적이지 않은 풍경. 바닷가에 살아도 바다는 적응이 안 된다. 매일이 다르다. 끝이 없어 보이는 망망대해를 바라보며 자유를 꿈꾸는 것. 바다라고 하는 단어 자체가 주는 심상들. 저마다 다른 이유지만 사람들은 그렇게 오래도록 바다를 좋아해 왔다. 동경해 왔고 터 잡아 함께 살아왔다. 그렇게 축적된 인간의 문명에 항상 바다는 중요한 역할을 해왔고, 대항해시대가 시작된 이후부터는 더욱이 도전과 새로운 시작의 상징처럼 되어버렸으니 여러모로 우리를 감상에 젖게 만들 법도 하다.

아이들은 바다를 정말 좋아한다. 인류의 역사를 알고 바다가 유용하다는 것을 알아서 좋아하는 게 아니라 본능적으로 바다를 좋아한다. 아이들이 생각하는 바다는 어떤 것일까? 차라리 그걸 연구해 보면 인간이 본능적으로 바다를 왜 좋아하는지 알 수 있을 것 같다. 아무래도 아이들은 물 안에 잠겨있을 때 편안함을 느끼는 듯하다. 어머니의 배 속에 체온과 비슷한 따뜻한 양수 안에 침잠되어 있던 10개월의 시간들을 몸이 기억하는 것일까? 그저 구명조끼에 의지한 채 가만히 누워있는 것을 좋아하는 모습을 보고 있노라면 무슨 생각을 하는지 정말 궁금하다. 물어보면 그냥 좋다고 할 뿐이다. 가끔 아이들에게 엄마 배 속에 있을 때 기억나냐는 엉뚱한 질문을 하면 기억난다고 대답한다. 맑은물은 물에 한 번 들어가면 몇 시간이고 나오지 않고 논다. 이름값을 한다. 같이 놀아주려면 꽤나 체력이 요구된다. 물 밖으로 나가지도 않고 오랫동안 노는 게 참 대단하다. 그에 반해 어진별은 춥다며 오래 있진 못한다. 빼빼 마른 이 아이는 어릴 적 갈비뼈가 다 튀어나와 갈비뼈로 기타 치는 놀이를 하며 계곡에서 놀던 시절의 나를 떠올리게 한다. 부모 마음이 다 그렇듯 좀 크면 좋겠는데. 잘 먹고 살 좀 붙고. 포동포동. 젖살이 빠질까 봐 아쉽기만 하다.

바다는 또 모래를 품고 있다. 모래의 서그적거리는 느낌이 불편하다고 느낀 순간 내가 어른이 됐구나 느꼈다. 신나게 밖에서 뛰어놀고 특히 백사장에서 뛰어놀고 돌아온 아이의 신발을 털어줄 때면 신발 한가득 모래를 주워 담아놓고도 불편하지 않았을까 싶어 놀랄 때가 있다. 어릴 때 아파트 단지 놀이터에서 나도 그렇게 놀았었지. 하지만 불편한지 몰랐다. 신발이 넉넉하게 커서 그런 것도 아니고 양말을 신고 있어서 모래가 직접 닿지 않아서도 아니다. 노는 데 더 집중되다 보니 발끝의 감각 따위에 신경 쓸 시간이 없었기 때문이다. 하지만 어느 순간 모래가 조금만 들어가도 불편하다. 운동장에서 노는 것을 좋아하지 않고 등산을 가도 신발끈을 꽉 조여 모래, 흙, 나뭇가지들이 신발 안으로 들어오는 것을 전면 차단한다. 운동화를 신고는 백사장은 근처도 가고 싶지 않아졌다. 아이들은 개의치 않는다. 일단 놀고 본다. 그렇다고 해서 덕지덕지 모래가 붙은 채돌아오는 건 또 별로 안 좋은가 보다. 신나게 놀고 나서 모래를 털고 집에 돌아올 때가 되면 어김없이 짜증을 부리곤 한다. 몇 번 겪다 보니 백사장이 있는 바닷가에 갈 때 꼭 챙겨가는 세트가 있다. 수건이며 돗자리, 깨끗한 물, 여벌의 옷 등. 집 앞 바닷가는 다행히 모래사장이 아닌 바위 해변이기 때문에 놀고 돌아올 때 깔끔하다. 아이들은 그때마다 취향에 따라 선택하곤 한다. 바위인가 모래인가? 백사장이 있는 바닷가인 표선해수욕장, 소금막 해변을 가려면 손이 꽤 많이 간다. 육아빠의 필수템 세트를 세단 트렁크에 늘 넣고 다닌다. 어떤 날은 바다에 나갈 때 오늘은 물에 안 들어가는 날이니 산책만 할 거라고 어르고 달래서 나가지만 아이들은 어김없이 물에 뛰어든다. 애초에 바다에 가면서 마치 아이가 없던 시절 아내랑 손잡고 바닷가를 거닐며 풍경을 유희하던 그 분위기를 기대하고 데려나간 부모 잘못이지. 여름 바다에서는 작렬하는 햇볕을 피하는 것도 필요하다. 그렇지 않으면 시커멓게 타는 정도가 아니라 피부가 아주 익어버린다. 다이소에서 산 5천 원짜리 커다란 골프 우산이 꽤 쓸모 있다. 선물로 받은 그늘막 텐트도 한몫한다. 엄마는 아이들이 시커멓게 타서 까무잡잡해지는 게 걱정되어 연신 선크림을 발라주고 모자를 씌워주지만 아이들은 아랑곳하지 않는다. 아빠는? 아이들이 얼마만큼 시커멓게 될 수 있을까 은근히 궁금하다.

제주도 해변에서 놀고 있노라면 가끔 이국적인 풍경을 만나기도 한다. 커다란 대형견과 함께 놀러 온 사람들이 패들보트에 개를 태우고 다닌다든가 아니면 개랑 같이 헤엄을 치는 경우다. 아이들은 그런 모습이 또 재밌고 신나서 개를 열심히 쫓아다닌다. 개는 정말 물속에서 개헤엄을 친다. 자못 신기하다. 게다가 수영도 꽤 잘한다. 꼬르륵 빠지는 경우가 없다. 개와 함께 해변에서 달리는 모습은 영화의 한 장면을 연상케 한다. 낙하산을 매달고 서핑을 하는 사람들도 보이고, 제트 스키를 타는 사람들도 있다. 우리 4명의 가족이 꿈꾸는 제주의 여름 바다 역시 각양각색이다. 다양해서 더 좋다. 누구 한 명의 취향에 맞추기 위해 나머지 셋이 양보할 필요도 없고 바다를 모두 좋아하기에 딱히 주섬주섬 챙겨 나와야 하는 수고를 불평하며 견뎌야 할 일도 없다. 일단 나와서 엄마는 낚시 의자에 앉아 시원한 아이스 아메리카노와 함께 태닝을 즐기거나 예쁜 돗자리에 위에 앉아서 아이들의 웃음소리를 들으며 행복에 겨운 시간을 보내는 것으로 충분하다. 맑은물은 해질 때까지 물속에서 안 나올 것이기 때문에 분홍색과 하늘색의 수영모자, 땡땡이 수영복이 시야에서만 보이면 문제없다. 어진별이 이래저래 손이 가곤 하지만 마침 다른 이웃이 떠나며 주고 간 모래놀이 세트는 상상력 가득한 6살짜리 꼬마 아이의 오감을 만족시키기에 충분하다. 엄마도 그 정도면 만족한 듯 아이와 잘 놀아준다. 아빠는? 육아휴직 중인 아빠는 스펙트럼 넓은 놀이를 한다. 수영도 하고,

바닷속에 몸을 담근 채 얼굴만 내놓고 시커멓게 태우기도 하고, 물고기나 게를 잡기도 하고, 문어를 잡겠다고 쫓아다니기도 한다. 드론을 날리며 이렇게 평화로운 한낮의 모습을 사진으로, 영상으로 남기기도 한다. 때론 그저 윤슬을 멍하니 바라보며 사색에 잠기는 시간도 사랑한다. 뭘 해도 잘 놀기 때문에 나 역시 즐겁다. 한여름의 제주 바다라니. 그저 신이 날 뿐이다.

한편으로는 생각한다. 그저 이렇게 바다에서 매일매일 신나게 놀기만 하는 것도 좋지만 무언가 해보는 건 어떨까? 가족들과 이야기해 본다. 어떻게 여름을 알차게 보낼지. 맑은물의 대답은 뻔하다. 물이면 다 된다. 해가 너무 뜨거워 바닷가에 가지 못할 때도, 해가 져서 바다에서 놀지 못할 때도 물에서 놀고 싶은 아이다. 그러면 간단하다. 수영장을 집에 설치하자! 거기에 더해 서핑을 배우고 싶다고 한다. 그러면 서핑 보드를 사야지! 어진별은 꽤 까다롭다. 요구하는 게 많다. 그냥 신나게 놀아주면 될 것 같다. 미안하지만 거의 누나가 하는 거 따라가게 된다. 작은아이의 설움이다. 엄마도 대찬성. 서핑을 배우고, 집 마당에서 수영하는 날을 꿈꾼다. 정말 우리가 그런 시간을 보내게 된다니. 당근 마켓 애용자인 아빠는 순식간에 인텍스 수영장을 구한다. 풀세트로 큰 사이즈로 제대로 된 거로. 엄마는 서핑 교실을 찾아낸다. 9살, 만 7세에 서핑에 도전한다. 내 딸이지만 부럽다.

여름날 섬나라 제주엔 햇살이 작열한다. 주변의 바닷물을 다 증발시키고 섬까지도 녹일 작정인가 보다. 바람과 해님과 나그네 이야기가 떠오른다. 습도는 또 얼마나 높은지. 쾌적한 삶을 꿈꾸는 사람들에겐 불편하기 짝이 없는 곳이다. 중형 세단인 내 흰색 그랜저는 나름대로 애지중지 깨끗하게 써왔는데 제주에 내려오고 여름을 지나며 어느새 바닥은 모래로 가득하고 가죽시트 틈마다 과자며, 모래며, 쓰레기가 가득하다. 바닷가 한두 번 다니고 나면 세차를 해야 하는데 사실 귀찮다. 아무렴 아이들이 신나게 놀면 됐지. 바닷가를 수도 없이 다녀왔으니 이 차는 속이 썩어 가고 있을지 모르겠다. 그래도 바다가 있어 좋다. 햇살에 적당히 데워진 바닷물은 시원하면서도 따뜻하다. 바닷물에 반사된 눈부신 햇살이 섬을 뒤덮어 모든 게 빛나는 섬나라 제주다. 관광지라 낭만도 있다. 코로나도 잊고 해변에 모여든 사람들의 모습에서 쉼을 느낀다. 제주도민으로 철없는 소리 좀 하자면 코로나로 지친 육지 사람들이 제주 와서 힘을 좀 얻고 가면 좋겠다고 생각했다. 이 넓은 해변을 우리 가족만 즐길 게 아니라 사회적 거리 두기가 유지되는 범위 내에서 담뿍담뿍 모여도 나쁠 게 없다고 느낀다. 오늘 하루도 여름의 제주를 아침부터 밤까지 만끽한다.

바다에 둘러싸인 섬에 산다는 것을 의식하지 못할 만큼 제주도는 넓다. 제주도민은 우스갯소리로 제주에서 서귀포로 서귀포에서 제주로 넘어오는 것을 마치 외국 나가는 정도로 생각한다고 한다. 그래도 여전히 섬은 섬인지라 어딜 가든 보이는 바다, 해변마다 간직한 다양한 풍경들, 심지어 바다의 색깔마저도 다양해서 이 섬을 둘러보는 일은 즐겁다. 여름날의 하늘을 닮은 파란 하늘을 즐기고 싶다면 대정읍 쪽이 좋은 것 같다. 동요에 나오는 그 초록빛 바닷물에 두 손을 담그고 싶다면 구좌, 종달, 세화나 김녕 해수욕장이 적당한 것 같다. 끝없어 보이는 넓은 백사장이라면 표선 해수욕장이 좋을 것이고, 젊음을 만끽하고 싶다면 애월, 이호테

우 해변이 좋을 것이다. 섬이 간직한 다양한 바다의 모습에 모이는 사람도 다양하다. 올여름은 참 기대가 된다. 즐겁고 보람찬 여름을 나기 위해 오늘도 아빠는 열심히 여름 나기 준비를 한다. 땀이 뻘뻘 나는 여름이지만, 속옷까지 젖어버린 옷을 입고 있지만 뭐가 그리 좋은지 웃음이 멈추질 않는 우리 집이다.

당근마켓

　제주는 그 어느 곳보다 당근마켓이 가장 활성화된 곳이다. 거의 모든 것을 당근마켓으로 해결할 수 있다. 사용자야 당연히 인구가 많은 서울이 많겠지만, 제주는 당근마켓 시장 형성 자체가 매우 쓸모 있게 잘 마련되어 있다. 제주에 내려올 때 풀옵션 집을 구하지 못한다면 당근마켓을 이용하는 것도 괜찮은 방법 중 하나다. 한 달 살이, 연세살이 등을 마치고 육지로 돌아가는 사람들이 내놓은 매물을 구하기 쉽다. 반대로 육지로 올라갈 때 팔고 갈 때도 쓸 수 있다. 운이 좋다면 제주에서 좋은 추억을 만들고 감동을 받은 친절한 온도 높은 분들이 나눔으로 주고 가시기도 한다. 우리의 첫 번째 당근마켓 구매품은 제습기였다. 육지로 올라가시는 분이 내놓은 것인데 아주 적당하고 좋은 가격에 튼튼하고 좋은 것을 가져왔다. 내가 당근마켓으로 제습기를 사는 것을 보니 사장님도 사 달라고 하신다. 손님들 여름에 많이 오시는데 2층에도 둬야겠다면서. 그 후로 세 대를 더 구매했다. 그 외에도 우리가 당근마켓에서 성공적으로 구매한 몇 가지가 있다면 인텍스 수영장, 서핑보드, 소프트랙 등이 있겠다. 특히 인텍스 수영장은 정말 거저 가져왔다. 제주시까지 가야 하는 수고로움이 있었지만 제주시에서 해결해야 할 일들을 한 번에 해결하면서 가져왔기 때문에 그렇게까지 크게 불편진 않았다. 전원주택에서 살던 가정에서 아이들이 중학생이 되니 학교 때문에 도심지로 나와야 한다며 제주시의 아파트로 이사했다고 한다. 그러다 보니 더 이상 이 수영장을 쓸 수 없어서 팔게 되었다고 하는데 구매하러 갔을 때 아이들이 다 나와서 아쉬운 듯 그 수영장을 바라보았다. 싼 가격에 수영장을 사는 것은 좋았지만 아이들 것을 뺏는 것 같아서 미안하기도 하고, 꼭 중학교를 제주시에서 보내야 하나 하는 생각도 들었다. 워낙 싼 가격인데 집에 와서 보니 조립용 핀 하나가 부러져 있었다. 수영장으로 사용하는데 전혀 영향을 미치는 것은 아니었지만 판매자께 말씀드리니 거기에서 돈을 더 빼주셨다. 덕분에 3만 원이라는 헐값에 우리 집에 수영장이 생겼다.

서핑보드는 맑은물을 위해 구매했다. 서핑을 배워보고 싶다고 하여 서핑스쿨도 가고 여름 내내 집 근처 소금막 해변에서 타볼 요량으로 서귀포시 너머까지 가서 사 왔다. 이걸 차에 싣기 위해 소프트랙도 같이 샀다. 맑은물도 몇 번 타봤지만 내가 더 신이 나서 아침마다 작은 전기차에 싣고 해변으로 가서 서핑을 즐겼다. 이후에도 당근마켓으로 동네 소식도 듣고 간혹 가다 있는 나눔을 받기 위해 손을 들어보기도 했다. 번번이 늦어서 탈락했지만 이 섬에서 모두가 함께 살아내기 위해 옛날에는 품앗이가 발달되어 있었다면 현대판 품앗이인 당근마켓이 제주에서 흥행하고 있는 모습이 재미있게 느껴졌다. 역시 사람 사는 곳은 그 나름의 방법이 다 생기기 마련이다. 제주 당근마켓은 종종 감사함의 표현으로 귤을 나누기도 한다. 그런데 도민한테 노지 귤 주면 욕먹는다는 얘기도 있으니 가려 줘야 하겠다. 이런 문화가 형성되는 것도 먼 미래에는 당시 사회상을 반영하는 중요한 연구 자료가 될 것 같다는 생각도 들었다. 귤을 나누는 제주 당근마켓 문화라니. 참 제주답다.

습도와의 싸움

제주 여름의 습도는 유명하다. 하지만 이는 제주도가 관광지라 상대적으로 잘 알려져서 그렇지 실제 우리나라에서 습도가 가장 높은 지역은 전북 부안군, 흑산도, 인천광역시, 목포시 등이다. 제주에서는 고산 지역(제주 서쪽 한경면)이 가장 습도가 높다. 제주시나 서귀포시는 내륙지역인 양평, 수원과 비슷한 수준이다. 하지만 직접 경험해 본 바로는 제주도는 워낙 넓은 데다가 지역별로 편차가 정말 심하기 때문에 습도를 도저히 못 견디는 사람이라면 기후를 꼼꼼히 알아보고 지역을 정해야 한다. 기상청의 통계자료에 따르면 연간 평균 습도는 제주시가 68.8%, 고산이 75%, 성산이 72.5%, 서귀포가 69.8%다. 해안가 쪽이 상대적으로 높고 중산간으로 갈수록 낮다. 하지만 너무 산 쪽으로 가면 또 얘기가 달라진다. 이런 연유에서 예로부터 제주는 중산간 지역이 더 부자 동네고, 바닷가 쪽은 천민들이 사는 지역이라고 한다. 지금 우리가 살고 있는 곳은 바다로부터 800m 정도 떨어진 곳인데 주변의 후박나무 숲으로 인해 습도가 상대적으로 덜 한 것이라고 한다. 사실 습도는 바다 때문에도 있지만 전원주택 자체의 환경 때문에도 있다. 전원주택은 잔디 마당을 갖고 있는데 아무래도 숨 쉬는 생명체다 보니 잔디 자체에서 뿜어져 나오는 습도가 꽤 높다. 그렇다고 잔디를 다 갈아엎는 것은 더욱 어리석은 일이니 높은 습도로 인한 불쾌함보다는 싱그럽고 푸르름이라고 하자. 사실 겪어보면 느끼지만 잔디의 습도는 쾌적하다. 통풍이 잘되기 때문이다. 가장 적응 안 되는 것은 발바닥이 끈적끈적 붙어버리며 걸을 때마다 쩍쩍 소리를 만들어내는 대리석 바닥이다. 애초에 펜션으로 활용하려고 지어진 집이라 바닥을 고급재인 대리석으로 깔았는데 우리나라 기후와는 맞지 않는 건축재라는 것을 느꼈다. 대리석이 고급스러워 보이지만 그 고급의 이면에는 이런 불편함도 있는 것이다.

습도는 특히나 빨래를 말릴 때 불편함을 줬다. 햇볕이 뜨겁다고 해서 밖에다가 빨래를 내놓았다가는 다시 빨래 처음 한 것처럼 젖게 만드는 불상사를 겪을 수 있다. 오후 네 시 이전에는 반드시 빨래를 걷어야만 했다. 건조기 없이 여름철에 빨래를 말리는 것은 쉽지 않은 일이다. 하지만 이 역시 우리는 현명하게 잘 해결했다. 집에서 가장 건조한 곳, 좁은 곳을 찾아서 빨래를 널고 제습기를 돌려두었다. 우리 집에서는 1층 화장실이 그랬는데 밤새 제습기를 돌려놓으면 빨래가 아주 잘 말랐다. 어떻게든 살아냈다. 적응되니 오히려 편하다는 생각까지 들었다. 손님이 오시면 습도가 높아서 숨쉬기가 어렵다는 경우도 있었는데 우리는 어느새 모두 적응이 되어서 의식을 못 하다 그런 말을 듣고서야 '아이고, 끈적이네.'라고 생각할 정도였다. 후일담이지만 제주의 습도에 적응된 아빠는 후에 육지의 건조함에 늘 비염과 기침, 가래를 달고 살게 되었다. 제습기를 틀던 제주와 다른 환경에 기관지가 너무 안 좋아졌는데, 되레 가습기를 60% 수준으로 틀고 지내면서 기관지가 좋아졌다는 후문이다. 나름 잘 적응한 제주의 여름날, 그래도 정말 습도가 너무 높아서 불편한 날은? 에어컨 틀고 넷플릭스를 보는 거다. 하지만 이보다 더 좋은 해법을 찾았다. 수영장이었다.

아빠는 도깨비방망이

「종합부동산세법 시행령」에는 종부세 부과 대상인 고급주택을 정의할 때 "67㎡ 이상의 수영장이 설치된 주거용 건축물"이라는 항목이 있다. 집에 수영장이 있으면 고급주택이 되는 것이다. 물론 단독주택에 수영장을 넣는 경우 종부세를 피하기 위해 67㎡보다 작게 짓겠지만, 보편적으로 우리는 '수영장이 딸린 고급주택'은 거의 한 단어의 보통 명사처럼 생각하곤 한다. 수영장은 그만큼 '고오급'의 대명사다. 사실 바다 근처에 살면서 무슨 수영장이 필요하겠냐마는 우리의 아주 예민한 깔끔쟁이 어진별은 바다 수영을 싫어한다. 모래가 묻어서란다. 게다가 여름이 되니 끈적끈적한 피부에 모래가 더 잘 붙어서 싫단다. 바다 수영을 오래 할 때 느껴지는 그 짠내의 끈적함도 싫단다. 정말 예민하기 그지없고 키우기 힘든 아이지만 이해한다. 어릴 적 아토피를 앓았고 지금도 컨디션이 안 좋으면 가끔 피부 발진이 올라오는 아이라 부모 역시 아이의 예민하고 까탈스러움에 조심스레 반응할 수밖에 없다. 아이의 짜증으로만 치부할 수 없다는 것이다.

아이들이 정말 제일 좋아하는 것은 호텔 실내 수영장인데 어떻게 그런 데를 매일 갈 수도 없는 노릇이었다. 가까운 곳에 해비치 리조트 수영장이 있지만 회원권이 수백만 원인 곳을 육아휴직 중인 내가 감당할 수 있을 리 만무했다. "아빠, 수영장 만들어주세요." 드디어 올 것이 왔다. 엄마 배 속에 10개월 동안 있으면서 충분히 물놀이를 했을 거라고 생각했는데 우리 아이들은 부족했나 보다. 물을 이렇게 좋아하는 아이들도 흔치 않을 것이다. 시도 때도 없이 물놀이를 하고 싶어 하고 한 번 물에 들어가면 나올 줄을 모른다. 그러니 아이들에게 이 너른 마당에서의 수영은 어찌 보면 당연지사. 어디서 본건 있어서 마당에 수영장 딸린 집을 9세, 6세 아이들이 요구하고 나선 것이다. 도깨비방망이 아빠는 아이들이 요구하면 뚝딱 해내야 한다. 아이들의 세계는 무한한데 거기에서도 최고의 능력자는 아빠이기 마련이다. 슈퍼맨, 맥가이버…. 이런 게 아빠인데 동양식으로 생각한다면 영락없는 도깨비방망이다. 아빠에게 금 나와라 뚝딱, 은 나와라 뚝딱 외쳐대는 아이들이다.

봄의 제주는 날씨가 때론 여름 같다가도 금세 추워지기도 한다. 그래서 아직은 아니라고 몇 번을 말렸는지 모른다. 본격적인 무더위가 찾아오고 슬슬 수영장을 만들어주겠다는 약속을 지켜야 하는 데드라인이 다가오고 있었다. 한창 코로나로 유튜브에서 정원 활용법이 유행처럼 업로드되었는데 그중에 땅을 파서 수영장을 만드는 영상을 봤다. 하지만 내 집도 아닌데 땅을 파서 수영장을 만들 수는 없었다. 그러다 인텍스 수영장을 알게 되었다. 조립식으로 설치해서 수영장을 만들 수 있었는데, 거대한 수영장은 아니지만 욕조가 없던 이 집에서 욕조 대용의 아이들 물장구 치는 놀이터 정도로는 충분하겠다 싶었다. 앞집에는 아이들용 작은 인텍스 수영장이 있었는데 우리 아이들이 그 정도로 성이 찰리 만무하고 적당한 것 샀다가는 시시하다고 할 게 뻔해서 거대한 수영장을 사려고 했는데 설치 장소, 물 수급 문제 등을 고려하여 3m 정도가 적당하다고 판단했다. 오랫동안 눈팅한 결과 가로 3m, 세로 2m에 깊이가 1m 정도의 적당한 크기를 당근마켓에서 찾았고, 아주 싼 가격에 가져왔다. 제주시까지 가서 수영장을 구매하고 돌아오는 길에 내가 더 신났단 건 공공연한 비밀. 수영장을 보자 아이들은 난리였다. 수영장을 빨리 설치하라고 성화였다. 무더위 땡볕 아래 수영장을 조립하려니 녹록지는 않았다. 그리고 생각보다 설치가 쉽지도 않다. 부품도 많고 힘도 들고 아빠 없이는 도저히 할 수 없는 수영장 설치. 육아휴직 아빠라 다행이다 싶었다.

고민스러운 것은 물이었다. 먼저 이 크기라면 물을 약 6,000ℓ를 받아야 했다. 어마어마한 물량이다. 무게는 약 6톤에 달한다. 건축물은 저마다의 하중을 견디게 설계된다. 그렇기 때문에 이 정도의 물 무게를 2층이 견딜 수 없다. 처음에는 2층 베란다에 할까 하다가 위험해서 마음을 접었다. 사장님은 잔디가 죽으니 잔디 위에 설치하지 말라고 하셨고, 앞마당과 뒷마당이 연결되는 지점에 잔디가 많이 없어 그곳에 설치할까 하다가 별로라는 생각이 들었다. 그렇다고 뒷마당에 설치하자니 햇빛이 잘 들지 않아 추울 것 같아 이래 저래 고민이 많았다. 설치하고 청소하는 것도 일이었다. 물을 낭비하지 않기 위해 한 번 물을 받으면 최대한 오래 쓸 수 있는 방법을 연구했다. 기본적으로 인텍스 풀장에 사용하는 크리스털 펌프를 이용하여 물을 정화하기로 한다. 더 해서 물에 화학약품을 넣어야 한다고 생각했다. 어쭙잖게 학창 시절 배웠던 지식을 동원해서 검색을 해 봤는데 마침 울크론이라고 하는 약품을 발견했다. 정제형으로 되어있어 사용도 편리했고 PH 지수를 맞추기 위한 계량도 명확했다. 하지만 이 모든 과정을 위해서는 부수기재를 더 사야 했다. 배보다 배꼽이 더 큰 상황이었다. 고작 3만 원에 가져온 수영장에 십여만 원을 더 들여서 펌프, 거름망, 약품 등을 산다. 더해서 물 관리법, 벌레 제거 방법 등을 열심히 연구한다. 쉽게 생각했는데 정말 만만치 않았다. 아이들한테 인기 있는 아빠 되는 게 쉬운 게 아니다. 그렇다고 여기서 물러서면 안 되지. 아빠 혼자 인텍스 수영장 설치, 청소, 관리, 해내야지!

그렇게 시뮬레이션해 보고 고민한 끝에 드디어 장소를 정했다. 아내랑 열심히 상의한 결과 굳이 마당이 아니라 테라스에 올려도 되겠다고 생각했다. 마침 우리 집 앞에는 널찍한 테라스가 있었다. 엄마 아빠의 카페 같은 역할을 하던 곳인데 그곳의 의자와 테이블을 다른 곳으로 옮겼다. 이미 만들어 놓은 수영장을 해체했다가 다시 조립하는 것은 너무나 귀찮은 일이라 아내의 도움으로 수영장을 통째로 들어 테라스로 올렸다. 줄자로 미리 재본 지라 사이즈는 정말 칼같이 맞았다. 마치 이 테라스는 처음부터 3m짜리 인텍스 수영장을 놓기 위해 설계되었나 싶을 정도였다. 수영장 개시가 가까워졌다. 다시 한번 수영장을 벅벅 문질러 닦은 후 물을 받기 시작했다. 사장님의 조언에 따라 지하수용 수전으로 물을 받았다. 물값이 거의 들지 않는다고 한다. 받는 도중에 물이 너무 차갑다고 느꼈다. '이 정도면 수영 못할 텐데…' 걱정이 앞섰다. 작은아이는 물이 조금만 차도 덜덜덜 떨고 입술이 파래지는데 하고 싶어서 짜증은 나고…. 수영장사 주고 열심히 설치해 줬는데 괜히 작은애한테 당하는 거 아닌가 하는 불안감이 엄습할 무렵 물을 받는 등이 따가울 정도의 뜨거운 제주의 햇살이 나를 살렸다. 오전에 물을 받아두면 오후엔 물이 따뜻해졌다. 태양열의 위대함을 다시 한번 느꼈다. 태양열만 잘 이용하면 물을 데우는 것은 일도 아니었다. 게다가 한번 데워진 물은 날씨가 많이 흐리고 비가 오거나 바람이 많이 불지 않는다면 적당한 온도를 유지했다. 이것이 제주의 여름이구나!

그렇게 수영장 물을 받고 적당한 온도를 만들고 햇볕이 뜨거웠던 어느 여름날 '코지 타운 3동 아빠표 인텍스 3m 수영장'이 개장했다. 물에 제일 먼저 뛰어든 건 물 받고 정화하느라 온몸이 땀에 젖은 아빠였다. '오, 이거 괜찮은데?' 수영장이 개장하자 온 동네 꼬마들이 우리 집으로 모이기 시작했다. 아이들에겐 이 정도면 충분하다는 것에서 안도했다. 이렇게까지 좋을까? 그날 이후로 아이들은 아침부터 해 질 때까지 수영장 물에서 나올 줄을 몰랐다. 동네 목욕탕 수준이었다. 엄마는 그런 아이들을 위해 부지런히 먹을 것을 챙겨주었다. 피자, 치킨과 같은 배달 음식도 열심히 날랐고, 직접 요리한 맛있는 음식들도 날랐다. 백미는 역시 바비큐다. 동네 사람들 다 불러 모아 바비큐를 먹고 고기 굽다 물속으로 뛰어들고를(덕분에 금세 물에 기름이 떠다니기 시작했다.) 반복했다. 아이들도 나올 줄을 몰랐다. 밤이 되어도 물이 꽤 미지근하게 유지됐기 때문에 물속에 있으면 오히려 따뜻하다고 느껴서인지 더욱 나올 줄을 몰랐다. 물에서 아이들을 건져낼 수 있는 것은 더러 짓궂은 남자아이들의 횡포뿐이었다. 어느 순간 이에 질세라 여자아이들이 대응하기 시작했고 과열되기 일쑤였다. 흥분한 아이들의 웃음소리와 장난 섞인 비명 소리가 나에겐 한 여름밤의 콘서트 무대 위 음악처럼 들렸다. 수영장 설치를 위해 고생했던 시간이 주마등처럼 스쳐 지나가고 뿌듯함으로 가득 찼다. '아빠는 위대하다.'

수영장은 어른들에게도 안성맞춤이었다. 튜브 위에 올라타 작렬하는 여름 햇빛을 피하려고 얼굴만 밀짚모자로 가린 채 무념무상으로 누워있노라면 여기가 무릉도원인가 싶은 마음이었다. 졸졸거리며 간헐적으로 들리는 정화 펌프에서 흘러나오는 물소리만이 현실과 꿈을 구분 짓는 증거가 될 뿐이었다. 아내도 이런 수영장을 참 좋아해 주었다. 초등학교 간식 교사로 봉사활동을 하고 있던 아내는 아이들에게 치여 열심히 일하고 집에 오면 그 길로 수영장으로 뛰어들었다. 온 가족이 수영장에서 물장구치고 노는 시간들이 많아지고 그렇게 튀어나간 물에 수영장의 깊이가 얕아질수록 우리의 가족애는 더욱 깊어졌다. 아빠도 칭찬받고 싶어 한다. 그래서 아이들에게 자꾸 묻곤 한다. "수영장 좋아?", "바다가 좋아, 수영장이 좋아?" 짓궂은 아빠의 질문에 아이들은 "아빠, 최고!"라고 답한다. 하지만 신라호텔 수영장보다 좋냐는 질문엔 차마 답하지 못한다. 솔직한 녀석들. 아내의 생일을 맞이하여 방문했던 신라호텔 수영장은 아이들에게는 세계 최고의 수영장이었으리라. 게다가 짬뽕이 정말 맛있었다.

나도 인정. 신라호텔 수영장은 짬뽕 먹으러 간다는 말이 있을 정도. 하지만 고맙게도 아이들이 신라호텔 수영장 다음으로 아빠 수영장이 좋다고 해준다. 기특한 녀석들. 뿌듯한 아빠는 이 담엔 더 큰 수영장을 설치해 봐야지 하는 생각을 한다.

수영장을 설치하면서 이런저런 생각이 들었다. 외국 사람들, 특히 서양 사람들은 이런 삶이 기본인데 왜 우리는 그렇게 살지 못할까? 취향이 다른 것일까? 하지만 마당 딸린 집과 수영장은 모두의 워너비가 아니었던가? 신혼 여행 중 인터라켄 호수 옆을 지나가는 기차 차창 너머로 본 오후 다섯 시의 스위스 가정집 마당에선 가족 모두가 바비큐에 연신 고기를 구우며 석회질로 인해 색은 탁하지만 오묘한 에메랄드빛으로 잔잔하게 빛나던 인터라켄 호수에 뛰어들고 있었다. 언젠간 나도 그런 삶을 살아야지 했는데 육아휴직으로 올여름만큼은 인터라켄 호수의 색처럼 아름답진 않지만 아이들의 미소는 그보다 더 빛나는 이 순간을 이미 살아가고 있다는데 한껏 기분이 좋았다. 게다가 이 모든 삶을 누리는 데 그리 큰돈이 필요하지 않단 것 역시 깨달았다. 마치 마당에 수영장 딸린 집은 재벌 3세나 가능할 것 같고 나와는 거리가 먼 이야기라고 생각했는데 그게 그리 멀지 않다는 생각이 들었다.

이맘때 본격적으로 찐 제주도민으로서의 삶에 대해서 고민을 하기 시작했다. 여름 한낮의 제주는 가끔 조용하고 잠잠하다. 매미 소리가 별로 들리지 않았다. 대신 새들의 지저귐과 멀리서 간간이 들려오는 처얼썩 파도 소리가 내가 섬에 있구나 하고 느끼게 해주었다. 아이들이 마당으로 나오기 시작하면 이내 그 조용함은 아이들의 웃음소리로 채워진다. 하루 종일 웃을 일이 끊이지 않는 이 아이들을 보며 덩달아 신난다. 참 감사하다. 나에게 이런 결정을 할 용기를 준 것도, 이런 직장에서 일할 수 있던 것도, 함께해 준 아내도, 만족할 줄 알고 감사할 줄 아는 아이들도. 잠잘 때가 되면 하루하루의 이런 시간들이 마치 슬로비디오처럼 머릿속에서 몇 번이고 반복 재생된다. 이 순간들을 내 세포 하나하나에 기억시키고자 한다. 이게 끝이 아닐 것이라는 확신이 든다. 앞으로의 삶이 더욱 선명해진다. 도깨비방망이 아빠는 아이들에게 무얼 해줄까 또 고민한다. 아이들에게 이 시간이 끝나지 않게 해주는 것과 추억을 선물해 줘야겠다고 다짐한다. 최고의 추억을 유산으로 남겨주겠다는 아빠의 바람이다. 소탈하지만 꽉 채워서. 아이들은 그런 도깨비방망이 아빠를 보며 같이 놀자고 소리친다. "이 녀석들, 아빠 들어가면 각오해~!" 네 가족이 3m면 충분하다. 마음의 거리가 0m라서 그런 것 같다. 도깨비방망이 아빠가 물속으로 풍덩 뛰어든다. 사방으로 튄 물방울이 제주의 햇빛을 머금어 반짝 빛난다. 그 사이로 아이들의 웃는 얼굴이 덩달아 환하게 빛난다. 마치 영화의 한 장면과 같은 이 오후 찰나의 순간이 순간이 아닌 듯 느리게 지나간다.

그거 여자도 할 수 있어?

9살인 딸아이가 보기에 세상은 불공평한가 보다. 자신이 겪고 있는 세계에서 소위 성공한 상당수 사람이 모두 남성이라는 것에 의아함을 갖기 시작했다. 처음부터 아내와 나는 딸아이와 아들에게 결코 '성 역할 고정 관념'을 줄 수 있는 그 어떤 교육이나 말을 하지 않으려 무던히 노력했다. 그럼에도 불구하고 딸아이가 순수한 눈으로 세상을 보면 그게 보일 정도인 게 사실이다. 그러다 보니 때로는 무모하다 싶은 도전을 하곤 한다. 마치 자기가 그 유리천장을 깨어 보겠다는 것처럼. 여름날 제주도에서 즐길 수 있는 스포츠 중 단연 최고는 서핑이 아닐까 싶다. 딸아이의 눈에도 그것은 멋져 보였지만 바닷가에서 본 서퍼들의 상당수는 남자였기에 여자는 하는 사람 없냐고 몇 번을 물었다. 세계적으로 유명한 여자 서퍼의 신기에 가까운 묘기를 유튜브에서 찾아서 보여주고 나서야 안심한 듯했다. 그리고 자신도 서핑을 배워보고 싶다고 했다. 9살 아이에게 서핑을 가르칠 기회를 가진 아빠도 많지 않으리라. 아이가 그렇게 도전의 말을 꺼낸 게 참 감사했다. 당장에 엄마 아빠는 서핑을 배울 수 있는 곳을 웹 서핑했다. 집에서 가까운 표선 해수욕장이나 소금막 해변도 서퍼들에게 유명한 곳이었지만 월정리 해변이 초심자 서퍼들에게는 최고의 장소로 꼽혔다. 몇 차례 월정리 해수욕장에서 해수욕하면서 탐색해 본 결과 월정리 청소년 서핑 센터를 발견했다. 아쉽게도 월정리 청소년에게만 무료이고 신천리 아이는 돈을 내고 배워야 했다. 하지만 다른 일반 사설업체보다는 가격이 월등히 저렴했기에 선택했다. 이 모든 과정은 맑은물이 직접 업체에 가서 물어보고 교육 방법과 비용을 알아보는 것에서 시작됐다. 이런 방식은 우리 부부가 가진 나름의 훈육 방식이다. 자신이 하고 싶으면 방법부터 스스로 찾아내서 해야 한다는 것이다. 하고 싶은 의지를 보여주는 것이 시작이다. 그 과정을 모두 거치고 아이의 진정성까지 확인된 후 우리는 센터에 등록하고 교습을 시작했다.

　하필 교습 당일 날씨가 흐렸다. 비를 살짝 뿌리기도 했지만 딸아이의 서핑에 대한 열정을 꺾을 수는 없었다. 머리를 삐삐처럼 양갈래로 묶고 아직 젖살이 다 빠지지 않아 둥그런 얼굴과 볼록 나온 뱃살이 그대로 드러나는 서핑 슈트를 입은 딸아이는 그날의 신스틸러였다. 모든 사람이 귀엽다며 사진도 찍고 칭찬도 하니 딸아이가 으쓱한다. 더욱 열중해서 서핑을 배운다. 의외로 초보자들이 타는 서핑은 여러 번의 강습이 필요 없었다. 그러니까 솔직히 생각보다 쉬웠다. 패들링이 좀 어렵긴 했지만 금세 적응했다. 아이들은 팔이 짧아서 패들링 자체를 할 수 없었다. 어차피 아빠가 매번 밀어주면서 할 거라 아이는 그저 잘 서있으면 됐다. 게다가 9피트 보드는 9살 아이 한 명은 거뜬히 떠받칠 수 있는 부력을 가졌기에 중심을 잡는 것조차 그리 어렵지 않았다. 그렇다고 해서 지상 훈련 과정이 호락호락한 것은 아니었다. 꽤 힘도 들어갔고 '레디' 자세에서 팔로 몸을 지탱하는 것은 보통의 그 나이 여자아이들이 경험해 보지 않은 자세기 때문에 다소 어려워하기도 했다. '업' 자세에서 한 번에 일어나는 것 역시 쉽지는 않았다. 그래서 지상 연습할 때 조금 투정을 부리기도 했지만 네가 선택해서 배우게 해주는 것이니까 여기서 포기하지 말고 끝까지 해보자고 다독여서 끝내 지상 연습을 잘 수료했다. 본격적으로 파도에 몸을 맡기러 갔을 땐 아빠와 외삼촌이 모두 신나서 딸, 조카와 함께했다. 아빠와 삼촌이 딸(혹은 조카)을 너무 예뻐한 데다가 잘하는 모습을 보니까 더욱 신이 났다. 결국 그날 교습 간 맑은물은 단연코 최우수 학생이었다. 스스로가 뿌듯했는지 딸아이는 사진을 찍으려는 사람들 사이에서 연신 포즈를 취해주며 한껏 높아진 인기를 즐겼다. 팔이 짧아 잘 되지 않는 패들링을 열심히 해가며 엎드린 채 보드에 균형을 잡고 잘 있었다. 균형이랄 것도 사실 없지만 그래도 배운 대로 가운데에 꼭 맞춰있으려고 "아빠, 나 이거 맞아?"라고 연신 물어봤다. 조금은 완벽주의자적 기질이 있는 아이인 터라 잘하고 싶고, 맞게 하고 싶어 안달이었고, 그 마음이 기특해서 교정해 주면서 더욱 완벽한 자세가 되도록 도와줬다.

그렇게 강사님이 있는 곳까지 열심히 보드를 끌고 가서 대망의 첫 도전을 하게 됐다. 바닷물이 꽤 깊었지만 아이가 허우적거릴 정도는 아니었고, 래쉬가 보드와 연결되어 있었기 때문에 빠져도 보드만 잡으면 큰 문제는 없었다. 게다가 시작 지점은 그랬어도 도착 지점은 거의 해변가 앞이었기 때문에 안전했다. 그래도 아빠와 삼촌이 역할을 분담해서 강사님께 데려다주는 사람, 해변에서 아이가 오는 방향에 맞춰 기다렸다 건져주는 역할을 맡았다. 아이의 첫 도전은 보기 좋게 실패였다. 겁먹은 게 분명했다. 잘 섰는데 뛰어내렸다. 속도감을 견디지 못했으리라. 그 모습이 사실 더 아이다워 좋았다. 처음부터 잘하는 것도 좋겠지만 한 번쯤 물에 빠져봐야 물에 대한 공포심도 이겨내리라. 다행히 아이는 그 도전에 겁을 먹거나 실패감을 느끼기보다는 건져지자마자 다시 해보겠다고 했다. 아이고 기특해라. 그렇게 다시 끌고 가면서 연신 아빠의 잔소리가 이어졌다. "겁먹지 말고! 넘어지지 않는데 먼저 뛰어내릴 필요 없어. 파도에 몸을 맡겨. 그냥 서 있으면 돼!" 누가 들으면 아빠는 서퍼 경력 10년 차는 돼 보였겠다. 사실 방금 같이 지상 훈련 수료한 동급생인데. 두 번째 도전에서 아이는 수면 위를 날아 먹이를 낚아채는 한 마리의 갈매기 같았다. 자세도 지상훈련 때와 동일한 자세를 취하며 흐트러짐 없이 그대로 주욱 해변까지 밀려 나가 보드의 바닥이 모래톱에 닿아 멈출 때까지 서있었다. 모두가 환호성을 질러주었다. 어린 나이에 서핑 도전과 머리를 양갈래로 묶고, 까무잡잡한 피부에 자기 키의 두세 배는 되는 보드 옆에 서서 그저 사진이나 같이 찍어주는 캐릭터가 아니라 서핑을 정말 잘하는 미래의 전설적 서퍼가 될 영재로 탈바꿈하는 순간이었다. 아이는 더할 나위 없이 행복한 표정을 지으며 자신이 해냈다며 의기양양해했다. 어느새 해변가에 나와 그 아이의 모습을 한순간도 놓치지 않으려고 사진과 동영상을 찍고 있던 엄마에게 자랑하고 아빠한테 자랑했다. 기특한 아이. 엄마는 그런 아이가 자랑스러워서 열심히 카메라 셔터 버튼을 눌렀다.

그 순간 맑은물은 어떤 생각을 했을까? 배우면서도 학생 중에 남자가 많은지 여자가 많은지 지켜보고 숫자를 셌다. 항상 여자보다 남자가 더 많이 성공하는 세상에 대해 의문을 갖는 아이기에 어찌 보면 너무 예민하다고 느끼기도 했다. 하지만 반대로 내가 여자였다면 정말 그게 궁금했을 수도 있겠다. 마치 올림픽에서 한국 사람이 금메달을 제일 많이 땄는지 궁금해한다거나 그다음엔 아시아인이 최초로 무엇을 했다는 기사에 눈이 간다거나 하는 집단성처럼 딸아이에겐 여성이라는 집단성이 있던 것이다. 그 순간 자신이 유일한 '여자아이'라는 것에 더 자부심을 느낀 듯했다. 그렇게 딸아이의 도전은 유리 천장을 깨기 위한 작은 첫걸음이었을지 모르겠다. 그런 딸아이를 응원하기 위해 그 길로 가서 보드와 소프트랙을 질렀다. 당근 마켓 덕분에 괜찮은 가격에 구매했다. 딸아이와 틈나면 작은 전기차에 얹고 소금막 해변으로 보드를 타러 갔다. 조금 아쉬웠던 것은 소금막 해변의 바다 색깔 때문에 그곳에서는 보드를 월정리에서만큼 신나게 타려 하지 않았다. 월정리 바다색이 아무래도 더 안심되는 색깔이었다는데 동의한다. 어쩌면 도전 자체가 중요한 것이었을지도 모르겠다. 자신이 스스로 선택해서 해보겠다고 했고, 그것을 이뤄냈으니 됐다고 생각했을 수도 있다. 아니면 상상과는 달랐을 수도. 월정리로 보드 타러 가자는 말은 종종 했다. 월정리까지 보드를 싣고 가기가 쉽지 않아서 자주는 못 데려가 준 게 못내 미안하다. 게다가 조금 뒤늦게 시작한 보드 시즌이었기 때문에 금방 끝났다. 더 많이 탔으면 하는 아빠의 아쉬움이 있었지만 딸아이는 너무나도 충분히 탔다고 한다. 딸을 위해서 산 보드는 아빠가 더 많이 탔다. 몸이 찌뿌둥한 날엔 아침부터 가서 신나게 보드를 타곤 했다. 소금막 해변의 파도가 조금 더 세서 아빠한테는 그곳이 더 맞았다.

딸아이는 올여름 어떤 마음이었을까? 보드 타는 게 정말 재밌었다고 웃으면서 말하지만 그 뒤에 더 많은 의미의 무엇인가가 있어 보였다. '서핑 보드'하면 왠지 남성적인 이미지가 물씬 풍긴다. 상의 부분은 지퍼를 벗어 내려 구릿빛 피부와 매끈하고 적당한 굴곡의 근육을 가진 남성이 기다란 보드를 옆구리에 끼고 머리에 묻은 바닷물을 털어내며 해변으로 올라오고 있는 이미지가 떠오르는 게 서핑 보드이고 서퍼일 것이다. 하지만 짜리몽땅한 키에 양갈래로 묶은 머리, 볼록 나온 배, 제주의 여름 햇살처럼 눈부시게 활짝 웃는 얼굴, 그 사이로 보이는 다 빠진 앞니와 까무잡잡한 피부의 아이. 심지어 보드는 혼자 들 수조차 없어 질질 끌고 다니거나 아빠가 옆에서 들어줘야 하는 이 어린 여자아이 서퍼는 나에게 있던 기존의 심상을 완전히 부숴버렸다. 이미지(심상)는 플라톤의 이데아에서 중요한 의미를 지닌다. 아빠 세계에 있어 보편자로서의 기존의 서퍼 이미지를 딸아이가 완전히 바꾸어 놓았다. 이제 막 세상의 모든 심상을 흡수하며 자신의 세계를 구축하고 있는 이 아이에겐 그런 구릿빛 근육질 남성의 서퍼 이미지는 없을지 모른다. 오히려 자신의 선택에 당당하게 마주하고 남자, 여자가 중요한 게 아니라 도전하는 자로 존재하는 게 중요한 그러한 심상을 남겼을 것이다. 다음 여름을 기약한다. 제주는 일 년 내내 서핑을 할 수 있긴 하다. 하지만 서핑 슈트를 입어가며 차가운 온도를 견디게까지 하고 싶진 않다. 하루 입어본 서핑 슈트 이후엔 핑크색 물방울무늬가 들어간 민트색의 수영복 서퍼로 줄곧 지냈기에 뜨거운 여름이 적당하다. 서핑 꿈나무는 최고가 되길 원하기보다 새로운 것을 도전하길 원한다. 그렇기에 서핑 시즌이 끝났다고 해서 아쉬워하지 않는다. 또 여름은 올 것이고 아직 그 아이가 해볼 수 있는 도전은 많다. 다음 도전은 무엇일까? 딸아이는 또 묻는다. "여자는 없어?" 아빠는 답한다. "그거 여자도 할 수 있어." 아이는 저 넓은 바다 끄트머리에서 자신이 보드 위에 서 있던 그날을 어떻게 기억하고 있을까? 딸바보 아빠의 욕심은 이제 반대쪽을 향해서 더 큰 도전도 해보면 좋겠다고 생각한다.

아이의 꿈, 어른의 꿈, 모두의 꿈

700여 년 전 보카치오도 나와 비슷한 상황을 겪었던 걸까? 본의 아니게 나의 제주 생활 그리고 육아휴직은 『데카메론』의 21세기 재연극처럼 흘러가고 있었다. 전대미문의 팬데믹은 누군가에게는 인생을 송두리째 빼앗기는 슬픔이 분명하지만 살아남은 자는 살아내야만 하는 현실이기도 했다. 누가 누구를 부러워하고 누가 누구를 원망할만한 상황이 아니라 그저 나에게 주어진 상황을 감사히 받아들이며…. "하담 아빠가 있는 동안에 내가 이걸 꼭 할 거야." 타운 사장님은 달콤하면서 톡 쏘는 향이 일품인 제주 유산균 막걸리를 들이켜는 날이면 어김없이 이 말을 되뇌곤 했다. "말로만 하지 말고 하세요. 저 이제 곧 복직해요." 주거니 받거니 티키타카가 잘 맞는 사장님과 어느덧 이래저래 때론 부모, 자식처럼 때론 벗처럼 시간을 보냈지만 동상이몽이었던 듯하다. 그렇다고 해서 사장님의 생각을 무시한 것은 결코 아니다. 내심 응원했고 이루길 바랐다. 사장님은 동네잔치를 열어 자선 모금행사를 하고 어려운 아이를 돕고 싶어 했다. 좋은 일이지만 손이 많이 가는 일이기에 내가 도울 수 있는 게 있다면 팔 걷고 나서서 도우리라 생각한 것도 분명하다. 하지만 행동으로 옮기기까지 고민이 많았던 덕에 시간만 그저 속절없이 흘러갈 뿐이었다.

6월의 어느 날은 꿈꿔왔던 사장님의 생각이 실현되기 좋은 날이었다. 먼저 손님들이 죽이 잘 맞았다. 수아, 보아네 아빠는 군 생활을 함께했다. 교회에 같이 다녀 가족 모두도 친했다. 첫째가 태어난 시점도 비슷하다. 둘째는 나이도 같다. 지금은 전역 후 다른 삶을 살고 있지만 오래간만에 연락이 와서 제주도에 놀러 와 우리 집에 들렀고, 짧은 시간 제주의 매력에 푹 빠져 그다음 달 바로 한 달 살이를 시작했다. 좋은 형님은 첫인상부터가 푸근하고 좋았다. 하나 있는 아들도 우리 아이들과 곧잘 어울렸다. 이래저래 사장님과 함께 밤마다 모여 막걸리병으로 차곡차곡 탑을 쌓았다. 이곳에서 연예인도 만났다. 나는 TV를 거의 보지 않아 잘은 모르지만 유명한 배우라고 했다(나중에 『호텔 델루나』를 보면서 이 배우가 나오는 것을 보고 정말로 반가웠다). 하지만 그냥 동네 동생 같았다. 배우라고 하면 선입견이 뭐랄까 일반인과는 잘 안 어울릴 거 같은데 우리와 똑같이 육아에 시달리는 아빠고, 누군가의 남편이면서(육아 때문에 잔소리 듣기도 하는) 누군가의 아들인 모습이 영락없는 우리였다. 이런 사람들이 함께 지내다 보니 사장님도 아마 결심하기 조금 나았으리라. 그렇게 열 명의 흑사병 도피자들의 현대판 이야기가 시작됐다.

　이웃 주민들이 함께 모여 시작한 이 이야기는 무더위가 다가오는 제주의 6월 여름밤을 내내 달궜다. 예산 담당은 사장님이고, 고기 굽기와 불꽃놀이는 내 몫이었으며 손님은 마음껏 즐기는 시간이었다(아차, 여기서 손님이라고 버릇처럼 다른 사람들을 호칭하는데 나도 사실 손님인데 어느 순간 난 비정규 직원처럼 되어버렸고, 나조차 그것을 받아들이고 있는 현실을 보여주고 있다. 처음 오는 손님은 하나같이 내가 다 직원 혹은 사장님 아들인 줄 알았다고 한다). 물론 성숙한 시민의식을 가진 손님은 매일 이렇게 모이는 시간에 사장님의 예산에만 의존하는 것이 아니라 각자의 솜씨를 뽐내어 안주며, 술이며, 이야깃거리를 제공했다. 무밭과 후박나무로 둘러싸인 피렌체 교외와 비슷한 적막한 신천리 외곽에서 펜데믹을 잠시나마 잊기 위해 몸부림쳤다. 미국식 팟럭(Potluck)의 재연이었다. 사장님은 자신의 꿈을 소개했다. 비록 걷어진 기부금은 그날 구매한 음식값보다 적었지만, 사장님은 돈으로 돕는 것이 아니라 사람들에게 남을 돕는 즐거움을 그런 마음을 뿌리내리게 하고자 하는 더 큰 뜻이 있어서 괜찮다고 했다. 물고기를 잡아줄 게 아니라 잡는 법을 가르쳐주는 거랄까? 그런 면에서 동의가 됐기에 팔 걷어붙이고 무더운 더위 불구덩이 앞에서 고기를 굽는 일을 마다치 않았다. 게다가 사장님은 손님을 모시는 호객 행위(?)를 주로 하셨기 때문에 허드렛일은 나와 진짜 직원의 몫이었다. 불만은 없었다. 원래 물주는 그런 거다. 그렇게 6월 어느 날 처음 시작한 이 행사는 성황리에 마무리됐고 한 달에 두 번만 하기가 아쉬워 그 이후로는 매일같이 팟럭 파티를 열었다. 마을 사람들까지 초청되어 함께한 이 시간이 지금까지 제주도에서 머문 약 8개월의 시간 중 가장 떠들썩한 시간들이었다. 흥청망청 술에 취해 시간을 허비하는 그런 시간이 아니라 이 시간을 함께 공감하며 인간사에 대해 희로애락을 함께 나눌 수 있는 너무나도 소중한 시간이었다. 한 달 살이를 하는 분들은 고정적인 게스트로 매번 함께했으며, 잠깐 머무르다 가시는 분들도 이곳에서 함께 시간을 나눴다. 옷깃만 스쳐도 인연이라고 했는데 이곳 제주에서 예전 직장에서 일하던 직원끼리 손님으로 만나기도 했다. 이런 신기한 인연 덕분에 우리의 이야기는 제주 밤하늘의 별만큼이나 빼곡히 쌓여만 갔다. 모두가 하하 호호 떠드는 시간 동안 여름밤은 시원한 바람과 함께 우리 이야기를 듣기 위해 주변에 머물렀다.

나에게도 의미 있고 감사한 손님이 찾아왔다. 육군사관학교에서 훈육

장교를 했는데 그때 나의 제자들이면서 앞으로 함께 군 생활을 하게 될 동행자이고 또 친구인 생도들이 제주도에 찾아온 것이다. 마침 그날도 어김없이 마을 파티가 있던 때라 반가운 마음으로 정말 신나게 어울렸다. 반가움에 반가움을 더해 쌓여가는 막걸리 통보다 이야깃거리가 더 높이 쌓였으리라. 육지에서 있으면서 술을 마시지 않았던 내가 여기서 이렇게 술을 마실 줄은 꿈에도 몰랐다. 중요한 것은 '술을 마시느냐 안 마시느냐' 보다 '내가 어떤 사람을 만나고 어떤 시간을 갖느냐'라는 것을 깨달았다. 교회를 같이 다니던 승리네 역시 우리의 게스트이자 호스트이기도 했다. 그렇게 모여든 아이들이 몇이나 됐는지 다 세지도 못했다. 하지만 적어도 마당 가득히 채운 까르르 웃어젖히는 그 어린아이들의 웃음소리와 하하하 허공에 멀리 퍼지는 어른들의 웃음소리는 인간의 존재에 대해서 다시금 깨닫게 하는 소중한 시간이었다.

즐거움이 있으면 때론 상처도 있는 법이다. 즐거운 시간을 매일 보내던 어느 날 용기백배 어진별은 유치원 친구 하리가 마을 파티에 함께하자 너무나도 기쁜 나머지 자기 딴엔 멋있어 보이고 싶어서 닭장에 가보자는 말에 이끌려 자랑스레 닭장에 들어갔다. 투계 잡종인 수탉을 비롯해 꽤 큰 닭들이 여럿 있는 그 닭장에 말이다. 날카로운 아이의 비명 소리와 울음소리가 웃음 가득했던 코지 타운의 밤하늘을 잠시 음소거 상태로 만들었다. 처음엔 몰랐지만 멀리 있는 닭장에서 아직 나오지도 못한 채 겁에 질려 울고 있는 아이가 우리 아이라는 것을 알았고, 마침 근처에 있던 다른 형님이 아이를 구조하러 닭장으로 들어갔다. 후일담에 그 형님조차 닭들의 매서운 눈빛에 생명의 위기를 느꼈다고 한다. 아이는 울면서 피를 철철 흘리고 있어 마침 흰옷을 입은 아이의 어깨를 벌겋게 물들였고, 닭들은 여전히 꼬꼬 소리를 내며 주위를 맴돌았다. 눈썹 윗부분에서 피가 멈추지 않고 흘렀다. 응급실도 없고 응급처치를 할 도구도 없는 상황이었다. 아이는 고통보다는 놀라서 울음을 그치지 못했다. 더해서 너무 많은 어른이 동시에 달려와 아이를 둘러싸다 보니 오히려 겁에 질린 듯했다. 내가 나서서 모두에게 양해를 구하고 아이를 분리시켰다. 아이의 상처도 상처지만 트라우마가 남지 않도록 하는 게 우선이었기에 엄마랑 단둘이 조용한 곳에 가서 대화를 나눠 아이를 진정시키도록 했다. 눈을 쪼인 것이 아니기에 얼마나 천만다행인가? 상처는 남겠지만 장애는 남지 않을 것이다. 아이는 엄마랑 2층에서 시간을 보낸 후 진정이 됐다. 승리 엄마가 근처 약국에 동행해서 어렵사리 밴드를 구해왔다. 벌어진 상처 부위를 붙여서 고정시키는 밴드로 일단 응급처치를 하면 된다고 급하게 전화한 응급실에서 답해주었다. 싸늘하게 정적이 흘렀던 위험천만한 순간이었다. 먼저 구조해 준 형님께도 감사드리고 다른 분들께도 괜찮으니 다른 아이들 닭장 들어가지 않게 조심시키시라고 말했다. 닭장에서 구조된 아이를 본 순간 이미 괜찮겠구나 안도했기 때문에 병원보다는 아이의 마음이 우선일 수 있었겠다. 예전에 고속도로 휴게소에서 맑은물이 작은 강아지에게 공격당했던 사건이 떠올랐다. 그때도 그랬다. 아이의 마음이 먼저. 흉터는 남겠지만 마음의 상처는 남기지 않도록 해야 한다. 물론 끝내 견주에게 사과를 받지 못했다. 끝까지 자기 강아지는 물지 않는다고 했다. 내가 책임을 묻기도 전에 그렇게 변명으로 일관했다. 단 한 번도 아이의 건강이나 마음의 상처를 물어봐 주지 않았다. 아이가 진정되도록 기도해 달라고 문자를 한 번 보내고는 말았다.

　잠시 후 역시나 어진별은 언제 그랬냐는 듯이 또 나와서 신나게 논다. 회복탄력성이 훌륭한 것일까? 마음이 항상 가장 중요하다. 마음먹기에 달렸다는 일체유심조. 같은 상황에서도 어떤 사람은 흉질 걸 걱정해서 거기에 집중하는 사람이 있고, 어떤 사람은 놀란 아이의 마음에 집중하는 사람도 있다. 어느 것이 더 중요하다고 결론 내릴 수 없는 문제라고 생각한다. 다만 우리 가족의 양육법은 그렇다. 마음. 항상 마음을 먼저 돌보기 위해서 노력한다. 그렇게 하다 보니 아이가 이렇게 다시금 잘 놀게 되는 것이리라. 한여름 제주도의 밤은 다소 습도가 높지만 바닷바람이 불어 너무 덥게만 느껴지진 않는다. 무엇보다 좁은 공간에 밀집되어야지만 사람들이 함께 어울릴 수 있는 도시와 다르게 너른 공간에서 모두가 마음껏 함께할 수 있다는 점이 장점일 듯하다. 서울의 세 배 면적에 고작 67만 명이 살고 있다니. 신천리에는 고작 600여 명만 살고 있다. 이 넓은 땅에. 사람 보기가 힘들 정도인 이곳에 그나마 타운하우스를 이루고 있기에 사람이 모인 것이다. 일곱 채의 집에 사람이 머물거나 떠나길 반복하니 기껏해야 30명도 채 안 되는 사람들. 그중에 절반 이상이 아이들인 이곳에서의 시간은 밤새 고기 굽는 냄새보다 인간의 향기가 더욱 그윽한 시간으로 기억된다. 본격적으로 시작되는 이곳에서의 공동체 모임이 한껏 기대되는 이유다. 그래 사람이 답이다.

미드나잇 인 제주

"사람이 온다는 건 실은 어마어마한 일이다.

그는 그의 과거와 현재와 그리고 그의 미래와 함께 오기 때문이다.

한 사람의 일생이 오기 때문이다."

정현종의 시 「방문객」에서 발췌

제주도가 가진 매력은 여행지와 삶의 터전 그 경계선이 모호한 데 있다고 생각한다. 분명 육지 사람에게는 우리나라 최고의 여행지지만, 제주도민에게는 그저 삶의 터전이다. 일상과 일탈이 동시에 존재하는 곳이다. 그래서인지 제주도민은 도내 여행을 잘 다니지 않는다고 한다. 삶 자체가 여행이다. 납득이 갈 만하다. 그냥 집 앞에 걸어 나오면 최고의 풍경과 휴식처가 있는데 굳이 다른 마을로 갈 필요도 없거니와 육지로 올라가 여행 가는 것도 이래저래 여건이 쉽지 않다. 섬이 가진 지리적 특성이 주는 이 모호한 경계선이 섬 여행지의 매력이 아닐까 싶다. 예로부터 섬사람들은 거칠다는 평이 있는데 사실 잘 들여다보면 섬사람은 거칠지 않다. 오히려 여유가 넘치고 낭만이 넘친다. 지중해와 에게해 어딘가에 있는 섬에 사는 사람들의 이미지를 떠올려 보라. 영화 「맘마미아」에 나오는 사람들은 풍족하지 못하고 거친 환경 속에서 삶이 찌든 듯하지만 사실 그 누구보다 여유가 넘치고 낭만이 넘친다. 제주의 일상과 일탈은 팔레트 위 섞인 물감처럼 오묘하다. 완전히 섞어버린 것도 아니고 그렇다고 섞이지 않은 것도 아닌, 하지만 언제든 농도를 오가며 섞일 수 있는. 그래서일까? 제주도에서 사람을 만나는 게 즐거웠다.

제주도에서 날 만난 사람들에게 육지에서의 내 모습을 설명하면 다들 믿지 않는 눈치다. 사실 나도 못 믿겠다. 섬에 사는 나와 육지에 사는 나는 분명 다른 존재 같다. 아무래도 육지에서는 그럴 여유가 없었지 않나 생각이 든다. 하지만 섬에서는 달랐다. 농담처럼 나는 육지에서는 ENTJ, 제주에서는 ENFP라고 했다. 사람들과 여유 넘치는 이런 나의 삶을 보며 영화 몇 편이 내 머릿속을 스쳐 지나간다.「비포 선라이즈」시리즈의 마지막 편인「비포 미드나잇」, 앞서 언급한「맘마미아」, 흑백 영화계의 최고라고 할 수 있는「로마의 휴일」등. 여기에 더해 니콜 카잔차키스의 소설『그리스인 조르바』를 빼놓을 수 없겠다. 평소에 좋아하던 영화이기도 했고 좋아하던 책이기도 했고, 내 삶에 영향을 줬던 많은 조각 중 하나이기도 했던 이 영화들이 내게는 그저 스크린 속에 있는 배우들이 만들어낸 환상이 아니라 현실이었다. 이 점 역시 나에게 제주도가 갖는 그 모호한 매력, 현실과 환상이 오가는「미드나잇 인 파리」에서 주인공이 느끼는 흥분감이라고 할 수 있겠다. 그리고 진짜 내 앞에 세 명의 판타지 속 인물들이 등장했다. 이 세 명의 등장은 육아휴직과 쉼이라고 하는 다소 평범하고 무료할 수 있는 제주도에서의 삶에 백미를 장식할 발사믹 소스 같은 것이었다. 내 인생에 큰 영향을 준 작품들이 몇 가지 있다. 먼저 내 자아 형성에 큰 영향을 준 것은 헤르만 헤세의『데미안』이었다. 여행을 사랑하는 사람이 된 것은 다니엘 데포우의『로빈슨 크루소』와 영화「맘마미아」덕분이다. 어른이 되어서 삶의 방향을 정한 것은 니콜 카잔차키스의『그리스인 조르바』와 영화「죽은 시인의 사회」다. 부모의 역할을 배울 수 있게 해준 영화는 「라이온 킹」이다. 『데미안』을 먼저 읽으며 자아를 형성했고, 『그리스인 조르바』를 나중에 읽으며 삶의 방향을 정했다. 이러한 순서로 책을 읽은 것은 나에게 행운이었으리라. 사회 초년생이 싱클레어의 고민을 해봐야 한다면 이제는 조금 더 삶에서 여유를 찾을 수 있는 나이에 조르바를 봤으니 그때의 심각함이 이제는 삶의 달관으로 승화된다고 할 수 있겠다. 결코 싱클레어의 고민 없이는 조르바의 삶을 살 수 없으리라 생각한다. 싱클레어도 조르바를 읽어봤다면 청년기 이후의 그의 삶이 달라졌으리라. 그리스인 조르바는 인간의 자유로움에 대해 떠벌리고 다니며, 실제 그렇게 행동하고 다니는, 괴짜 같지만 진정한 삶의 의미를 주인공이 깨닫도록 도와주는 사람이다.

'제주도민 조르바'가 있다면 우리가 섭 사장님이라고 부르는 코지 타운 사장님이다. 이분의 삶은 그냥 조르바 책 한 권 읽는 것으로 갈음될듯하다. 심지어 영화 「그리스인 조르바」에서 조르바 역을 맡은 배우 앤서니 퀸과 외향까지도 닮았다. 직장에서 안식월을 받아 한 달 살이를 하고 있던 좋은 형님은 다니엘 데포우의 『로빈슨 크루소』를 떠올리게 했다. 아니 정확히는 영화 「캐스트 어웨이」의 톰 행크스에 더 가깝다고 할 수 있겠다. 오랜 직장 생활에 지쳐있음은 이 시대를 살아가는 모든 현대인이 가진 시대적 애환이라고 하겠지만, 그것에서 탈출하고자 꿈꾸는 방식은 조금 달랐다. 완벽한 자연인이 되고 싶다고 했다. 제주에서 수염을 기르고 완전한 자연인의 삶을 즐기는 모습이 영락없는 척 놀랜드였다. 한 달을 같이 지내는 동안 거의 매일 막걸리를 마시며 자연인의 삶에 대해 이야기를 나누었다. 제주도는 자연인으로의 삶에 있어 꽤나 괜찮은 환경을 주는 곳이라고 생각했다. 로빈슨 크루소나 척 놀랜드처럼 만약 우리가 무인도에 표류하게 되더라도 적어도 제주도 정도의 환경이면 살만하지 않을까 생각이 들었다. 여하튼 이 형님은 안 그래도 내 안에서 불타고 있던 이 모험과 같은 삶에 대한 불을 더 활활 타오르게 만들었다. 어니스트 헤밍웨이를 닮고, 숀 코넬리 목소리를 내는 정민 형님을 알게 됐다. 수염 가득한 외모도 풍채도 삶도 헤밍웨이를 닮았다 느꼈다. 첫 만남은 분위기 좋은 저녁 무렵 앞마당에서 와인을 꺼내놓고 있는 형님한테 사장님이랑 막걸리 한잔하자며 부른 것이었다. 고급스러워 보이는 와인을 드시려는 형님에게 싼 티 나는 우리의 애정 제주 생 유산균 막걸리 초록 뚜껑 버전을 대접하려 했는데 형님은 흔쾌히 합석하셨다. 별 볼 일 없는 안주였지만 잠시 후 합류한 좋은 형님까지 모인 그날이 우리 완전체의 첫 시작이었다. 나중엔 형수님들이 고급 안주까지 가져다주신 덕분에 늦은 시간까지 끊이지 않고 이야기를 나눌 수 있었다. 완전한 자유인을 꿈꾸는 좋은 형님과는 다르게 정민 형님은 어느 정도 삶의 욕망을 포기하지 않는 범위 내에서의 경제적 자유와 제주에서의 삶을 꿈꿨다. 게다가 꽤나 오래도록 그 생각을 현실로 옮기기 위해 준비하셨던 터라 그런 지식에도 해박했고, 경험도 많아 듣고 있으니 이미 그 삶이 현실이 된 듯한 환상을 불러일으켰다.

조르바, 척 놀랜드, 헤밍웨이가 모인 밤이라. 「미드나잇 인 파리」와 같은 영화가 아니면 이런 자리는 있을 수 없었다. 일상과 일탈이 공존하기 때문에 한자리에 모일 수 있었다. 나는 여기에서 잘 성장한 싱클레어(그리고 그 셋에게 모두 영향을 받은)라고 할 수 있겠다. 제주도에 온 이후로 끊임없이 앞으로의 내 삶에 대해 고민하고 기도했다. 다 내려놓고 살고 싶은 마음도 있었고, 더 준비해서 오고 싶은 마음도 있었다. 내려놓기엔 명분이 부족했다. 지금 하고 있는 일을 싫어하지도 않았고 그게 너무 힘들어서 스트레스받을 정도도 아니었다. 무엇보다 나에게는 여전히 뚜렷한 사명이 있었다. 그렇다고 더 준비해서 한참 뒤에 은퇴하고 오기에는 지금 순간을 놓치고 싶지 않았다. 형님들과 사장님의 이야기를 들으며 많은 생각을 했다. 내 머릿속에는 온갖 상념들이 머리 위 별빛처럼 쏟아져 내렸다. 막걸리를 아무리 마셔도 취하지 않았던 것은 머릿속에 쏟아지는 별빛들에 그 알코올이 다 쓸려 내려가서는 아니었을까? 정민 형님은 코지 타운에 오래 머무르진 않았다. 협재 쪽으로 숙소를 옮겼기에 만남은 짧았다. 그런데 헤어짐도 짧았다. 협재 쪽으로 옮겼던 정민 형님은 코지 타운과 확연히 분위기가 다른 협재에서의 휴가가 너무 지루하다고 다시 돌아왔다. 한술 더 떠 사장님은 빈집을 그냥 내주셨다. 우리 완전체가 다시 모인 것은 사장님의 환갑날이었다. 환갑잔치를 위해 모두가 아침부터 분주하게 음식을 준비했다. 상을 차리고 모두가 모였는데 사장님은 갑자기 어디론가 사라졌다. 우리끼리 신나게 놀며 시간을 한참 보내고 있는데 갑자기 만취가 되어 사장님이 돌아왔다. 본인 말로는 술로 자기를 이기려는 젊은 중국인들을 혼내주고 왔다고 한다. 조르바가 따로 없다. 코지 타운 객들로 모인 환갑잔치를 보며 사람들이 이렇게도 모일 수 있구나 참으로 재밌는 풍경이라고 생각했다. 아이들은 편지를 써왔고, 형님들도 소소한 선물들을 준비했다. 노래방 기계를 구비한 사장님 댁 거실에서 아이들은 신이 나서 노래를 불렀다. 만취하신 사장님만큼이나 정신없는 환갑잔치가 계속됐다.

그 시끄러운 와중에도 내 정신은 너무나도 선명하게 인간이라는 존재에 대해서 그리고 있었다. 사람과 어울리는 것을 싫어했던 나였다. 사람들을 싫어해서가 아니라 내가 하고 싶은 게 많아서였다. 하고 싶은 게 많다 보니 사람들과 어울리는 시간이 소모적이라고 생각해서 자리를 피해왔었다. 그런데 지금 이 순간 지금까지 나는 사람들과 어울리고 싶어서 하고 싶은 것들을 해왔다는 생각이 들었다. 이 세 명의 형님들(사장님은 두 띠동갑 형님, 두 형님은 6살 많은 말띠 형님들)을 앞에 두고 부쩍 말수가 많아진 나는 지금까지 내가 하고 싶은 것을 나누며 진심 어린 대화를 나눌 수 있는 친구들을 못 만났던 것뿐이라는 것을 알게 됐다. 그 순간이 너무 즐거웠다. 마음껏 웃었고, 마음껏 노래 불렀고, 마음껏 먹고, 마셨다. 아이들도 부모들의 웃음 속에 질세라 더욱 웃고 노래 불렀다. 사실 환갑잔치에 사장님 가족분들은 누구도 오지 않으셨다. 어찌 보면 쓸쓸하기 그지없는 시간이었으리라. 하지만 그날 사장님은 그 어느 때보다 활짝 웃었다. 가족이라고 하는 존재에 대해서도 이웃이라고 하는 존재에 대해서도 다시 생각해 봤다. 예수님은 우리에게 가장 중요한 계명 한 가지를 이웃 사랑 실천이라고 말씀해 주셨다. 이웃의 범주는 어디까지일까? 그 순간 내가 느낀 이웃은 인류 그 자체였다. 가족이라고 구분하고, 객이라고 구분하고, 타인이라고 구분하는 것 자체가 이미 이웃 사랑에 실패한 것이다. 46개의 염색체를 지니고, 문화를 향유하며, 미래를 꿈꾸는 이 존재들 모두가 이웃이다. 이 모두를 사랑해야 한다. 다음 날 사장님은 전날의 기억 상당수를 잃었다. 그건 사장님의 유산이다. 객들이었던 우리는 그날

많은 것들을 얻었다. 본인은 기억할지 모르겠지만 우리에게 나눠준 유산: 이웃의 소중함. 그리고 거기서 느낄 수 있는 최고의 행복. 정민 형님과의 이별은 또 반복되었지만 나는 이제 알았다. 너무나 소중한 인연을 얻었으며, 이 인연은 언젠가 다시 이곳 제주 땅에서 이어지리라. 헤어짐이 아쉬운 것은 사실이지만 또다시 만날 것을 분명히 안 이상 질척거릴 이유가 없었다. 헤어짐에도 여유가 생긴 것이다. 미래 지향적 공동체에 심도 깊은 대화를 나눴었기에 우리는 제주에서 그것을 구현하며, 재회할 것을 기약하고 헤어졌다.

현실과 환상의 경계, 일상과 일탈의 주변에 놓인 제주도에서의 삶은 아름답다. 이곳에서 만나는 사람들은 여유가 넘친다. 타인의 말에 귀 기울여 줄지 알며, 타인의 꿈을 응원해 줄지 안다. 경쟁이 필요 없는 이곳에서 객들은 사실 진정한 주인으로 살고 있고, 주인은 언제든 객이 될 여유가 있다. 각자가 살아가는 인생에서 각자가 주인공이라고 하지만 조연과 스태프가 없는 무대가 어디 있겠으며, 향신료가 안 들어간 산해진미가 어디 있겠는가? 만남을 통해야만 깨달을 수 있는 게 인간인 듯하다. 아무리 혼자 독방에 앉아 고독을 씹으며 사색에 잠긴다고 해도 빛으로 나와 그걸 나눌 여유가 없다면 그것은 망상에 불과하다는 것을 깨닫는다. 매일 바비큐를 하느라 밤마다 자욱한 연기가 마당을 덮지만 그보다 더 진한 향기가 이곳에 끊이질 않는다. 그건 사람 냄새. 사람 사는 냄새. 사람들끼리 어울리는 냄새. 이 향기에 취해 제주에서의 삶이 더욱 풍요롭기 그지없다. 하나님은 베드로에게 먹지 못할 동물들을 주는 환상을 보여주셨다. 거부하는 베드로에게 내가 먹으라고 했는데 왜 네가 그것을 정결치 못하다고 하느냐고 한소리 하셨다. 바울은 로마 사람이었다. 유대인에게 예수님을 전할 때는 유대인의 법도로 로마인에게 전할 때는 로마인의 법도로 전했다. 그것은 결코 그들이 우유부단해서가 아니었다. 이웃 사랑의 본질은 바로 타인에 대한 진정한 이해다. 나만 옳다고 생각하던 곳에서 우리 모두가 옳다고 할 수 있는 경계에 서있다. 사람을 더 알고 싶다. 사람이 좋다. 그리고 제주가 좋다.

7.
이렇게 끝난다고?

제주의 가을은 길지 않다. 여름이 워낙 긴 까닭이다. 겪어보니 가을에서 겨울로 갑자기 넘어갔다가 또 빠르게 봄이 온다. 하지만 이 짧은 찰나의 계절은 제주에서 가장 아름다운 시기이기도 하다. 이렇게 아름다운 제주의 가을이 나에게는 아쉬움이기도 했다. 더 이상 수영장의 물이 햇볕에 뜨거워지지 않고, 구름 하나 없이 높은 하늘, 제주 감귤보다 더 짙은 주홍빛으로 물든 석양을 보며 곧 나의 휴직이 끝난다는 것을 느꼈기 때문이다. 어느 순간부터 우리 가족에게 육지로 돌아간다는 말은 금기어처럼 되었다. 육지로 가서 복직 후 자리를 잡고 집을 얻는 과정까지 시간이 걸릴 것이다. 그 기간 동안 가족들을 제주에 두고 가야 하는 나의 마음은 더욱 조급해졌다. 특히 아내가 혼자 아이들을 돌보는 것은 불가능에 가깝다고 생각했다.

도움이 절실히 필요했다. 무슨 우연인지는 모르겠지만 이 시기에 착한 할머니의 퇴사가 있었다. 교원 빨간펜과 웰스에서 오래 일했는데 나이가 드셨다는 이유로 퇴직 권고를 받은 것이다. 야속했지만 기왕에 이렇게 된

거 엄마에게 부탁할 수밖에 없었다. 엄마는 퇴사 후 3개월 정도 마음도 정리하고, 우리 사정도 도와주실 겸 내려와 지내시겠다고 했다. 가장 중요한 육아와 기본적인 생활 문제를 해결할 수 있었다. 하지만 몸을 써야 하는 힘든 일은 도저히 엄마도 어떻게 할 수가 없었다. 그렇기에 복직을 앞둔 상태에서 힘을 써야 하는 것들이 무엇일지, 내가 만약 휴가를 못 나오는 상태가 된다면 가족들이 편안하게 지내기 위해서 무엇들을 해두어야 할지 고민하느라 너무 많은 에너지를 쏟았다. 아빠가 고민하며 마당을 분주히 오가는 동안 가족들은 그저 집 안에서 제주의 가을을 물끄러미 바라만 보고 있었다. 이내 이런 방법은 잘못되었다는 것을 깨달았다. 마지막까지 힘내서 놀아야 했다. 그것이 오히려 가족들을 위한 방법이었다. 정신을 차리고 고개를 들어 하늘을 보니 제주의 가을 하늘은 눈부시도록 파랗게 빛나고 있었다.

육지에서 온 반가운 손님들

계절 좋은 이 시절 제주로 참 많은 손님이 찾아오셨다. 코로나로 지칠 대로 지친 가족과 친구들을 제주에서 위로할 수 있음에 감사했다. 동생에게 살가운 오빠는 아니었지만 결혼하고 조카들을 끔찍이 이뻐해 주는 동생을 보며 그래도 나름 친절하려고 노력했다. 제주에 간 이후 한 번도 육지에 오지 않을 거라고 생각했는데 제주에 오고 나서 결혼한 동생 덕분에 육지에 다녀오기도 했다. 그런 동생을 제주에 자주 초대해 주었다. 동생도 생전 찾지 않는 오빠네를 자주 찾았다. 육지에 있을 때 가까이 있어도 잘 모이지 못했던 가족들이 덕분에 더 자주 모이게 되었다. 이게 제주의 힘인가? 제주에 친구가 살면 성공했다는 말마따나 우리 덕분에 많은 가족과 지인들이 성공한 삶을 살게 되었으니 스스로가 자랑스러웠다.

동생 내외가 제주에 왔을 때 많은 사람을 한 번에 데려온 적이 있었다. 동생의 시아버지이신 사돈어른과 시누이 내외, 시누이의 직장 동료들과 그 동료들의 가족까지 엄청나게 많은 사람이 집에 모인 적이 있다. 우리 넓은 마당과 수영장은 그 모두를 품고도 남았다. 사실 사람이 이렇게까지 모이면 피곤하게 마련이다. 하지만 우리의 이런 베풂이 다른 누구도 아니고 동생의 주가를 올리는 데 도움이 되었다면 그동안 잘해주지 못한 오빠로서 조금은 미안한 마음을 갚았으리라 생각한다. 덕분에 모두가 더할 나위 없는 행복한 시간을 보내다가 돌아간 것은 물론이다. 코로나로 인해 어려움을 겪었던 사람들인 터라 특히나 용기를 얻는 데 많은 도움이 되었다. 안산 할머니도 자주 오셨다. 한번은 형님네와 같이 오셨는데 배가 잔뜩 부른 숙모와 함께 태교 여행으로 방문해 주셨다. 이 또한 환영할 일이었다. 좋은 곳 많이 보여주고 좋은 것 많이 먹여주면서 나 역시 고모부가 될 준비를 했다. 아이들은 이렇게 육지에서 친척이 오면 너무나 좋아했다. 이렇게까지 가족들을 반겨주는 아이들을 보며 피붙이의 소중함을 본능적으로 아는 것 같아서 감사한 마음이 들었다.

우리의 전통적인 가족 모습은 대가족이었다. 농업사회에서는 식솔이 곧 노동력이었기 때문에 삼대가 모여 살고 사대가 모여 사는 것이 흔했다. 하지만 도시화, 산업화가 진행되면서 가족들이 모두 흩어져서 핵가족을 이루며 살게 되었다. 요즘은 그에 더해 일인 가정의 시대다. 제주에 와서 지내보니 대가족으로 함께 지내는 게 아이들의 정서에 참 좋을 수 있구나 하는 생각이 들었다. 가정이라고 하는 가장 작은 공동체가 무너지는 것은 정말 무서운 일이다. 출산율이 저하되는 현상은 아마도 이런 부분에서 나오는 것이 아닐까? 공동체는 관계의 어려움을 극복하는 것이 삶의 즐거움일 수 있는 사람들만이 가질 수 있는 특권이다. 그러다 보니 세상이 힘들고 바쁜 우리나라 사람들은 자기 자신만 생각하는 이기주의가 팽배해지고 있다. 그 결과 공동체를 중시하지 않는다. 2021년 외국의 한 조사기관(Pew Research Center)에서 인생을 가장 의미 있게 만드는 것이 무엇이냐는 질문을 17개 경제 주요 국가의 시민들에게 던진 적이 있다. 무려 17개 국가 중 14개 국가가 가족을 1순위로 꼽았으며, 대만은 1위가 지역사회였다. 스페인은 건강을, 한국은 물질적 풍요를 꼽았다. 2위는 건강이었는데 모두 공동체보다는 자기 자신을 우선 챙기는 모습을 볼 수 있었다. 이런 상황에서 공동체와 가족을 의미 있고 소중하게 생각하는 것은 매우 중요한 일이라고 느꼈다.

특히 홈스쿨링을 하는 맑은물을 보며 많이 느꼈다. 홈스쿨링을 제대로 하려면 대가족이 필요했다. 아이들은 아직 페르소나의 구분을 이해하기 어려워했다. 엄마면 엄마지 선생님의 역할을 하는 엄마, 도와주는 엄마, 혼내는 엄마 등의 역할 구분을 지을 수 없었다. 그러다 보니 잦은 마찰이 있곤 했다. 하지만 이 대가족이 모두 모일 때면 착한 할머니의 역할, 안산 할머니의 역할, 고모부, 삼촌의 역할, 고모, 숙모의 역할이 구분되어 있기 때문에 각자의 역할 속에서 주고받는 영향을 잘 수용할 수 있었다. 군 생활을 오래 하며 경직되고 수직적인 명령 체계, 관료 체계에 익숙해진 나에게 이렇게 다양한 역할 갈등을 겪는 공동체의 모습이 경이롭기까지 했다. 그런 점에서 제주에서 만난 모든 사람이 나의 성장의 밑거름이 되어주었다. 그 모든 만남과 삶의 이야기가 나에게 곧 고전(古典)이었다. 안산 할머니 덕분에 한라산에 또 오를 수 있었던 것은 덤이다. 겨울 문턱의 한라산보다 여름과 가을의 경계에 있는 한라산이 더 풍성했음은 물론이다.

우리 가족과 오랫동안 함께해 온 미국인 친구 크리스티나가 놀러 온 것도 참 반가운 일이었다. 크리스티나는 소중한 자신의 휴가를 우리 가정 방문에 쓴 것이니만큼 자기가 하고 싶은 것도 할 수 있는지 물어봤다. Whatever you want! 오랜 친구가 방문한다는데 이 정도쯤이야! 그녀는 참 구체적으로도 계획을 세워 왔다. 덕분에 우리는 고민 없이 다닐 수 있었다. 멀긴 하지만 탁 트인 전경이 아름다운 오설록도 가고, 하루는 바다에서 신나게 놀기도 했다. 멋진 카페에도 가고 싶다고 하여 보롬왓으로 데려갔다. 정적인 것을 선호하는 크리스티나 덕분에 가을의 문턱에서 우리 역시 한껏 들떴던 여름날의 추억을 뒤로하고 잠시 마음을 가다듬고 진정하는 기회가 되었다.

이 모든 것은 2층 전원주택에서 살고 있기에 가능했다. 2층을 내줄 수 있다는 것. 그건 모두에게 부담 없는 것이었다. 도시 아파트에서 가족이, 친구가 놀러 온다고 해도 방 한편 내주기 어려울 때가 많다. 화장실도 같이 써야 하는 불편함도 있다. 그런 환경이 제공되려면 50평, 60평 이런 거대한 아파트에 살아야 한다. 하지만 보통 사람들은 그런 경험을 할 수 있을 리 만무했다. 제주에서 우리의 시간들은 외롭지 않았다. 더 많은 사람이 우리를 찾았고, 더 많은 시간을 머물길 원했다. 이 모든 것은 제주에 살고 있기 때문이라고밖에 말할 수 없다. 사람들을 끌어당기는 이 제주의 매력에 우리 역시 더욱더 빠져들고 있었다. 가을밤 역시 더욱 깊어가고 있었다.

전원주택이 우리에게 준 풍요

돌아보면 제주도 제주지만 전원주택을 선택한 것이 신의 한 수였다. 40년 가까운 삶을 아파트에서 보냈다. 그런 삶에 나와 아내 모두 지쳐있었다. 아이들이야 태어나보니 아파트의 삶이 시작이었지만 우리 부부는 어릴 적 잠시나마 시골의 삶을 경험해 본 기억이 있어서 아파트가 아닌 전원주택으로의 귀향을 항상 꿈꿔왔다. 그래서 제주살이를 시작할 때 집은 무.조.건 전원주택이어야 했다. 복직 후 육지에 올라오게 되면 군인 아파트가 아닌 주변의 전원주택에서 월세나 전세를 사는 것까지 생각했을 정도로 제주에서 우리에게 전원주택은 집에 대한 확고한 신념을 만들기에 충분했다. 전원주택이 우리에게 준 풍요는 이루 말할 수 없다.

소유한다는 것은 어떤 것일까? 사람은 대다수가 보수적(정치에서의 보수, 진보를 의미하는 바가 아니다.)이라고 한다. 한 번 편안함을 누리기 시작하면 그것을 변화시키고 싶지 않고 지키고 싶은 게 보통 본성이라고 한다. 특히나 대한민국 사회는 매우 보수적인 사회다. 그중에서도 아파트는 삶에 있어 보수의 결정체가 아닐까? 아파트는 한 번 구매하면 특별한 이유가 없는 한 평생 그곳에 살 수 있고, 실내 인테리어 일부(가구 옮기기, 벽지 바꾸기 등)가 아니고서야 특별하게 무언가를 바꿀 필요가 없이 그대로 안락함을 유지한 채 삶을 유지할 수 있기 때문이다. 이러한 아파트의 특성이 한국인들의 성향과 잘 맞기 때문에 한국 사회는 아파트 사회가 된 게 아닐까 생각해 본다. 하지만 요즘 사람들은 조금씩 생각이 변하고 있다. 아파트에 살고는 있지만 떠나고 싶어 하는 마음에 엉덩이가 들썩인다. 시즌이 되면 장박 텐트를 쳐놓고 산으로 들로 놀러 가고, 심지어 아파트 단지 자체에 그런 환경을 구성하기도 한다. 1층이 인기 없는 매물이었는데 요즘은 1층에 테라스를 연결하여 서비스 면적을 만들어 오히려 인기 있는 매물이 되기도 한다.

　복직을 앞두고 다시 아파트로 돌아가야 하는 상황에 맞닥뜨린 나로서는 제주에서 떠나는 것도 아쉽지만, 아파트로 들어가야 하는 것이 가장 고민이었다. 지난 1년간 제주도 지름쟁이왓(풍요로운 들판)에서 망아지처럼 뛰어놀던 아이들이 과연 아파트에서의 삶에 적응할 수 있을까? 그런 아이를 주로 돌봐야 하는 아내는 과연 견딜 수 있을까? 육지에서는 아직도 코로나가 극성이라는데 이 모든 문제점을 어떻게 해야 할까? 결국 답은 전원주택이었다. 어디에 있던 전원주택을 선택해야겠다 생각하게 되었다. 전원주택은 도대체 우리에게 어떻게 이렇게까지 확신을 주고 풍요를 주었을까? 전원주택은 오직 소수에게 허락된 삶의 터전이라고 생각한다. 감사하게도 우리 가족은 허락된 소수 중 하나였다. 하지만 이 '허락된'은 특권이 아니다. 결코 특권이 아니기에 거저 준다고 하여도 한사코 사양할 사람들이 많을 것이다. 전원주택의 삶은 소유에 대한 고찰과 관련이 있지 않을까 생각한다. 소유한다는 것은, 주인이 된다는 것은 소유하지 않았을 때와 많이 다르다. 결혼은 어찌 보면 서로를 법적으로 소유하는 하나의 제도라고 볼 수 있다. 이런 면에서 연애와 결혼이 다른 것처럼 전원주택은 그 소유의 의미에서 매우 까다로운 상대와 결혼하는 것과 비슷한 맥락이 아닐까? 전원주택의 단점을 꼽으라면 그것만으로도 수필 한 권 정도는 너끈히 쓸 수 있을 것이다. 하지만 장점을 꼽으라면 그저 한 줄이면 충분하다. '마음껏 뛰놀 수 있어서'. 이러한 한 줄의 장점 때문에 한 페이지의 단점을 극복한다는 것은 비효율의 극치일지 모르겠다. 하지만 그 한 페이지의 단점이 소유의 관점에서 장점으로 바뀔 수 있는 게 전원주택에서의 삶이 허락된 사람들의 특징이다.

전원주택은 주인에게 참으로 귀찮음을 선사한다. 관리할 게 참 많다. 국가의 공공재로 당연히 제공되어 마땅하다고 여기는 전기와 수도, 가스조차도 전원주택에서는 내가 관리해야 할 영역에 포함된다. 아파트에서 정전이 일어나면 인근 발전소에 문제가 생겼거나 단지로 들어오는 전신주에 문제가 생겼거나 하는 정도면 끝이다. 여느 집 신발장에 있을 손전등이나 양초를 켜고 모처럼 가족들과 아늑한 상태에서 서로 얘기 나누면서 웃다 보면 어느새 다시 전기가 들어와 꺼졌던 냉장고며, 에어컨이며 여러 가전제품이 반갑게 삐빅 소리를 내며 다시 작동한다. 하지만 전원주택에서 전기가 나가면 고역이다. 마당의 전기는 배선의 문제일 수도 있어

함부로 만질 수 없고 날이 밝으면 전기기술자를 불러야 한다. 타운하우스에서도 우리 집만 나간 경우에는 단순히 전신주 문제가 아닐 수도 있기 때문에 내가 직접 원인을 밝혀야 한다. 그저 전기가 나가지 않길 바라고 또 바라야 할 뿐이다. 수도는 또 어떤가? 상수도가 들어오는 지역의 전원주택이면 모를까 지하수를 파서 관리해야 할 수도 있고, 심지어 그런 집을 구매해야 한다면 집 구매와 별도로 지하수 소유권 이전까지 해야한다. 지하수가 말라서 새로운 지하수를 파야 하는 공사를 해야 할 수도 있다. 그나마 가스는 도시가스가 안 들어오더라도 업체에 위탁해서 관리하기 때문에 사정이 조금 낫다. 그중에서도 압권은… 정화조 관리다. 정화조 관리는 아무리 전원주택을 사랑하는 사람도 쉽지 않은 부분이다. 1년에 한두 번 정화조 업체에 의해 정화조 청소를 해야 한다. 일명 '똥퍼'차를 부르는 것이다. 오수관이 연결되지 않은 정화조는 관리를 조금만 잘못하면 역류하는데, 마당 한가득 똥물이 넘치는 것을 보거나 변기에서 똥물이 넘쳐나는 것을 볼 수도 있다. 비가 많이 오는 날 정화조 매설을 잘못했다면 정화조 내부로 물이 들어가 똥물과 섞여 물이 넘치기 일쑤다. 정화조 내 슬러지를 분해하는 균체를 활성화하기 위해 브로어로 산소도 불어넣어 줘야 한다. 브로어는 심지어 소음도 발생시킨다.

벌레에 대해서는 아무리 이야기해도 끝이 없을 것이다. 곤충 박물관을 차려도 될 것 같다. 이사 온 지 얼마 안 된 시점에서 아내의 비명에 달려가 보니 내 엄지손가락만 한 바퀴벌레가 벽에 붙어있었다. 그 이후로 거짓말 조금 보태서 손바닥만 한 농발거미도 마주해야 했다. 가운뎃손가락보다 긴 지네는 지구상에서 가장 혐오하는 생명체다. 마당 관리는 아무나 할 수 없다. 잔디가 아닌 풀을 솎아내는 문제며, 나무를 관리하고 길어진 잔디를 깎아줘야 하는 등 끝이 없다. 사계절 내내 마당 관리를 해야 한다. 마당이 너무 넓다면 그 정비 소요는 그만큼 비례해서 늘어난다. 건물 자체의 관리도 내가 직접 해야 한다. 전원주택에는 경비 아저씨도 안 계신다. 전등을 가는 문제와 같은 사소한 것은 익숙해지면 그만이지만 건물 자체의 관리는 어떻게 할 것인가? 외벽 도색, 옥상 방수, 타일 교체 등과 같은 다양한 작업 소요가 생긴다.

노는 것도 그냥 마음껏 놀 수 있게 아니다. 놀려고 하면 그 놀 만한 공간을 만들기 위한 노력이 필요하다. 수영장을 설치한다면 수영장에 넣을 물을 끌어오는 문제도 만만치 않다. 일반 수도를 외부로 연결하기 위한 호스 연결조차도 그냥 이루어지는 게 결코 아니다. 전원주택의 삶은 소유자로서 그것을 관리하는 데 보람과 재미를 느끼는 사람이 가족 중 최소 1명 이상이 있어야만 살 수 있다. 그래야지만 한 줄로 요약된 '마음껏 뛰어놀 수 있어서.'가 성립된다. 마음껏 뛰어놀 수 있는 부분에 있어서는 정말 타의 추종을 불허한다. 층간 소음, 측간 소음, 야간 소음, 주간 소음 등 모든 소음에서 자유롭게, 정말 마음껏 놀 수 있다. 아이들은 자유분방함 속에서 창의력이 마음껏 발산된다. 아파트에서 뛰지 말란 말을 자꾸 들은 아이와 마음껏 뛰어놀 수 있도록 방치된 아이는 분명 어떠한 부분에 있어서 차이가 발생할 것이다. 아이들을 더 '잘' 키우고 싶어서가 아니다. 그저 아이들을 아이들의 속성 그 자체로 인정해 주고 싶어서다. 물론 마당에서 마음껏 뛰어노는 것도 위험부담이 따른다. 돌담에 올라가서 뛰어내리는 아들내미가 내심 불안하기도 하고, 이웃집 마당의 나무를 마음대로 꺾는 것도 가르쳐야 할 부분이지만 그조차도 마당 딸린 전원주택이기에 경험해 볼 수 있는 것들이다. 코로나 상황에서는 특히 더 그랬다. 여행을 좋아하는 우리 가족은 육지에서 살면서 휴가 때 틈틈이 전국 각지를 잘도 돌아다녔고, 해외도 종종 다녔다. 아내와 딸은 내가 레바논에 파병 가있는 동안에만 2번이나 해외여행을 다녀올 정도다. 하지만 코로나로 인해 아무것도 못 하는 상황에서 우리 집 마당은 때로는 미국이, 때로는 영국이, 때로는 일본이 되어주었다. 일단 소유하고 보면 애정이 생기고 애정이 생기면 손이 가게 되고 손이 가게 되면 잘 가꾸어지게 마련이다. 덤으로 그것을 누리는 사람의 칭찬 한마디에 수고로움은 눈 녹듯 사라지고 소유의 즐거움만 남는다. 그렇기에 애정을 갖고 가꾼 마당에서 온갖 놀이를 하던 지난 시간으로 하여금 이 확신을 갖게 한 것이다. 코로나로 아무 데도 못 가지만 우리는 마당에서 어디든 갈 수 있었으니까. 마당 딸린 집은 누구에게나 로망일지 모르겠다. 하지만 그 로망은 아무에게나 주어지진 않는다. 부지런함이 몸에 배어있어야 한다.

　당분간은 복직 후 휴가를 나와도 제주도로 와야 하기 때문에 제대로 된 휴가를 누릴 수 있을 것이리라. 지난 일 년간 잘 가꿔놓은 마당에서 오래간만에 가족들과 모여 바비큐를 할 것이며, 우리 아이들이 좋아하는 괴물 놀이도 마음껏 할 것이며, 기념일에 꽃다발 대신 마당에 꽃을 심어줄 수 있을 것이다. 수영장은 이제 정리해서 창고에 집어넣었지만, 물총 싸움 정도야 얼마든지 할 수 있으니 아쉽지 않다. 가을 하늘이 그렇게 높다는데 마당에서 불멍 하며 별을 보는 것도 기대가 된다. 우리 집에서 선명하게 보이는 오리온자리, 작은 곰 자리, 카시오페이아 자리는 아이들의 상상력을 자극하곤 한다. 10개월 동안 참 잘 살았다. 부동산 공부도 꽤 해봤고, 전원주택에서 살아가기 위해 「건축법」을 비롯한 여러 법 공부도 병행했다. 전원주택에 사는 것이 왜 공부가 필요하냐고 반문할 수 있다. 그런데 전원주택에 살면서 법이나 행정 규칙을 잘 모르면 문제가 될 수 있다. 예를 들어 정화조를 관리하는 것도 행정 규칙이 있어 1년에 한 번 이상 업체를 통해 정화조 관리를 받아야 하고, 전기 안전관리도 비용을 지불하고 해야 한다. 정화조에 브로어를 꺼놓다가 잘못하면 신고당할 수도 있다. 사실 일 년 살이인 나는 객이기 때문에 모든 것은 사장님이 책임질 문제지만 그래도 나는 주인처럼 살고 싶어 불법과 합법의 경계를 배워보려 노력한 것이다. 많이 알게 되면 알게 될수록 우리나라는 법조차도 아파트의 기준에 맞춰있구나 싶었다. 법 자체가 전원생활을 불편하도록 만들고 있다. 그럼에도 불구하고 그 모든 불편감을 잊게 해줄 불멍과 마시멜로 구이는 영원히 기억에 남을 것이다. 두 발을 땅에 붙이고 산다는 것. 작지만 내 땅을 소유하고 있다는 것. 가족 모두가 꿈꿀 수 있는 공간이 실·내외에 있다는 것. 자연과 경계를 두지 않고 더불어 산다는 것. 작은 텃밭에서 일궈낸 저녁 한 끼의 싱싱한 채소. 무엇보다 그 어떠한 제약 없이 마음껏 뛰어놀았던 시간. 전원주택이 우리에게 주었던 풍요다.

보물찾기

복직을 앞두고 아이들에게 마지막 선물을 주고자 교회 수련회 때 해봤던 '천로역정'의 기억을 더듬어 아주 큰 이벤트를 열어줬다. 보물찾기를 너무도 하고 싶어 하는 아이들에게 '아빠 수준의 보물찾기는 이런 거야.'라며 스케일이 매우 큰 보물찾기를 선사했다. 레크리에이션 강사로 빙의하여 시놉시스부터 필요한 아이템까지 꼼꼼하게 준비했다. 큰 이야기의 흐름이 있는 가운데 7명의 꿈 많은 아이들이 각자가 갖고 있는 특기를 이야기 속에 잘 버무려 넣었다. 아이들이 풀어야 하는 단계별 퀴즈는 다음 단계로 이어지는 열쇠가 되었다. 나는 '구니스' 세대다. 영화 「구니스」를 어릴 적 100번은 본 것 같다. 「구니스」의 주제가 「Good enough」에 열광한다. 어릴 때 봤던 이런 모험심 자극하는 영화들이 우리 세대의 성장 과정 저변에 항상 존재했다. 요즘 아이들에겐 그런 환경이 잘 제공되지 않는 듯했다. '나' 대신 나의 탈을 쓴 '아바타'가 0과 1의 반복으로 이루어진 세상 속에서 뛰어노는 것을 화면으로 보며 만족하는 세상이다. 우리는 아바타를 뛰어놀 게 할 게 아니라 우리가 직접 놀아야 한다. 놀 것을 만들어주는 게 아니라 만들어서 놀게 해야 한다. 하지만 요즘은 놀 것이 너무 많아서 스스로 창의적인 놀이를 만들어내기 어렵다. 그래서 놀이를 만드는 방법을 알려주기로 한다. 화면 속 모험의 순간을 꺼내서 아이들에게 선사해 주기로 한다. 제주였기에 가능했다. 전원주택에서 살았기 때문에 가능했다. 짧게 내가 구상한 스토리를 소개하자면 이렇다.

"악으로 가득한 세상 7명의 꼬마 영웅들이 힘을 모아 선한 영향력으로 세상을 정화해야 한다. 이 과정에서 아이들이 가진 각자의 특기가 곧 선한 영향력이다. 의문의 편지를 받고 모인 이 일곱 영웅은 숲에 모여 모험을 떠난다. 이 팀을 이끄는 리더는 지수였다. 첫 번째 관문은 산성호수다. 이곳에서 사자의 용기를 찾아와야 한다. 이는 어진별의 몫이었다. 어진별은 자신의 아이템인 장화를 신고 산성호수에 들어가서 사자의 용기를 찾아온다. 둘째는 거미 여왕의 숲을 통과해야 했다. 하리는 몸이 유연하고 요가를 배우는 아이였다. 여왕 거미를 이기려면 여왕 거미와 똑같은 모습으로 싸워야 했는데 하리가 휠 자세를 통해 문제를 해결했다. 다음으로 축구를 좋아하는 토끼 마왕을 물리쳐야 했다. 이는 승리와 우리의 몫이었다. 용암지대를 통과할 때는 모두가 함께 징검다리 밟기를 했다. 판자 위에 올라서서 전에 밟은 판자를 주어 다음으로 이동시키고 다음 판자로 이동하는 그 놀이다. 서희는 피아노를 잘 쳤다. 완벽하게 구니스에서 모티브를 얻은 악보 코드 맞추기를 통해 다음 단계로 가는 힌트를 얻었다. 맑은물은 종이접기를 잘했다. 종이접기를 통해 힌트를 얻었다. 마지막은 모두가 합심하여 해결하는 문제로, 종이에 레몬즙으로 그린 지도를 불로 밝혀내야 했다. 지도를 통해 보물의 위치를 알아낸 아이들은 손이 닿지 않는 선한 영향력이 담긴 보물을 모두가 합심해서 꺼낼 수 있었다."

제주의 환경 덕분에 상상력을 발휘해 구현해 낼 수 있었던 이 놀이를 아이들은 진심으로 좋아해 주었다. 나 역시 기뻤다. QR코드를 이용한 단서 찾기는 첨단 IT기기에 익숙한 아이들에게 안성맞춤이었다. 이후로도 아이들은 틈만 나면 이 놀이를 해달라고 졸랐다. 나 스스로 참 멋진 아빠라고 느낀다. 아이들을 밖으로 끌어내려 노력한다. 자연 속에서 뛰어놀수 있게 만들어준다. 한편으로는 이런 놀이를 과연 육지에서 도시에서할 수 있을까 하는 생각에 좀체 발이 떨어지지 않는다. 차가 다니지 않는한적한 곳. 아이들이 골목에서 마음껏 뛰어나올 수 있는 곳. 이 많은 아이가 한데 뭉쳐 마음껏 뛰어놀 너른 공간. 그런 곳에서 아이들은 풀 내음을맡고 땅바닥에 주저앉아 벌레를 관찰한다. 엄마는 빨래하느라 고생할지모르지만, 종일 양말을 시커멓게 만들도록 흙에서 뛰어놀아야 한다. 푹신한 잔디는 아이들이 마음껏 뛰다 넘어져도 상처 없이 일어날 수 있게해준다. 입고 있는 옷의 변화로만 계절의 변화를 실감할 게 아니라 마당가득 나무와 꽃을 보며 실감하게 만들어 주어야 한다. 우리가 모두 그토록 찾고자 하는 보물은 자연 속에 있었다는 것을 깨닫는다.

그냥 제주도에서 살까?

여름을 지내면서 한편으로는 마음이 무거웠다. 9월까지만 휴직을 썼기 때문에 이 여름이 끝나면 마치 신기루처럼 육아휴직도 끝나게 되는게 현실이었다. 나의 일을 사랑하지만 2개월가량 가족들을 두고 혼자 육지에 올라가는 것이 못내 마음에 걸릴 수밖에 없었다. 여러 이유로 9월까지만 육아휴직을 썼지만 더 쓸 걸 하는 후회가 들기도 했다. 하지만 이제

와서 어쩔 수 없는 일이다. 아내는 당연히 부부는 같이 살아야 하기 때문에 먼저 내가 올라가 자리를 잡으면 연세 계약이 끝나는 12월 1일부로 육지로 올라갈 것이라고 했다. 하지만 아이들은 역시나 육지에 가고 싶지 않다고 아우성이었다. 아이들에겐 아직 시간이 많기 때문에 고민할 문제는 아니지만 사실 나는 제주도에 내려오는 순간부터, 아니 그 이전부터 제주도로의 완전한 이주에 대해 고민해 왔었다.

제주도에 내려오고 적응을 좀 하고 난 후로는 매일 새벽기도, 수요예배, 주일예배를 빠뜨리지 않고 다니면서 소모임도 가졌다. 코로나가 너무 심해져서 종교행사 집합 금지 명령이 내려온 이후에야 교회 방문이 뜸해졌지만. 매일 가서 기도하며 성경 말씀을 보며 고민했던 내용은 내가 나아갈 길과 멈춰 서야 할 길에 대한 내용이었다. 기도 가운데에는 어떠한 목표를 두고 이뤄달라고 하기보다는 내가 나아가야 할 길과 멈춰 서야 할 길에 대한 깨달음이 있길, 그것을 알아차리는 지혜를 내게 달라 기도했다. 내 마음속 깊은 곳에 자리 잡은 소망, 그것이 선한 목적 때문인지를 반문하고 또 반문했다. 아내는 오랜 주말부부와 레바논 파병 시절까지 겪었던 터라 당연히 주말부부가 되는 것에 대해서 반대가 있었다. 그 마음에 충분히 동의했다. 나 역시 지금도 아내 없이는 잠을 잘 이루지 못한다. 그렇기에 나 혼자 복직해서 올라가야 하는 마음도 무겁지만, '정말 제주에 남겠다고 하면 어떡하지?'라는 생각이 들었다. 그럴 때마다 나에게 반문했다. 내가 가족들 모두 데리고 가려 하는 이유는 무얼까? 육군 소령으로 진급하고 어떠한 직을 수행한 적이 단 한 번도 없이 육아휴직을 썼다. 몇 달을 아이들과 아내와 함께 성장하는 시간을 가지면서 나에 대해 곱씹어 보았다. 소령이라고 하는 계급과 그 계급에 상응하는 어떤 직책은 결코 쉬울 리 만무했다. 높은 계급인 만큼 국가와 국민이 부여한 막중한 책임과 권한을 수행하기 위해서 분명 나는 나의 모든 열성을 다해 복무할 것이 분명했다. 그것이 좋아 이 일을 하고 있는 것이므로 그전보다 더욱더 스스로 책임 있는 모습을 보이려 할 것이다. 가족들도 그런 나를 알고 모두 응원해 줬다.

　반면에 그 말은 가족에게 자칫 소홀해질 수 있다는 것을 의미하기도 했다. 게다가 육지는 아직도 코로나의 상처가 아물지 않았다. 오히려 툭하면 n차 파동이 올 것이라며 경고했다. 코로나로부터 너무나 안전했던 우리에게 육지에 올라간다는 것은 전쟁터로 돌아가야 하는 비장한 느낌마저 들었다. 그런 부분이 걱정되는 것은 아내 역시 마찬가지였다. 하지만 그보다 더 중요한 건 네 가족이 함께 사는 것. 아내를 설득하고자 하는 마음은 없었다. 비록 나의 기도가, 나의 꿈이, 나의 미래가 그렇다고 하더라도 나의 무엇 때문에 가족들을 동참시키는 것은 가족이라는 이름의 폭력임을 항상 명심하고 있었다. 오히려 각자가 꿈꿀 수 있는 무언가를 마련하는 것이 가장의 역할이라고 생각했다. 제주도에 대해 가족 구성원이 느끼고 있던 것들은 모두 조금씩 차이가 있었을 것이다. 하지만 모두가 이 시간이 너무 행복하고 또한 곧 끝날 것이기에 더욱 소중하다는 것은 함께 느끼고 있었다. 아직 우리는 여름 제주에 있다. 남편으로서, 아빠로서 이런 고민은 혼자만 간직하기로 한다. 아직은 조금 더 즐길 때고, 여유를 좀 부려도 된다. 아내와도 아이들과도 이 문제에 대해서 자세하게 얘기를 나눠본 적은 없다. 다만 시작할 때 이것이 분명 끝이 있는 시작임을 알렸고 모두가 동의했었다. 시간이 지날수록 이 약속이 무뎌진 것은 아이들의 모습에서 크게 영향을 받았다. 이제는 그 누구도 끝에 대해서 함부로 얘기하지 않는다. 아내 역시 가족이 모두 함께 사는 것에 대해 분명한 신념이 있지만 그렇다고 이 생활이 끝나는 것에 대해서는 언급하길 꺼려 한다고 느낀다. 그렇게 제주를 마음껏 즐겨주는 아내가 너무 고맙고 좋았다. 남편의 선택과 계획, 그것을 이루기 위한 남편의 노력을 존경해주는 아내가 사랑스럽다.

장교라는 소명을 가지고 십여 년을 살다 보니 매번 앞을 계획하고 준비하는 것이 버릇처럼 돼버렸다. 너무 서두르는 나의 모습이 직업병처럼 느껴져 한편으로는 헛웃음이 나온다. 눈부신 햇살 아래에서 문득 이 고민의 덧없음을 느끼고 마음속에 고이 접어 넣어버린다. 이것을 꺼내야 할 때 우리의 마음과 상황은 또 어떻게 변해있을지 모른다. 다만 지난 시간 제주에서 함께 지내며 10년 전 아내에게 했던 약속이 떠오른다. 제주에서 집을 짓고 살겠다는 그 약속이 여름 햇살을 받아 눈부시게 아른거린다. 질끈 눈을 감을 수밖에 없는 눈부신 기억인지라 형태를 정확히 알아볼 수는 없다. 하지만 분명히 그것은 내 앞에 존재했고, 빛을 내고 있었으며, 꿈이 아닌 현실임을 자각하게 해주었다. 제주에서 살아보는 것은 어떨까? 아이들이 아빠를 또 부르는 소리에 마당으로 뛰어나간다. 까르르 웃어대는 딸아이의 숨넘어가는 웃음소리가 제주 하늘에 울려 퍼진다. 우리 가족 모두가 그 소리에 맞춰 너도나도 너털웃음을 허공에 내뱉는다.

아빠 왜 단풍잎이 없어?

　지난여름은 내 생애 가장 빛나는 여름 중 하나였던 것 같다. 젊은 시절 대다수 여름은 뜨거운 햇볕 아래 땀에 절은 전투복 안에서 지냈기 때문에 모처럼 보내는 이 여유와 가족과 함께하는 시간은 또 다른 영역에서 의미 있었다. 여름 막바지에 배운 통발 문어잡이로 아쉬운 마음을 달랬다. 사장님을 따라 썰물 때 미처 못 빠져나가고 웅덩이에 갇힌 멸치를 잡는 재미도 한껏 맛보았다.

　집 앞 후박나무와 야자수 나무는 상록수다. 항시 푸른 모습만 간직하고 있기에 계절의 변화를 느끼기 어려운 게 사실이다. 제주어로 가을은 아래아 자를 써서 'ᄀᆞ슬', 'ᄀᆞ실', 'ᄀᆞ을' 등으로 표현한다. 아래아의 제대로 된 발음은 쉽지 않지만 '오'와 '아' 소리의 중간인데 네이티브 스피커가 아니라서 소리를 제대로 낼 줄 모른다. 특히 '몸국(맘국?)' 신나고 뜨거운 여름을 보냈다. 6월부터 본격적으로 시작된 제주의 여름은 더불어 사는 공동체가 무엇인지 나에게 확신을 주기에 충분한 시간이었다. 이런 시간이 끝나지 않길 바랐지만 그럴수록 시간은 더 빨리 가기 마련이다. 복직을 코앞에 두고 이제는 아빠 없이 이 너른 마당을 누리며 살 수 있을까 걱정이 앞섰다. 하지만 '어떻게든 되겠지.'라는 생각으로 마지막까지 좋은 추억을 남기고자 가족들과 여기저기 많이도 다녔다. 문득 딸아이가 묻는다. "아빠, 가을인데 왜 제주도엔 단풍잎이 없어?" 이제 가을의 문턱에 막 들어선 데다가 가을은 북쪽부터 오기 때문에 제주의 가을은 아마도 우리나라에서 맨 마지막에 도착할 것이다. 하지만 곰곰이 생각해 보니 작년 겨울 무렵 왔을 때도 단풍은 보이지 않았다. 주변에 보이는 주된 식수 중 단풍나무가 없었고, 은행나무도 없었다. 인터넷으로 찾아보니 제주도의 단풍은 대다수 한라산에 분포해있다고 한다. 바닷가 근처에 사는 우리로서는 올가을 계절의 변화를 실감할 수 있는 단풍 구경이 아무래도 어렵겠구나 싶었다. 먼발치에서 한라산을 바라보면 중산간 쪽 변해가는 어렴풋한 색깔을 통해 '가을이라는 계절이 여기에 잠시 들르고 있구나.' 라고 생각했다.

사계절이 뚜렷한 우리나라에서도 가을 경치는 일품이다. 봄에는 꽃구경, 여름에는 시원함을 찾아 계곡으로 바다로 간다면 역시 가을은 단풍 구경이다. 오색찬란하게 변해가는 나뭇잎의 색깔을 통해서 이 계절의 손길이 여기저기 닿고 있다는 걸 느낄 때면 정말 아름답고 신비하고 황홀하기까지 하다. 제주 생활 이제 1년 차를 하고 있는 제주 초보자들은 사실 계절의 단조로움이 제주의 아쉬운 점이라면 아쉬운 점이라고 느끼고 있던 터였다. 겨울의 혹독함을 지나고 나서부터는 늘상 좋은 날씨와 푸르름이 가득했었기 때문이다. 그래도 집 주변에 가을 오름의 여왕이라고 하는 따라비 오름이 있어서 '가을 정취의 맛보기는 볼 수 있겠지.'라고 생각했다. 하지만 이는 선입견이었다. 제주의 1년 중 가장 아름다운 시기를 꼽으라면 그것은 바로 가을 그중에서도 10월이었다는 것을 나중에서야 알게 되었다.

가을의 문턱에 있는 제주 하늘은 붉은 노을이 환상적이었다. 제주의 하늘은 산으로 가려지지 않고 바다까지 탁 트여 석양의 끄트머리를 볼 수 있어서 좋아한다. 시간의 변화를 완벽한 그러데이션을 통해 색으로 나타낸 자연의 시각화 데이터에 감동하곤 한다. 동요 노을을 함께 부르며 이 계절의 변화를 찬양했다. 이맘때 우리는 아이들과 많은 대화를 나누며 제주의 삶에 대한 소감을 묻고 나눴다. 아이들은 이런 얘기가 나오면 떠나지 않겠노라 작정을 하고 답을 한다. 이 아이들에게 우리가 제주도로 완전히 이주할지도 모른다는 것은 기정사실화된 상태인 듯하다. 전혀 떠날 마음이 없는 아이들은 제주의 경치가 좋고, 제주의 바다가 좋고, 한라산도 좋고, 강아지도 좋고, 마당도 좋고… 아무럼 다 좋단다. 제주에 있어서 이렇게 넉넉해지나 보다. 따라비오름을 다녀오는 길에 좁은 시골 길에 마주 오는 차가 속도를 줄이지 않아 정면충돌의 위협을 느껴 핸들을 꺾었는데 그로 인해 길이 아닌 곳으로 빠져버린 경험을 했다. 펑 소리와 함께 타이어가 완전히 펑크가 났다. 타이어 교체한 지 얼마 안 됐는데…. 그 와중에도 우리 가족들은 하하 너털웃음을 지었다. 생전 이런 경험도 처음이고 아빠의 순발력 덕분에 사고가 안 나서 좋단다. 레커차에 끌려가는 차를 보며 좁은 트럭에 몸을 싣고 가는 것도 재밌단다. 제주라서 우리는 모든 것이 좋았다. 모든 것이 즐거웠다. 아내는 참으로 인내심이 대단한 사람이라고 느꼈다. 제주를 떠나야 한다는 것을 알고 있고 지금 시간이 너무 좋다는 것을 알고 있지만, 가야 한다면 미련 없이 떠나겠다는 각오가 너무 결연해 보여 정작 복직을 앞두고 흔들리는 나보다 더군인 정신이 충일한 것은 아닌가 하는 생각이 들었다. 이렇게 사랑하는 제주를 떠날 때 우리는 어떤 모습일까? 앞으로 우리는 어떤 인생을 살게 될까?

9월의 제주. 가을의 문턱이라고 하지만 제주에서의 9월은 가을의 문턱이라기보다는 여름의 끝자락에 가까웠다. 단풍이 없는 게 아니라 아직 오지 않은 거고, 단풍이 오기 전 아빠는 떠나야 한다. 아직 마당의 잔디는 푸르르다. 석양만이 그나마 조금 가을 티를 내는 것 같다. 어쩌면 제주 하늘은 항상 그대로였을 뿐인데 아빠의 마음이 그런 걸지도 모르겠다. 마지막 한 달을 잘 보내보고자 이리저리 계획표도 만들어보고 가족 토의도 해본다. 집중이 되질 않는다. 다들 마음이 싱숭생숭하다. 우리가 정말 제주와 이렇게 끝이 나는 걸까? 이렇게 칼로 두부 자르듯 제주와 우리가 분리된다고? 사람 일은 알 수가 없다. 다시 마음을 다잡고 마치 그 끝은 없는 것처럼 제주와 어우러져 보자 다짐한다. 제주에는 단풍이 없냐는 맑은물의 질문에 답을 찾았다. 각양각색으로 빛나는 단풍은 아이들의 마음속에 이미 가득 져있었다.

"딸아! 제주의 단풍보다 오색찬란한 너희들의 마음이 여름내 영글었어!"

태풍의 길목

육지에서 가장 가까운 곳까지의 거리는 약 80km. 차로는 한 시간 정도겠지만 배와 비행기로만 이동 가능하며 그마저도 태풍의 영향권에 있는 날은 이동이 불가능해 완전히 고립되어 버리는 외로운 섬. 180만 년 전 처음 태어나 한반도 남쪽 태풍의 길목을 묵묵히 지켜온 바로 그 섬. 제주도. 복직을 앞두고 8호 태풍 '바비'와 9호 태풍 '마이삭'이 지나갔다. 바비는 베트남 북부에 있는 산맥 이름이라고 한다. 예상 경로는 제주를 통과하여 한반도 서쪽을 지나 북한을 지날 것이라고 했다. 전원주택에 산다면 태풍이 오기 전에 단단히 준비해야 한다. 마당을 정리하고, 바람에 날릴만한 것들은 모두 묶거나 창고에 잘 넣어두어야 한다. 비산물이 발생하면 정말 위험하다. 다행히 우리 집은 태풍이 와도 막아줄 후박나무와 동백나무, 올레 등 든든한 친구들이 있다. 그래도 다른 곳에서 비산물이 날아와서 행여나 커다란 창문을 깨뜨리지는 않을까 걱정이다.

그런데 참 재밌는 광경을 목격했다. 사실 나부터가 문제였다고 생각했는데 이 엄청난 자연 현상을 구경하고 싶다는 생각이 간절했다. 위험을 무릅쓰고 카메라를 들고 밖으로 나가겠다고 했다. 인터넷 유머 사이트에서 남자들이 여성보다 평균 수명이 짧은 이유라는 게시글이 심심치 않게 보이는데 나 역시 그런 위험한 행동을 좋아하는, 평균 수명 짧을지 모르는 철없는 남자인가 싶다. 그런 나를 보며 아내는 걱정도 되지만 나의 호기심을 아는 터라 안전하게 다녀오라고 했다. 차를 몰고 해변을 가니 나말고도 태풍을 구경 나온 사람들이 정말 많았다. 진짜 말 안 듣는 제주도민이다. 위험하다고 했는데 해변에서 태풍을 정면으로 맞고 있는 이 사람들 보며 한편으로는 오랜 세월 풍파를 맞아가며 척박한 이곳 제주에서 터를 잡고 살아남은 후손들의 해학이 아닐까 싶기도 했다. 바다에 나가보니 평소에 보던 그 바다가 아니었다. 가끔 앉아서 해를 바라보며 명상을 했던 일명 '명상 바위'도 물에 잠겼다. 우리 집 앞바다에서 가장 높이 솟은 바위 절벽은 접근조차 불가능할 정도로 파도가 연신 들이치고 있었다. "집채만 한 파도"라는 표현을 많이 쓰는데 '정말 파도가 집채만 할 수 있구나!'를 처음 보았다. 경이로웠다. 물보라는 하얗게 일다 못해 바다에 누가 우유를 잔뜩 뿌리고 휘휘 저은 것처럼 하얀 거품이 일어났다.

제주도는 한반도 남단 하필이면 모든 태풍의 길목에 있다. 육지에 있을 땐 몰랐다. 뉴스를 보면 제주에 가장 먼저 태풍이 도착했다는 소식 정도야 당연히 남쪽에 있으니 그렇겠지 정도로만 흘려들었다. 제주에 와서 알게 된 것은 우리나라를 지나는 모든 태풍은 반드시 제주에 영향을 주고 지나간다는 것이다. 지난 180만 년 동안 제주는 이곳에 홀로 덩그러니 자리를 지키며 한반도로 향하는 태풍을 먼저 맨몸으로 막아왔던 것이다. 제주를 지나며 태풍이 약해지는 경우도 많고, 중간에 서해나 동해상으로 빠져나간다고 하더라도 제주는 항상 태풍의 영향권 내에 있었다. 한반도라고 하면 제주와 같은 부속도서를 모두 포함하는데 우리나라가 그래도 꽤 넓은지 서해 쪽에 상륙한 태풍은 태백산맥을 넘지 못해 동해권이 안정적일 때가 있고, 동해 쪽으로 빠지면 서해 쪽이 안정적일 때가 있다. 제주도는 서로 가나 동으로 가나 태풍을 맞이하고 있던 것이다. 제주는 참으로 외롭겠구나 싶다. 이 무서운 파도를 홀로 마주하고 서 있어야 하는데 뉴스에서는 아마도 '제주가 태풍의 영향권에 들어섰고 가까운 바다에서도 3~4m의 높은 파도가 일고 있습니다.' 정도로 이 상황을 묘사할 테다. 중요한 것은 서울이니까. 육지니까. 남은 시간은 육지의 태풍 피해가 없도록 당부하는 기자의 멘트로 가득 찰 것이다. 인구 70만이 채 되지 않는 제주는 평소에 우리의 관심에서 멀어져 있었다는 것을 이곳에 와서야 깨닫는다. 국내 최고의 여행지라고 하지만 여행지라는 것은 마치 간식과 같아서 '오늘 삼시 세끼 밥 뭐 먹지?'의 고민은 많이 하지만 '오늘 간식 뭐 먹지?' 고민이 상대적으로 짧은 것처럼 말이다.

그래도 제주는 외롭지 않다. 여전히 이곳을 지키는 사람들이 힘써 일하고 있다. 등대는 오늘도 불이 켜져있다. 포구에 결박된 배들은 옹기종기 모여 이 태풍이 지나가기만을 기다리고 있었다. 이쯤 되니 제주를 사랑할 수밖에 없던 나의 운명이 이해가 간다. 마치 아무도 몰라주지만 늘 그곳에서 지키고 있던 모습이 군인과도 같다고 생각이 들었다. 집에 돌아와 자려고 누우니 휘융휘융대는 바람 소리와 어렴풋이 나부끼는 야자수 나뭇잎 그림자가 방안을 가득 채웠다. 새벽이 되자 천둥 번개와 비바람까지 몰아쳐 꽤 시끄러운 밤이 되었다. 전면창은 이럴 때 좋지 않다. 행여나 바람에 날린 비산물이 유리창을 깨지 않을까 밤새 걱정한다. 아이들은 이런 아빠 마음을 아는지 쿨쿨 잘도 잔다. 바람이 더 거세지니 온 집이 다 흔들리는 느낌이다. 도로시도 이런 느낌을 겪다가 바람에 날려 오즈로 갔을까? 우리 집이 부디 도로시의 집보다는 튼튼하기를 바라며, 잠을 청했다.

이 거대한 자연재해에 의한 피해는 항상 제주가 가장 먼저 맞이하곤 한다. 지리적인 위치가 그렇다. 우리나라 최고의 관광지면서 동시에 지정학적으로는 한반도에서 태평양으로 뻗어가는 길목에 위치한 덕분에 군사 전략 요충지로 인식되어 제주 복합 미항과 같은 군사 시설이 있다. 기후적으로는 아열대면서 태풍의 길목이 되기도 하는 길 보면 제주도 참

기구한 운명의 섬이라고 생각된다. 하지만 늘 그랬듯 제주는 잘 이겨낼 것이다. 제주는 강인한 섬이고, 제주를 닮은 강인한 해녀들과 이곳을 오랜 시간 터를 잡고 살아온 제주 토박이가 있다. 이제는 제주도민이 된 많은 이주민이 이곳의 척박한 환경에서 풍요로움을 찾아내 잘 살아가고 있다. 누군가에게는 일 년 중 여름휴가 때나 한 번 생각하는 섬 일지 모르겠지만, 이곳에 터전을 잡은 사람들에게는 함께 살아가는 운명공동체다. 제주는 이맘때쯤 항상 태풍을 마주한다. 육지가 쿼터백 역할을 하며 우리나라를 이끌어갈 때, 제주는 센터, 가드 역할을 하며 묵묵히 이 어려움을 이겨내고 있었다. 먼 곳에서 태풍 올 때 안전하게 보내라는 연락에 제주는 외롭지 않다고 느낀다. 가족이 친구가 육지에서 우리를 응원해 준다. 그러니 우리 제주는 또 한 번 이 어려움을 이겨낼 것이다. 우리 역시 처음 맞이해 보는 이 태풍을 이겨낼 것이다. 순간 최대 풍속이 50~60m에 달할 것이라고 하는 '바비'지만 제주는 이곳에 서서 그 바람 약해지도록 버텨냈다.

아침 해는 변함없이 떠올랐고, 밤새 태풍은 지나가 바람이 잦아들었다. 밤새 불어닥친 바람에 마당에 잔가지들이 수북이 쌓였다. 사장님 댁에 가보니 항아리가 날아가 깨져있고, 집 한 채는 외벽의 드라이비트가 떨어져 나가있었다. 이 정도면 양호하다. 인명 피해가 없다는 것이 가장 다행이었다. 나그네도 잘 있었고, 나그네의 새끼들도 모두 안전했다. 내 아들을 쪼았던 닭과 병아리들도 모두 안전했다. 바비가 지나간 이후에도 마이삭이 지나갔지만 큰 피해 없이 잘 지나갔다. 뉴스를 보며 알게 되었는데 제주에서도 큰 피해를 입은 곳이 꽤 있었다. 태풍의 특성상 제주에서는 동쪽의 구좌나 서쪽의 대정이 늘 태풍에 가장 취약하다고 한다. 우리가 살고 있는 이쪽은 상대적으로 안전하다고 하니 이런 것도 모르고 이곳에 터를 잡았는데 참 축복받았다고 생각되었다. 가족 모두가 밤새 꼭 껴안고 부디 안전하게 태풍이 지나가길 바라며 한마음으로 보낸 시간을 기억한다. 앞으로 우리 삶에도 태풍과 같은 여러 풍파가 닥쳐올 것이다. 그럴 때마다 이 가족이 있다면 우리는 잘 이겨낼 수 있을 것이다. 어젯밤처럼 서로 딱 붙어서 서로가 힘이 되어주고 함께 이겨낼 것이다. 거대한 바람과 함께 나의 육아휴직도 사라졌다. 그래도 내가 있는 동안에 태풍이 와서 마음 한편은 놓였다. 하지만 우리에겐 태풍보다 더 큰 변화의 바람이 기다리고 있었다.

8.
그렇게 다르게 살기로 했다

대망의 복직 날이 다가왔다. 안타깝게도 아직 부임
지가 정해지지 않아 모든 것이 그저 유동적이기만 했다. 가족들과 오랜
상의 끝에 내린 결론은 전원주택에서 계속 사는 것. 아내와 채비를 하여
엄마에게 아이들을 맡기고 육지로 올라왔다. 조금 일찍 올라온 것은 전
원주택을 알아보기 위함이었는데 부임지가 정해지지 않아 어디로 가야
할지 알 수 없었다. 코로나가 극성인 육지에서 마음껏 놀 수도 없어 그저
아내와 오래간만에 단둘이 보내는 시간에 만족하며 복직을 위한 준비
를 했다. 아직도 이삿짐은 대전에 있었고, 어디로 가야 할지도 모르고 집
도 없는 불안함 속에 있었다. 육지에서 아내와 손잡고 걸으며 많은 얘기
를 나눴다. 아내의 생각에 조금씩 변화가 생긴 건 아닐까 느낀 건 그때쯤
이었다. 제주도에서 지내는 것이 나쁘지만은 않을 것이라는 생각. 복직을
위해 육지에 올라오고 나서야 부임지가 결정됐다. 왜관. 생각지도 못한 지
역이었다. 왜관은 사관학교 시절 한국전쟁에 대해서 배우면서 수도 없이
들어봐서 익숙한 지명이었지만 한 번도 가본 적 없는 곳이었다. 그저 동

대구에서 서울행 기차에 몸을 실을 때 낙동강 철교를 지나며 스쳐 지나 갔을 뿐이었다. 왜관에서 도대체 어떻게 전원주택을 구하지라는 고민도 고민이었지만 같이 집을 볼 수 없을 정도로 시간이 촉박했기 때문에 아내는 먼저 제주도로 내려보낼 수밖에 없었다. 아무것도 결정된 바 없이 모든 것을 하나님의 섭리에 맡기고 그렇게 혼자 왜관으로 향했다.

복직하자마자 긴 휴가를 나올 수 있어서 제주도를 오가며 앞으로의 삶에 대해서 꾸준히 대화를 나눴다. 하지만 11월 말쯤 긴 휴가를 끝으로 제주도길은 막혔다. 3차 코로나 파동으로 인해 확진자가 급증하며 육군에서 모든 휴가를 통제했다. 그나마 엄마가 내려가 계셔서 아내가 자유로운 상태인지라 나 대신 아내가 육지를 오갔다. 왜관의 군인 아파트는 15평 정도의 좁은 아파트였다. 우여곡절 끝에 대전에서 이사하고 짐을 욱여넣었지만, 발 디딜 틈도 없는 좁은 공간 속에서 혼자 지내는 것이 결코 정신건강에 좋을 리 없었다. 코로나로 인해 가족들과 생이별하였지만 어쩌다 한 번씩 오는 아내 덕분에 숨통이 트였다. 하지만 아내와 둘이 이 좁은 공간에 앉아있노라면(코로나 때문에 식당에서 식사도 안 되어 거의 24시간을 집에서만 있었다.) 이렇게까지 육지에 아등바등 올라와야만 하나 하는 생각이 걷잡을 수 없이 커졌다. 그러던 중 어느 날 아내가 "제주도에 1년 정도만 더 있어볼까?"라고 운을 띄웠다. 아내의 결정이 놀랍기도 반갑기도 걱정되기도 했다. 이 무렵 진중문고로 꺼내 읽은 『우린 다르게 살기로 했다』라는 책이 나에게 신선한 감동을 주었다. 내가 꿈꾸던 삶을 살아가고 있는 사람들이 많이 있다는 것에 용기를 얻었다. 그럼에도 불구하고 지금 내가 처한 환경에서 나와 같은 방식의 삶은 듣도 보도 못

했다. 제주 해군기지에 근무하는 해군이 아닌 육군 장교가 육지에서 근무하는 동안 가족들이 제주도에 사는 것도 들어본 적 없으며, 애초에 군사교육과정을 끝내고 육아휴직을 쓴 사례도 별로 들은 바 없고, 그 와중에 제주도에서 1년 살이를 했다는 얘기는 들은 바가 더욱더 없었다. 모든 것이 내가 생각해 낸 우리 가족들만의 방식이었기에 그 결과가 어떨지 알 수 없었다.

처음으로 시도한다는 것은 손전등 없이 어두운 터널을 지나가야 하는 것과 진배없다. 하지만 이내 적응시를 지나면 어둠 속에서도 어렴풋이 간상세포를 통한 윤곽이 보일 것이다. 그 윤곽 정도면 충분하다 생각했다. 아내가 이런 말을 꺼내고 나서야 아내에게 내 삶의 비전을 설명했다. 그리고 우리 가족의 비전에 대해서도 설명했다. 앞으로 일어날 일에 대해서 지난 1년간 고민했기 때문에 막힘없이 설명했다. 아내가 의중이 없을 때 설득하는 것은 좋지 않다고 생각했지만, 아내의 의중이 분명히 있음을 알았다면 아내에게 확신을 주는 남편이 되고 싶었다. 확신을 주기 위한 나의 설명에 아내 역시 금세 확신을 가질 수 있었다. 아내는 남편에 대한 믿음이 워낙 확고한 사람이다. 그렇게 나를 존경하고 믿어주는 아내가 고마웠다. 더해서 지난 1년간의 제주에서의 삶이 아내에게도 너무 좋은 기억이었기에 이렇게 결정할 수 있었으리라. 부모님께 우리의 생각을 들려드렸다. 다만 제주에 완전히 정착할지 아니면 1년만 더 살지는 아직 분명하지 않은 터라 1년을 더 지내볼 요량으로 사장님께도 1년만 더 살게 해달라고 요청했다. 하지만 사장님은 단호하게 거절했다. 몇 차례의 설득과 부탁 끝에 6개월 정도의 연장을 허락받았다. 그 정도면 충분했다. 감사한 마음으로 6개월 동안 미래의 삶에 대한 청사진을 갖고 구체적으로 우리의 꿈을 지어 나가기로 했다. 완전히 다른 삶을 시도해 보는 것이다. 한 번도 가보지 않았던 길이다. 공동체에 관한 한 분명한 비전이 있었지만 그렇다고 해서 지금의 확고부동한 공동체는 교회 가족뿐이었고, 이렇게 관광지인 타운하우스에 산다면 앞으로의 이웃도 잠시 스쳐 지나가는 이웃이기 때문에 일반적인 공동체와는 다를 것이다. 육아휴직 내내 상상했던 것들을 이제는 실체로 구현해야 했다. 여러 시나리오와 그를 해결할 방법들이 줄줄이 나왔다.

그 가운데 생각하지 못했던 몇 가지 일들이 우리에게 발생했다. 부모님의 노후와 관련한 문제였다. 장인어른은 일찍 돌아가셨다. 장모님은 젊은 나이에 홀로 되셨다. 장모님은 상대적으로 연금 혜택이 충분하셔서 혼자서도 잘 사실 테지만 건강을 늘 염려하셨다. 우리 엄마 역시 혼자였다. 엄마는 직장에서 예상치 못하게 일찍 퇴직해야 했고, 충분한 연금 생활 등을 누리기에 조금 부족한 부분이 있다는 것을 알게 되었다. 첫째 아들로서 엄마를 챙기지 않을 수 없었지만 부끄럽게도 앞으로 일어날 그 일에 대해서 생각하지 않고 있었다. 아내와 오랜 시간 대화를 나눴다. 대화를 나누고 또 나누고 또 나눴다. 아내는 현명한 여자다. 그리고 무엇보다 마음이 참으로 아름답다. 그런 두 어머니의 상황을 충분히 이해하고 있었다. 우리는 아무도 해본 적이 없는 길을 걸어야 할지 모른다고 생각했다. 양가 두 어머님을 모시고 사는 삶. 그것이 우리에게 주어진 사명일지 모른다고 생각됐다. 과연 가능할까? 후에 아내의 친구들이 꽤나 반대했다고 들었다. 아무도 시도해 본 적 없기 때문에 모든 해답은 우리가 찾아야 했다. 아내는 그런 삶이 기대된다고 했다. 놀라운 반응이었다. 사실 이미 나를 대신해 내려가 있는 시어머니에게 오래전부터 엄마라고 부르며 지낼 때부터 아내의 넉살은 익히 알고 있었지만 또 함께 사는 것은 다를 텐데 너무나도 잘 살고 있었다. 어찌 보면 당돌하기 그지없는 시어머니를 대하는 아내의 태도와 그 모든 것이 당연하다고 생각해 주는 엄마. 두 사람 모두 참으로 대단한 사람들이다. 그런데 두 분을 모시고 살기 충분한 공간을 얻는 것은 보통 요원한 일이 아니었다. 게다가 계속 이사를 해야 하는 군인 신분상 어머님 두 분을 모시고 계속 이사를 할 수도 없는 노릇이었다.

제주는 그 모든 것을 가능케 했다. 아니 어쩌면 어머니들은 핑계였을지 모른다. 우리는 제주가 좋았다. 제주에 살고 싶었고, 제주에 살 이유를 만들고 싶었다. 그렇게 우리는 제주를 열망했다. 생각이 여기까지 미치자 제주도에서 1년을 더 지내는 것이 아니라 제주도로 완전한 이주에 대해서 아내와 대화를 나누기 시작했다. 그리고 우리는 끝내 제주도 정착을 결정했다. 나와 내 후손은 이제 제주도 사람이 되는 것인가? 제주도민은 최소 3대가 살아야 제주도민으로 인정받는다고 하던데…. 내 손자는 이제 제주도민인 걸까? 제주도 사람이 된다는 것에 가슴이 뭉클했다. 우리와 함께 제주도로 이주하겠다고 결정해 주신 두 어머니의 위대한 결정에도 감사와 더불어 존경심이 들었다. 다만 엄마는 고민이 많아 아직 확답을 주진 못했다. 엄마의 확답이 없이는 제주도에 살 집을 구매해서 정착할 수 없었기 때문에 우리는 일단 1년이든 2년이든 연세를 전전해 보기로 했다. 모든 시나리오를 열어놓았기 때문에 그에 대한 해결책들은 빠르게 마련되었다. 일단 6개월은 지금의 타운에서 지내기로, 2개월여의 시간 동안 휴가가 통제

되었다가 다시 휴가가 승인됐다. 그 사이에 우리에겐 많은 일이 있었다.

    오래간만에 방문한 제주는 겨울이었지만 지난겨울보다는 따뜻하게 느껴졌다. 생각해 보니 그도 그럴 것이 이미 해를 넘겨 2월이었기 때문에 다시 봄을 맞이할 준비를 하는 제주였다. 겨울과 다르게 봄은 제주가 가장 먼저 맞이한다. 2월은 계절상 겨울일지 몰라도 제주에는 봄의 문턱이었기에 새로운 시작을 하기에 참 좋은 날씨였다. 우리의 새로운 삶. 그리고 일반적이지 않은 삶의 시작이 마당에 핀 붉은 동백꽃처럼 반짝일 것이다. 파란색 PP 상자 7개에 싸 두었던 우리의 짐은 다시 풀어 원위치로 돌아갔다. 아이들은 처음부터 이런 결과를 알았다는 듯이 아무렇지도 않게 마당과 동화되었다. 새로 오시는 손님을 맞이하며 '코지 타운 사용법'을 주저리주저리 설명해 주는 딸아이가 부쩍 커버린 느낌이다. 제주도에 올 때 불과 5살이었던 작은아이도 7살이 되었다. 교정이 예쁜 풍천초등학교 병설유치원 형님반이 되었다며 한껏 자랑스러운 듯 얘기하는 이 아이도 참 많이 컸구나 느껴진다. 시간이 참 빠르다. 2019년 겨울 배를 타고 남해안의 높은 파도를 뚫고 제주에 왔다. 흐린 날씨였지만 포근함이 느껴지던 제주였다. 어느덧 햇수로 3년이 지나갔다. 2021년의 제주 역시 아름답다. 코로나 때문에 오히려 더 많은 관광객이 방문하여 여러 문제로 몸살을 앓고 있는 제주지만 그만큼 사랑도 많이 받는 제주다.

    이 넓은 땅에 우리 발붙이고 살 장소 하나 없으랴 생각이 드니 제주가 더욱 포근하게 느껴졌다. 나그네의 삶이 이제는 주인의 삶이 되려 할 때 넓은 아량으로 우리를 받아줄 준비가 된 제주가 고마웠다. 제주와 함께 아이들도 부쩍 컸고, 나와 아내도 삶을 바라보는 방향이 부쩍 성장했다. 부부의 삶이 가장 중요했다면 아이들의 삶도 중요하고 주변 이웃들의 삶도 중요하다는 것을 깨달았다. 그렇게 우리가 주인이 되어 많은 사람에게 더 선한 영향력을 나눠주는 삶을 선택하였다. 그 대상은 첫째가 아이들이고, 둘째가 어머니들이 되었다. 앞으로 넘어야 할 산이 많다. 하지만 빼꼼히 얼굴을 기웃거리며 호기심 가득한 표정으로 우리의 미래를 들여다보려는 제주의 봄이 따스하게 느껴져 두렵지 않았다. 오히려 기대되고 신이 났다.

그렇게 우리는 다르게 살기로 했다.

제주에서 집 구매하기

대한민국 국민이라면 누구나 태어나면서부터 갖는 혜택이 하나 있다. 그것은 무주택자 혜택이다. 우리 모두 공수래공수거인 삶을 사는지라 태어나자마자 금수저 물고 부동산 부자가 되는 경우가 있을 수 있지만, 그 역시 무주택자의 혜택을 누릴 수 있기는 매한가지다. 게다가 공무원(장교) 신분인 나는 생애 첫 주택 구입 시 특별공급의 혜택까지도 볼 수 있는 운이 좋은 사례에 속한다. 요즘과 같이 부동산이 이슈인 이 시기에 감사하게도 여러 가지 혜택을 받을 수 있었으니 감사하고 그저 또 감사할 뿐이다. 하지만 아내와의 오랜 상의 끝에 이 꿀 같은 혜택을 포기하였다. 이 혜택을 포기하게 됨으로써 내가 볼 손해는 수백만 원에 달했을 것 같다. 특별공급이 한창 주가를 달리는 요즘 신혼부부 특별공급(사실 이 부분은 3년 전 포기했다), 공무원 특별공급 등의 혜택을 받을 수 있었던 것만 해도 벌써 매우 좋은 조건을 포기한 것인 데다가 디딤돌 대출과 같은 저리 주택담보대출 역시 (무려 2%대의 대출금리다! - 집을 구하던 당시 금리) 대단한 혜택이 아닐 수 없는데 이것을 포기한다고 했을 때 주변에서 진지하게 말렸다. 부모님께서 내 명의로 집을 해주신 적이 없어 38년 인생을 무주택자로 살아왔고, 아내 역시 같은 관계로 37년을 무주택자로 살아왔으니 어찌 보면 이 순간을 위해 지난 38년을 집 없는 설움을 견디며 살아온 것일 수 있을 텐데 우리 부부는 왜 이렇게 쉽게 이런 혜택을 포기했을까?

제주도에서 지낸 지 1년이 넘어가는 시점 우리 부부는 끝내 제주도에서 살기로 결심했다. 복직한 후 바쁜 일상을 보내는 남편, 아빠는 아무래도 계급이 높아질수록 더 많은 책임을 져야 할 것이다. 노블레스 오블리주의 상징인 장교로 계속 살아간다는 것은 커가는 아이들과 그 아이들을 돌봐야 하는 아내에게 본의 아니게 희생을 요구할 수밖에 없었다. 그것을 알기에 1년의 육아휴직을 통해서라도 미안한 마음을 조금이라도 덮어보려는 가장의 발버둥은 육아휴직과 함께 끝났다. 감사하게도 아내 역시 그런 남편을 이해해 주었다. 당연히 남편이 복직한 후 더 높아진 계급과 책임에 더 바쁠 것을 이해해 주었고, 그렇게 하는 게 당연하다고 오히려 등 떠밀었다. 1년을 쉬었으니 게다가 그 기간이 코로나로 인해 너무나도 어려웠던 시기였으니 가장 낮은 곳, 가장 힘든 곳에서 섬기겠다는 의지를 가진 남편을 최전방으로 보내줄 수 있는 아내가 너무 감사했다. 아이들은 아직 아빠가 없다는 것이 어떤 의미인지 잘 알지 못하는 듯하였으나 적어도 제주도에서의 생활이 너무나도 즐겁다는 것만큼은 분명히 알았다. 이 시기에 우리 가정 내에서 '볼드모트'와 같이 금기시되던 말은 바로 '육지로 가자.'였으니까. 단순히 이 한 가지 이유만은 아니지만 오랜 고민 끝에 제주에서의 삶을 결정하게 되었다. 용기 있는 결정을 내려준 아내와 아이들에게 감사하다.

제주에 살기로 결심하니 지금의 나그네 생활을 끝내야 했다. 돈은 없지만 신분이 있는지라 신용은 있었다. 제주에서도 물론 아파트를 구할 수 있었지만 아파트를 구한다는 것은 제주에 남을 의미가 없었다. 오히려 최전방에 들어갈 남편에게 국가에서 허락해 주는 아파트가 더 좋을지 모른다. 하지만 남편, 아빠 없는 아파트는 의미가 없기에 제주도에서 사는 의미를 가장 극대화해 줄 전원주택을 구매해야 했다. 여기까지의 선택은 생애 첫 주택의 혜택 중 가장 큰 금액적 손해를 감수해야 할 특별공급의 포기를 의미했다. 온 국민 로또라고 하는 그 분양권을 포기한다는 것에 많은 분이 반대하였지만 우리 부부의 논리는 이러했다. 첫째, 분양권을 딴다고 한들 완공되어 들어가기까지 시간이 얼마나 걸릴지 알 수 없다는 것. 둘째, 분양권을 따서 아파트를 얻는다고 해서 그게 가격이 올라 팔 것이 아니라면 의미 없는 데다가 가격이 올라 판다고 해도 요즘 아파트 거래 양도세 고려 시 실거주, 실보유 등의 조건이 있어 결국 떨어져 지내면서까지 돈을 벌어야 하나 하는 생각. 마지막으로 가장 중요한 이유는 바로 그동안 아이들이 다 커버린다는 것이다. 한국 나이로 각각 10살, 7살인 우리 아이들은 금세 자라나 버린다. 제주도에 왔을 때가 8살, 5살이었는데 5살이던 작은아이가 7살이 된 것은 상대적으로 너무나 커버린 것 같아서 때론 섭섭하다. 가장 중요한 시기고 가장 왕성하게 꿈을 꿀 이 나이에 제주도에서 자연을 누비며 살 수 있게 해줄 게 아니라면 무슨 의미일까? 결국 아파트 분양을 받고 실보유, 실소유 등 조건과 각종 혜택을 따져보고 제주도에서 월세를 내며 사는 비용 등을 모두 다 생각해 보아도 '돌아올 수 없는 이 시간'은 값으로 따질 수 없다고 느꼈다. 나의 1년보다 우리 아이들의 1년이 상대성 이론으로 생각해도 너무나 값진 시간이기에 우리 부부 내외의 5~6년 뒤 상황이 아닌 아이들의 5~6년 후를 생각하기로 하였다. 이렇게 생각하니 내가 포기한 것은 확정 지을 수 없는 돈이지만, 내가 얻은 것은 확정할 수 있는 추억이라는 생각이 들었다.

더불어 우리 부부는 은퇴 후 제주도에 살기로 결심했다. 부동산에 성공한다면 벌 수 있는 수억 원을 대신해서 두 아이의 20년 추억을 사기로 했다. 두 번째로 포기한 것은 생애 첫 주택 구매 시 얻을 수 있는 각종 혜택 중 디딤돌 대출과 같은 저리 대출과 취득세 감면 혜택이다. 제주도에서 전원주택을 구매하고자 하여 부동산에 올라온 많은 집을 찾아가 보았다. 일단 지역적으로 지금 사는 곳에서 멀리 떨어지지 않으려고 했다. 공동체 덕분이었다. 우리를 이곳으로 이끈 하나님의 뜻에 따라 교회 공동체에 머무르기로 하였기에 이곳에서 멀리 떨어지지 않는 범위 내에서 골랐으며, 우리 부부 역시 이곳이 참으로 마음에 들었기 때문에 이것에 대해서는 크게 고민할 필요가 없었다. 다만 매물이 생각보다 많이 없어서 우리 여건상 가능한 곳을 고르다 보니 15여 군데 정도 되었던 것 같다. 어느 하나 마음에 쏙 드는 곳이 없었다. 게다가 이 과정에서 홀로 노후를 맞이하시게 된 양가 어머니들의 삶에 대한 책임감도 느끼게 되어 두 분을 모시고 함께 지낼 곳을 찾아야 했다. 이 점 역시 선뜻 이해하기 어려울 수 있다. 하지만 이웃 사랑 실천을 삶의 목적으로 삼고 살아가는 우리 부부에게 가장 중요한 이웃이자 가족은 결국 부모님이고, 자녀들이었기에 어머니들을 먼저 생각하지 않고 우리만 생각하는 제주의 삶은 또 의미가 없다고 느꼈다. 결국 어머니들이 같이 사시면서 편하게 지낼 수 있어야 하고, 가격이 너무 부담되지 않아야 했다. 조금 욕심을 내자면 타운하우스 단지가 예뻤으면 했다. 몇 가지 후보군에 올랐던 집들이 이런저런 이유로 내쳐지다 보니 결국 끝내 집을 고르지 못하고 1년 살이를 더 하자고 마음먹을 무렵 기적과 같이 우리에게 한 집이 소개되었다. 이 집을 고르면 단독 등기가 되어있지 않은 공유 등기인 집이라 디딤돌 대출을 포기하여야 했고, 집이 크고 가격이 있는 편이어서 취등록세 감면 혜택도 포기해야 했지만 이 집을 본 순간 우리 가족 모두가 '바로 이 집이야!'라며 결정을 내리게 되었다.

제주도에서 집을 사기 위해 가장 중요한 것 중 하나가 바로 단독 등기 여부다. 제주도가 난개발을 하면서 타운하우스를 많이 짓다 보니 건축주가 땅을 통째로 사서 공유 등기로 지분을 나눠 팔아왔다. 그러다가 약 8년에 걸친 「특별법」에 따라 단독 등기로 필지를 분리해 주는 경우가 있었는데 이게 2020년 5월에 종료되었고, 이 집의 건축주분은 이래저래 사정이 안 되어 단독 등기를 하지 못했다고 한다. 단독 등기가 아닌 집을 살 때 건축주가 어떤 의도가 있느냐에 따라 매우 곤란한 상황이 올 수 있는 것도 사실이었다. 하지만 건축주분은 너무나도 좋은 분이셨기에 우리는 믿고 집을 구매하겠다고 결심할 수 있었다. 함께 살게 될 어머님들도 모두 좋아하셨다, 결심이 서자 일은 일사천리로 진행됐다. 공유 등기인지라 주택담보대출이 어려운 조건이었는데 다행히 좋은 은행을 소개받아서 디딤돌보다는 높은 이자이지만 적당한 조건으로 필요한 금액을 대출받을 수 있었다. 나의 대출 상환 능력과 각오, 우리 가족이 집을 투기의 대상이 아닌 삶의 터전으로 인식한다는 내용을 편지글에 적어 은행 지점장님께 보냈다. 모든 과정을 그렇게 하나하나 설명하고, 우리 스스로 되새기며 욕심이 아닌 선한 의도 안에서 해결하려 노력했다. 이쯤 되었을 때 아내에게 말했다. 집 명의를 아내 명의로 하고 싶다고 말했다. 내가 결혼 10년 차에 아내에게 선물처럼 주고 싶다고. 나는 건물주의 남편이면 충분하다고. 어차피 아내가 없으면 이 집도 의미가 없기에 고민할 필요도 없이 100% 아내 명의로 집을 구매했다. 아내는 담보인, 나는 채무인이 되어 집을 구매했다.

구매하는 과정에서 필요한 모든 서류의 법적 근거, 각종 세금을 내야 하는 부분, 해결해야 할 문제들도 충분히 공부해서 지원해 주었다. 이 과정에서 진짜 공부가 무엇인지 한 번 더 스스로에게 확신이 생겼다. 부동산에 대해서 경제에 대해서 제대로 교육을 받아본 적이 없다. 그런데 제주살이를 시작하고 나서 언젠간 내가 제주에 살게 될 것이라는 어렴풋한 기대와 희망에 시작한 부동산 관련한 여러 공부가 결국 우리가 집을 살 때 많은 도움이 되었다. 우리는 진짜 공부를 해야 한다. 그리고 자녀들에게 진짜 공부를 시켜야 한다. 홈스쿨링이 앞으로 계속될지 알 수 없다. 아이의 마음은 한여름의 제주 날씨만큼이나 변덕스럽다. 하지만 분명한 것은 아이들에게 진짜 공부할 기회를 줘야 한다는 것이다. 학교에서 절대 가르쳐주지 않는 진짜 공부는 따로 있었다. 통장을 개설하고 이자와 대출에 대해서 아는 것. 이런 과정에서 신용도가 무엇인지 어떻게 관리되는지, 자본주의, 시장

경제 체제를 단순한 이론으로 배우는 것이 아니라 직접 통장을 개설하고, 물건을 사고팔아 봐야 알 수 있는 것이 진짜 공부다. 집을 구매하기 위해서 계약서를 쓰는 방법은 아무도 나에게 가르쳐주지 않았다. 부동산 중개업자의 말만 듣고 혹은 매도자의 말만 듣고 냉큼 서명할 수도 없는 노릇이다. 수억 원에 달하는 돈이 오가는 계약서에 어떻게 이름 세 글자, 엄지손가락만 한 인감도장만으로 처리해 버릴 수 있단 말인가? 부끄러운 얘기지만 뒤늦게 한 공부를 통해 정말 우리가 살아가면서 필요한 것들이 무엇인지 깨달았다. 제주에 오기 전까지는 그저 나만의 공상 속에서 피터팬처럼 하늘을 날아다니며 살았다. 그러던 내가 네버랜드에서 나와 사회의 쓴맛을 경험하며 성장했고, 이제는 진짜 공부가 무엇인지 깨달았다.

자녀들에게 집을 사는 모든 과정을 가르쳐 준다. 아직 이해 못 할 게 분명하지만 너희들의 용돈이 어떻게 쓰였는지 알려주고, 어디에 보관되어 있는지 알려준다. 부동산 정책을 이해하고, 그 정책의 수혜를 받기 위해서 무엇을 준비해야 하는지 알려줄 것이다. 민주 시민으로 살아가기 위한 진짜 필수 교육. 그것은 결코 학교에서 배울 수 없다는 것이 참 안타깝다. 우리는 세상을 더욱 선명하게 보기 위해 공부를 해야 한다.『나의 아저씨』라는 드라마에 보면 직계비속에 대한 부양의무가 없다는 사실을 몰랐던, 진짜 공부를 한 번도 해본 적 없는 이지안의 삶이 얼마나 비참한지 보여준다. 사실 대다수 어른도 이지안과 같은 삶을 살고 있다. 이 글을 읽는 독자들은 아무도 가르쳐주지 않는 진짜 공부를 평생 모르고 그저 무지한 채 살지 않길 바라는 마음이다.

제주도로 이사한 지 522일 만에 우리 집이 생겼다. 아내는 태어난 지 13,100일째 되던 날 건물주가 되었다. 우리는 이 예쁜 집을 아이들의 이름을 따서 '맑은물어진별스테이'로 지었다. 등기 이전이 완료되고 서귀포시 건축과에 가서 동 이름 변경 신청까지 완료하여 집 이름이 정말 '맑은물어진별스테이'다. 주민등록증에 주소지가 정말 저렇게 쓰여있다. 제주도민으로의 삶 2막이 시작되었다. 명의는 넘겨받았지만 이사는 바로 하지 못했다. 육지에 뿔뿔이 흩어진 우리 짐을 모으고 어머니들의 짐을 모으는 과정도 쉽지 않았다. 이사를 준비하는 과정에서 우리는 큰 불편을 감수해야 했는데, 오히려 이 시간 우리 가족은 앞으로 새 보금자리에서 어떤 꿈과 추억을 만들어갈지 설렘과 기대 속에 행복하게 지내도록 해주었다. 사실 현실은 우리의 꿈처럼 달콤하지만은 않다. 인플레이션 상승 등으로 인해 저금리 시대가 종료되고 고금리가 올 것이라고 경고한다. 어려운 터널을 지나야 할지도 모르겠다. 가족과 떨어져 있는 시간이 얼마나 힘든지도 알고 있다. 그래도 우리 가족 구성원 각자가 자신의 꿈을 마음껏 꾸어나갈 수 있도록 이 환경을 만들어 낸 내가 뿌듯하고 자랑스럽고 기쁘다. 가장으로서 해줄 수 있는 최고의 선물은 이런 게 아닌가 싶다. 아빠는 장교로서 사명 다하며 성장을 꿈꾸고, 아내는 아이들을 잘 양육하는 엄마로서의 성장을 꿈꾼다. 아이들 역시 그들이 원하는 곳에서 오색찬란한 꿈을 꾸고 있고, 할머니도 노후의 단꿈을 꾼다. 육지에서 그리고 제주에서.

'부모가 줄 수 있는 최고의 유산은 신앙과 추억이다.'

에필로그

맑은물어진별스테이

"아빠, 너무 재밌어요!"

"오빠, 정말 좋다 여기."

"아들아, 오늘은 풀을 이만큼이나 뽑았다. 텃밭에 부추랑 상추가 싱싱하게 잘 자라는구나."

요즘 내가 가장 많이 듣는 말들이다. 가족 모두가 말 그대로 행복에 겨워하고 있다. 이럴 때 가장으로서 참 뿌듯하다. 군대식으로 말하자면 전략을 잘 짠 건데 주효했다. 사는(buy) 것이 아니라 사는(live) 것이 집이라는 확신으로 잠재적 손해를 감수하며 결정한 이 삶이 가족 구성원들의 꿈을 위한 투자였는데, 정확하게 들어맞은 것이다. 누구 하나 불만 없이 너무나 행복해하며 이 삶을 누리고 있다. 가족 구성원 하나하나가 원하는 바를 반영해서 깊이 있게 고민하며 준비했기에 더욱 뿌듯하다. 집을 구하기까지는 참으로 많은 기적의 연속이 있었다. 그 기적들이 지금의 풍요와 행복을 만들었다.

요즘 우리 가족의 일주일 일과는 이렇다. 월요일부터 목요일까지 막내는 유치원을 기쁜 마음으로 잘 다닌다. 유치원 선생님 말씀으로는 리더십이 출중하고 체력적으로는 거의 천재 수준이라고 한다. 첫째는 엄마와 함께 안정적인 길로 들어선 홈스쿨링이 한창이다. 실로 놀라운 발전이고, 아내의 노고에 감사할 따름이다. 타운하우스 단지에는 첫째와 동갑인 친구가 두 명이나 산다. 모두 초등학교에 다니고 있어서 낮에는 딸아이도 공부를 하고, 오후에는 모두가 함께 어울린다. 여름을 맞이해서 수영장을 설치했는데 동네 꼬마들의 목욕탕 수준이 되었다. 아내는 오전엔 홈스쿨링 교사로, 오후엔 유치원 간식 선생님으로 봉사하고 저녁엔 말 그대로 저녁이 있는 삶을 누린다. 할머니는 아침엔 학교 방역 교사로 활동한다. 제주도에서 직장과 친구를 얻었다. 그것이 할머니가 제주에서의 삶을 결정짓게 하는 주된 이유였다. 게다가 그렇게 사귄 친구분들이 귤을 끊이지 않게 나눠주셔서 우리 집은 당분간 제주 떠날 일은 없을 것 같다. 금요일에는 반가운 아빠가 온다. 모든 가족이 종일 들뜬 마음으로 지낸다. 금요일 밤 비행기로 제주에 내려온 아빠와 함께 일주일에 딱 한 번 야식 타임을 갖는다. 토요일과 일요일 오전엔 아이들은 축구를 하고 아빠랑 엄마는 오래간만에 데이트를 즐긴다. 데이트 중 백미는 새벽 오름 산책이다. 밤새 내린 이슬에 첫발을 내디디며 오름에 오르는 상쾌함은 이루 말할 수 없다. 오름을 다녀와서 먹는 제주 해장국은 일품이다. 오후엔 아이들과 함께 마음껏 뛰어놀고 저녁엔 바비큐와 함께 수다 삼매경에 빠진다. 밤이 깊어가는지 모르고 정다운 시간을 보낸다.

동네 꼬마들과 놀러 오는 손님을 위해서 거금을 들여 대형 트램펄린을 설치했다. 온 동네 꼬마들의 사랑방 같은 곳이다. 이렇게 공유하는 게 익숙지 않은 사람들은 종종 "정말 타도 돼요?"라고 불안한 마음에 되묻곤 한다. 이웃 사랑 참 재밌다. 티피 텐트도 설치했다. 종종 아이들은 텐트에서 자겠다고 한다. 이 녀석들, 벌써 캠핑의 낭만을 안다. 밤에는 추워서 전기장판을 가져다 놓고 침낭도 가져다준다. 넓고 좋은 집 놔두고 텐트가 좋단다. 집 앞마당에 장박으로 피칭할 요량으로 메이커 있는 비싼 대형 텐트를 준비한 덕분에 우리 가족 모두가 들어가도 넉넉하다. 3층 루프탑은 한라산 맛집이다. 한라산 풍경이 정말 끝내준다. 해 질 무렵 한라산의 낙조를 보며 차를 즐기곤 한다. 가족 구성원 각각이 생각하는 집, 꿈꾸는 미래, 놀고 싶은 것들을 꾹꾹 눌러 담아 집을 꾸미고 있다. 이 모든 과정에서 부지런 떨기 좋아하는 아빠와 할머니가 가장 열심이다. 두 나무 사이의 해먹에서 그 모습을 물끄러미 바라보며 까르르 웃는 아들내미가 참 귀엽다. 늦은 밤 아이들에게 불꽃놀이 쇼를 선사한다. 1,000평 가까운 넓은 공동 마당에서 마음껏 뛰놀다 안전하게 불꽃놀이도 즐기고 있으면 마을 사람들이 멀찌감치 구경하거나 합류하기도 한다. 가끔 아빠는 공룡이 된다. 공룡쇼를 펼치며 아이들을 쫓아다니면 여자아이들은 도망 다니고, 남자아이들은 나를 공격한다. 이게 본성일까…? 공룡이 되고 나서 많이 얻어맞았다. 다행히 아직 찢어지진 않았는데 조만간 찢어질 거 같다. 공룡쇼를 하고 나면 공룡옷이 땀으로 흠뻑 젖는다. 그리고 나는 행복과 미소로 흠뻑 젖는다.

맑은물, 어진별은 아이들의 이름을 한자 풀이로 쓴 것이다. 집을 구매하면서 공부를 하던 중 동 이름 변경 신청까지 가능함을 알고 맑은물어진별스테이라고 이름을 지었다. 다가구 주택이라 3 가구가 있는 집이다.

각 가구에 맑은물호, 어진별호, 하보조호라고 이름을 지었다. 하보조는
'하나님이 보시기에 좋았더라.'의 준말. 예쁜 입간판도 만들었다. 아이들
의 장난스러운 그림이 추가되어 포인트를 더했다. 세우고 나니 너무 예쁘
고 마음에 든다. 친구들이 찾아오기 쉽도록 집 주소를 내비게이션에도
등록해 두었다. 코로나 상황이 끝나면 많이들 놀러 와서 같이 누리고 즐
겼으면 한다. 이웃 사랑을 위해서 그들에게도 열린 집이고 싶다. 우리만
꿈꾸는 게 아니라 모두에게 꿈꿀 기회를 주고 그 가운데 선한 영향력이
있으면 한다. 에피쿠로스 철학과 예수님의 뜻을 따르는 아빠의 생각이다.
앞으로 우리의 삶이 어찌 될지 알 수 없다. 이렇게 행복한데 이게 영원할
수도 없는 법이다. 그렇기에 오늘에 충실하기로 한다. 「죽은 시인의 사회」
의 유명한 경구, "Carpe Diem(Sieze the day, 오늘을 살아라)!"을 실천한
다. 성공한 사람을 쫓는 삶이 아닌 우리가 그저 만들어가는 삶을 살다 보
니 바라는 것도 많이 없다. 이 말은 결코 우리 가족이 돈 많은 부자를 의
미하는 것이 아니다. 되레 집을 구하느라 힘든 지출을 감당해야 하지만
마음은 넉넉하다. 아무도 시도해 보지 않은 길을 가게 되는 것이다. 그래
서 베풀고자 한다. 아직은 먼 이야기지만 아내와 이런 이야기를 나눴다.
만약 아내가 이 집을 통해서 무언가를 할 수 있다면 한부모 가정, 입양 가
정 등 여러 사연이 있는 가정의 아이들에게 방 한 켠 내줄 기회가 있으면
좋겠다고. 다가구 주택이기 때문에 가능할 것이라고. 더해서 지금 우리
아이들이 누리고 있는 행복이 결코 당연한 것이 아님을 알기에 감사할
줄 알고 베풀 수 있어야 한다고. 그래서 더 많은 이 세상 어린이들이 조금
이라도 이런 경험을 해봤으면 좋겠다고.

　아빠의 육아휴직은 끝이 났다. 아빠는 육지에서 사명을 감당한다. 하지만 육아휴직 기간 동안 배운 이웃 사랑의 실천은 결코 끝이 나지 않았다. "평화를 사랑하면 전쟁을 준비하라"는 베제티우스의 말처럼 너무나도 평화를 사랑하는 평화주의자이기에 장교의 길을 택한 아빠라 평화롭게 잘 노는 이 아이들을 너무나도 사랑한다. 내가 든든하게 나라를 지킬 테니 부디 우리 아이들 모두가 안전하고 행복한 삶을 누리길 바란다. 제주 아빠의 육아휴직 이야기는 끝이 났지만 이웃 사랑 이야기로 계속될 것이다. 그 전초기지가 될 맑은물어진별스테이와 이웃 사랑을 함께 실천하는 우리 가족들이 있어 든든하다. 모든 복 주신 하나님께 감사드리고 더불어 우리를 품어준 제주와 제주도민께 감사한 마음이다. 한 번도 가보지 못한 길을 어둠 속에서 아빠 어깨 위에 손 올리고 동행해 준 가족 모두에게 감사하고, 굳이 안 가도 되는데 따라와 주신 할머니께도 너무 감사한 마음이다. 이렇게 받은 복을 마음껏 나누며 살자고 다짐하고 또 다짐한다. 마지막으로 환경에 대해서 꿈을 꾼다. 지구인이라면 우리는 모두 환경운동가여야 한다. 새로운 터전에서 많은 꿈을 꾸고 있다. 하지만 그 모든 꿈의 시작은 환경 보호다. 집 자체를 친환경 라이프 스타일의 베이스캠프로 만들고자 한다. 우리가 제주를 사랑하고, 제주가 우리에게 베풀어준 만큼 이제는 우리가 제주를 지키고자 한다. 우리 지구가 제제의 추억 속에만 존재하는 라임오렌지나무가 되어서는 안 된다. 베어버린 이후 밍기뉴를 아무리 찾으려 해도 다시는 그 밍기뉴는 돌아올 수 없다. 제주는 우리에게 많은 풍요를 허락해 주었다. 이 모든 풍요가 맑은물, 어진별에게 그리고 그 후손에게도 이어지게 하겠다고 약속한다.

육아휴직 쓰고 제주로 왔습니다

펴 낸 날 2024년 3월 29일

지 은 이 이희성
펴 낸 이 이기성
기획편집 윤가영, 이지희, 서해주
표지디자인 윤가영
책임마케팅 강보현, 김성욱
펴 낸 곳 도서출판 생각나눔
출판등록 제 2018-000288호
주   소 경기도 고양시 덕양구 청초로 66, 덕은리버워크 B동 1708, 1709호
전   화 02-325-5100
팩   스 02-325-5101
홈페이지 www.생각나눔.kr
이 메 일 bookmain@think-book.com

• 책값은 표지 뒷면에 표기되어 있습니다.
  ISBN   979-11-7048-685-5(03810)